Ullstein

Dick Francis

Air-Taxi ins Jenseits
Schlachtritt

Zwei Romane

Ullstein

ein Ullstein Buch
Nr. 23402
im Verlag Ullstein GmbH,
Frankfurt/M – Berlin
Titel der englischen Originalausgaben:
›Rat Race‹
Übersetzt von Heinz F. Kliem
›Slay-Ride‹
Übersetzt von Gisela Stege
Neuauflage von
›Ein Jockey auf Tauchstation‹

Ungekürzte Ausgabe

Umschlaggestaltung:
Theodor Bayer-Eynck
Illustration:
Bill Hall/The Image Bank

Printed in Germany 1994
Druck und Verarbeitung:
Ebner Ulm
ISBN 3 548 23402 X

Juli 1994
Gedruckt auf alterungs-
beständigem Papier mit
chlorfrei gebleichtem Zellstoff

Die Deutsche Bibliothek –
CIP-Einheitsaufnahme

Francis, Dick:
Air-Taxi ins Jenseits: zwei Romane / Dick
Francis. [Übers. von Heinz F. Kliem]. –
Ungekürzte Ausg. – Frankfurt/M; Berlin:
Ullstein, 1994
(Ullstein-Buch; Nr. 23402)
ISBN 3-548-23402-X
NE: GT

Vom selben Autor
in der Reihe
der Ullstein Bücher:

Voll Blut (10449)
Air-Taxi ins Jenseits (10473)
Schlachtritt (10487)
Roßtausch (10515)
Die ganze Palette des Todes (10527)
Totes Rennen (22686)
Risiko (22874)
Festgenagelt (22976)
Der Trick, den keiner kannte (22981)
Angst (22990)

Dick Francis

Air-Taxi ins Jenseits

I

In der neuen Cherokee Six 300, die sich leider keines langen Lebens erfreuen sollte, holte ich die vier Passagiere in White Waltham ab. Die hellblauen Sitzpolster rochen nach frischem Leder, und weder an Tragflächen noch am Rumpf war der kleinste Kratzer zu sehen. Wirklich ein hübsches kleines Flugzeug.

Sie hatten mich auf zwölf Uhr bestellt, aber sie saßen bereits alle in der Bar, als ich um elf Uhr vierzig landete. Sie hatten drei doppelte Whiskies und eine Limonade vor sich auf dem Tisch.

Sie waren nicht schwer auszumachen: auf den Stuhllehnen um den kleinen runden Tisch hingen leichte Regenmäntel, drei Ferngläser, zwei Ausgaben von *Sporting Life* und ein kleiner Rennsattel. Nicht Freundschaft verband diese vier Personen, sondern gemeinsame Interessen. Der große Mann starrte finster vor sich hin. Der kleinste war zweifellos ein Jockei. Die beiden anderen, ein Mann und eine Frau mittleren Alters, starrten irgendwohin ins Leere. Die Atmosphäre war alles andere als friedlich.

»Major Tyderman?« fragte ich, als ich vor der kleinen Gruppe stehenblieb.

Der ältere Mann, der sich mit einem »Ja?« umdrehte, mußte schon vor langer Zeit Major geworden sein. Er war ein Sechziger mit drahtiger Figur, getrimmtem Schnurrbart und kleinen scharfen Augen. Sein schütteres Haar schimmerte wie Salz und Pfeffer, und sein Kinn war vorgereckt. Er schien die Welt voller Argwohn zu betrachten.

Er trug einen hellen, fast an eine Uniform erinnernden Anzug und hatte sein Fernglas im Gegensatz zu den anderen an einem Lederriemen um den Hals gehängt. Auf seiner Brust prangten ein paar farbige Klubabzeichen.

»Das Flugzeug ist hier, Major«, sagte ich. »Ich heiße Matt Shore und bin der Pilot.«

Er warf einen suchenden Blick über meine Schulter.

»Wo ist Larry?« fragte er unvermittelt.

»Der ist nicht mehr bei uns«, erwiderte ich. »Fliegt jetzt in der Türkei.«

Der Major sah mich durchdringend an.

»Sie sind neu!« Es klang wie eine Anklage.

»Ja«, räumte ich ein.

»Na, hoffentlich kennen Sie den Weg.« Er meinte es in vollem Ernst.

»Ich werde mein Bestes tun«, erwiderte ich höflich.

»Als ich das letztemal zu einem Rennen flog, verfranzte sich der Pilot«, sagte die neben dem Major stehende Frau.

Um ihr Vertrauen zu gewinnen, setzte ich mein zweitbestes Lächeln auf.

»Das Wetter ist heute so gut, daß kein Anlaß zu Befürchtungen besteht.«

Das stimmte natürlich nicht, denn die Wetterstation sagte Bewölkung für den Juninachmittag voraus. Die Frau musterte mich mit kühlem Blick, und ich wischte das Lächeln wieder weg. Sie war etwa fünfzig und wirkte recht gebrechlich. Offensichtlich verfügte sie von allen vieren über die beste Beherrschung. Der Major blickte auf seine Uhr.

»Sie sind früh gekommen«, sagte er. »Wir haben noch genügend Zeit.« Er wandte sich an den Barkeeper, bestellte eine neue Runde und widmete sich wieder mir. »Etwas für Sie?«

Ich schüttelte den Kopf.

»Nein, danke.«

»Acht Stunden vor dem Flug kein Alkohol ... Ist das nicht die Vorschrift?« fragte die Frau.

»Mehr oder weniger«, pflichtete ich ihr bei.

Der dritte Passagier – der große, finstere Mann – sah zu, wie der Barkeeper den Johnnie Walker einschenkte.

»Acht Stunden – großer Gott!« brummte er. Er sah aus, als hätte er noch nie acht Stunden ohne Drink verstreichen lassen. Dafür sprachen nicht nur die blitzende Knollennase, sondern auch die aufgeschwemmten Wangen.

Die Atmosphäre entspannte sich ein wenig. Der Jockei nippte langsam an seiner kalorienhaltigen Limonade. Er war etwa einundzwanzig und hatte eine gertenschlanke, biegsame Gestalt, rötliches Haar und eine feuchtschimmernde Haut. Er schien keinerlei Gewichtsprobleme zu haben.

Der Major und der große Mann leerten ihre Gläser und gingen zur Toilette. Die Frau wandte sich an den Jockei.

»Haben Sie denn den Verstand verloren, Kenny Bayst? Wenn Sie Major Tyderman weiterhin so verärgern, werden Sie sich einen neuen Job suchen müssen.«

Kenny Bayst streifte mich mit einem flüchtigen Blick und spitzte die Lippen. Er stellte sein halbvolles Glas auf die Theke, hängte sich den Regenmantel über den Arm und nahm den Rennsattel auf.

»Welches Flugzeug?« fragte er mich. »Ich möchte meine Sachen verstauen.«

Er hatte einen unverkennbar australischen Akzent. Die Frau betrachtete ihn lächelnd – aber das Lächeln reichte nicht bis zu ihren Augen.

»Die Tür zum Gepäckraum ist versperrt«, sagte ich. »Ich komme mit.« Ich wandte mich an die Frau. »Soll ich Ihren Mantel mitnehmen?«

»Danke.« Sie deutete auf einen Mantel mit blitzenden Kupferknöpfen.

Ich nahm ihn auf, hängte das Fernglas über den Arm und folgte Kenny Bayst hinaus.

»Diese verwünschten Reibereien«, knurrte er, nachdem wir ein paar Schritte zurückgelegt hatten.

»Der Pilot hat immer schuld«, murmelte ich. »Das ist nun mal so im Leben.«

»Wie?« machte er. »Ach ja, da haben Sie recht.«

Er brummte noch immer vor sich hin, aber ich nahm keine weitere Notiz davon.

»Wer sind eigentlich die anderen Passagiere?« fragte ich, als wir uns dem Flugzeug zuwandten. »Ich meine, außer dem Major.«

Er wandte überrascht den Kopf.

»Kennen Sie sie denn nicht? Unsere Annie Villars? Sieht aus wie eine gemütliche Oma, hat aber eine Zunge, mit der sie ein Känguruh in die Flucht schlagen könnte. Alle kennen unsere kleine Annie.« Ein mürrischer Ton schwang in seiner Stimme mit.

»Ich verstehe nicht viel von Rennen«, sagte ich.

»Oh? Nun, sie ist Trainerin – und zwar eine verdammt gute, sonst wäre ich nie bei ihr geblieben. Sie hält die Stallburschen mit Ausdrücken auf Trab, die ein Rekrutenausbilder erst noch lernen muß. Den Besitzern gegenüber ist sie natürlich zuckersüß. Sie bringt sie dazu, daß sie ihr aus der Hand fressen.«

»Die Pferde auch?«

»O ja, die Pferde lieben sie. Wenn's sein muß, reitet sie sogar wie ein Jockei. Sie weiß, was sie von einem Pferd fordern kann, und das ist das große Geheimnis in diesem Geschäft.« Es klang bewundernd und ablehnend zugleich.

»Und wie heißt der andere Mann, der große?« fragte ich.

Diesmal hatte er nur Ablehnung im Ton.

»Mr. Eric Goldenberg.« Er spuckte den Namen Silbe für Silbe aus.

Wir verstauten die Sachen hinter den Sitzen.

»Wir fliegen zuerst nach Newbury, nicht wahr?« fragte er. »Um Colin Ross abzuholen?«

»Ja.«

Er warf mir einen sardonischen Blick zu.

»Na, von Colin Ross haben Sie doch bestimmt schon gehört?«

»Schätze, ja«, murmelte ich.

Diese Frage konnte ich beim besten Willen nicht verneinen, denn der Champion war etwa doppelt so bekannt wie der Premierminister und verdiente das Achtfache. Sein Gesicht prangte auf vielen Reklameplakaten, und es gab sogar Comic-Alben mit seinem Namen.

Kenny Bayst kletterte durch die hintere Tür und setzte sich auf einen der hinteren Plätze. Ich ging um das kleine Flugzeug herum und machte eine kurze Überprüfung, obwohl vor dem knapp eine Stunde zurückliegenden Start alles genau überprüft worden war. Es war erst mein vierter Tag bei den Derrydown-Air-Taxis, und ich hatte bei meinen bisherigen Jobs nur böse Erfahrungen gemacht.

Der kleine Sechssitzer war einwandfrei in Ordnung. Unterdessen kamen auch die drei anderen Passagiere zur Maschine. Goldenberg schien noch immer zu schäumen. Der Major nickte ab und zu vor sich hin, und Annie Villars schien gar nicht zuzuhören. Als sie auf Hörweite herankamen, hörte ich Goldenberg knurren: »... können nichts mit den Pferden anfangen, solange wir nicht sicher sind, daß er wirklich mitmacht ...«

Der Major deutete in meine Richtung, und Goldenberg brach unvermittelt ab. Die Mühe hätte er sich sparen können, denn ihre Angelegenheiten interessierten mich herzlich wenig.

Nach der Regel, in einem kleinen Flugzeug das Gewicht möglichst weit nach vorn zu verlagern, bat ich Goldenberg, den Platz neben mir einzunehmen. Der Major und Annie Villars setzten sich auf die mittleren Plätze, während Kenny hinten hockte.

Ich brauchte ihnen keine weiteren Anweisungen zu geben, denn sie kannten sich in diesen Dingen aus. Ohne meine Aufforderung legten sie die Gurte um, und als ich unmittelbar vor dem Anrollen einen letzten Blick nach hinten warf, war der Major bereits ins *Sporting Life* vertieft, während Kenny Bayst seine Frustration abreagierte, indem er sich die Fingernägel putzte.

Der Kontrollturm gab mir freie Bahn, und ich zog die kleine Maschine hoch. Da ich noch nie ein Lufttaxi geflogen hatte, hatte ich mich am Morgen bei Larry erkundigt, als er im Office seine Papiere abholte.

»Nichts dabei«, erklärte er von oben herab. »Du brauchst dir nur die markanten Punkte zu merken, dann kann gar nichts schiefgehen. Die Landeplätze liegen gewöhnlich neben den Rennplätzen und sind daher einfach zu finden ...«

Von White Waltham nach Newbury brauchte ich nur der Eisenbahnlinie zu folgen. Meine Passagiere waren diese Strecke schon oft geflogen, und der Major riet mir, auf die tiefhängenden Überlandleitungen zu achten. Wir landeten ohne Schwierigkeiten, und ich hielt nahe der Umzäunung.

Colin Ross war nicht da.

Ich stellte den Motor ab.

»Das war zu erwarten, daß er sich verspätet«, sagte Annie Villars in die plötzliche Stille hinein. »Er arbeitet mit Bob Smiths Pferden, und Bob verspätet sich immer.«

Die anderen drei nickten flüchtig – aber die Spannung zwischen ihnen war noch immer nicht ganz verflogen. Um aussteigen zu können, mußte ich Goldenberg bitten, ebenfalls auszusteigen, da ich nicht über ihn hinwegklettern konnte. Er kletterte knurrend hinaus, und ich sagte mir, daß ich in diesem Augenblick höchstwahrscheinlich Derrydowns Hauptregel verletzt hatte: Verärgere niemals einen Kunden, denn das Geschäft ist auf ihn angewiesen!

Sobald ich die kleine Kabine verlassen hatte, entspann sich da drinnen eine angeregte Unterhaltung. Ich lehnte mich an die Tragfläche und blickte in die aufziehenden Wolken. Als die Kabinentür hinter mir geöffnet wurde, um frische Luft hineinzulassen, drangen vereinzelte Wortfetzen an mein Ohr.

»... nur wegen des Doping-Testes gefragt.« Annie Willars.

»Wenn Sie ein Rennen nicht überzeugender verlieren können als beim letztenmal, müssen wir einen anderen suchen.« Goldenberg.

»... verdammt kitzlige Situation.« Major Tyderman.

Ein scharfer Ausruf, und dann Annie Villars' mahnende Stimme: »Bayst!«

»... zahle Ihnen nicht mehr als beim letztenmal.« Der Major, äußerst nachdrücklich.

Ein undeutlicher Protest von Kenny, und dann Goldenberg, sehr erregt: »Entziehen Ihnen die Lizenz!«

Ein Ford-Transporter kam durch die Pforte zum Rennplatz auf das Flugzeug zugerollt. Zwei Männer stiegen aus. Der größere der beiden ging hinter den Wagen und kehrte mit einer Ledertasche zurück. Der kleinere trug eine ausgeblichene Leinenhose und einen hellen Sweater. Er hatte eine hohe Stirn, braunes Haar und ein weiches, fast weiblich wirkendes Kinn. Seine Taille hätte manches Mannequin vor Neid erblassen lassen. Dennoch wirkte er irgendwie männlich. Er war sechsundzwanzig Jahre alt und hatte viele Erfahrungen.

»Guten Morgen«, begrüßte ich ihn.

Er streckte mir die Hand entgegen, und wir tauschten einen festen Händedruck.

»Larry nicht da?« fragte er.

»Er hat uns verlassen. Ich bin Matt Shore.«

»Fein«, murmelte er, ohne sich selbst vorzustellen. Er wußte, daß sich das erübrigte.

Ich fragte mich, wie er sich wohl in seiner Stellung fühlen mochte. Jedenfalls war sie ihm nicht zu Kopf gestiegen, was allein schon aus seiner lässigen Kleidung hervorging. Augenscheinlich wollte er so wenig wie möglich auffallen.

»Ich fürchte, wir sind ziemlich spät dran«, sagte ich.

Der Fahrer des Ford verstaute die Reisetasche, und Colin Ross schnallte sich auf dem freien Sitz an. Goldenberg kletterte ächzend heraus, damit ich meinen Platz einnehmen konnte.

Wir hoben ab, und der Flug verlief ohne besondere Zwischenfälle. Auch die Landung in Haydock klappte einwandfrei, und auf Anraten des Majors stellte ich die kleine Maschine etwa hundert Meter neben der Umzäunung des Rennplatzes ab.

Die Passagiere kletterten mit ihrem Gepäck hinaus, und Colin Ross blickte auf die Uhr. Ein leises Lächeln huschte um seine Lippen.

»Kommen Sie mit zu den Rennen?« fragte er.

Ich schüttelte den Kopf.

»Bleibe lieber bei der Maschine«, murmelte ich.

»Na, ich sage dem Mann am Tor Bescheid, falls Sie sich's noch überlegen sollten.«

»Danke«, erwiderte ich überrascht. »Vielen Dank.«

Er nickte mir flüchtig zu und wandte sich, ohne auf die anderen zu warten, dem Tor zu.

»Wissen Sie Bescheid, daß wir nach den Rennen nicht wieder nach Newbury, sondern nach Newmarket fliegen?« fragte Annie Villars.

»Ja«, versicherte ich. »Ich kenne die Anweisungen.«

»Falls wir nicht zuvor allesamt im Gefängnis landen«, murmelte Kenny vor sich hin.

Goldenberg musterte mich mit einem scharfen Blick, um zu sehen, ob ich die Bemerkung gehört hatte. Ich ließ mir nichts anmerken. Von mir aus konnten sie machen, was sie wollten.

Major Tyderman strich sich nervös den Schnurrbart.

»Das letzte Rennen ist um vier Uhr dreißig«, sagte er. »Danach brauche ich noch einen Drink. Wir könnten also um fünf Uhr fünfzehn starten. In Ordnung?«

»Gewiß, Major«, nickte ich.

»Vergeuden Sie keinen Penny auf das Rennen um drei Uhr dreißig!« rief Kenny mir zu.

Goldenberg lief rot an und hob die Faust. Es sah aus, als wollte er Kenny niederschlagen.

»Reißen Sie sich zusammen, Dummkopf!« zischte Annie Villars ihm zu.

Goldenbergs Unterkiefer sank herab und gab den Blick auf seine bräunlichen Zähne frei. Er ließ die Faust langsam sinken und sah wirklich wie ein ausgemachter Dummkopf aus.

»Und was Sie betrifft«, wandte sie sich an Kenny, »so habe ich Ihnen bereits gesagt, Sie sollen die Klappe halten. Das ist meine letzte Warnung!«

»Wollen Sie mich entlassen?« fragte er.

»Die Entscheidung darüber behalte ich mir bis nach den Rennen vor.«

Es schien Kenny nichts auszumachen, seinen Job zu verlieren. Mir kam es sogar vor, als wollte er die Frau provozieren.

Ich bekam plötzlich Lust, mir das Rennen um drei Uhr dreißig anzusehen. Zumindest würde es den langen Nachmittag ein bißchen verkürzen.

Seufzend kletterte ich in die Kabine und begann aufzuräumen. Annie Villars hatte braune Zigarillos geraucht. Goldenberg hatte ein paar Tabletten genommen und das Papier achtlos auf den Boden geworfen. Die Zeitung des Majors lag zusammengeknüllt in der Sitzecke.

Zwei weitere Flugzeuge landeten, eine viersitzige Cessna und eine sechssitzige Aztec.

Ich sah ihnen bei der Landung zu. Dem Piloten der Aztec hätte ich auf keinen Fall eine Goldmedaille verliehen. Ein paar kleine Männer kletterten heraus und eilten auf das Tor zum Rennplatz zu. Ein paar größere mit umgehängten Ferngläsern folgten.

Nachdem alle Passagiere gegangen waren, kletterten die beiden Piloten heraus, gesellten sich zueinander und zündeten sich eine Zigarette an. Da ich nicht in den Ruf eines Einzelgängers kommen wollte, trat ich auf sie zu. Sie blickten mir entgegen, aber ihre Blicke waren alles andere als freundlich.

»Hallo«, sagte ich höflich. »Ein schöner Tag.«

»Vielleicht«, erwiderte einer der beiden.

»Meinen Sie wirklich?« fragte der andere.

Sie musterten mich kühl und boten mir keine Zigarette an. Nun, ich kannte mich in diesen Dingen aus. Ich wandte mich ein wenig ab und las den Namen der Fluggesellschaft auf beiden Maschinen: Polyplane Services.

»Habt ihr einen weiten Flug hinter euch?« fragte ich, um nochmals eine Brücke zu bauen.

Sie starrten mich nur schweigend an.

Ich lachte ihnen ins Gesicht und kehrte zu meiner Maschine zurück.

»Wo ist Larry Gedge?« rief einer hinter mir her, nachdem ich etwa zehn Schritte zurückgelegt hatte. Seiner Stimme war anzumerken, daß er für Larry ebensowenig übrig hatte wie für mich.

Ich stellte mich taub. Wenn ihnen wirklich etwas daran lag, konnten sie ja zu mir kommen und mich höflich fragen.

Ich wußte seit langem, daß Piloten keine glückliche Bruderschaft waren. Sie waren zumindest so egoistisch und auf ihren eigenen Vorteil bedacht wie die Menschen auf der Erde.

Ich setzte mich in die Cherokee und betrachtete die Karte für den Rückflug. Dazu blieben mir vier Stunden Zeit, und ich schaffte es in zehn Minuten. Dann gähnte ich ausgiebig vor mich hin.

Da hörte ich, wie jemand auf die Tragfläche kletterte. Die Kabinentür wurde aufgeschoben, und ein Mädchen blickte herein.

Sie war schlank, dunkelhaarig und trug eine große Sonnenbrille, dazu ein blaues Leinenkleid und weiße Schuhe. Sie sah bezaubernd aus. Der Nachmittag war mit einemmal viel schöner als noch vor wenigen Minuten.

»Du olles, verdammtes Stinktier«, sagte sie.

Na ja, es war eben einer jener Tage.

2

»Autsch!« rief sie. »Der falsche Mann!« Sie nahm die Sonnenbrille ab und schob sie in die weiße Handtasche, die ihr an einer dicken, blau-weiß-roten Kordel über der Schulter hing.

»Schon gut.«

»Wo ist Larry?«

»Auf dem Weg in die Türkei.«

»Auf dem Weg?« Sie starrte mich verdutzt an. »Soll das heißen, daß er diesen Trip plant – oder daß er schon weg ist?«

Ich blickte auf meine Uhr.

»Ich glaube, er ist vor zwanzig Minuten in Heathrow gestartet.«

»Verdammt!« keuchte sie. »Verdammt!«

Sie streckte sich auf der Tragfläche, so daß ich ihre ganze Figur sehen konnte. Es war wirklich ein herzerfrischender Anblick für einen alten Luftpiraten. Die wohlgeformten Beine sahen nach etwa dreiundzwanzig Jahren aus, und ich konnte keinen Makel an ihnen feststellen.

Sie kauerte sich erneut auf die Tragfläche. Auch sonst war bei ihr alles an der richtigen Stelle.

»Wann kommt er zurück?«

»Er hat einen Drei-Jahres-Vertrag unterschrieben.«

»Oh, zum Teufel!« Sie starrte mich ein paar Sekunden an. »Kann ich einen Augenblick hineinkommen?«

»Aber sicher«, sagte ich und räumte die Karten von Goldenbergs Platz.

Sie ließ sich ins Polster fallen. Offensichtlich kannte sie sich in der Kabine eines Flugzeugs aus. Ich dachte an Larry den Glücklichen.

»Er hat Ihnen wohl – kein Päckchen – für mich übergeben?« fragte sie leise.

»Ich fürchte, nein.«

»So ein Biest ... Ähem, ist er eigentlich ein Freund von Ihnen?«

»Ich habe ihn nur zweimal gesehen, das ist alles.«

»Er hat meine hundert Pfund mitgehen lassen«, erklärte sie bitter.

»Mitgehen lassen?«

»Ja, ganz zu schweigen von meiner Handtasche mit den Schlüsseln und all dem anderen Kram.« Sie hielt inne und kniff die Lippen zusammen. »Als wir vor drei Wochen mit dieser Maschine nach Doncaster flogen, habe ich meine Handtasche vergessen. Larry hat mir jedesmal versprochen, er würde sie beim nächsten Flug zu den Rennplätzen mitbringen und mir oder Colin aushändigen – aber er hat es immer wieder vergessen. Vermutlich wußte er bereits, daß er in die Türkei abhaut, und hatte gar nicht die Absicht, mir die Handtasche zurückzugeben.«

»Colin – Colin Ross?« fragte ich.

Sie nickte abwesend.

»Ist das Ihr Mann?«

Sie sah mich betroffen an und lachte.

»Großer Gott, nein – er ist mein Bruder. Ich habe ihn eben vor den Garderoben gesehen und gefragt, ob Larry meine Handtasche gebracht hätte. Er schüttelte den Kopf und wollte mir noch etwas sagen, aber ich habe ihn einfach stehenlassen und bin hergegangen. Er wollte mir wohl sagen, daß Larry gar nicht der Pilot ist ... Oh, verdammt, ich lasse mir nicht gern etwas nehmen. Wenn er das Geld wirklich so dringend brauchte, dann hätte Colin es ihm ohne weiteres gegeben. Er hätte es mir nicht zu stehlen brauchen.«

»Ein ziemlicher Betrag, um ihn in der Handtasche herumzutragen«, bemerkte ich.

»Colin hatte mir das Geld gerade erst im Flugzeug gegeben. Er hatte es von einem dankbaren Verehrer, der auf ihn gewettet und ziemlich viel gewonnen hatte. Colin gab mir die hundert Pfund, und das war wirklich nett von ihm. Schließlich kann ich jetzt nicht noch einmal Geld von ihm verlangen. Es war ja meine Dummheit, die Handtasche im Flugzeug zu vergessen ...« Sie hielt inne. »Das Geld war zur Bezahlung meiner Flugstunden gedacht«, fügte sie dann hinzu.

»Wie weit sind Sie schon?« fragte ich.

»Oh, ich habe insgesamt fünfundneunzig Flugstunden hinter mir. Allerdings liegen sie über vier Jahre verteilt.«

Damit war sie zwar keine ausgesprochene Anfängerin mehr – aber in einer besonders kritischen Kategorie. Nach achtzig Stunden glauben die meisten Flugschüler, sie könnten nichts mehr dazulernen. Nach hundert Stunden sehen sie ein, daß ihnen doch noch eine ganze Menge fehlt. Alles, was dazwischen liegt, hat die höchste Unfallrate.

Sie stellte mir allerlei Fragen über die Maschine, und ich beantwortete sie.

»Nun«, sagte sie nach einer Weile, »es hat wenig Sinn, hier den ganzen Nachmittag herumzusitzen.« Sie kletterte zur Tür hinaus. »Kommen Sie nicht mit zu den Rennen?«

»Nein.« Ich schüttelte den Kopf.

»Ach, kommen Sie doch mit!« bat sie.

Sie stand im hellen Sonnenschein und sah sehr hübsch aus.

»Okay.« Lächelnd verließ ich das Cockpit. Es ist nutzlos, darüber zu grübeln, daß alles anders gekommen wäre, wenn ich drin geblieben wäre.

Ich schlüpfte in meine Jacke, sperrte sämtliche Türen zu und folgte dem Mädchen über den Rasen. Der Mann am Tor ließ mich ohne weiteres ein, und Colin Ross' Schwester wich keinen Schritt von meiner Seite.

»Sehen Sie den Braunen da drüben«, sagte sie, während sie mich zu der Stelle führte, wo die einzelnen Pferde paradierten. »Es hat Nummer sechzehn und ist Colins Pferd in diesem Rennen. Wirklich Klasse.«

»Tatsächlich?«

Sie sah mir belustigt in die Augen.

»Ja.«

»Soll ich darauf setzen?«

»Für Sie ist das alles nur ein Witz.«

»Nein«, protestierte ich.

»Doch.« Sie nickte nachdrücklich. »Sie sehen hier ebenso verloren aus wie ich bei einer spiritistischen Sitzung. Sie glauben einfach nicht daran. Dabei wird hier bei der Parade nur gewissermaßen die Ware vorgestellt.«

»Ich werd's mir merken.«

»Sie werden sich schon daran gewöhnen«, sagte sie im Brustton der Überzeugung.

»Nein«, wehrte ich entschieden ab.

Sie schüttelte den Kopf. »Doch, wenn Sie weiterhin Passagiere zum Rennplatz fliegen. Das wird die harte Schale knacken und allerlei Gefühle in Ihnen wecken.«

»Reden Sie eigentlich immer so mit Fremden?«

»Nein«, antwortete sie gedehnt.

»Haben Sie eigentlich einen Namen?« fragte ich.

»Ich heiße Nancy, und Sie?«

»Matt Shore.«

»Hm, ein glatter Name ... Paßt zu Ihnen.«

Sie führte mich zu einer Tür mit dem Schild: NUR FÜR BESITZER UND TRAINER. Wir gingen hinein, und Nancy schien hier alle zu kennen. Sie stellte mich verschiedenen Leuten vor, die jedoch sofort das Interesse an mir verloren, als sie hörten, daß ich keine Ahnung vom Wetten hatte.

»Er ist Pilot«, erklärte Nancy entschuldigend, »und hat Colin hergeflogen.«

»Ah«, murmelten die Leute. »Ah.«

Annie Villars und Major Tyderman waren ebenfalls im Raum. Annie überwachte die Pferde wie ein Feldmarschall, und der Major kritzelte auf seiner Wettkarte. Als er aufblickte und uns sah, kam er sogleich auf uns zu.

»Hören Sie«, sagte er, weil er meinen Namen schon wieder vergessen hatte, »wissen Sie vielleicht, ob ich mein *Sporting Life* in der Kabine gelassen habe?«

»Gewiß, Major.«

»Verdammt!« knurrte er. »Ich habe mir da ein paar wichtige Notizen gemacht. Nach diesem Rennen brauche ich das Blatt unbedingt!«

»Soll ich's holen?« fragte ich zuvorkommend.

»Sehr freundlich von Ihnen, mein Lieber – aber ich will es lieber selbst holen. Der Weg tut mir gut.«

»Die Maschine ist verschlossen, Major.« Ich zog die Schlüssel hervor und gab sie ihm.

»Fein.« Er nickte steif.

Das Rennen begann und war schon wieder vorüber, noch ehe ich überhaupt die einzelnen Farben der Jockeis unterscheiden konnte. Doch in diesem Fall spielte es kaum eine Rolle, denn Colin Ross kam als erster durchs Ziel.

»Wie geht's Midge?« wandte Annie Villars sich an Nancy, während sie das Fernglas wieder ins Etui schob.

»Oh, schon besser, danke sehr. Sie macht sich ausgezeichnet.«

»Freut mich zu hören. Die Ärmste hat viel durchgemacht.«

Nancy nickte lächelnd, und alle gingen die Treppe hinunter.

»Wie wär's mit einer Tasse Kaffee?« fragte Nancy. »Und vielleicht mit einem Sandwich?«

»Sie werden sich vermutlich um die anderen Leute kümmern müssen ... Ich komm schon zurecht.«

Ihre Lippen zuckten.

»Heute brauche ich einen Leibwächter, und dazu habe ich Sie ausersehen. Bleiben Sie also, wenn es Ihnen recht ist, immer in meiner Nähe.«

»Ich wüßte nicht, was ich lieber täte«, versetzte ich.

»Ausgezeichnet. Dann gibt's also Kaffee.«

Es war ein vortrefflicher Eiskaffee. Während wir an einem kleinen Tisch saßen und uns die Geflügel-Sandwiches schmecken ließen, erkannte ich, warum sie mich zum Leibwächter ernannt hatte. Sie schob etwas Langhaariges mit wucherndem Bart zurück, unter dem eine Art Tischtuch mit einem Loch in der Mitte hing.

»Ihr Job beginnt bereits!« rief sie mir zu.

Ich sprang auf, krallte beide Hände in das üppige Haar und drückte zu. Erst jetzt stellte sich heraus, daß es ein junger Mann war, der sich heftiger auf den Stuhl setzte, als ihm lieb war.

»Nancy . . .«, brummte er empört.

»Das ist Chanter«, sagte sie zu mir. »Wie Sie sehen, hat er das Hippie-Stadium noch nicht überwunden.«

»Ich bin Künstler«, brummte der junge Mann. Er trug ein gesticktes Stirnband, das mich irgendwie an das Zaumzeug der Pferde erinnerte. Auch bei näherer Betrachtung wirkte der dunkelgrüne Stoff wie ein Tischtuch mit einem Loch, in dem der Hals steckte. Allerlei silberne Ketten baumelten vor seiner Brust. Er trug keine Schuhe.

»Ich habe mit ihm die Kunstakademie besucht«, erklärte Nancy resigniert. »Das war in London. Jetzt ist er in Liverpool, und wann immer ich zu Rennen komme, taucht er hier auf.«

»Uh«, brummte Chanter.

Er griff mit grün-schwarz bemalten Fingern nach einem Sandwich.

»Lassen Sie Ihre unsauberen Gedanken lieber nicht um dieses kleine Vögelchen kreisen«, sagte er und spuckte dabei ein paar Brotkrümel aus. »Sie ist ausschließlich mein Territorium – ganz ausschließlich!«

»In der Tat?«

»Ja, in der Tat . . . Ohne jeden Zweifel.«

»Wie kommt das?«

Der Blick, den er mir zuwarf, paßte nicht recht zu seiner Aufmachung.

»Ich verfüge noch immer über das Salz, das man diesem Vögelchen auf den Schwanz streuen muß«, erklärte er. »Nur so ist sie zufrieden . . .«

Nancy betrachtete ihn mit gemischten Gefühlen; anscheinend wußte sie nicht recht, ob sie ihn auslachen oder sich vor ihm fürchten sollte. Ich konnte nur zu gut verstehen, daß sie in seiner Gegenwart Hilfe brauchte.

Er angelte sich das letzte Sandwich vom Teller und wandte sich an Nancy.

»Komm, wir wollen diesen Kerl abschütteln.«

»Kommt nicht in Frage, Chanter. Von mir aus kannst du mitkommen, aber Matt bleibt bei mir.«

Er starrte stirnrunzelnd zu Boden und sprang dann so unvermittelt auf, daß die Ketten an seiner Brust schepperten.

»Na, dann wollen wir keine weitere Zeit verlieren und zu den Pferden gehen.«

»Er kann tatsächlich zeichnen«, sagte Nancy, als wir dem Tischtuch hinaus in den Sonnenschein folgten.

»Daran zweifle ich keinen Augenblick. Ich wette, er macht lauter Karikaturen – mit einem unverkennbaren Element von Grausamkeit.«

»Woher wissen Sie das?« fragte sie betroffen.

»Nun, es paßt zu seinem Aussehen.«

Er stapfte barfuß neben uns her und achtete nicht auf die teils belustigten, teils befremdeten Blicke der Menge. Nancy schien sich längst daran gewöhnt zu haben.

Wir lehnten uns auf das Geländer, und Chanter begann, von seiner Arbeit zu schwärmen.

»Verkaufen Sie Ihre Bilder eigentlich?« fragte ich nach einer gebührenden Pause.

»Verkaufen?« Er musterte mich verächtlich. »Nein. Geld ist widerwärtig.«

»Es ist noch widerwärtiger, wenn man keins hat«, entgegnete Nancy.

»Du bist eine Renegatin, Mädchen!« rief er hitzig.

»Mit zwanzig kann man von Luft und Liebe leben«, sagte Nancy, »aber mit sechzig ist das schon anders.«

»Ich habe nicht die Absicht, sechzig zu werden – das ist etwas für Opas, aber nicht für mich.«

Wir schlenderten weiter und begegneten Major Tyderman, der seine Zeitung in einer Hand trug und mir mit der anderen die Schlüssel entgegenstreckte. Er streifte Chanter mit einem Blick, behielt sich aber großartig in der Gewalt.

»Ich habe wieder abgesperrt«, sagte er.

»Danke, Major.«

Er nickte und stampfte davon.

Während der nächsten beiden Rennen saßen wir im Gras, und Chanter erklärte uns seine Ansichten über Geld, Rassismus, Krieg, Religion und die Ehe. Es war immer wieder das alte Lied. Während des Vortrags beugte er sich zweimal unvermittelt vor und spannte die Hände um Nancys Brüste. Sie packte ihn jedesmal beim Handgelenk und schleuderte die Hand zurück. Beide verloren kein Wort darüber.

Nach diesem Rennen, in dem Colin Ross als dritter einlief, erklärte Chanter, seine Kehle wäre ausgetrocknet. Wir gingen zu der kleinen Bar im Tattersall. Chanter nahm die drei Colas zur Hand, so daß ich wohl oder übel zahlen mußte.

Den Mittelpunkt in der Bar bildete ein großer Mann mit einem starken, australischen Akzent. Er hatte einen neuen Gipsverband am Bein und bewegte sich recht ungeschickt mit den beiden Krücken. Sein lautes Lachen übertönte das Stimmengewirr, und er entschuldigte sich immer wieder, wenn er jemanden ungeschickt anrempelte.

Chanter betrachtete ihn mit seiner typischen Ablehnung.

Der Australier schwätzte dröhnend auf die Umstehenden ein.

»Ich kann nicht gerade sagen, daß mich der gebrochene Fuß unglücklich macht. War bislang mein weitaus bestes Investment.« Sein schallendes Lachen war ansteckend, und die Umstehenden begannen zu grinsen. Natürlich mit Ausnahme von Chanter.

»Ich hatte gerade vor einer Woche die erste Prämie bezahlt, und als ich auf der Treppe stürzte, bekam ich tausend Pfund. Ist das nicht toll? Tausend Pfund für einen Sturz auf der Treppe.« Er lachte wieder. »Kommt, Leute!« rief er. »Trinkt aus und laßt euch noch mal einschenken. Wir werden etwas von diesem unerwarteten Glück in meinen Freund Kenny Bayst investieren.«

Ich zuckte zusammen und warf einen Blick auf die Uhr. Kurz vor halb vier. Der Australier wandte sich um und humpelte in Begleitung von zwei Männern zur Tür.

»Wer«, fragte Chanter verärgert, »gibt einem solchen Kerl für einen gebrochenen Fuß tausend Pfund?«

»Eine neuartige Versicherung«, antwortete Nancy lächelnd, »für Besucher von Rennplätzen. Ich habe nur flüchtig davon gehört.«

»Versicherungen sind unmoralisch«, sagte Chanter dogmatisch, indem er sich hinter Nancy stellte und die Hand auf ihren flachen Bauch legte. Nancy riß das Handgelenk zurück. Als Leibwächter erntete ich nicht gerade besondere Lorbeeren.

Nancy wollte dieses Rennen unbedingt sehen und ging die Treppe hinauf. Ich folgte ihr, während Chanter unten warten mußte, denn hier hatte er keinen Zutritt.

Ein Blick auf Nancys Rennkarte zeigte mir, daß Kenny Bayst ein Pferd namens ›Rudiments‹ ritt – Nummer sieben, Besitzer der Duke of Wessex, Trainerin Annie Villars.

»Wie hat ›Rudiments‹ in den letzten Rennen abgeschnitten?« fragte ich Nancy.

»Hm?« machte sie abwesend, denn sie hatte nur Augen für das rosa-weiße Dress ihres Bruders. »Sagten Sie ›Rudiments‹?«

»Ja. Kenny Bayst und Annie Villars waren nämlich unter meinen Passagieren.«

»Ah, verstehe.« Sie warf einen Blick auf ihre Rennkarte. »Das letzte Rennen hat er gewonnen, das vorletzte ebenfalls, und im Rennen davor war er Vierter.«

»Also ein ziemlich gutes Pferd?«

»O ja.« Sie sah mich an und rümpfte das Näschen. »Ich sagte Ihnen doch gleich, daß es Sie packen wird.«

Ich schüttelte den Kopf.

»Reine Neugier. Ist er eigentlich Favorit?«

»Nein, Colin ist Favorit – aber Sie brauchen nur einen Blick auf die große schwarze Tafel da drüben zu werfen. ›Rudiments‹ ist zweiter Favorit und wird am Totalisator mit drei zu eins gewettet.«

Jetzt ging mir ein Licht auf. Aus der aufgeschnappten Unterhaltung wußte ich, daß Eric Goldenberg eine Menge Geld verloren hatte, weil Kenny Bayst zugesichert hatte, mit ›Rudiments‹ zu verlieren – dabei hatte er jedoch gewonnen ...

Die Pferde kamen mit etwa fünfzig Stundenkilometern vom Start los. ›Rudiments‹ entdeckte ich erst etwa hundert Meter vor dem Ziel. Das Pferd war an der Innenbahn eingeklemmt und hatte keine Chance, den führenden Colin Ross noch einzuholen. Kenny Bayst kam als Dritter durchs Ziel. Ich hatte keine Ahnung, ob Absicht dahintersteckte oder nicht.

»War das nicht großartig?« rief Nancy strahlend. Die neben ihr stehende Frau pflichtete ihr bei und erkundigte sich im gleichen Atemzug nach dem Zustand ihrer Schwester Midge.

»Oh, danke, sie ist wieder auf dem Posten«, gab Nancy zurück. Doch jetzt strahlte sie nicht mehr.

Die Pferde verschwanden im Hintergrund, und die Tribüne lichtete sich. Chanter stand am Fuß der Treppe und fuchtelte mit den Armen.

»Kommt 'runter!« rief er.

»Er hat nicht das geringste Taktgefühl«, murmelte Nancy. »Wenn wir nicht hinuntergehen, wird er weiterschreien!«

Er schrie tatsächlich weiter. Ein Platzordner trat auf ihn zu und redete auf ihn ein, aber es war zwecklos.

»Komm 'runter, Nancy!« schrie er, so laut er konnte.

Sie wich ein paar Schritte zurück, so daß er sie von unten nicht mehr sehen konnte.

»Bleiben Sie bei mir«, sagte sie, und es war mehr als eine höfliche Bitte.

»Wie Sie wünschen.«

»Sie haben ja selbst gesehen wie er ist – und dabei war er heute noch ziemlich friedlich, was ich Ihrer Begleitung zu verdanken habe.«

»Aber ich habe doch gar nichts getan.«

»Es genügt, daß Sie da sind.«

»Warum kommen Sie überhaupt nach Haydock, wenn er Ihnen so auf die Nerven geht?«

»Weil ich mir von ihm auf keinen Fall Angst einjagen lasse!«

»Er liebt Sie«, sagte ich.

»Nein. Himmel, sehen Sie den Unterschied denn nicht?«

»Doch«, erwiderte ich.

Sie trat auf den Treppenabsatz zu und blieb unvermittelt stehen.

»Warum rede ich eigentlich mit Ihnen, als würde ich Sie schon jahrelang kennen?«

Bis zu einem gewissen Grad hätte ich die Frage beantworten können, aber ich schüttelte lächelnd den Kopf.

Wieder drang Chanters Stimme an unser Ohr.

»Nancy, komm 'runter . . .«

Sie trat einen Schritt vor und blieb erneut stehen.

»Wollen Sie mir noch einen Gefallen tun? Ich bleibe ein paar Tage hier bei einer Tante, aber ich habe heute früh ein Geschenk für Midge gekauft und es Colin mitgegeben. Aber abgesehen von allem, was sich um Pferde dreht, ist er überaus vergeßlich. Möchten Sie sich bitte vor dem Start davon überzeugen, daß er das Geschenk für Midge nicht in der Garderobe vergessen hat?«

»Sicher«, versprach ich. »Ihre Schwester ... Wie ich hörte, ist sie krank gewesen.«

Sie blickte zum leuchtenden Himmel hinauf, und als ihr Blick zu mir zurückkam, erkannte ich den Schmerz hinter der glatten Fassade.

»Ja«, sagte sie tonlos. »Sie hat Leukämie.«

Nach einer Weile schluckte sie ein paarmal und fügte im gleichen Tonfall hinzu: »Sie ist meine Zwillingsschwester.«

3

Nach dem fünften Rennen erklärte Chanter mit finsterer Miene, daß ein paar Studenten auf ihn warteten. Obwohl er das ganze System haßte, mußte er natürlich von Zeit zu Zeit etwas verdienen. Er verabschiedete sich, indem er mit beiden Händen über Nancys Körper strich, und sie entging nur durch eine blitzschnelle Kopfwendung seinem Kuß mit weit aufgesperrtem Mund.

Er starrte mich an, als wäre ich an allem schuld. Dann wirbelte er auf seinen nackten, schmutzigen Füßen herum, daß die Ketten klirrten und das Tischtuch sich weit aufblähte, um im nächsten Augenblick in der Menge unterzutauchen.

»Seine Fußsohlen sind wie Leder«, sagte Nancy. »Scheußlich.« Doch ihr Gesichtsausdruck zeigte mir, daß sie Chanter noch nicht endgültig abgeschrieben hatte.

Da Nancy schon wieder Durst hatte, gingen wir erneut in die Bar. Der Mann mit dem Gipsverband saß auch wieder da. Diesmal hatte er andere Zuhörer und erzählte die gleiche Geschichte. Seine dröhnende Stimme brach sich an den Wänden.

»Man kann nicht mal seine eigenen Gedanken hören«, sagte Nancy.

Major Tyderman und Eric Goldenberg saßen an einem kleinen Ecktisch. Jeder hatte nicht nur einen doppelten, sondern einen dreifachen Whisky vor sich. Sie saßen Kopf an Kopf, damit sie ihre eigenen Worte verstehen konnten. Allem Anschein nach waren sie sich nicht gerade einig.

»Der Mann mit dem *Sporting Life*«, sagte Nancy, während sie meinem Blick folgte.

»Der andere ist ebenfalls ein Passagier von mir.«

»Sie sehen nicht gerade zufrieden aus.«

»So waren sie schon, als wir herkamen.«

»Sind sie Besitzer von Pferden, die schlecht liefen?«

»Nein, das glaube ich nicht. Sie sind wegen ›Rudiments‹ und Kenny Bayst hergekommen, aber sie sind nicht als Besitzer genannt.«

Sie nahm ihre Rennkarte zur Hand.

»›Rudiments‹, Duke of Wessex. Ein recht einflußreicher Mann ...«

»Kennen Sie ihn gut?«

»Ich habe ihn schon öfter getroffen.«

Die beiden Männer schoben ihre Stühle zurück und standen auf. Der Mann mit dem Gipsverband sah sie auf die Tür zugehen.

»Da sieh her ... Eric Goldenberg! Kommen Sie her, alter Freund, und lassen Sie sich zu einem Drink einladen.«

Goldenberg schien nicht besonders begeistert zu sein. Der Major nutzte die Situation aus und schob sich verstohlen zur Tür hinaus.

Der Mann mit dem Gipsverband legte Goldenberg vertraulich den Arm um die Schulter. Dabei rammte er Nancy mit den schwingenden Krücken.

»Entschuldigen Sie, Lady«, bellte er. »Ich hab mich noch nicht an den Umgang mit diesen Dingern gewöhnt.«

»Schon gut«, erwiderte Nancy, und Goldenberg sagte etwas, das ich nicht hören konnte. Ehe wir's uns versahen, waren wir in den Kreis der Zuhörer eingeschlossen, und der Australier bestellte eine neue Runde.

Aus der Nähe gesehen, wirkte er merkwürdig. Sein Gesicht und Haar waren fast farblos, nicht einmal die Augenbrauen stachen davon ab, und auch seine Lippen waren fahl. Alles in allem wirkte er wie ein personifiziertes Gespenst. Er hieß Acey Jones.

»Nun kommen Sie schon«, sagte er zu mir. »Cola ist gut für Säuglinge, aber nicht für Männer.« Auch seine Augen waren von einem blassen Blaugrau.

»Lassen Sie ihn, Alec«, sagte Goldenberg. »Er fliegt uns heim, und ein Pilot soll nun mal nichts trinken.«

»Ah, also ein Pilot?« rief er den Umstehenden zu, die das alles überhaupt nicht interessierte. »Die meisten Piloten, die ich kenne, sind ganze Kerle. Sie leben hart, lieben hart und trinken harte Sachen.« Er lachte selbstgefällig, als hätte er einen tollen Witz gerissen. »Nun kommen Sie schon und enttäuschen Sie meine Freunde nicht!«

»Also gut, ein Bier«, brummte ich.

Acey Jones reichte mir das Glas Bier und fuhr fort, sich wie ein Luxuszigeuner aufzuführen. Er kehrte zu seinem Lieblingsthema zurück und berichtete Nancy, Goldenberg und den anderen fünfzig Umstehenden, wie er für seinen gebrochenen Fuß tausend Pfund kassiert hatte.

»Hören Sie, mein Freund«, sagte er dann zu Goldenberg. »Sie sollten sich das mit der Versicherung wirklich überlegen. Ich habe im Leben noch keine Fünfpfundnote so gut angelegt ...«

Einige Umstehende drängten näher heran. Ich nahm die Gelegenheit wahr, stellte mein Glas auf den Tisch und wandte mich unbemerkt dem Ausgang zu. Nancy stellte ihr Glas ebenfalls ab und folgte mir.

Draußen schien noch immer die Sonne, doch inzwischen war die Wolkenbildung stärker geworden. Ich blickte auf meine Uhr. Zwanzig vor vier. Noch annähernd eine Stunde bis zu der von Major Tyderman festgelegten Zeit. Je länger wir warteten, desto ungemütlicher würde der Rückflug werden, denn laut Wettervorhersage waren später Gewitterfronten zu erwarten.

»Es ziehen ziemliche Wolken auf«, sagte Nancy mit einem Blick nach oben. »Scheußlich.«

Wir sahen zu, wie ihr Bruder in den Sattel stieg und das letzte Rennen mit Längen gewann. Am Fuß der Treppe verabschiedete Nancy sich von mir.

»Vielen Dank für die Begleitung ...«

»Es hat Spaß gemacht.«

Sie hatte ein sonnengebräuntes Gesicht und grau-braune Augen. Gerade dunkle Augenbrauen und nur eine Spur von Lippenrot. Kein Parfüm. In allem war sie das genaue Gegenteil meiner superblonden Ex-Frau mit ihrer Kriegsbemalung.

»Vermutlich werden wir uns bald wieder treffen«, sagte sie, »denn ich fliege oft mit Colin, wenn noch ein Platz frei ist.«

»Haben Sie ihn eigentlich selbst schon mal zum Rennen geflogen?«

»Großer Gott, nein!« Sie lachte perlend. »Er würde mir nicht zutrauen, daß ich ihn rechtzeitig hinbringe. Außerdem ist das Wetter meist zu schlecht. Vielleicht kommt einmal der Tag ...«

Sie tauschte einen Händedruck mit mir, der fast so kräftig war wie der ihres Bruders.

»Also dann auf ein andermal«, sagte sie.

»Hoffentlich bald.«

Sie nickte mir lächelnd zu und ging. Ich sah ihr nach und konnte nur mühsam den Impuls unterdrücken, ihr nachzulaufen und mich auf die gleiche Weise wie Chanter von ihr zu verabschieden.

Auf dem Weg zur Maschine kam Kenny Bayst mir mit dem Regenmantel überm Arm entgegen. Sein Gesicht war gerötet.

»Ich fliege nicht mit«, sagte er gepreßt. »Richten Sie Miss Annie Villars aus, daß ich passe. Man kann ihr einfach nichts recht machen. Das letztemal wollten sie mich zum Teufel jagen, weil ich gewonnen hatte, und heute ist es das alte Lied, weil ich nicht gewonnen habe. Als ob das immer von mir allein abhinge! Nein, mein Freund, ich steige nicht wieder in Ihre verdammte Kiste nur um mir die dauernden Sticheleien anzuhören.«

»In Ordnung.« Ich konnte es ihm nicht verdenken.

»Ich habe nur meinen Regenmantel geholt. Vielleicht komme ich per Anhalter heim.«

»Regenmantel? Aber die Maschine war doch abgeschlossen.«

»Nein. Richten Sie ihnen also aus, daß ich's satt habe, ja?«

Ich nickte und trat, während er dem Ausgang zustrebte, zum Flugzeug. Major Tyderman hatte gesagt, er hätte wieder abgeschlossen, aber offensichtlich stimmte das nicht.

Beide Türen der Kabine waren unverschlossen. Das gefiel mir gar nicht, denn Derrydowns hatte mir eingeschärft, die Maschine niemals unverschlossen zu lassen. Wiederholt hatten spielende Kinder allerlei Unfug angerichtet. Doch soweit ich sehen konnte, war alles in Ordnung.

Nachdem ich rundum alles überprüft hatte, nahm ich mir die Karte für den Rückflug vor. Wegen der Gewitterfronten konnte der Flug nach Newmarket etwas länger dauern als geplant, aber sonst gab es keinerlei Probleme.

Die Passagiere der beiden Polyplane-Flugzeuge stiegen ein, und die Maschinen hoben ab.

Annie Villars kam zuerst. Sie reichte mir ihren Mantel und das Fernglas, und ich verstaute die Sachen.

»Kenny Bayst bat mich, Ihnen auszurichten, daß er nicht mit uns zurückfliegt«, sagte ich.

Ihre Augen blitzten auf, aber ihre Stimme blieb ruhig.

»Das überrascht mich nicht.« Sie kletterte in die Kabine, legte den Gurt um und blickte über das Rollfeld.

Tyderman und Goldenberg hatten ihre Diskussion noch immer nicht beendet. Jetzt schien es ihnen nichts mehr auszumachen, ob ich zuhörte oder nicht.

»Es würde mich keineswegs überraschen«, knurrte Goldenberg, »wenn der kleine Lump uns eins ausgewischt hätte, indem er mit irgendeinem Buchmacher unter einer Decke steckte und von diesem noch mehr kassierte als von uns. Er hat uns zum Narren gehalten. Ich werde den Kerl noch umbringen, und das habe ich ihm auch gesagt.«

»Und was meinte er dazu?« fragte der Major.

»Er würde mir keine Chance dazu geben, der verdammte, kleine Lump!«

Sie standen vor der hinteren Kabinentür, und ihre Stimmen klangen wie fernes Donnergrollen.

Dann kam auch Colin Ross. Er trug noch immer die blaue Leinenhose und den Sweater. Ich ging ihm entgegen.

»Ihre Schwester Nancy hat mich gebeten, Sie an das Geschenk für Midge zu erinnern.«

»Oh, verdammt ...« Seine Stimme klang müde und gereizt. Er hatte sechs schwere Rennen hinter sich und davon drei gewonnen. Er sah völlig erschöpft aus.

»Wenn Sie wollen, hole ich es.«

»Würden Sie das wirklich tun?« Er zögerte einen Augenblick und machte eine müde Handbewegung. »Ich wäre Ihnen sehr verbunden. Wenden Sie sich an meinen Stallburschen Ginger Mundy. Er kann das Päckchen aus meinem Schrank holen.«

Ich nickte und ging zur Pforte. Das Päckchen war etwa von der Größe eines Schuhkartons und als Geschenk verpackt. Ich gab es Colin Ross, und er legte es auf Kenny Baysts leeren Sitz.

Der Major hatte bereits den Gurt umgelegt und trommelte mit den Fingern auf dem Etui seines Fernglases. Er saß steif auf dem Polster, und ich fragte mich, ob er sich eigentlich niemals entspannte.

Goldenberg wartete, bis ich meinen Platz eingenommen hatte. Dann kam er herein, schloß die Kabinentür und legte den Gurt um. Ich rollte zur Startbahn und sah mich noch einmal um.

»Alles klar?«

Die Passagiere nickten mir zu, nur Colin Ross war bereits eingeschlafen. Ich hob ab und nahm Kurs auf Newmarket. Die einzelnen Luftschichten waren längst nicht mehr so glatt wie zuvor. Die kleine Maschine wurde ziemlich durchgerüttelt und hüpfte von einem Luftloch ins andere.

Ich wich den dunklen Wolkenmassen nach Möglichkeit aus, denn dort konnte man, ehe man sich's versah, in einen teuflischen Hagelschauer geraten.

Jeder kennt das Gefühl, wenn plötzlich etwas von der Normalen abweicht. Man nennt es Furcht. Es ist nicht gerade besonders angenehm, wenn man in einer Höhe von viertausend Fuß gegen eine Gewitterfront ankämpft. Aber ich war es gewohnt, selbst bei schlechtestem Wetter zu fliegen. Es war also nicht die Gewitterfront, welche die kleine Alarmglocke in meinem Kopf ertönen ließ.

Irgend etwas stimmte mit dem Flugzeug nicht!

Und ich hatte keine Ahnung, was es war.

Mein Instinkt für Sicherheit regte sich. Es wurde behauptet, daß dieser Instinkt bei manchen Menschen besonders entwickelt ist. Wenn man Passagiere an Bord hatte, durfte man diesen Instinkt nicht ignorieren. Allein konnte man sich natürlich ganz anders verhalten – aber wann war man bei dem Geschäft schon mal allein im Flugzeug?

Die Instrumente waren in Ordnung, und auch der Motor arbeitete einwandfrei.

Es mußte am Steuerungssystem liegen, denn als ich seitlich vor einer dunklen Wolke auftauchte, hatte ich Schwierigkeiten, die Maschine wieder hochzuziehen. Dann lief alles wieder glatt. Nur der Instinkt blieb.

Bei der nächsten Kurve wiederholte es sich. Die Nase deutete nach unten und war nur schwer wieder hochzuziehen. Bei der dritten Kurve wurde es sogar noch schlimmer.

Ich blickte auf die Karte in meinem Schoß. Wir waren zwanzig Minuten von Haydock entfernt und hielten Kurs auf Nottingham. Noch achtzig Meilen nach Newmarket.

Ich wandte mich an die Passagiere.

»Tut mir leid, aber es kommt zu einer Verzögerung. Wir müssen auf dem East Midlands Airport in der Nähe von Nottingham landen, um das Flugzeug überprüfen zu lassen.«

»Ich kann nichts an der Maschine entdecken«, protestierte Goldenberg scharf. Sein Blick glitt über die einzelnen Instrumente. »Sieht alles in Ordnung aus.«

»Halten Sie es unbedingt für erforderlich?« fragte Annie Villars. »Ich möchte gern rechtzeitig bei den Stallungen eintreffen.«

»Verdammt!« knurrte der Major und richtete sich noch steiler auf.

Sie weckten Colin Ross.

»Der Pilot möchte landen, um die Maschine überprüfen zu lassen. Aber wir wollen ohne Verzögerung weiterfliegen. Soweit wir feststellen können, ist mit der Maschine alles in Ordnung ...«

»Wenn er sagt, wir landen, dann landen wir. Er ist hier der Boss«, erklärte Colin Ross.

Ich sah mich um. Mit Ausnahme von Colin Ross waren ihre Gesichter finster. Ich setzte mich per Sprechfunk mit East Midlands in Verbindung, bat um Landeerlaubnis und um einen Mechaniker.

Während ich zur Landung ansetzte, bedauerte ich meinen Entschluß, denn plötzlich schien wirklich alles wieder in bester Ordnung zu sein. Wenn es sich herausstellte, daß diese Zwischenlandung überflüssig war, würden sich die Passagiere bestimmt bei Derrydowns beschweren, und ich konnte mich nach meinem siebenten Job umsehen.

Die Landung klappte einwandfrei. Ich stellte die Maschine auf der angewiesenen Stelle ab, forderte alle zum Aussteigen auf und wandte mich dem Flughafengebäude zu; die Überprüfung dauerte mindestens eine halbe Stunde.

Die Passagiere murrten, denn sie hielten das alles für reine Zeitvergeudung. Ich brachte sie zum Restaurant und ging ins Office zum Routine-Report.

Während ich der Glastür zustrebte, hörte ich hinter mir einen scharfen Knall und unmittelbar darauf eine dumpfe Explosion.

Ich kannte diese Laute aus Erfahrung und wirbelte herum.

Wo eben noch die kleine schmucke Cherokee gestanden hatte, erhob sich ein riesiger Feuerball.

4

Die Bombe war im Bruchteil einer Sekunde detoniert, aber die Ermittlungen schleppten sich über lange Wochen dahin.

Es war natürlich ein gefundenes Fressen für die Presse, und die Schlagzeilen überschlugen sich: ›Colin Ross entgeht in letzter Minute dem sicheren Tod!‹ Oder: ›Champion-Jockei gewinnt das Rennen gegen die Zeit.‹

Annie Villars sagte in einem Fernseh-Interview, daß wir allesamt phantastisches Glück gehabt hätten. Major Tyderman erklärte: »Zum Glück war irgend etwas mit der Maschine nicht in Ordnung, und wir landeten zu einer Überprüfung. Sonst ...« Und Colin Ross hatte den angefangenen Satz offensichtlich beendet: »Sonst wären wir allesamt in Stückchen auf Nottingham herabgeregnet.«

Das alles kam natürlich erst, nachdem sie sich ein bißchen erholt hatten. Als ich sie vor dem Restaurant antraf, waren ihre Augen vor Schreck weit aufgerissen. Annie Villars zitterte am ganzen Körper. Als ich die Hand unter ihren Arm legte, starrte sie mich mit blicklosen Augen an und sackte in sich zusammen. Ich fing sie auf. Sie wog noch weniger, als man bei ihrer zierlichen Figur vermutet hätte.

»Mein Gott!« murmelte Goldenberg. »Mein Gott!« Er schien unfähig, einen klaren Gedanken zu fassen.

Die Lippen des Majors zuckten. Sein Gesicht war in Schweiß gebadet, und sein Atem kam in kurzen heftigen Zügen.

Ich hielt Annie Villars auf den Armen und blickte zu dem grellen Feuerball hinüber. Unmittelbar nach der ersten Detonation waren die Tanks explodiert, und die Wrackteile lagen in weitem Umkreis verteilt. Überall züngelten größere oder kleinere Flammen hoch.

Die Schwierigkeiten schienen mir nachzulaufen wie die Ratten dem Fänger von Hameln.

Colin Ross war ebenso schockiert wie die anderen – aber er hatte weitaus bessere Nerven.

»War das – eine Bombe?«

»Nichts anderes«, gab ich knapp zurück.

Er musterte mich scharf.

»Das ist kein Spaß!«

»Aber auch keine Tragödie«, brummte ich. »Wir sind ja noch auf der Bildfläche.«

Er entspannte sich und zwang sich zu einem kleinen Lächeln. »Ja, das stimmt.«

Unterdessen hatte jemand im Kontrollturm auf den Alarmknopf gedrückt. Ein paar Löschzüge brausten heran und spritzten Schaum auf die Brandfläche. Ihre Ausrüstung war natürlich für weitaus größere Flugzeuge bestimmt, und in knapp zehn Sekunden waren nur noch die verkohlten Überreste der Cherokee zu erkennen.

Sicherheitsbeamte schwirrten herum, und ein Wagen hielt mit quietschenden Reifen bei unserer kleinen Gruppe.

»Sind *Sie* mit dieser Maschine gekommen?«

Das war die erste Frage – aber bei weitem nicht die letzte. Ich wußte aus Erfahrung, was mir bevorstand.

»Wer von Ihnen ist der Pilot? Wollen Sie bitte mitkommen. Die Passagiere können ins Office gehen... Ist die Lady verletzt?«

»Nur ohnmächtig«, erwiderte ich.

»Oh?« Er zögerte. »Könnte sich nicht jemand von Ihnen um sie kümmern?« Sein Blick streifte Goldenberg, den Major und blieb dann ungläubig an Colin Ross hängen. »Entschuldigen Sie, aber sind Sie nicht...?«

»Ross«, brummte Colin. »Ja.«

Von diesem Augenblick an rollten sie den roten Teppich aus. Annie Villars wurde einer Stewardeß übergeben, der Major und Goldenberg bekamen einen starken Brandy vorgesetzt, und Colin Ross wurde mit Autogrammwünschen bestürmt. Gleichzeitig wurde die Presse alarmiert.

Die Beamten der Flugsicherung waren freundlich und zuvorkommend, wie üblich. Außerdem nachdrücklich und unerbittlich. Wie üblich.

»Warum sind Sie auf East Midlands gelandet?«

Schwierigkeiten mit der Maschine.

»Hatten Sie eine Ahnung, daß sich eine Bombe an Bord befand?«

Nein.

»Haben Sie die Maschine vor dem Start gründlich überprüft?«

Ja.

»Keine Bombe gefunden?«

Nein.

Ob ich mir darüber klar wäre, daß ich trotzdem für die Sicherheit des Flugzeugs verantwortlich war und somit zur Rechenschaft gezogen werden konnte, weil ich mit einer Bombe an Bord geflogen war?

Ja.

Wir blickten uns in die Augen. Es war immer das gleiche Spiel. Es gab nur verdammt wenige Menschen, die mit einer Bombe an Bord starteten und sich später dafür verantworten mußten. Die Beamten der Flugsicherung lächelten, denn es war natürlich blödsinnig, anzunehmen, daß jemand bewußt mit einer Bombe an Bord startete.

»Haben Sie das Flugzeug bei jedem Verlassen abgeschlossen?«

Ja.

»Und blieben die Türen versperrt?«

Jetzt kam die Krise. Ich erwähnte die Sache mit dem Major. Sie wußten es bereits.

»Er behauptet, er hätte die Türen wieder versperrt«, sagten sie. »Aber war es nicht trotzdem Ihre Pflicht, sich von der Sicherheit des Flugzeugs zu überzeugen?«

Stimmt.

»Wäre es nicht besser gewesen, den Major zu begleiten, als er die Zeitung holte?«

Kein Kommentar.

»Der Pilot ist verantwortlich für die Sicherheit an Bord.«

Es lief immer wieder auf diesen springenden Punkt hinaus.

»Während der drei vergangenen Tage haben wir Ihre

Passagiere eingehend vernommen, und keiner von ihnen hatte die geringste Ahnung, wer sie umbringen wollte – oder warum. Wir müssen Ihnen daher eine Menge Fragen stellen und Sie bitten, das Protokoll anschließend zu unterschreiben.«

»In Ordnung«, brummte ich. Ich sollte mir also mein eigenes Grab schaufeln. Wieder einmal.

»Alle sind übereinstimmend der Ansicht, daß die Bombe in dem Karton war, den Sie selbst an Bord brachten.«

Toll.

»Und daß Colin Ross das Opfer sein sollte.«

Ich lutschte an den Zähnen.

»Glauben Sie das nicht?«

»Ich habe wirklich keine Ahnung, für wen die Bombe bestimmt war«, sagte ich. »Aber ich glaube nicht, daß sie sich in dem Karton befand.«

»Warum nicht?«

»Der Karton stammte von seiner Schwester.«

»Das wissen wir.« Er war ein großer Mann mit nach innen gerichteten Augen, als wollte er das Klicken eines eingebauten Computers hören. Nichts konnte ihn daran hindern, die Wahrheit aufzudecken.

»Der Karton stand die ganze Zeit in Colin Ross' Garderobenschrank, die nur von Jockei und Stallburschen betreten werden darf«, fügte ich hinzu.

»Auch das ist uns bekannt.« Er lächelte. »Konnte die Bombe dem Gewicht nach in dem Karton gelegen haben?«

»Vermutlich.«

»Miss Nancy Ross sagt aus, es wäre eine Flasche mit Badeöl gewesen.«

»Waren keine Splitter zu finden?« fragte ich.

»Nein.« Der große Mann rümpfte die Nase. »Ich habe selten eine derart vollkommene Zerstörung gesehen.«

Wir saßen in Derrydowns sogenanntem Mannschaftsraum, und der große Mann sah sich um, während der kleinere sich über sein Notizbuch beugte.

»Mr. Shore, meines Wissens haben Sie sämtliche Pilotenlizenzen.«

Er hatte die Unterlagen natürlich längst eingesehen.

»Ja«, sagte ich.

»Aber dieses Air-Taxi-Geschäft ... Bei einem Mann mit Ihren Prüfungen?«

Ich zuckte die Schultern.

»Die allerbesten Möglichkeiten ...« Er schüttelte den Kopf. »Sie waren neun Jahre bei der BOAC und brachten es bis zum Captain. Dann haben Sie gekündigt.«

»Ja.« Die Gesellschaft stellte nie wieder einen Mann ein, der schon einmal bei ihr gearbeitet hatte.

Der große Mann warf einen Blick auf seine Notizen.

»Dann flogen Sie als Captain die Linienmaschine einer privaten britischen Fluggesellschaft, bis diese pleite ging. Danach ebenfalls als Captain für eine südamerikanische Gesellschaft, wo Sie nach einiger Zeit entlassen wurden. Dann flogen Sie Waffen, im Frühling folgte noch ein kleiner Job, und nun dies hier.«

Ich fragte mich, wer ihnen diese Liste zusammengestellt hatte.

»Es waren keine Waffen, sondern Lebensmittel und Medikamente. Auf dem Rückflug nahm ich jeweils Verwundete und Flüchtlinge mit.«

Er lächelte ein wenig.

»Auf irgendeiner fernen afrikanischen Landepiste, wo in dunklen Nächten auf Sie geschossen wurde?«

Ich sah ihn an. Er breitete die Hände aus.

»Ja, ich weiß, es war alles durchaus legal und hat uns nicht zu interessieren.« Er räusperte sich. »Standen Sie nicht vor vier Jahren schon einmal vor der Flugsicherungsbehörde? Als Sie damals für British Interport flogen?«

»Ja«, antwortete ich langsam.

»Hm.« Er wich meinem Blick aus. »Ich habe die Akten studiert. Sie durften die Lizenz behalten.«

»Ja.«

»Obwohl man sie Ihnen nach Lage der Dinge hätte nehmen können.«

Ich gab keine Antwort.

»Hat Interport die Geldstrafe für sie bezahlt?«

»Nein.«

»Obwohl Ihnen Fahrlässigkeit nachgewiesen wurde, hat Interport Sie weiterhin als Captain beschäftigt?«

»Stimmt.«

»Ja ... Nun, wer hat die Bombe in die Cherokee gebracht – wann und wo?«

»Wenn ich das wüßte.«

Er war noch immer äußerst zuvorkommend.

»Sie sind in White Waltham und Newbury gelandet ...«

»In White Waltham habe ich das Flugzeug nicht abgesperrt, denn während ich die Passagiere holte, konnte ich es die ganze Zeit im Auge behalten. Meines Erachtens ist es völlig ausgeschlossen, daß jemand in White Waltham eine Bombe an Bord schmuggelte.«

»Und in Newbury?«

»Alle blieben auf ihren Plätzen, und wir starteten, sobald Colin Ross eingestiegen war ...«

Der große Mann schüttelte den Kopf.

»Nach unseren Feststellungen muß die Bombe unmittelbar hinter dem Pilotensitz gelegen haben. Fragmente dieses Sitzes haben sich bei der Explosion in die Instrumente gebohrt.«

»Eine Minute, nachdem ich ihn verlassen hatte«, murmelte ich nachdenklich. »Scheußliche Vorstellung!«

»Ja ... Wer hätte denn in Haydock Gelegenheit gehabt?«

»Vermutlich jeder.« Ich seufzte. »Von dem Augenblick an, als ich Major Tyderman die Schlüssel gab, bis zu meiner Rückkehr zur Maschine.«

»Wie groß war diese Zeitspanne?«

»Annähernd drei Stunden, aber ...«

»Aber was?«

»Niemand konnte damit rechnen, daß das Flugzeug nicht abgesperrt war.«

Innerlich schäumte ich vor Wut. Der verdammte Major Tyderman! Vermutlich wäre ich mit ihm gegangen, wenn Nancy nicht da gewesen wäre ...

Der große Mann überlegte eine Weile.

»Meines Wissens standen auch zwei Polyplanes-Maschinen auf dem Rollfeld.«

»Ja.«

»Nun, dann werde ich mich mal mit den beiden Piloten unterhalten. Vielleicht haben sie etwas gesehen.«

Ich gab kein Kommentar. Er sah mich durchdringend an.

»Waren sie kollegial?«

»Die Piloten? Nicht besonders.«

»Nun, wir kennen den Konkurrenzkampf zwischen Derrydowns und Polyplanes – er währt schon seit längerer Zeit.«

»Das interessiert mich nicht«, seufzte ich.

So ging es noch eine Weile hin und her – aber es kam nichts heraus dabei.

»Theoretisch gibt es natürlich noch einen Ort, wo die Bombe an Bord geschmuggelt werden konnte«, sagte ich.

»Ja? Und zwar?«

»Hier.«

Der große Beamte und sein schweigsamer Freund gingen aufs Rollfeld, um den alten Joe zu befragen.

Harley bat mich in sein Office.

»Sind sie fertig?«

»Sie fragen gerade Joe, ob er die Bombe in der Cherokee versteckt hat.«

Harley war gereizt – aber das war bei ihm ein Dauerzustand.

»Lächerlich«, brummte er.

»Oder Larry.«

»Larry . . .«

»Er ist heute nachmittag in die Türkei abgehauen«, sagte ich. »Könnte er die Bombe vielleicht zur Erinnerung zurückgelassen haben?«

»Nein!« schnappte Harley.

»Warum hat er den Job hier aufgegeben?«

»Weil es sein Wunsch war.« Er sah mich durchdringend an. »Sie reden genau wie die Flugsicherung.«

»Entschuldigung«, murmelte ich. »Es muß wohl ansteckend sein.«

Die Aufmachung in Harleys Office erinnerte an bessere Zeiten. Auf dem Boden lag ein weicher Teppich, der Schreibtisch wirkte imposant, und an den Wänden hingen gerahmte Modelle einiger Flugzeugtypen.

Harley war Besitzer, Manager, Fluglehrer, Buchhalter und Fensterputzer in einer Person. Sein Personal bestand aus einem qualifizierten Mechaniker, der längst das Rentenalter erreicht hatte, einem gelegentlich auftauchenden Hilfsarbeiter, einem vollbeschäftigten Piloten (meine Wenigkeit), und einem Aushilfspiloten, der je nach Lage als Taxikutscher oder Fluglehrer fungieren mußte.

Vor der Explosion der Cherokee hatte Harleys ganzer Besitz aus drei Flugzeugen und einem hübschen Mädchen bestanden.

Jetzt hatte er also noch ein kleines, einmotoriges Schulflugzeug und eine acht Jahre alte, zweimotorige Aztec, für die er noch immer beträchtliche Ratenzahlungen leisten mußte.

Das Mädchen, Honey, die Tochter seines Bruders, arbeitete aus Liebe zur Sache und für einen Pappenstiel. Sie war diejenige, die das Schiff vor dem Untergang bewahrte. Ich kannte ihre Stimme besser als ihr Gesicht, denn sie saß ständig in dem kleinen Kontrollturm und regelte von dort aus den anfallenden Flugverkehr. Zwischendurch tippte sie Briefe, hielt die Unterlagen in Schuß, führte die Bücher, nahm in Abwesenheit ihres Onkels alle Telefongespräche entgegen und kassierte die Landegebühren der auswärtigen Piloten. Es hieß, daß Larry ihr das Herz gebrochen hätte, und deshalb kam sie so selten wie möglich von ihrem Krähennest herunter.

»Sie weint sich nach dem Kerl förmlich die Augen aus«, sagte mein Aushilfskollege. »Aber ich wette, daß Sie schon in zwei Wochen ihr nächstes Opfer sein werden. Unsere Honey hat sich noch nie einen guten Piloten entgehen lassen.«

»Wie steht's denn mit Ihnen?« fragte ich belustigt.

»Oh, mich hat sie schon wie eine Zitrone ausgequetscht, lange bevor Larry auf der Bildfläche erschien.«

»Wir haben seit der Bombe zwei Charterflüge verloren«, brummte Harley gereizt. »Die Leute sagen, die Aztec wäre zu teuer, sie würden lieber mit dem Wagen fahren.« Er wischte sich die Stirn. »Wir könnten uns aus Liverpool eine andere Cherokee Six besorgen. Ich habe gerade mit den Leuten telefoniert, und es scheint alles in Ordnung zu gehen. Sie bringen sie morgen nachmittag her, und wenn Sie aus Newmarket zurückkommen, können Sie zu einem Probeflug starten.«

»Wie steht's denn mit der Versicherung für die alte?« fragte ich. »Es würde sich doch eher auszahlen, eine neue zu kaufen.«

»Die Sache ist noch längst nicht geregelt – und außerdem ist das nicht Ihr Bier«, knurrte er.

Harley war ein kleiner dicker Bursche mit Glatze. Ihm fehlte das Zeug dazu, Derrydowns aus den roten Zahlen zu bringen. Er spielte sich gern als Boss auf – aber es steckte nichts dahinter.

»Joe würde nicht mal im Traum daran denken, eine Bombe in ein Flugzeug zu schmuggeln!« grunzte er. »Er kümmert sich wie eine Mutter um die Maschinen und poliert dauernd an ihnen herum.«

Das stimmte. Derrydowns Flugzeuge sahen stets aus wie aus dem Ei gepellt. Die Motoren liefen seidenweich.

Bei der Rückkehr vom Hangar sahen die Beamten der Flugsicherung ziemlich niedergeschlagen aus. Offensichtlich hatte Joe ihnen gehörig die Meinung gesagt. Mit seinen neunundsechzig Jahren und einem hübschen Bankkonto im Rücken konnte er natürlich seine eigenen Gesetze machen. Er hatte mir rundheraus erklärt, daß an seinen gewarteten Flugzeugen alles bestens in Schuß wäre, und wenn ich auch nur eine Sekunde daran zweifelte, dann sollte ich mir die vier Goldstreifen vom Ärmel nehmen lassen. Ich hatte meine Captain-Jacke seit vielen Monaten nicht mehr getragen und entgegnete, die Motten seien mir zuvorgekommen.

Die Beamten der Flugsicherung kamen in Harleys Office. Der große Mann setzte sich in den bequemen Sessel, und der kleine mit dem Notizbuch mußte mit dem harten Stuhl vorliebnehmen. Harley saß hinter seinem Schreibtisch, und ich lehnte mit der Schulter an der Wand.

»Nun also«, begann der Große. »Offensichtlich hatten hier alle Leute Gelegenheit, die Bombe an Bord zu schaffen. Vermutlich war sie für Colin Ross gedacht – aber mit Sicherheit läßt sich das nicht sagen.«

Er dachte nach und wandte sich an mich.

»Wenn man nur wüßte, worin die Bombe verpackt war . . .«

Ich drückte mich von der Wand ab.

»Nehmen wir mal an, sie war irgendwo außerhalb der Kabine angebracht ... Zum Beispiel wie eine Haftmine ... Bei all den vielen Kurven, die ich beschrieb, um der Gewitterfront auszuweichen, könnte sie sich gelockert und zwischen die Steuerkabel geraten sein ... Angenommen, das veranlaßte mich dann zu der Zwischenlandung ... Auf diese Weise hätte uns die Bombe selbst das Leben gerettet.«

5

Am nächsten Tag flog ich mit der Aztec fünf Jockeis und Trainer von Newmarket zu den Rennen in Newcastle. Gegen Abend machte ich einen Probeflug mit der neuen Cherokee. Sie hatte ständig den Hang, nach links unten auszubrechen, der Kraftstoffanzeiger funktionierte nicht, und das Stromsystem war unzuverlässig.

»Es ist ein alter, verdammt lauter Kasten, der bestimmt eine Menge Benzin schlucken wird«, sagte ich zu Harley. »Außerdem scheint die Batterie nicht richtig zu laden.«

»Aber sie fliegt«, brummte er. »Und sie ist billig. Joe wird die kleinen Mängel schnell beseitigen. Ich nehme sie.«

»Außerdem ist sie orange und weiß, genau wie die Flugzeuge von Polyplanes.«

Er starrte mich finster an.

»Ich bin ja nicht blind. Das kommt nicht von ungefähr, denn die Maschine hat ihnen ja bislang gehört.«

Ich zuckte die Schultern. Wenn er sich vor Polyplanes die Blöße geben wollte, eine ihrer drittklassigen und heruntergewirtschafteten Maschinen zu kaufen, dann war das schließlich seine Sache.

Er unterzeichnete den Vertrag, und der Pilot, der das Flugzeug hergebracht hatte, grinste schadenfroh und verließ kopfschüttelnd das Office.

Old Joe nahm sich der Cherokee an, und ich ging heim.

Dieses Heim war ein Wohnwagen, in dem Larry kampiert hatte, und vor ihm schon zahlreiche andere Piloten. Harleys Taxipiloten blieben im Durchschnitt etwa acht Monate, und sie waren mit dem Wohnwagen einverstanden, weil er den Arbeitsweg wesentlich verkürzte. Das Ding stand auf einer verstaubten Betonfläche, die während des Krieges als Fundament für eine Baracke der RAF gedient hatte. Der Wohnwagen war sowohl an das Stromnetz wie auch an die Kanalisation angeschlossen.

Die Einrichtung war recht spartanisch und zeigte die Spuren meiner vielen Vorgänger. Grüne Vorhänge waren an den Fenstern befestigt, am Spiegel klebte Fliegendreck, und die ausgeleierte Matratze gab beredtes Zeugnis davon, daß Honey hier der einzige Lichtblick gewesen war.

Ich hatte vergessen, mir Lebensmittel mitzubringen. In der Kochnische stand ein halbvolles Paket Cornflakes und eine Dose Kaffee. Da die Milch in der Hitze des gestrigen Tages sauer geworden war, konnte ich damit nicht viel anfangen. Mißmutig ließ ich mich auf ein Gestell fallen, das den Namen Sofa kaum verdiente, und öffnete die beiden Briefe, die am Morgen angekommen waren.

Einer stammte von einer Verleihfirma für Fernsehgeräte und bestätigte die Überschreibung des Geräts auf meinen Namen. Gleichzeitig wurde ich aufgefordert, sogleich die Leihgebühr zu entrichten, mit der Larry sechs Wochen im Rückstand war. Der andere Brief war von Susan. Sie schrieb mir, daß ich wie üblich mit den Unterhaltszahlungen im Rückstand wäre.

Ich legte die beiden Briefe auf den Tisch und blickte durchs Fenster in die sommerliche Abenddämmerung. Draußen war alles ruhig, und ich fragte mich, wie lange es wohl noch dauern würde, bis ich innerlich wieder zur Ruhe kam.

Ich hatte noch drei Pfund in der Tasche und sechzehn auf

dem Konto – aber wenigstens waren alle Schulden bezahlt: die beträchtliche Geldstrafe, die Kosten für die Scheidung und die Begleichung der Schulden, die Susan mir in einer Orgie von Haß aufgehalst hatte, als wir die letzten Wochen zusammengelebt hatten. Wegen meines Berufes war das Haus seit jeher auf ihren Namen eingetragen, und daran klammerte sie sich fest. Voller Triumph wohnte sie darin und kassierte ein Viertel von allem, was ich verdiente. Dazu bombardierte sie mich noch mit gehässigen Briefen, wenn ich mit den Zahlungen mal in Verzug geriet.

Ich verstand einfach nicht, wie sich Liebe derart verwandeln konnte. Als wir mit neunzehn Jahren heirateten, war für uns alles eitel Sonnenschein gewesen. Als dann später die ersten Komplikationen kamen, gab sie mir die Schuld daran, weil ich dauernd unterwegs war. Um ein wenig Abwechslung zu finden, hatte sie bei einem Arzt als Sprechstundenhilfe gearbeitet. Ihretwegen hatte ich in einer schwachen Stunde meinen guten Job bei der BOAC aufgegeben und bei Interport angefangen, wo ich nur kurze Strecken zurückzulegen hatte und fast jede Nacht daheim sein konnte. Natürlich verdiente ich entsprechend weniger, aber während der ersten drei Monate waren wir endlich wieder glücklich. Doch bald gerieten wir uns erneut in die Haare und rieben uns gegenseitig mehr und mehr auf.

Seit der Scheidung hatte ich alle Gefühle verdrängt und mich mit einem undurchdringlichen Eispanzer umgeben. Ich wollte mich in nichts mehr einlassen.

Ich hatte nichts unternommen, um die Unterkunft wohnlicher zu gestalten. Auch das entsprach meinem Prinzip, mich in nichts einzulassen – nicht mal mit einem Wohnwagen.

Und schon gar nicht mit Tyderman, Goldenberg, Annie Villars oder Colin Ross.

Bis auf Goldenberg waren sie beim nächsten Flug allesamt wieder an Bord. Old Joe hatte die Cherokee inzwischen zurechtgetrimmt. In der Kabine roch es noch ein wenig nach Seife, und alle Aschenbecher waren säuberlich geleert.

Ich mußte die Passagiere an diesem Tag in Cambridge abholen, und obwohl ich eine halbe Stunde zu früh eintraf, saß der Major bereits wartend am Eingang des Restaurants.

Als ich auf ihn zutrat, zog er das Fernglas aus dem etwas zu groß geratenen Etui und legte es auf den Tisch. Seine Hand glitt erneut ins Etui und tauchte mit einer silbernen, in Leder gehüllten Taschenflasche auf. Er hielt sie etwa sechs Sekunden lang an den Mund, schraubte sie wieder zu und schob sie seufzend ins Etui zurück.

Ich blieb vor dem Tisch stehen und grüßte.

»Oh – guten Morgen«, sagte er steif, stand auf und schob das Etui vor den Bauch. »Alles bereit?«

»Die anderen sind noch nicht hier. Noch zu früh.«

»Ah ja, natürlich.« Er fuhr sich mit dem Handrücken über den Schnurrbart und schob das Kinn vor. »Hoffentlich haben wir heute keine Bombe an Bord, was?«

Er meinte es nicht nur als Witz.

»Keine Bomben«, versicherte ich.

Er nickte und wich meinem Blick aus.

»Verdammt aufregend am vergangenen Freitag ...« Er hielt inne. »Fast wäre ich heute nicht gekommen. Dann hörte ich, daß Colin ... Ähem ...« Er brach ab.

»Ich werde den ganzen Nachmittag im Cockpit bleiben«, versprach ich.

Der Major nickte.

»Ein Mann von der Flugsicherung hat mich besucht. Wußten Sie das?«

»Man hat es mir gesagt.«

»Vermutlich waren sie auch bei Ihnen?«

»Ja.«

»Die kommen ziemlich weit herum.«

»Ja, sie sind sehr sorgfältig. Sie legen hundert Meilen zurück, um die Antwort auf eine einfache Frage zu bekommen.«

Er musterte mich scharf.

»Sprechen Sie aus Erfahrung?«

Ich hatte keine Ahnung von dem bitteren Klang in meiner Stimme gehabt.

»Ich hab' davon gehört.«

»Kann mir gar nicht denken«, brummte er, »warum sie das nicht der Polizei überlassen.«

Nein, dachte ich, keine Polizei der Welt ist so pingelig wie die britische Flugsicherung.

Annie Villars und Colin Ross trafen zusammen ein. Colin trug eine graue Hose und ein blaues Sporthemd.

»Guten Morgen, Matt«, sagte er.

Der Major sprang ihn wie ein Terrier an.

»Sie haben Annies Vorschlag also abgelehnt und wollen nicht für uns reiten?«

»Richtig, Major.«

»Warum?« knurrte er. »Unser Geld ist genausogut wie das der anderen, und Annies Pferde sind immer fit.«

»Tut mir leid, Major, aber wir wollen es bei meiner Ablehnung belassen.«

Der Major wandte sich beleidigt ab und verschwand mit Annie Villars in Richtung Theke. Colin setzte sich seufzend.

»Gott bewahre mich vor Betrügern«, murmelte er.

Ich setzte mich zu ihm.

»Sie kommt mir nicht wie eine Betrügerin vor.«

»Wer – Annie? Nun, in mancher Beziehung ist sie recht skrupellos. Aber vor allem will ich nichts mit Goldenberg zu schaffen haben. Sie macht alles, was er verlangt, und ich habe keine Lust, nach seiner Pfeife zu tanzen.«

»Wie Kenny Bayst?« fragte ich.

Er musterte mich von der Seite.

»So was spricht sich schnell herum. Kenny ist mit einem blauen Auge davongekommen, und ich will mit der ganzen Sache nichts zu schaffen haben.« Er dachte nach. »Der Beamte von der Flugsicherung fragte mich, ob es meiner Meinung nach etwas zu bedeuten habe, daß Kenny Bayst am Freitag nicht mit zurückgeflogen ist.«

»Und was haben Sie geantwortet?«

»Nun, Kenny schäumte natürlich vor Wut, aber ...« Er schüttelte den Kopf. »Er hätte niemals daran gedacht, mein und Ihr Leben durch eine Bombe zu gefährden.«

»Und außerdem«, pflichtete ich ihm bei, »geriet er erst bei den Vorhaltungen nach dem Rennen um drei Uhr dreißig in Wut; wie hätte er sich da innerhalb einer Stunde in Haydock eine Bombe besorgen sollen?«

Major Tyderman und Annie Villars kamen mit einer Frau und einem Mann aus dem Restaurant.

»O Gott!« brummte Colin Ross vor sich hin und sah mich vorwurfsvoll an. »Warum haben Sie mir nichts von den anderen Passagieren gesagt?«

»Ich hatte keine Ahnung, denn ich nehme die Aufträge nicht entgegen. Wer sind sie denn?«

Wir standen auf. Die Frau war etwa dreißig bis vierzig Jahre alt, aber wie ein Teenager gekleidet, und führte sich auch so auf. Sie schlang Colin die Arme um den Hals und küßte ihn ausgiebig auf die Wange.

»Liebster Colin, in der Maschine war noch ein Platz frei, und Annie sagte, ich könnte mitkommen. Ist das nicht großartig von ihr?«

Colin starrte Annie an, doch sie nahm keine Notiz davon.

Die Frau sprach in dem betonten Akzent der oberen Zehntausend und trat auf, als erwarte sie, daß sich jeder Mann ihr sofort zu Füßen warf.

Sie hängte sich so fest bei Colin ein, daß er sich nicht befreien konnte, ohne sie zu beleidigen.

»Kommt!« rief sie fröhlich. »Laßt uns alle einsteigen. Es ist ja so wundervoll, mit Colin zu fliegen!«

»Du brauchst nicht unbedingt mitzukommen«, brummte Colin mit unverhohlener Ablehnung.

»Nichts könnte mich davon abhalten, Liebster!« rief sie unbeeindruckt.

Wir bestiegen das Flugzeug. Der Mann, der mit der Frau gekommen war, schien zu ihrer Klasse zu gehören. Sie setzte sich auf den hintersten Sitz und bedeutete Colin, neben ihr Platz zu nehmen. Er zwinkerte mir zu.

»Wer ist sie?« fragte ich.

»Fenella Payne-Percival. Fenella, die Klette.«

»Und der Mann?« fragte ich lachend.

»Der Duke of Wessex. Annie hat eines seiner Pferde trainiert, das heute zum Start kommt.«

»Doch nicht etwa wieder ›Rudiments‹?«

Er sah mich überrascht an.

»Doch. Ich habe es auch für verfrüht gehalten. Kenny wird ihn übrigens nicht reiten.«

Annie und der Duke saßen auf den mittleren Plätzen, und der Major mußte warten, bis ich ins Cockpit geklettert war. Heute schien alles reibungsloser zu verlaufen als beim letzten Flug.

Als wir landeten, lockerten die Passagiere gähnend ihre Gurte.

»Ich wünschte, jeder Rennplatz hätte ein Rollfeld«, seufzte Colin Ross. »Das macht alles viel einfacher.«

Rennplätze mit Rollfeldern waren tatsächlich in der Minderzahl, und das war in Anbetracht der vielen Grünflächen eine Schande.

Die Passagiere streckten sich ausgiebig. Fenella Payne-Percival hüpfte wie ein ungeduldiges Schulmädchen herum, und der Major tätschelte liebevoll das Etui seines Fernglases. Annie Villars hängte ihre Sachen über den Arm und streifte den Duke mit einem sehnsüchtigen und zugleich hoffnungslosen Blick. Colin warf lächelnd einen Blick auf seine Uhr. Der Duke sah sich interessiert um und murmelte: »Schöner Tag, was?«

Er war ein großgewachsener Mann mit unverkennbar aristokratischem Gesicht und vollem, angegrautem Haar. Ich mußte unwillkürlich an Nancys Worte denken: ein interessanter Mann mit einem Minimum an Verstand.

»Kommen Sie mit, Matt?« fragte Colin.

Ich schüttelte den Kopf.

»Diesmal bleibe ich lieber bei der Maschine.«

»Brauchen Sie denn keinen Lunch, lieber Mann?« erkundigte sich der Duke.

»Sehr freundlich von Ihnen, Sir, aber ich esse mittags nur selten!«

»Tatsächlich?« Er lächelte. »Ich muß meinen Lunch immer haben.«

»Wir starten bald nach dem letzten Rennen«, sagte Annie Villars. »Gegen Viertel vor fünf.«

»In Ordnung«, erwiderte ich.

»Da bleibt uns ja kaum Zeit für einen Drink, Annie«, nörgelte der Duke.

»Na, dann eben etwas später.« Sie schluckte ihren Ärger hinunter.

»Nun kommt doch endlich!« rief Fenella ungeduldig. »Der Pilot kann sich doch um sich selbst kümmern, nicht wahr? Komm, liebster Colin!« Sie hängte sich wieder bei ihm ein, und er zuckte förmlich zurück. Auf dem Weg zum Tor wandte er sich noch einmal um, und ich mußte über sein unglückliches Gesicht lachen.

Drei weitere Flugzeuge waren in einer Reihe aufgestellt, eins von einer schottischen Air-Taxi-Firma, ein Privatflugzeug und eins von Polyplanes. Die Piloten schienen zu den Rennen gegangen zu sein, doch als ich nach einiger Zeit das Cockpit verließ, um mir die Beine ein wenig zu vertreten, sah ich den Piloten von Polyplanes etwa zehn Meter von mir entfernt stehen. Er rauchte eine Zigarette und betrachtete die Cherokee mit zusammengekniffenen Augen.

Er war einer der beiden von Haydock und schien überrascht, mich hier zu sehen.

»Hallo«, sagte ich höflich.

Er starrte mich abweisend an.

»Wie ich sehe, gehen Sie heute kein Risiko ein«, brummte er verächtlich.

»Stimmt.«

»Wir haben das Ding da veräußert«, dabei deutete er mit dem Kopf auf die Cherokee, »weil es kaum noch flugtauglich war. Für Leute wie Sie reicht es gerade noch.«

»Man merkt es an der Art, wie Sie die Kiste geflogen haben«, entgegnete ich, und diese Beleidigung trug natürlich keineswegs dazu bei, das Kriegsbeil zu begraben.

Er kniff die Lippen zusammen und schnippte den Stummel ins Gras. Ich betrachtete die kleine, aufsteigende Rauchwolke. Er wußte so gut wie ich, daß es unverantwortlicher Leichtsinn war, in der Nähe von abgestellten Flugzeugen zu rauchen – ganz abgesehen davon, daß es auf allen Rollfeldern strikt verboten war.

»Es überrascht mich, daß Sie das Risiko auf sich nehmen, Colin Ross zu fliegen. Wenn sich herausstellt, daß Ihre Firma für seinen Tod verantwortlich ist, sind Sie pleite.«

»Noch ist er nicht tot.«

»An seiner Stelle würde ich bestimmt nicht mehr mit Derrydowns fliegen.«

»Ist er früher vielleicht mit Polyplanes geflogen?« fragte ich. »Rührt dieser ganze Wirbel daher, daß er sich dann für Derrydowns entschieden hat?«

Er warf mir einen gehässigen Blick zu.

»Nein!« knurrte er.

Er sah mir an, daß ich ihm nicht glaubte. Da wandte er sich ab und ging.

›Rudiments‹ gewann das große Rennen. Colin Ross auf dem Favoriten wurde kurz vor dem Ziel eingestellt und auf den zweiten Platz verwiesen. Ich hörte das wilde Geschrei von der Tribüne.

Noch eine Stunde bis zum Ende des letzten Rennens. Ich gähnte, lehnte mich in meinem Sitz zurück und döste vor mich hin.

»Entschuldigen Sie«, sagte eine helle Jungenstimme wiederholt.

Ich sperrte die Augen auf und fuhr hoch. Ein etwa zehnjähriger Junge, augenscheinlich aus gutem Hause, hockte auf der Tragfläche und blickte in die Kabine.

»Tut mir aufrichtig leid, Sie geweckt zu haben; aber mein Onkel hat mich hergeschickt, um Sie zu holen. Er sagte, Sie hätten den ganzen Tag noch nichts gegessen. Außerdem hat sein Pferd gewonnen, und er möchte, daß Sie darauf mit ihm anstoßen.«

»Dein Onkel ist sehr freundlich«, erwiderte ich. »Aber ich kann das Flugzeug nicht verlassen.«

»Daran hat er gedacht und den Chauffeur meines Vaters mitgeschickt. Er kann diesen Platz bis zu Ihrer Rückkehr einnehmen.« Er grinste zufrieden.

Ich blickte an ihm vorüber. Da stand tatsächlich ein uniformierter Chauffeur mit blitzendem Mützenschirm.

»Okay«, sagte ich. »Ich ziehe mir nur die Jacke an.«

Der Junge führte mich durchs Tor zum Klubgebäude.

»Mein Onkel ist große Klasse«, sagte er.

»Ungemein rücksichtsvoll«, pflichtete ich ihm bei.

»Meine Mutter hält ihn für weich«, sagte der Junge. »Er

ist ihr Bruder. Sie kommen nicht besonders miteinander aus.«

»Schade.«

»Oh, ich weiß nicht recht. Wenn sie sich besser vertragen würden, hätte ich kaum Gelegenheit, ihn allein zu besuchen. Ich komme sehr oft zu ihm, und es ist immer wieder herrlich. Daher weiß ich auch, wie großartig er ist.« Er hielt inne. »Viele Menschen halten ihn für eingebildet ... Ich weiß gar nicht, warum.« Im Brustton der Überzeugung fügte er hinzu: »Er ist wirklich sehr nett.«

»Ich habe ihn zwar erst vorhin kennengelernt, aber ich finde ihn auch nett«, versicherte ich.

»Wundervoll!«

Der Duke saß hinter einer ganzen Batterie von Flaschen. Sein Neffe bahnte sich einen Weg zu ihm und zupfte ihn am Ärmel.

»Was?« Die freundlichen, braunen Augen erblickten mich. »Oh, ja!« Er beugte sich zu dem Jungen hinunter, und dieser kam zu mir zurück.

»Champagner oder Kaffee?«

»Kaffee, bitte.«

»Ich hole ihn«, sagte er. »Onkel hat mir das Geld gegeben.« Er ging zur Theke, kaufte eine Tasse Kaffee, dazu zwei Lachs-Sandwiches, und zahlte mit einer Pfundnote.

»Nun?« fragte er triumphierend. »Wie behagt Ihnen das?«

»Fein«, sagte ich. »Nimm dir ein Sandwich.«

Wir aßen gemeinsam.

»Sehen Sie sich nur mal den Mann da drüben an«, sagte er. »Sieht wie ein Geist aus.«

Ich blickte hinüber. Ein großer Mann mit schütterem, blondem Haar, Krücken, Gipsverband: Acey Jones.

Heute war er nicht so aufdringlich laut. Er stand ruhig mit einem Freund in der Ecke.

»Er hat sich bei einem Treppensturz den Fuß gebrochen und von der Versicherung tausend Pfund kassiert«, sagte ich.

»Meine Güte«, brummte der Junge. »Das ist es fast wert.«

»So meinte er auch.«

»Onkel hat auch etwas mit Versicherungen zu tun, aber ich kenne mich da nicht aus.« Er warf einen sehnsüchtigen Blick auf das Sandwich.

»Nimm's doch«, sagte ich.

»Aber sie gehören doch Ihnen.«

»Nur zu, wenn's dir schmeckt.«

Er sah mich strahlend an und grub die Zähne ins Brot.

»Ich heiße Matthew«, sagte er.

»Ich auch«, erwiderte ich lachend.

»Wirklich?«

»Ja.«

Ich hörte einen Schritt hinter mir, und dann drang die wohlerzogene Eton-Stimme an mein Ohr.

»Kümmert sich Matthew auch tüchtig um Sie?«

»Großartig, vielen Dank, Sir«, antwortete ich.

»Er heißt auch Matthew«, sagte der Junge.

Der Duke betrachtete uns. Er gefiel mir immer besser.

»Glückwunsch zu ›Rudiments'‹ Sieg, Sir.«

Er strahlte mich an.

»Ein wundervolles Rennen, nicht wahr? Nichts gefällt mir besser, als meine Pferde siegen zu sehen.«

Ich kehrte zur Cherokee zurück und fand den Chauffeur in ein Buch vertieft. Er streckte sich, erklärte kurz, daß alles in Ordnung wäre, und ging.

Trotzdem überprüfte ich alles noch einmal sehr gründlich und schraubte sogar die Trennwand hinter dem Gepäckraum ab. Alles war in Ordnung.

Als ich am Heck stand, um Höhen- und Seitenruder zu überprüfen, hörte ich plötzlich irgendwo hinter mir einen Schrei und drehte mich um.

Unmittelbar vor der Maschine der Polyplanes schlugen zwei große kräftige Männer Kenny Bayst zusammen.

6

Der Pilot von Polyplanes stand da und sah zu. Ich war mit ein paar schnellen Sätzen bei ihm.

»Um Himmels willen«, keuchte ich, »kommen Sie und helfen Sie mir!«

Er musterte mich kalt.

»Ich bin morgen zur Routine-Untersuchung vorgeladen. Helfen Sie sich doch selbst.«

Ich sprang einen der beiden großen Männer an, umklammerte seine zum Schlag ausholende Faust, drückte ihm den Arm nach hinten und rammte ihm das Knie ins Hinterteil. Während er röchelnd zu Boden sackte, trat ich seinem Kollegen vors Schienbein.

Aber sie waren weitaus besser auf diese Sache spezialisiert als ich, und da Kenny Bayst sich kaum noch auf den Beinen halten konnte, mußte ich allerlei Schläge einstecken. Doch ich keilte tapfer mit, und mehr als einmal landete meine Handkante hart an ihrem Hals und im Nacken. Offensichtlich warteten sie nur darauf, daß ich zu Boden ging, um mir dann in die Nieren zu treten – doch ich enttäuschte sie.

Nach einer Weile ließen sie wie auf Kommando von mir ab und trotteten übers Rollfeld davon. Ich lehnte mich keuchend mit dem Rücken an die Maschine und blickte auf den am Boden hockenden Kenny Bayst hinunter. Sein Gesicht war blutverschmiert. Seine Nase blutete stark, und er hatte versucht, es mit dem Handrücken abzuwischen.

Ich half ihm auf die Füße. Er rappelte sich mühsam hoch.

»Danke, Freund.« Er blinzelte mich an. »Sie sagten, sie wollten dafür sorgen, daß ich nie mehr reiten könnte... Mein Gott, ist mir schlecht... Haben Sie einen Schluck Whisky? O Gott...« Er beugte sich vor und übergab sich.

Nach einer Weile richtete er sich wieder auf und fuhr sich mit dem Taschentuch übers Gesicht.

»Suchen Sie lieber gleich den Arzt auf«, sagte ich.

»Vielleicht... Auf alle Fälle muß ich beim großen Rennen am Montag dabeisein... Es geht um einen besseren Job als bei Annie Villars.« Er zwang sich zu einem Lächeln. »Man muß eben sehen, daß man über die Runden kommt.«

»Ihr Zustand ist nicht allzu schlimm.«

»Na, wenigstens ist nichts gebrochen – vielleicht bis aufs Nasenbein.« Er hüstelte. »Nach einer heißen Sauna kann ich Montag schon wieder in den Sattel, und das habe ich Ihnen zu verdanken.«

»Wie wär's denn mit der Polizei?«

»Großartige Idee!« knurrte er sarkastisch. »Stellen Sie sich nur mal all die Fragen vor: ›Warum hatte jemand ein Interesse daran, Sie zusammenschlagen zu lassen, Mr. Bayst?‹ – ›Nun, weil ich eine Abmachung mit diesem Eric Goldenberg hatte, und als ich das Rennen entgegen der Abmachung gewann, hetzte er mir diese beiden Raufbolde auf den Hals...‹« Er streifte mich mit einem flüchtigen Blick. »Wollen mal abwarten, wie es morgen aussieht. Und wenn ich am Montag wieder reiten kann, werde ich den Zwischenfall einfach vergessen.«

»Und wenn sie einen zweiten Versuch unternehmen?«

»Nein«, murmelte er kopfschüttelnd, »das tun sie nicht.«

Er stellte sich an das Flugzeug, betrachtete sein Spiegelbild im Fenster der Kabine, feuchtete das Taschentuch an und wischte sich die Blutspuren aus dem Gesicht. Vorsichtig tastete er mit Daumen und Zeigefinger den Nasenrücken ab.

»Scheint alles in Ordnung zu sein«, murmelte er. »Dann will ich jetzt mal hineinklettern, denn ich bin mit dieser Maschine gekommen ...«

Ich half ihm in die Kabine, und er ließ sich auf den Platz fallen. Er sah nicht so aus, als könne er in sechsundvierzig Stunden ein Rennen reiten.

Ich schickte den Piloten ins Restaurant, um eine Flasche Whisky zu holen, und als er nach einer Weile mit finsterem Gesicht und der Flasche unterm Arm zurückkam, war das letzte Rennen vorüber, und ich kehrte zur Cherokee zurück.

Annie Villars wartete bereits.

»Sie sagten doch, Sie wollten beim Flugzeug bleiben«, bemerkte sie spitz.

»Ich habe es nicht aus den Augen gelassen.«

Sie schnaubte verächtlich. Ich unterzog die Maschine einer letzten Überprüfung von innen und außen. Alles war in Ordnung.

Mein Kopf brummte, und die Arme schmerzten mich. Bei jeder Bewegung spürte ich Stiche im Solar plexus.

»Wußten Sie eigentlich«, wandte ich mich an Annie Villars, »daß Kenny Bayst gerade von zwei wüsten Burschen zusammengeschlagen wurde?«

Sie verzog keine Miene. »Ist er schwer verletzt?«

»Na, jedenfalls steht ihm keine angenehme Nacht bevor.«

»Ich möchte sagen, daß er sich das selbst zuzuschreiben hat.«

»Weswegen?«

Sie starrte mich an.

»Sie sind doch nicht taub.«

»Kenny meint, er hätte es Mr. Goldenberg zu verdanken«, sagte ich achselzuckend.

Damit hatte sie anscheinend nicht gerechnet. Sie überlegte.

»Kenny konnte noch nie den Mund halten«, sagte sie dann ausweichend und fügte hinzu: »Eine dumme Sache ...«

Major Tyderman, der Duke of Wessex und Fenella Payne kamen zum Flugzeug. Der Duke redete noch immer begeistert vom Sieg seines Pferdes.

»Wo ist Colin?« fragte Fenella. »Noch nicht hier? So ein Unsinn! Sein Stallbursche sagt, er sei bereits zum Flugzeug gegangen ...« Sie begann zu schmollen. Ihre goldenen Armketten klimperten, ihr schweres Parfüm hatte sich noch immer nicht verflüchtigt. Insgeheim zollte ich Colin meine Bewunderung, weil er sich so vortrefflich aus der Affäre gezogen hatte.

Der Major hatte offensichtlich tüchtig mitgefeiert. Seine Augen waren blutunterlaufen, und er hielt sich längst nicht so straff wie üblich. Selbst sein Kinn war nicht mehr vorgereckt.

Der Duke ersuchte den Major, mit ihm den Platz zu tauschen, so daß er auf dem Rückflug neben mir sitzen konnte.

»Es macht mir immer Freude, die Instrumente und Armaturen zu beobachten«, sagte er.

Der Major stimmte sofort zu. Schließlich war sein Bauch voll vom edlen Champagner des Duke.

»Ist irgend etwas los, mein lieber Mann?« fragte mich der Duke.

»Nein, Sir.«

Er musterte mich forschend.

»Scheint mir aber doch so zu sein.«

Ich wischte mir den Schweiß von der Stirn.

»Ein heißer Tag«, murmelte ich.

Endlich kam Colin. Er hatte dunkle Schweißflecken unter den Achselhöhlen. Fünf schwere Rennen waren nicht spurlos an ihm vorübergegangen.

»Alles in Ordnung?« fragte er mich.

»Ich wußte es doch«, brummte der Duke.

»Ja, danke«, murmelte ich.

Colin warf einen Blick auf die Maschine der Polyplanes.

»Ist Kenny schlimm zugerichtet?«

»Halb so wild. Er wollte nicht, daß jemand davon erfährt.«

»Ein Jockei hat mit ihm gesprochen und ist zu uns gekommen. Kenny erklärte ihm, er hätte Ihnen sein Leben zu verdanken ...«

»Was?« fragte der Duke.

Colin erklärte ihm die Situation, und beide starrten mich an.

»Ich kann ohne weiteres fliegen, falls Sie sich darüber Sorgen machen sollten.«

Colin schnitt eine Grimasse. Dann grinste er, atmete tief ein und schwang sich auf den Sitz neben der wartenden Fenella. Der Duke setzte sich neben mich, und wir rollten los.

Südlich von Cambridge gerieten wir in eine große Wolke, so daß wir kaum die Hand vor den Augen sehen konnten, und der Duke fragte mich, welche Garantie wir hätten, nicht mit einem anderen Flugzeug zusammenzustoßen.

Eine solche Garantie gab es natürlich nicht – nur die Gesetze der Wahrscheinlichkeit.

»Der Himmel ist weit«, sagte ich. »Und es gibt feste Regeln für derartige Situationen. Zusammenstöße kommen praktisch nie vor.«

Er lehnte sich beruhigt zurück.

»Woher wissen Sie eigentlich, wo wir gerade sind?«

»Ich richte mich nach den Peilstrahlen der Bodenstationen«, erklärte ich. »So lange diese Nadel genau nach unten zeigt, sind wir auf richtigem Kurs.«

»Phantastisch!« rief er.

Die Landung verlief ohne Zwischenfälle. Ich ließ die

Cherokee vors Restaurant rollen und nahm den Kopfhörer ab, der heute weitaus schwerer schien als sonst.

»Das hätte ich mir um keinen Preis entgehen lassen«, sagte der Duke und löste seinen Gurt. »Bislang bin ich immer im Wagen gefahren, aber heute hat Annie mich überredet, einmal mitzufliegen. Von nun an werde ich immer mit Ihnen fliegen, mein lieber Mann.«

»Ausgezeichnet, Sir.«

Er sah mich freundlich an.

»Legen Sie sich daheim gleich ins Bett, Matthew. Ihre Frau soll dafür sorgen, daß Sie es schön warm haben, ja?«

»Ja«, murmelte ich.

»Gut, gut.« Er nickte und kletterte zur Tür hinaus auf die Tragfläche. »Sie haben großen Eindruck auf meinen Neffen gemacht, mein Lieber. Und ich halte viel von seiner Menschenkenntnis. Er merkt auf Anhieb, wer gut ist und wer nicht.«

»Er ist ein netter Junge«, sagte ich.

Der Duke lächelte glücklich.

»Mein Erbe.«

Er sprang von der Tragfläche und half Annie Villars in den Regenmantel. Eigentlich wäre das meine Aufgabe gewesen – aber ich hatte noch nicht mal meinen Gurt geöffnet und dachte an den scheußlichen Rückflug nach Buckingham und an den trostlosen Wohnwagen . . .

Die Passagiere winkten mir noch einmal zu und verschwanden im Restaurant. Während ich mißmutig die Flugkarte betrachtete, wurde plötzlich ans Fenster geklopft, und ich blickte auf. Colin Ross betrachtete mich lächelnd. Ich öffnete das Fenster.

»Sagten Sie nicht, daß Sie ohne weiteres fliegen könnten?« fragte er.

»Das war vor zwei Stunden.«

»Ah ja, natürlich.« Sein Lächeln wurde breiter. »Wenn

Sie jetzt nicht mehr so darauf erpicht sind, weiterzufliegen, dann kommen Sie doch mit in mein Haus. Morgen können Sie dann immer noch heimfliegen. Vielleicht ist das Wetter dann besser.«

Er war schon sehr viel geflogen und kannte sich aus. Immerhin überraschte es mich, daß er noch einmal zurückgekommen war.

»Schon möglich«, pflichtete ich ihm bei. »Aber ich könnte ja in Cambridge übernachten ...«

»Steigen Sie aus und keilen Sie die Maschine fest«, sagte er ruhig.

»Ich muß mich erst mit Derrydowns in Verbindung setzen ...«

»Nur zu.«

Ich kletterte langsam hinaus und zog die Jacke an. Wir wandten uns dem Gebäude zu.

»Rufen Sie auch gleich Ihre Frau an«, sagte er.

»Hab' keine.«

»Oh.« Er musterte mich neugierig.

»Nein, nein«, erwiderte ich. »Nicht was Sie denken. Ich wurde vor drei Jahren nach zwölf Ehejahren geschieden.«

Er lachte, und in seinen Augenwinkeln standen tausend kleine Fältchen.

»Dann sind Sie besser dran als ich, denn ich bin vor vier Jahren nach nur zwei Ehejahren geschieden worden.«

Harley meldete sich nach dem ersten Rufzeichen.

»Wo sind Sie? In Cambridge? ... Nein, kommen Sie gleich zurück. Wenn Sie in Cambridge bleiben, müssen wir einen Haufen Gebühren zahlen.«

Ich hatte natürlich nichts von dem Kampf und von den Schlägen erwähnt, die ich abbekommen hatte.

»Ich zahle die anfallenden Gebühren selbst«, sagte ich. »Sie können es von meinem Gehalt abziehen. Colin Ross hat mich in sein Haus eingeladen.« Gegen diesen Trumpf kam er nicht an, denn Colin war bei weitem sein bester Kunde.

»Ah ... Das ist natürlich etwas anderes. Dann kommen Sie also morgen früh.«

Ich ging zur Flugleitung und veranlaßte, daß die Cherokee unter Dach und Fach kam. Dann machte ich's mir in Colins Aston Martin gemütlich und verscheuchte alle finsteren Gedanken.

Der Bungalow stand im Außenbezirk von Newmarket. Drinnen herrschte eine anheimelnde Atmosphäre.

»Setzen Sie sich«, sagte Colin einladend.

Ich sank in einen Sessel und schloß die Augen.

»Whisky oder Brandy?« fragte er.

»Wie Sie wollen.«

Ich hörte ihn einschenken.

»Bitte.«

Ich öffnete die Augen und nahm ihm dankbar das Glas ab. Es war Brandy mit Wasser und von unübertroffener Wirkung.

Ich hörte in der Küche Geschirr klappern. Es roch nach gebratenem Hähnchen. Colin schnupperte.

»Das Essen ist bald fertig. Ich werde den beiden Köchinnen Bescheid sagen, daß wir einen Gast haben.«

Er verließ das Wohnzimmer und kehrte kurz darauf mit den Köchinnen zurück.

Ich rappelte mich langsam aus dem Sessel hoch. Darauf war ich nicht vorbereitet gewesen.

Im ersten Augenblick sahen sie wie zwei Hälften eines Ganzen aus: Nancy und Midge. Das gleiche dunkle Haar, die gleiche Figur, die gleichen dunklen Augen, und das gleiche herzliche Lächeln zum Willkommen.

»Der Vogelmensch in eigener Person«, sagte Nancy. »Wie hast du ihn denn eingefangen, Colin?«

»Er ist gerade ein bißchen flügellahm ...«

»Das ist Midge«, sagte Nancy. »Midge ... Matt.«

»Hallo«, sagte Midge. »Der Mann mit der Bombe an Bord, nicht wahr?«

Wenn man genauer hinsah, konnte man den Unterschied erkennen. Midge war schmäler und bleicher und wirkte zerbrechlicher als Nancy – aber sie machte keineswegs den Eindruck einer Kranken.

»Hoffentlich die erste und letzte Bombe«, erwiderte ich.

Sie erschauerte.

»Das ging ja gerade noch mal gut.«

Colin schenkte ihnen einen Dubonnet und sich selbst einen Whisky ein.

»Bomben, Prügeleien ... Es ist nicht gerade beneidenswert, wie Sie in die Flüge zu den Rennplätzen eingeführt worden sind ...«

Er beschrieb den Zwischenfall mit Kenny Bayst, und die beiden Mädchen waren voller Verständnis und Mitleid – dabei hatte ich nur ein paar kleine Kratzer davongetragen.

Zum Dinner setzten wir uns in die Küche, ließen uns den Braten schmecken und nagten einträchtig die Knochen ab. Es war mein schönster Abend seit vielen Jahren.

»Woran denken Sie im Augenblick?« fragte Nancy.

»Daran, daß ich künftig öfter in Cambridge krankmachen werde.«

»Darauf brauchen Sie nicht erst zu warten«, sagte Midge. »Kommen Sie, wann immer Sie wollen.«

Sofort war wieder mein Eispanzer da. Laß dich auf nichts ein, alter Junge, warnte mich die innere Stimme.

Die Mädchen räumten das Geschirr ab und kochten Kaffee. Nancy schenkte Sahne ein.

»Glauben Sie, daß die Bombe für Colin gedacht war?« fragte sie.

Ich zuckte die Schultern.

»Keine Ahnung. Sie könnte auch für Major Tyderman, Annie Villars, Goldenberg oder Kenny Bayst bestimmt gewesen sein, denn sie muß schon an Bord gelegen haben, ehe er sich's überlegte und nicht mit uns zurückflog. Vielleicht sollte auch die Firma Derrydowns außer Gefecht gesetzt werden ...«

»Ich kann mir nicht vorstellen, warum jemand Colin nach dem Leben trachten sollte«, sagte Midge. »Natürlich wird er von vielen beneidet – aber deswegen das Leben von fünf Menschen aufs Spiel zu setzen ...«

»Alle nehmen die Sache so ruhig hin!« explodierte Nancy unvermittelt. »Der verdammte Bombenleger läuft noch immer frei herum, und niemand ahnt, was er nun wieder anstellen wird. Niemand bemüht sich, ihn dingfest zu machen, ehe er weiteres Unheil anrichtet.«

»Ich kann mir nicht vorstellen, wie man ihn aufspüren soll«, versetzte Colin. »Außerdem glaube ich nicht, daß er es noch einmal riskieren wird.«

»Du kommst mir wie der Vogel Strauß vor!« stieß Nancy bitter hervor. »Denkst du denn gar nicht daran, was aus Midge und mir wird, wenn der nächste Anschlag gelingt?«

Ich sah Midges Blick und verstand Nancys Befürchtungen. Eines Tages würde sie ohne ihre Schwester sein, und sie konnte den Gedanken nicht ertragen, auch noch den Bruder zu verlieren.

»Dazu wird es nicht kommen«, sagte Colin ruhig.

Sie sahen ihn an und dann mich. Tiefes Schweigen senkte sich über den Raum.

7

Ich schlief auf der Couch in Colins Arbeitszimmer, einem kleinen, mit allerlei Trophäen angefüllten Raum. An den Wänden hingen viele vortreffliche Pferde-Porträts, und so dröhnte deren Hufschlag mir die ganze Nacht hindurch in den Ohren. Doch gegen Morgen wurde es in meinem malträtierten Kopf friedlich.

Colin kam in einem dunklen Bademantel herein und brachte mir eine Tasse Tee. Er stellte sie auf den kleinen Tisch und zog die Vorhänge auf.

»Es regnet ununterbrochen«, sagte er. »Kein Gedanke, daß Sie bei diesem Wetter starten können. Legen Sie sich also wieder hin und schlafen Sie weiter.«

Ich warf einen Blick durchs Fenster. Der Regen störte mich ganz und gar nicht.

»Heut ist mein freier Tag«, sagte ich.

»Ausgezeichnet.« Er setzte sich auf die Couchkante. »Fühlen Sie sich besser?«

»Ja«, antwortete ich. »Das heiße Bad hat Wunder gewirkt.«

»Die Schmerzen waren Ihnen gestern abend bei jeder Bewegung anzusehen.« Er hielt inne. »In diesem Haus sind wir feinfühlig geworden. Midge meint immer, wenn Nancy und ich nicht vorsichtig sind, wird sie uns noch überleben.«

»Sie ist wundervoll.«

»Ja, das ist sie.« Er blickte zum Fenster hinaus. »Zuerst war es ein furchtbarer Schlag. Aber jetzt – ich weiß nicht ... Wir scheinen uns damit abgefunden zu haben, alle drei.«

»Wie lange noch?« fragte ich zögernd.

»Wie lange sie noch zu leben hat? Nun, das ist ganz unterschiedlich. Die Ärzte meinen, sie leidet schon seit etwa drei Jahren daran. Aber die Diagnose kann immer erst nach einer gewissen Zeit gestellt werden. Manche Menschen sterben innerhalb weniger Tage. Andere leben zwanzig Jahre damit. Bei den heutigen modernen Behandlungsmethoden, meinen die Ärzte, könnte es sich von zwei bis zu sechs, mitunter sogar bis zu zehn Jahren nach der Erkennung hinziehen. In unserem Fall sind zwei Jahre bereits vorüber ... Wir klammern uns einfach an den Gedanken, daß es zehn Jahre werden. Damit wird alles viel leichter ...«

»Sie sieht ganz und gar nicht krank aus.«

»Im Augenblick nicht. Sie hatte vor einiger Zeit eine Lungenentzündung, und so etwas scheint seltsamerweise den normalen Ablauf der Leukämie zu bremsen. Das rührt angeblich vom Fieber her. Natürlich hat sie bislang schon manche Krise überwinden müssen. Blutbild und Knochenmark sind ständigen Veränderungen unterworfen. Ich habe mir die entsprechenden Filme vorführen lassen. Eines Tages ... Ja, eines Tages wird es zu einem schweren Anfall kommen, von dem sie sich nicht mehr erholt.«

»Arme Midge ...«

»Wir sind alle arm.«

»Was ist mit Nancy? Als ihre Zwillingsschwester ...«

»Sie meinen, ob identische Zwillinge auch an identischen Krankheiten leiden?« Er sah mich aus dem Schatten an.

»Nun, das ist nicht so ohne weiteres von der Hand zu weisen. Allerdings sind bislang nur achtzehn Fälle bekannt, in denen zwei Mitglieder derselben Familie an Leukämie erkrankten. Die Krankheit wird nicht vererbt. Eine an Leukämie leidende Frau kann ein gesundes Baby zur Welt bringen. Man kann sich sogar als gesunder Mensch von einem Spender Blut übertragen lassen, der an Leukämie leidet, ohne daß man selbst daran erkrankt. Die Ärzte meinen, es bestehe keine Gefahr für Nancy. Mit Sicherheit kann das jedoch niemand sagen.« Er schluckte schwer. »Wir fürchten uns natürlich alle davor, daß Nancy ebenfalls erkrankt.«

Ich blieb den ganzen Tag im Haus, bis sich gegen fünf der Himmel aufhellte. Colin beschäftigte sich mit den Rennen der kommenden Woche und telefonierte mit Stallbesitzern und Trainern.

»Können Sie mich innerhalb von neunzig Minuten von einem Rennplatz zum anderen bringen?« fragte er. »Um drei Uhr in Brighton und um vier Uhr dreißig in Windsor? Und am Sonnabend um drei Uhr in Bath und vier Uhr dreißig in Brighton?«

»Wenn am Rollfeld schnelle Wagen bereitstehen, warum nicht?«

»Gut.« Er machte sich ein paar Notizen. »Und können Sie mich am nächsten Sonntag nach Frankreich bringen?«

»Wenn Harley einverstanden ist.«

»Harley ist bestimmt einverstanden«, sagte er im Brustton der Überzeugung.

»Nehmen Sie sich denn nie einen freien Tag?«

Er sah mich überrascht an und zog die Augenbrauen hoch.

»Aber heute habe ich doch einen freien Tag. Ist Ihnen das gar nicht aufgefallen?«

»Ah ja . . .«

»Das Pferd, das ich heute eigentlich reiten sollte, begann leider am Donnerstag zu lahmen. Sonst wäre ich in Paris gestartet.«

»Sein Motor läuft von März bis November in England und Europa auf Hochtouren. Anschließend geht es nach Japan und sonst wohin, und im Februar kommt dann endlich mal ein Tag, an dem wir uns gemütlich in die Sessel lehnen können«, sagte Nancy resigniert.

»Im vergangenen Jahr haben wir Urlaub auf den Bahamas gemacht«, warf Midge ein. »Es war einfach wundervoll. Immerzu strahlender Sonnenschein . . .«

Colin und Nancy lachten.

»Die ganze erste Woche hat es geregnet!«

Zum Mittagessen gab's Steaks.

»Ihretwegen«, sagte Midge zu mir. »Sie sehen ziemlich schmal aus.«

Ich war kräftiger als alle drei zusammen – aber das spielte keine Rolle.

Nachdem das Geschirr abgeräumt war, breitete Nancy verschiedene Karten auf dem Tisch aus.

»Ich möchte Colin bald einmal zu einem Rennen fliegen, und wenn Sie mir vielleicht ein wenig helfen könnten ...«

»Selbstverständlich.«

Sie beugte sich über den Tisch, und das lange dunkle Haar rahmte ihr Gesicht ein. Laß dich nicht hinreißen! hämmerte ich mir ein. Auf keinen Fall!

»Wenn das Wetter in der kommenden Woche gut ist, fliege ich ihn vielleicht nach Haydock.«

»Sie will Sie unbedingt arbeitslos machen«, sagte Midge, die gerade Gläser polierte.

»Warten Sie nur bis zum nächsten Gewitter.«

Nancy erkundigte sich nach den Einzelheiten eines solchen Flugs. Vor allem traute sie sich den Funksprechverkehr mit der Bodenstelle nicht recht zu.

»Wenn Sie die entsprechenden Anweisungen nicht verstehen, lassen Sie sie einfach wiederholen.«

»Dann halten sie mich für dumm«, protestierte sie.

»Immer noch besser als ein Absturz.«

Als gegen fünf Uhr der Regen aufhörte, kletterten wir allesamt in den kleinen Aston Martin. Midge klemmte sich hinters Steuer und schlug den Weg zum Flugplatz ein. Sie kostete die Fahrt mit vollen Zügen aus. Nancy saß halb auf mir und halb auf Colin, und ich saß halb auf der Türkurbel.

Beim Start winkten sie mir zu. Zum Abschied wackelte ich ein paarmal mit den Tragflächen, nahm Kurs auf Buckingham und bemühte mich, das aufsteigende Bedauern zu unterdrücken.

Obwohl es Sonntag war, saß Honey in ihrem Krähennest, und Harley war vor einiger Zeit mit einem Flugschüler aufgestiegen. Als ich mich über Sprechfunk meldete, schaltete er sich sofort ein.

»Wird aber auch höchste Zeit!« herrschte er mich an.

Ich dachte an mein Bankkonto und verkniff mir eine scharfe Erwiderung. Chanter, dachte ich, hätte mich jetzt bestimmt verachtet.

Ich stellte die Cherokee in den kleinen Hangar und ging zum Wohnwagen. Er sah trostloser aus als je zuvor. Die Fenster waren fast undurchsichtig vor Schmutz, und das Bett war auch nicht gemacht. Die Milch war wieder mal sauer geworden, und neue Vorräte hatte ich nicht besorgt.

Ich spähte in die Abenddämmerung hinaus, sah zu, wie der Flugschüler holprig landete, und fragte mich, wie lange es wohl noch dauern würde, bis Derrydowns endgültig pleite ging. Gleichzeitig fragte ich mich, ob ich mir bis dahin wohl einen Gebrauchtwagen leisten könnte. Harley zahlte mir fünfundvierzig Pfund pro Woche, und das war mehr, als er sich leisten konnte – andrerseits aber auch weniger, als mir eigentlich zustand. In Anbetracht von Susans Anteil und aller Abzüge blieb nicht gerade eine stolze Summe übrig.

Nach einer Weile stand ich ungeduldig auf, putzte sämtliche Fenster und gewann dadurch wenigstens einen besseren Ausblick aufs Rollfeld – nicht aber in die Zukunft.

Bei Anbruch der Dunkelheit bekam ich Besuch: ein üppiges Mädchen in einem knappen grünen Minikleid. Langes blondes Haar, lange schlanke Beine. Ein großer Mund. Leicht vorstehende Zähne. Sie wiegte sich beim Gehen in den Hüften und lispelte ein wenig.

Honey Harley war von ihrem Krähennest herabgestiegen.

Sie klopfte an und kam hereingerauscht. Zum Fensterputzen hatte ich das Hemd ausgezogen, und mein nackter Oberkörper schien ihr als Einladung zu genügen. In der einen Hand hielt sie einen Bogen Papier; die andere ließ sie an meinem nackten Rücken hinunter- und wieder hinaufgleiten.

»Ich habe eben mit Onkel die Liste der kommenden Woche zusammengestellt. Wir wollten nur wissen, ob Sie irgendwelche Vereinbarungen mit Colin Ross getroffen haben.«

Ich wich einen Schritt zurück und streifte mir einen Pullover über.

»Ja, er braucht uns Dienstag, Freitag, Sonnabend und Sonntag.«

»Ausgezeichnet.«

Sie folgte mir bis zur Tür der kleinen Schlafkabine.

»Dann können Sie morgen einen Geschäftsmann in Coventry abholen und mit ihm nach Rotterdam fliegen. Dort warten Sie und bringen ihn wieder zurück. Mit der Aztec. Dienstag dann Colin Ross. Für Mittwoch liegt noch nichts an. Donnerstag möchte sich ein Trainer in Yorkshire ein Pferd ansehen. Der Rest der Woche ist dann mit Colin Ross ausgefüllt.«

»Okay.«

»Die Beamten der Flugsicherung möchten Sie noch einmal sprechen. Ich sagte ihnen, am Dienstag oder Mittwoch.«

»In Ordnung.«

Honey setzte sich auf die kurze Couch, schlug die Beine übereinander und strahlte mich an.

»Wir haben uns noch nicht oft zu sehen bekommen, nicht wahr?«

»Nein«, murmelte ich.

»Können Sie mir eine Zigarette geben?«

»Tut mir leid, ich habe keine. Nichtraucher.«

»Na, dann geben Sie mir einen Drink.«

»Tut mir ebenfalls leid. Ich kann Ihnen höchstens schwarzen Kaffee anbieten – oder Wasser.«

»Aber Sie haben doch sicher eine Flasche Bier?«

»Ich fürchte, nein.«

Sie starrte mich an, stand auf, ging in die Kochnische und blickte in sämtliche Schubläden. Ich dachte zuerst, sie glaubte, ich würde sie anlügen, aber in dem Fall tat ich ihr Unrecht. Sie mochte eine vom Sex besessene Frau sein – aber bestimmt kein Dummkopf.

»Sie haben kein Auto, nicht wahr? Und bis zu den Geschäften sind es zwei Meilen.« Stirnrunzelnd kam sie zurück und setzte sich. »Warum haben Sie sich nicht in die Stadt fahren lassen?«

»Ich wollte keine Umstände machen.«

Sie überlegte.

»Sie sind jetzt drei Wochen hier und bekommen Ihr Gehalt erst zu Ultimo. Haben Sie kein Geld mehr?«

»Nun, ich brauche nicht gerade zu verhungern«, gab ich zurück. »Vielen Dank.«

Ich hatte Susan zehn Pfund geschickt und ihr erklärt, daß sie mit der restlichen Zahlung warten müßte, bis ich mein Gehalt bekam. Sie hatte natürlich prompt geantwortet, daß sie dann das Geld für zwei Monate erwartete.

»Onkel würde Ihnen jederzeit einen Vorschuß geben.«

»Ich möchte ihn nicht darum bitten.«

Ein feines Lächeln stahl sich in ihre Mundwinkel.

»Das verstehe ich. Sie haben ihn Ihre Überlegenheit fühlen lassen, und dafür versucht er sich zu rächen.«

»Das ist doch dumm.«

»Gewiß, aber in seinen Augen sind Sie nun mal das, was er vergeblich zu werden versuchte: ein erstklassiger Pilot und ein äußerst attraktiver Mann. Er weiß natürlich, daß er Sie fürs Geschäft braucht, und das paßt ihm nicht. Sagen Sie bloß nicht, das wäre Ihnen noch nicht aufgefallen, denn das nehme ich Ihnen nicht ab.«

»Von Ihrem Turm da oben scheinen Sie eine ganze Menge zu sehen«, sagte ich lächelnd.

»Sicher, und ich hänge an meinem Onkel. Ich hänge auch an diesem kleinen Unternehmen und bin zu allem bereit, um es weiter florieren zu lassen . . .«

Sie sagte das mit einer so intensiven Betonung, daß ich mich unwillkürlich fragte, wo da wohl die Grenze liegen mochte. Gehörte es etwa dazu, mit den Piloten zu schlafen, oder war es rein geschäftsmäßig gemeint? Na, ich legte jedenfalls keinen Wert darauf, die Antwort auf diese Frage zu erfahren. Ich wollte mich mit niemandem einlassen – auch nicht mit Honey.

»Der Verlust der neuen Cherokee muß ein schwerer Schlag für das Unternehmen sein«, sagte ich.

Sie spitzte die Lippen und legte den Kopf ein wenig schief.

»Eigentlich eher das Gegenteil. Wir hatten zuviel Kapital investiert, und die Raten waren beträchtlich. Wenn wir von der Versicherung die zugesagten fünftausend Pfund bekommen, können wir uns wenigstens über Wasser halten, bis wieder bessere Zeiten kommen.«

»Wäre das Unternehmen auch über die Runden gekommen, wenn die Cherokee nicht explodiert wäre?«

Unvermittelt stand sie auf, denn sie schien zu merken, daß sie schon zu viel aus der Schule geplaudert hatte.

»Wir wollen es dabei belassen, daß alles ganz in Ordnung ist.«

Draußen war es bereits dunkel. Sie kam auf mich zu und blieb dicht vor mir stehen.

»Sie rauchen nicht, Sie trinken nicht, und Sie essen nicht«, sagte sie leise. »Was tun Sie sonst noch nicht?«

»Das auch nicht.«

»Niemals?«
»Nicht jetzt und nicht hier.«
»Es könnte sich für Sie lohnen ...«
»Honey, ich – ich will einfach nicht.«
Sie war weder wütend noch beleidigt.
»Sie sind kalt«, sagte sie. »Ein Eisberg.«
»Vielleicht.«
»Sie werden auftauen«, erklärte sie. »Schon bald.«

Die Flugsicherung schickte die beiden selben Beamten, den großen Mann und den kleinen mit dem Notizbuch. Wir saßen wieder im selben Raum, und ich spendierte ihnen eine Tasse Kaffee aus dem Automaten. Honey achtete darauf, daß der Automat stets gut gefüllt war, denn es war ein recht einträgliches Nebengeschäft.

Draußen auf dem Rollfeld zeigte mein Aushilfskollege Ron einem Flugschüler, wie die äußere Überprüfung eines Flugzeugs vor sich ging.

Der große Mann sagte, sie wären mit den Ermittlungen noch keinen Schritt weitergekommen.

»Die Polizei hat uns die Untersuchung bereitwillig überlassen, denn in solchen Fällen ist es annähernd unmöglich, den Täter zu finden.« Er sah mich durchdringend an. »Ein plausibles Motiv wäre eine hohe Versicherungssumme. Wir haben erfahren, daß Sie vor einigen Jahren eine Versicherung abgeschlossen haben. Inzwischen sind Sie zwar geschieden, doch die Summe würde nach wie vor Ihrer früheren Frau zustehen. Eine solche Police kann man nämlich nicht ändern.«

»Wer hat Ihnen das alles erzählt?«

»Sie selbst«, antwortete er. »Wir haben sie im Verlauf unserer Ermittlungen aufgesucht.« Er hielt inne. »Sie hat nicht besonders gut von Ihnen gesprochen.«

Ich kniff die Lippen zusammen.

»Kann ich mir lebhaft vorstellen. Aber von mir hat sie mehr, wenn ich am Leben bin.«

»Wenn sie nun eine neue Ehe eingehen wollte? Dann hätte sie keinen Anspruch mehr auf Unterhalt, würde aber diese Versicherungssumme bekommen.«

Ich schüttelte den Kopf.

»Sie hätte mich vor drei Jahren in einem Wutanfall umbringen können – aber nicht jetzt, nicht kaltblütig und mit anderen Menschen an Bord. Außerdem versteht sie nichts von Bomben und hatte auch keine Gelegenheit ... Nein, nein, diese Theorie können Sie ruhig aufgeben.«

»Sie ist gelegentlich mit einem Mann ausgegangen, der sich in solchen Dingen auskennt.« Er war offensichtlich enttäuscht über meine Haltung.

»Nein«, wiederholte ich, »Sie können sie ruhig streichen, denn dazu ist sie viel zu vernünftig. Einer solchen Tat wäre sie niemals fähig.«

Er sah mich eine Weile schweigend an – in der typischen Art eines Beamten. Ich hatte keine Ahnung, worauf er es nun wieder abgesehen haben mochte.

Endlich bequemte er sich.

»Alles in allem haben wir nur eine Wahrscheinlichkeit entdecken können. Aber das zeigt uns noch nicht, wer die Bombe gelegt haben könnte oder für wen sie bestimmt gewesen war.«

Er zog einen braunen Briefumschlag hervor und schüttete ein kleines, verbogenes Metallstück auf den Tisch. Ich nahm es auf und betrachtete es. Es schien ursprünglich eine Art runder Knopf gewesen zu sein.

»Was ist das?«

»Die Überreste eines Verstärkers.«

Ich sah ihn fragend an.

»Aus dem Funkgerät?«

»Das glauben wir nicht.« Er nagte an der Unterlippe.

»Wir glauben eher, daß es in der Bombe war. Wir haben es zwischen den hinteren Wrackteilen der Maschine gefunden.«

»Soll das heißen, daß es gar keine Zeitbombe war?«

»Nun – wahrscheinlich nicht. Es scheint, als wäre die Bombe per Funk gezündet worden. Damit sieht die Sache wieder ganz anders aus.«

»Inwiefern? Ich kenne mich mit Bomben nicht aus. Was ist der Unterschied zwischen einer Zeitbombe und einer solchen?«

»Nun, da bestehen erhebliche Unterschiede, obwohl die Explosion natürlich die Hauptsache bleibt.« Er hielt inne. »Nehmen wir mal an, Sie haben plastisches Explosionsmaterial. Leider kann man sich das Zeug heutzutage in beliebigen Mengen beschaffen. Dieses Material bedarf allerdings noch eines Zünders. Kommen Sie mit?«

»So ziemlich«, brummte ich.

»Gut. Man versieht diese Bombe nun mit einer winzigen, aber leistungsstarken Batterie und trifft die entsprechenden Vorbereitungen, damit die Zündung durch ein Funksignal erfolgen kann. Dazu dient der kleine Verstärker.«

»Hört sich ziemlich kompliziert an.«

»O ja, natürlich.« Er zögerte. »Inzwischen habe ich übrigens noch einmal gründlich die Akten Ihrer damaligen Verhandlung gelesen.«

»Oh.« Ich spürte, wie mein Gesicht länger wurde.

»Wissen Sie, dabei bin ich auf eine äußerst aufschlußreiche Fußnote gestoßen.«

Ich wartete gespannt.

»In dieser abschließenden Bemerkung vertritt der Chef von Interport die zweifellos richtige Ansicht, daß der Erste Offizier an Bord wissentlich falsch unter Eid ausgesagt hat. Es war sein Fehler, und nicht Ihrer, daß die Maschine vom Kurs abkam.«

Ich blickte erschüttert zum Fenster hinaus. Wenn jeder diese Fußnote lesen konnte, dann stand es gar nicht so schlecht um mein Ansehen, wie ich immer befürchtet hatte.

»Der Captain ist immer verantwortlich«, sagte ich. »Für alles, was an Bord geschieht.«

»Ja.«

Wieder trat eine längere Pause ein. Das alles lag vier Jahre zurück. Jetzt ging es um die Gegenwart.

»Danke«, sagte ich.

Er lächelte ein wenig.

»Ich hatte mich schon gefragt, warum Sie damals nicht Lizenz und Stellung verloren haben. Mit der Fußnote ist diese Frage natürlich beantwortet.«

»Interport wußte damals genau, daß einer von uns log. Wir behaupteten beide, der andere hätte die Maschine leichtfertig einer Gefahr ausgesetzt – aber ich war der Captain.«

»Er hat Ihre Anweisungen nicht befolgt ...«

»Und das habe ich leider erst zu spät herausgefunden.«

»Richtig, aber deswegen hätte er doch nicht zu lügen brauchen.«

»Er hatte Angst«, seufzte ich. »Er bangte um seine Karriere.«

Er ließ ein paar Minuten verstreichen und räusperte sich.

»Vermutlich werden Sie mir nicht sagen wollen, warum Sie die Fluggesellschaft in Südamerika verlassen haben?«

Ich bewunderte die delikate Art, mit der er alles anpackte.

»Das fehlt wohl in den Unterlagen?« fragte ich.

Sein Mund zuckte.

»Ja.« Er legte eine kleine Pause ein. »Sie sind natürlich nicht verpflichtet ...«

»Nein. Trotzdem.« Schließlich hatte er mir auch einen Gefallen getan. »Ich habe eines Tages den Start verweigert, weil ich es nicht für sicher hielt. Da holten sie einen anderen Piloten, der unverzüglich startete und wohlbehalten ankam. Daraufhin haben sie mich zum Teufel gejagt. Das ist alles.«

»Aber«, protestierte er, »der Captain hat das gute Recht, den Start zu verweigern, wenn es seiner Ansicht nach nicht sicher genug ist.«

»In Südamerika kümmert man sich nicht um solche Rechte. Sie erklärten mir ganz einfach, sie könnten sich das Geschäft nicht entgehen lassen, nur weil der Pilot ein Feigling sei.«

»Meine Güte!«

»Die Geschichte mit Interport«, sagte ich lächelnd, »zeigt Ihnen wohl, daß ich nichts von überflüssigem Risiko halte.«

»Aber dann sind Sie nach Afrika gegangen, wo das Risiko unvergleichlich höher lag.«

»Nun ... Ich brauchte dringend Geld, und die Bezahlung da unten war phantastisch. Außerdem war das Risiko auf Lebensmittel und Medikamente beschränkt, nicht auf Passagiere.«

»Aber die Verwundeten und die Flüchtlinge?«

»Das Ausfliegen ist ein Kinderspiel im Verhältnis zum Einfliegen. In dem Fall landet man ja nicht irgendwo im Urwald, sondern auf einer normalen Piste.«

Nachdenklich schüttelte er den Kopf. Anscheinend hielt er mich für einen hoffnungslosen Fall.

»Und was hat Sie zurückgebracht?«

Ich lachte. Nie hätte ich geglaubt, daß ich eines Tages vor der Flugsicherung lachen würde.

»Nun, der Krieg da unten war zu Ende. Ich hatte zwar noch ein Angebot etwas weiter südlich, aber mir langte es. Meine Schulden waren inzwischen beglichen, und so trat ich die Rückreise an.«

Er stand auf und warf seinen Kaffeebecher in den Papierkorb.

»Na schön. Sie werden also noch ein bißchen über diese mysteriöse Bombensache nachdenken?«

»Ja.«

»Wir setzen uns wieder mit Ihnen in Verbindung.« Er angelte eine kleine Karte aus der Tasche. »Unter dieser Nummer können Sie mich jederzeit erreichen.«

»Okay.«

Er verzog das Gesicht.

»Ich kann mir denken, was Sie von uns halten.«

»Schon gut«, brummte ich. »Schon gut.«

8

In dieser Woche war ich ständig unterwegs, dachte gelegentlich an Bomben, die per Funk gezündet wurden, und verbrachte die einsamen Abende im Wohnwagen.

Honey ließ sich nicht mehr sehen, aber als ich am Abend nach ihrem Besuch aus Rotterdam zurückkam, fand ich auf dem Tisch eine große Tüte mit Lebensmitteln vor: Eier, Butter, Brot, Zucker, Käse, Milchpulver, Suppenkonserven. Dazu einen Karton mit sechs Flaschen Bier. ›Zahlen Sie nächste Woche‹, stand auf Honeys Zettel.

Gar kein schlechter Kumpel, diese Honey. Ich begann wieder zu essen. Alte Gewohnheiten vergißt man nicht so schnell.

Als ich am Freitagmorgen in Harleys Office war, rief Colin an und verlangte vom Boss, daß ich in Cambridge übernachten sollte, weil er mich am Samstagmorgen wieder brauchte.

»Gut«, sagte Harley. »Ich setze Matts Hotelrechnung auf Ihr Konto.«

»In Ordnung«, erwiderte Colin, »aber wenn er will, kann er wieder bei uns schlafen.«

Und ob ich wollte.

Ich flog mit der Cherokee nach Cambridge und besorgte mir im Hangar einen Platz für die Nacht. Colin kam mit Kenny Bayst und drei weiteren Jockeis, die ich noch nicht kannte. Kenny war wieder völlig auf dem Posten.

Bei der Landung in Brighton blickte Colin auf die Uhr, und Kenny Bayst nickte.

»Er ist wesentlich schneller als Larry. Das ist mir schon ein paarmal aufgefallen.«

Sie wandten sich lachend dem wartenden Taxi zu. Zwei Stunden später kam Colin in vollem Dreß zur Maschine geeilt, und ich flog ihn nach White Waltham. Offensichtlich hatte er das Rennen in Brighton gewonnen. Er war noch ganz außer Atem. Sobald ich landete, kam ein Wagen angebraust, nahm Colin auf und verschwand in einer großen Staubwolke nach Windsor. Ich holte die anderen Jockeis ab. Ihre Kleidung war durchgeschwitzt – es war ein strahlender, heißer Sommertag.

Als wir später in der Kabine saßen und auf Colins Rückkehr aus Windsor warteten, beugte sich Kenny Bayst unvermittelt vor und tippte mir auf die Schulter.

»Hier habe ich etwas, das Sie vielleicht interessiert, Freund.« Er kramte einen Bogen Papier hervor. »Wie gefällt Ihnen das?«

Ich betrachtete den Zettel. Es war ein Formular zum Abschluß einer Versicherung für alle Personen, die Rennen besuchten.

»Ich gehe nicht zu Rennen«, brummte ich.

»Lesen Sie's doch erst mal«, drängte er. »Es ist heute früh mit der Post gekommen, und ich habe es mitgenommen, weil ich dachte, es würde Sie interessieren.«

Ich vertiefte mich in den Prospekt: ›Bis zu tausend Pfund für eine Unfallverletzung. Fünftausend Pfund bei Unfalltod. Doppelte Prämien bedeuten doppelte Leistungen. Eine Unfallversicherung, die sich jeder leisten kann. Stallburschen, Jockeis und Trainer, die per Flugzeug zu den Rennplätzen kommen. Die Versicherung tritt auch bei Bombenschäden in Kraft.‹

»Verdammt!« knurrte ich.

»Dachte mir gleich, daß es Ihnen gefällt«, lachte Kenny.

Colins Wagen kam angebraust. Er sprang heraus, kletterte auf seinen Sitz und legte den Gurt um.

»Wecken Sie mich in Cambridge«, bat er.

»Wie ist's denn gegangen?« fragte Kenny.

»›Export‹ hab' ich mit einer knappen halben Länge ins Ziel gebracht ... Aber dieser verdammte ›Upright‹!« Er gähnte. »Den sollten Sie lieber nicht mehr an den Start lassen ...«

Wir weckten ihn in Cambridge, das heißt, eigentlich mußte ich alle wecken.

Nancy und Midge warteten bereits mit dem Aston Martin.

»Wir haben alles mitgebracht«, sagte Nancy. »Es ist ein wunderschöner Tag, und wir wollen zu dem Dorf am Fluß fahren.«

Sie hatten auch eine Badehose für Colin und mich. Nancy schwamm mit uns herum, aber Midge sagte, das Wasser wäre ihr zu kalt. Sie saß mit vier Uhren auf dem linken Unterarm am Ufer und ließ die langen Beine baumeln.

Es war ein angenehm erfrischendes Bad nach dem heißen Tag. Meine Gedanken, in denen noch immer die Bombe herumspukte, beruhigten sich mehr und mehr. Es war wirklich ein romantisches Plätzchen.

Wieder fiel mir die Harmonie auf, die zwischen drei Geschwistern herrschte. Ich sah nur lachende Augen und freundliche Gesichter. Reiß dich zusammen, meldete sich die innere Stimme. Laß dich in nichts ein!

Bei Sonnenuntergang machten wir uns über die Vorräte

her und ließen es uns schmecken. Die abgenagten Hühnerknochen warfen wir in den Fluß, damit die Fische auch etwas davon hatten.

Nach dem Essen streckte Midge sich im Gras aus und schirmte die Augen vor den letzten Strahlen der untergehenden Sonne ab.

»Ich wünschte, es könnte immer so bleiben«, sagte sie. »Ich meine, die warmen Sommerabende. Sie sind bei uns so selten.«

»Wir könnten ja in Südfrankreich wohnen, wenn dir etwas daran liegt«, erwiderte Nancy.

»Unsinn ... Wer kümmert sich dann um Colin?«

Alle drei lächelten. Es waren all die vielen, kleinen, unausgesprochenen Dinge.

Allmählich verblaßten die Farben. Wir lagen im Ufergras und plauderten.

»Es war wundervoll, als wir Colin damals nach Japan begleiteten ...«

»Nur mit dem Essen war ich nie so recht zufrieden.«

»Waren Sie eigentlich schon mal in Japan, Matt?«

»Ja, als ich noch bei der BOAC war.«

»BOAC?« wiederholte Colin überrascht. »Warum haben Sie den Job aufgegeben?«

»Meiner Frau zuliebe ... Aber das liegt schon lange zurück.«

»Das erklärt auch die Art, wie Sie fliegen.«

»Na ja ...«

»Mir gefällt Amerika besser«, sagte Midge. »Weißt du noch, wie dir Mr. Kroop in Laurel die Reitstiefel an einem Tag anfertigte?«

»Hmmm ...«

Nancy fuhr unvermittelt hoch und knallte die flache Hand klatschend auf das nackte Knie.

»Verdammte Moskitos ...«

»Ja.« Colin nickte. »Es wird Zeit für die Heimfahrt.«

Wir klemmten uns in den Aston Martin, und Colin fuhr. Die Zwillinge saßen förmlich auf meinem Schoß und hielten die Arme hinter meinem Nacken verschränkt, um nicht aus dem Gleichgewicht zu geraten.

Als wir später schlafen gingen, gaben mir beide einen freundschaftlichen Gute-Nacht-Kuß auf die Wange.

Am Morgen kehrte der Alltag wieder ein. Annie Villars rief an und erkundigte sich, ob wir noch Platz hätten.

»Für wen?« fragte Colin vorsichtshalber. Dann schnitt er eine Grimasse. »Die verdammte Fenella!« flüsterte er uns zu. »Nein, Annie, tut mir sehr leid, aber ich habe Nancy versprochen . . .«

»Tatsächlich?« fragte Nancy. »Davon wußte ich noch gar nichts.«

Colin legte auf.

»Ich habe dich vor Chanter gerettet, nun revanchiere dich.«

»Unsinn, du bist doch dauernd unterwegs.«

»Willst du nicht mitkommen?«

»Nimm Midge mit«, sagte Nancy. »Sie ist dran.«

»Nein«, lehnte Midge ab. »Ich finde es so ermüdend. Lieber gehe ich nächste Woche zu dem hiesigen Rennen.«

»Macht es dir nichts aus, allein zu bleiben?«

»Oh, ich lege mich im Garten in die Sonne und denke daran, wie ihr dauernd im Kreis herumlauft.«

Als sich später herausstellte, daß immer noch zwei Plätze unbesetzt blieben, streifte Annie Villars Colin mit einem vorwurfsvollen Blick und murmelte, sie hätte Fenella ja nur mitnehmen wollen, damit sie einen Teil der Kosten übernahm.

»Ich muß mich verzählt haben«, murmelte Colin strahlend. »Und jetzt ist es zu spät, sie noch zu holen.«

Wir flogen nach Bath. Nancy saß neben mir und fungierte gewissermaßen als Co-Pilot. Es war ihr anzusehen, wie sehr sie sich darüber freute. Obwohl das Rollfeld ziemlich klein war, landeten wir einwandfrei, und ich stellte die Maschine neben der Cessna der Konkurrenz ab.

»Sperr die Maschine ab und komm mit zu den Rennen«, sagte Colin. »Du kannst das Ding doch nicht ewig bewachen.«

Der Pilot von Polyplanes war nirgends zu sehen. Ich hoffte, daß alles gutgehen würde, schloß die Kabine ab und ging mit den anderen durch das Tor zum Rennplatz.

Der erste, dem wir begegneten, war Acey Jones. Er humpelte mit seinen Krücken herum, und seine Haut wirkte im hellen Sonnenschein noch weißer als sonst.

»Ach ja, Colin«, sagte Nancy. »Soll ich fünf Pfund an die Versicherung schicken? Du denkst doch noch an den Prospekt von gestern? Der Mann da erinnerte mich gerade ... Er hat seinen Fuß gebrochen und tausend Pfund dafür bekommen. Ich hörte, wie er es in Haydock erzählte.«

»Wie du willst«, erwiderte Colin. »Fünf Pfund machen uns nicht gleich arm.«

»Bobbie Wessex hat die Schirmherrschaft über die Versicherung übernommen«, sagte Annie Villars.

»Ja«, nickte Nancy, »das habe ich auf dem Prospekt gelesen.«

»Ist euch auch die Erwähnung von Bomben aufgefallen?« fragte ich.

Annie Villars und Nancy lachten.

»Da scheint jemand von der Versicherung einen seltenen Humor zu haben.«

Annie und Colin wandten sich den Stallungen zu.

»Limonade?« fragte ich Nancy.

»O ja, kübelweise. Es ist schrecklich heiß.«

Wir setzten uns an einer schattigen Stelle ins Gras. Etwa

zehn Meter von uns entfernt gerieten sich Eric Goldenberg und Kenny Bayst in die Haare.

»Glauben Sie ja nicht, daß Sie von mir noch einen Gefallen zu erwarten haben, nachdem Sie mir Ihre verdammten Gorillas auf den Hals gehetzt haben ...«

»Was für Gorillas?« fragte Goldenberg, aber es klang nicht recht überzeugend.

»Na, kommen Sie schon – in Redcar!«

»Da haben wohl die Buchmacher dahintergesteckt, die Sie ebenso verraten haben wie uns.«

»Ich habe Sie kein einziges Mal verraten.«

»Reden Sie keinen Blödsinn!« knurrte Goldenberg. »Sie wissen ganz genau, was Sie angestellt haben, Sie häßlicher kleiner Wicht!«

»Wenn Sie so darüber denken, warum verlangen Sie dann heute noch einen Gefallen von mir?«

»Was vorbei ist, ist vorbei.«

»Zum Teufel!« Kenny spuckte Goldenberg vor die Füße, wandte sich um und ging zu den Stallungen.

Goldenberg blickte ihm aus zusammengekniffenen Augen nach. Sein Mund zuckte.

»Was hältst du von Kenny Bayst?« fragte ich Nancy.

»Nun, in letzter Zeit macht er sich recht gut. Anfangs war er noch sehr eingebildet auf die gute Lehrzeit daheim.«

»Würde er ein Rennen auf Bestellung verlieren?«

»Ich denke schon.«

»Würde er seine Auftraggeber auch betrügen?«

»Du lernst ziemlich schnell«, erwiderte sie lächelnd.

Wir sahen zu, wie Colin das erste Rennen gewann. Annie Villars' Pferd lief als vorletztes ein. Mißmutig betrachtete sie die bebenden Flanken des Tiers, während Kennys Nachfolger ihr zu erklären versuchte, warum es nicht geklappt hatte.

»Annie hätte Kenny Bayst behalten sollen«, sagte Nancy.

»Er ist von selbst gegangen.«

»Ja«, nickte sie. »Annie kommt in dieser Saison überhaupt nicht zurecht.«

Vor dem dritten Rennen gingen wir zum Flugzeug zurück. Der Pilot von Polyplanes stand neben der Cherokee und spähte ins Cockpit. »Guten Tag«, sagte Nancy.

»Guten Tag, Miss Ross«, erwiderte er, mehr unverschämt als höflich.

Während er zu seiner Cessna ging, überprüfte ich die Cherokee Zoll für Zoll. Ich fand alles in Ordnung. Wir setzten uns in die Kabine, und ich ließ den Motor warmlaufen, um schneller starten zu können.

Colin und Annie Villars kamen im Laufschritt, sprangen herein und legten den Gurt um. Ich nahm Kurs auf Shoreham. Dort sprangen sie in ein wartendes Taxi und brausten davon. Ich setzte mich mit Nancy ins Gras. Wir betrachteten das Treiben auf dem Rollfeld.

»Willst du eigentlich immer Taxi-Pilot bleiben?« fragte sie nach einer Weile.

»Das weiß ich nicht. Ich sehe jetzt nicht mehr in die Zukunft.«

»Ich auch nicht.«

»Nein.«

»Seit Midge sich vor einigen Wochen so gut erholt hat, sind wir sehr glücklich. Ich wünschte, es würde so bleiben.«

»Du wirst dich daran erinnern.«

»Das ist doch nicht dasselbe.«

»Du legst nur besonderen Wert darauf, weil du weißt, was am Ende kommen muß«, sagte ich.

Sie dachte lange darüber nach.

»Meinst du«, fragte sie dann ungläubig, »wir sind so glücklich, weil wir wissen, daß Midge sterben muß?«

»Ja, so ungefähr.«

Sie sah mich nachdenklich an.

»Könntest du das etwas näher erklären?«

»Nun, ihr drei habt in den beiden vergangenen Jahren die geradezu klassische Entwicklung durchgemacht«, sagte ich. »Nicht nur Midge, sondern ihr alle drei. Schock, Ungläubigkeit, Auflehnung und schließlich das Abfinden mit dem Unabänderlichen ...« Ich hielt inne. »Ihr seid durch einen langen Tunnel gefahren und schließlich wieder in den hellen Sonnenschein gekommen. Eure Trauer ist schon fast vorüber. Ihr bildet eine ungewöhnlich starke Familie und werdet euch immer an diesen Sommer erinnern, weil er erinnerungswert ist.«

»Matt ...«

Tränen schimmerten in ihren Augen. Ich blickte zu den kreisenden Flugzeugen hinauf. Diese Familie Ross könnte mir die endgültige Heilung bringen, dachte ich, mit ihrer Kraft. Wenn ich meiner Sache sicher wäre, daß ihnen dabei nichts entging.

»Wie war eigentlich Colins Frau?« fragte ich.

»Oh ...« Sie lachte verhalten. »Noch ein bißchen schlimmer als Fenella. Er war damals noch jung und wußte nicht, wie er ihr ausweichen sollte. Sie war dreiunddreißig, herrschsüchtig und enorm reich, und mit seinen zwanzig Jahren war er sehr beeindruckt von ihr. Midge und ich haben sie ebenfalls für fabelhaft gehalten. Na ja, wir waren eben siebzehn und noch nicht trocken hinter den Ohren. Sie dachte immer nur an große Parties, auf denen der Champagner in Strömen floß. Als sich dann herausstellte, daß Colin seiner Karriere wegen ein recht enthaltsames Leben führen mußte, gefiel ihr das ganz und gar nicht. Sie ließ ihn einfach sitzen und brannte mit einem jungen Schauspieler durch, der gerade beim Film einen sensationellen Erfolg hatte. Es dauerte Monate, bis Colin darüber hinweg kam.«

»Der arme Colin.« Oder auch der glückliche Colin. Er hatte in Monaten geschafft, wozu ich Jahre brauchte.

»Yeah ...« Sie lächelte. »Er hat es überwunden und sich in London ein Mädchen angelacht. Er besucht sie immer, wenn er glaubt, es würde Midge und mir nicht auffallen.«

»Ich müßte mir auch ein Mädchen anlachen«, murmelnd. »Möglichst bald.«

»Hast du denn keins?«

Ich schüttelte den Kopf und sah sie an. Gerade Augenbrauen, offene Augen, sensitive Lippen. Ich hatte den Wunsch, sie zu küssen, und glaubte nicht, daß sie sich gesträubt hätte.

»Nein«, murmelte ich abwesend. »Kein Mädchen.«

Nimm ihnen nichts weg – vor allem Midge nicht ...

»Aber ich will lieber noch ein bißchen warten«, sagte ich.

Die Sache mit der Bombe ließ mich nicht los, und ich zermarterte mir den Kopf, um ein Motiv zu finden und damit dem Täter auf die Spur zu kommen.

Eines Nachts fuhr ich um vier Uhr früh hoch, und der Mond schien mir ins Gesicht. Plötzlich stand mir eine Tatsache ganz klar vor Augen. Ich konnte es nicht glauben, denn es war so einfach, so verdammt einfach.

Am Morgen führte ich ein Ferngespräch mit einem Vetter, und zwei Stunden später rief er zurück. Anschließend wählte ich die Nummer der Flugsicherung.

Der große Mann war nicht da, und sie richteten mir höflich aus, daß er später zurückrufen würde.

Als er sich meldete, war Harley mit einem Flugschüler in der Luft, und Honey meldete sich auf dem Turm. Sie stellte das Gespräch zum Mannschaftsraum durch, wo ich gerade über ein paar Berichten brütete.

»Die Flugsicherung möchte Sie sprechen. Was haben Sie denn angestellt?«

»Es geht immer noch um die Bombe«, beruhigte ich sie.

»Huh!«

Als sich der große Mann meldete, war Honey noch immer in der Leitung.

»Raus, Honey!« sagte ich.

»Wie bitte?« fragte der große Mann.

Honey hängte kichernd ein. Ich hörte das Klicken in der Leitung.

»Captain Shore?« fragte der große Mann. »Sie wollten mich sprechen?«

»Sie sagten, falls mir etwas wegen der Bombe einfällt ...«

»Aber ja!« Seine Stimme wurde wesentlich wärmer.

»Wie groß dürfte die Bombe Ihrer Ansicht nach gewesen sein?«

»Verhältnismäßig klein, denn je mehr das plastische Material zusammengepreßt ist, desto stärker wird die Explosionskraft.«

»Und wie groß dürfte wohl der Sender zur Auslösung der Zündung gewesen sein?«

»Bei den heutigen Möglichkeiten kaum größer als ein Kartenspiel ...«

»Ja, ich wollte mich nur noch einmal vergewissern, denn ich weiß zwar noch immer nicht *warum*, dafür aber glaube ich zu wissen, *wann* und *wer*.«

»Was sagen Sie da?« fragte er erstickt.

»Ich sagte ...«

»Jaja!« schnitt er mir das Wort ab. »Ich hab's schon gehört. Wann also?«

»Die Bombe kam in White Waltham an Bord. In Haydock wurde sie von Bord genommen und später zurückgebracht.«

»Wie meinen Sie das?«

»Von einem der Passagiere.«

»Von wem?«

»Wieviel würde eine solche Bombe übrigens kosten?« fragte ich.

»Oh ... Etwa achtzig Pfund«, antwortete er ungeduldig. »Wer ...?«

»Und sie kann nur von einem Fachmann hergestellt werden?«

»Jemand, der sich sowohl mit Explosivkörpern wie auch mit der Funkübermittlung auskennt.«

»Das dachte ich mir.«

»Hören Sie! Wollen Sie endlich aufhören, Katz und Maus zu spielen? Ich kann ja verstehen, daß Sie der Flugsicherung eins auswischen wollen – aber wollen Sie mir jetzt endlich sagen, wer die Bombe an Bord brachte?«

»Major Tyderman«, antwortete ich.

»Major ...« Er hielt hörbar die Luft an. »Wollen Sie damit behaupten, daß die Bombe nicht im Unterteil der Maschine herumrollte und sich in den Leitungen verklemmte, so daß Sie notlanden mußten? Daß Major Tyderman sie den ganzen Nachmittag bei sich herumtrug, ohne etwas davon zu wissen? Oder wie?«

»Nein«, sagte ich. »Nein.«

»Um Himmels willen!« rief er verzweifelt. »Wollen Sie mir vielleicht erklären, wer die Bombe bei Major Tyderman angebracht hat?«

»Wenn Sie es wünschen.«

Er konnte sich kaum noch beherrschen. Ich grinste die Wand des Mannschaftsraums an.

»Also wer?«

»Major Tyderman selbst«, sagte ich.

Es blieb eine Weile still in der Leitung.

»Selbstmord, meinen Sie?« fragte er dann. »Das kann es nicht sein, denn die Bombe explodierte erst nach der Landung ...«

»Genau«, sagte ich.

»Was?«

»Wenn eine Bombe in einem Flugzeug explodiert, nimmt jeder automatisch an, daß sie in der Luft explodieren und alle Personen an Bord töten sollte.«

»Ja, natürlich.«

»Nehmen wir aber mal an, daß nur das Flugzeug explodieren sollte – ohne die Personen?«

»Aber warum?«

»Ich sagte Ihnen ja, daß ich das *Warum* nicht kenne.«

»Also gut«, sagte er. »Also gut.« Er atmete tief ein. »Beginnen wir noch einmal beim Anfang. Sie meinen also, Major Tyderman habe die Bombe an Bord gebracht, um das Flugzeug aus unbekannten Gründen zu sprengen?«

»Ja.«

»Was bringt Sie darauf?«

»Er war an jenem Tag in einer merkwürdigen Spannung und wollte sich auf keinen Fall vom Futteral seines Fernglases trennen, das groß genug war, um eine Bombe in der von Ihnen beschriebenen Größe aufzunehmen.«

»Das ist doch absurd«, protestierte er.

»Sicher«, pflichtete ich ihm bei. »Dann ließ er sich von mir den Schlüssel geben, um seine Zeitung zu holen, die er an Bord hatte liegen lassen. Obwohl ich ihm anbot, die Zeitung selbst zu holen, lehnte er ab. Als er zurückkam und mir den Schlüssel gab, behauptete er, das Flugzeug wieder abgeschlossen zu haben. Natürlich hatte er das nicht. Ihm lag an einer kleinen Verwirrung. Während er allein an Bord war, schraubte er die Trennwand hinter dem Gepäckraum ab und schob die Bombe in den Raum, wo die Kabel laufen. Während des Fluges in den Wolken hat sich die Bombe dann irgendwie gelöst.«

»Er hat aber nicht voraussehen können, daß Sie in East Midlands landen würden ...«

»Es spielte gar keine Rolle, wo wir landeten. Sobald wir uns vom Flugzeug entfernt hatten, wollte er die Bombe zünden.«

»Alles nur Theorie.«

»Er hat es vor unseren Augen in East Midlands getan. Ich sah, wie er sich überzeugte, daß niemand in der Nähe des Flugzeugs stand. Dann fummelte er in seinem Futteral herum und zündete die Bombe. Es brauchte kein weitreichendes Signal zu sein ...«

»Aber nach allen Aussagen, einschließlich Ihrer eigenen, erlitt er unmittelbar nach der Explosion einen schweren Schock.«

»Der Schock war auf die Gefahr zurückzuführen, die er mit einer Bombe an Bord eingegangen war – und zum Teil war er auch geschauspielert.«

Der Beamte dachte eine Weile nach.

»Mußte es nicht jemandem auffallen, daß der Major sein Fernglas nicht benutzte, obwohl er es bei sich hatte?«

»Er brauchte ja nur zu sagen, das Glas wäre nicht in Ordnung ... Außerdem trägt er ständig eine Taschenflasche mit Whisky in dem Futteral ... Viele dürften gesehen haben, wie er ab und zu einen Schluck nahm. Die Leute mußten annehmen, er hätte einfach die Flasche mitgebracht und das Glas zu Hause vergessen.«

Ich konnte mir vorstellen, wie der Beamte den Kopf schüttelte.

»Eine geradezu phantastische Idee, die sich durch keinen Beweis erhärten läßt.« Er hielt inne. »Tut mir leid, Mr. Shore, ich weiß, daß Sie sich viel Mühe gegeben haben, aber ...«

Mir fiel auf, daß er mich nicht mehr mit ›Captain‹ anredete, aber das kostete mich nur ein müdes Lächeln.

»Da wäre noch eine Kleinigkeit«, sagte ich.

»Ja?« fragte er, als erwarte er weitere Phantastereien.

»Ich habe mich mit einem Vetter bei der Armee in Verbindung gesetzt, und er hat sich die alten Unterlagen angesehen. Major Tyderman war im Krieg bei den Pionieren, und zwar bei einer Einheit, die hier in England alle Hände voll zu tun hatte.«

»Ich verstehe nicht recht ...«

»Diese Einheit«, erklärte ich, »befaßte sich ausschließlich mit der Entschärfung von Blindgängern.«

9

Am nächsten Tag flog Nancy Colin nach Haydock. Sie nahm die kleine, viersitzige Cherokee, auf der sie die Prüfungen abgelegt hatte, und die der Klub ihr von Zeit zu Zeit zu Übungsflügen zur Verfügung stellte. Ich hatte ihr den Flugplan ausgearbeitet und allerlei nützliche Tips mit auf den Weg gegeben. Laut Wetterbericht sollte es bis zum Abend schön bleiben, und da ich einige Zeit nach ihr startete, würde ich sie über Funk hören können.

Colin grinste mir zu.

»Harley würde einen Schlaganfall bekommen, wenn er sehen könnte, welche Mühe du dir mit ihr gibst. Er sieht es gar nicht gern, wenn seine ehemaligen Kunden plötzlich selbst fliegen.«

»Da hast du recht.«

Nancy startete mit blitzenden Augen. Sie sah aus wie ein kleines Mädchen unterm Weihnachtsbaum.

Ich hatte an diesem Tag einen Rennstallbesitzer, einen Trainer, Annie Villars und Kenny Bayst an Bord. Der Besitzer, der die Cherokee gemietet hatte, gehörte zu jenen Männern, die sich einbildeten, sie hätten mit ihrem Geld nicht nur die Dienstleistung eines Mannes gekauft, sondern auch seine Seele.

Dieser Besitzer – wie ich später auf der Rennkarte sah, hieß er Ambrose – herrschte mich an, endlich zu starten, denn er hätte das Flugzeug schließlich nicht gemietet, damit es den ganzen Tag in Cambridge herumstehe.

Annie Villard gab ihm schüchtern zu bedenken, daß der Pilot so etwas wie ein Kapitän auf einem Schiff wäre.

»Unsinn!« schnaubte er. »In so einer kleinen Kiste ist er lediglich der Chauffeur und bringt mich für teures Geld von einem Ort zum anderen.« Er nickte. »Ja, ein Chauffeur.« Seine laute Stimme ließ keinen Zweifel daran, wie er einen Chauffeur einordnete.

Seufzend kletterte ich ins Cockpit und legte den Gurt um. Er war bei weitem nicht der erste Mann, der eine solche Haltung einnahm. Vermutlich würde es auf diesem Flug nich tgerade gemütlich an Bord zugehen.

Die Cherokee Six war mit fünfzig Stundenmeilen schneller als die One Forty, so daß ich Nancy bald überholte. Ab und zu hörten wir unsere Stimmen über den Funksprechverkehr mit den Bodenstellen. Es war ein seltsames Gefühl der Zusammengehörigkeit. Sie kam recht gut zurecht.

Ich landete ein paar Minuten vor ihr in Haydock, und bei ihrem Eintreffen waren meine Passagiere bereits ausgestiegen, so daß ich mir ihre Landung ansehen konnte. Um den Zuschauern zu imponieren, setzte sie federleicht auf. Ich grinste. Nicht schlecht für jemanden mit nur neunzig Flugstunden. Nach diesem Flug würde es kein Halten mehr für sie geben.

Sie rollte die kleine Maschine heran und stellte sie neben der Cherokee ab. Ich ging zu ihr und sagte, sie würde das Landegestell abbrechen, wenn sie die Maschine noch einmal in dieser Form aufsetzte.

Sie strahlte mich glücklich und begeistert an.

»Es war einfach Superklasse! Die Bodenstelle in Liverpool war sehr freundlich und hat mich bis hierher geleitet.«

Colin war sehr stolz auf sie und neckte sie ein wenig.

»Hergekommen sind wir ganz gut – aber noch sind wir nicht wieder daheim ...«

»Der Rückflug ist immer einfacher«, erwiderte sie selbstbewußt. »Und die Landung in Cambridge ist leichter als hier.«

Auf dem Weg zum Rennplatz plapperte sie unaufhörlich, und ich tauschte einen Blick mit Colin. Nichts ist so berauschend wie eine gut vollbrachte Leistung.

Wir verließen Colin an der Garderobe und gingen auf eine Tasse Kaffee.

»Weißt du eigentlich, daß seit jenem Tag mit der Bombe hier in Haydock erst vier Wochen vergangen sind?« fragte sie. »Erst vier Wochen – und dabei kommt es mir vor, als würde ich dich schon das halbe Leben kennen.«

»Hoffentlich kennen wir uns auch noch während der kommenden Hälfte«, sagte ich.

Herzhaft biß sie in ein Sandwich. Sie hatte gute Zähne. Ich war ein Dummkopf, dachte ich, weil ich es zuließ, daß ich mich mehr und mehr an sie gewöhnte. Ich hatte ihr nur einen Scherbenhaufen aus der Vergangenheit zu bieten, während ihr als Colins Schwester die ganze Welt offenstand. Falls ich schon ein Eisberg war, wie Honey meinte, dann wollte ich auch einer bleiben. Wenn Eis schmilzt, sieht es häßlich aus.

»Du bist so schweigsam«, sagte sie mit einem forschenden Blick.

»O nein ...«

»O doch! Manchmal siehst du ganz entspannt und friedlich aus, und dann geht plötzlich etwas in dir vor, und du ziehst dich irgendwohin in die Stratosphäre zurück, wo es sehr kalt ist.« Sie erschauerte. »Eisig.«

Ich trank meinen Kaffee und ließ die aufgetauten Stellen wieder zufrieren.

»Kommt Chanter heute?« fragte ich.

»Wer weiß?« Sie zuckte die Schultern. »Möchtest du denn, daß er kommt?«

»Nein«, antwortete ich heftiger, als ich es eigentlich gewollt hatte.

Wir tranken den Kaffee aus und gingen hinaus, um Colin beim Einlauf zu beobachten. Plötzlich tauchte Chanter von irgendwoher auf und schloß Nancy in die Arme. Es sah aus, als wollte er eine brennende Decke ersticken.

»Um Himmels willen ...« Sie stieß ihn zurück.

»Aber, Nancy«, sagte er unbeeindruckt. »Wir beide könnten so gut miteinander auskommen, wenn du nur nicht so zimperlich wärst.«

»Wie ich die Dinge sehe, wärst du ein schlechter Trip, Chanter.«

»Du bist noch nie auf einem richtigen Trip gewesen, meine Liebe, das ist das ganze Problem.«

»Und ich werde mich auch nicht dazu hergeben«, versetzte sie nachdrücklich.

»Mit ein bißchen LSD sieht man die Dinge mit ganz anderen Augen.«

»Ja, nämlich völlig verdreht«, brummte ich. »Wie Sie selbst sagten – in lauter Bruchstücken.«

»Hä?« Chanter glotzte mich an. »Hast du diesen Burschen etwa noch immer im Schlepptau, Nancy? Das muß doch ein schlechter Witz sein.«

»Er sieht die Dinge, wie sie sind«, sagte sie.

Chanter starrte mich stirnrunzelnd an. Statt des Tischtuches trug er diesmal eine Art Tunika, aus allerlei Fetzen und Metallblättchen zusammengesetzt.

»Das ist dein Werk, Mann. Du übst einen schlechten Einfluß auf sie aus.«

»Nein!« fauchte Nancy ihn an. »Damals auf der Kunstakademie war es anders, aber inzwischen bin ich erwachsen.«

»Er hat eine Gehirnwäsche mit dir angestellt.«

Sie schüttelte den Kopf. Ich wußte, daß sie an Midge dachte. Wer vom Schicksal gefordert wird, reift heran.

Chanter blieb den ganzen Nachmittag hindurch bei uns und streckte bei jeder sich bietenden Gelegenheit die Hände nach Nancy aus, um sie gründlich abzutasten. Nancy schien sich mit seiner Gegenwart abzufinden. Doch von mir aus hätte er sich jederzeit in Luft auflösen können.

Colin gewann zunächst ein kleineres und anschließend das große Rennen des Tages. Annie Villars' Pferd lief als zweites ein, das des lauten Ambrose als viertes. Nicht gerade gute Aussichten für den Rückflug.

Von Südwesten her wurde es immer dunkler.

Als die Sonne hinter den Wolken verschwand, blickte Nancy zum Himmel.

»Meine Güte, wo kommen denn all diese Wolken her?«

»Es ist eine Gewitterfront.«

»Verdammt ... Glaubst du, daß sie bis nach Cambridge reicht?«

»Könnte mich danach erkundigen.«

Ich rief in Cambridge an und ließ mir einen genauen Bericht über die Wetterlage geben. Nancy stand bei mir in der Telefonzelle, während Chanter draußen vor der Tür kochte. Endlich hängte ich ein.

»Die Gewitterfront wird erst in etwa drei bis vier Stunden in Cambridge erwartet und voraussichtlich über siebenhundert Meter hoch liegen. Du brauchst also keine Schwierigkeiten zu befürchten.«

»Nun«, murmelte sie, »ich bin ja schon oft bei Übungsflügen in Cambridge gelandet. Es sollte mir auch bei stärkerer Bewölkung gelingen.«

Ich überlegte.

»An sich bist du noch nicht berechtigt, mit Passagieren an Bord durch eine Wolkendecke zu fliegen.«

»Sei doch nicht so streng. Ich kann ja unter den Wolken fliegen, wenn sie siebenhundert Meter hoch sind, und außerdem muß ich ganz einfach zurück, nicht wahr?«

»Hm . . .«

Chanter riß die Tür auf.

»Hast du die Telefonzelle eigentlich gepachtet, Mann?« Er streckte die Arme aus und zerrte Nancy heraus. Sie verschwand förmlich unter seiner scheppernden Tunika.

»Chanter, um Himmels willen!« rief sie mit hochrotem Kopf. »Wir sind hier auf dem Rennplatz!«

»Dann komm mit in mein Zimmer.«

»Nein, danke.«

»Frauen!« knurrte er finster. »Wissen selbst nicht, was ihnen guttut . . .«

»Ich gehe jetzt zur Maschine, um noch einmal alles zu überprüfen«, sagte Nancy. »Du kommst nicht mit, Chanter, denn ich kann mich nicht konzentrieren, wenn du dauernd an mir herumfummelst.«

Wir schlugen den Weg zum Rollfeld ein, und Chanter starrte uns finster nach.

»Er ist unmöglich«, sagte sie – aber sie lächelte dabei.

Ich breitete die Karte aus, ging mit ihr die einzelnen Stationen durch und schrieb die Zeiten auf ihren Flugplan.

»Du kannst das fünfmal so schnell wie ich«, seufzte sie.

»Na ja, ich habe ja auch die längere Übung.«

Ich faltete die Karte zusammen und hängte den Flugplan daran fest.

»Wir sehen uns also in Cambridge«, sagte ich. »Mit ein bißchen Glück.«

»Fein.«

»Nancy . . .«

»Ja?«

Ich wußte selbst nicht genau, was ich eigentlich sagen wollte.

»Sei vorsichtig«, murmelte ich schließlich.

Colin kam mit schleppenden Beinen heran.

»Gott, bin ich müde«, sagte er. »Wie geht's denn meinem Piloten?«

»Alles in Ordnung.«

Während sie in die Kabine kletterten, überprüfte ich alles noch einmal von außen. Keine Bomben in Sicht. Nachdem ich Nancy das Zeichen gegeben hatte, startete sie den Motor. Sie winkten mir beide noch einmal zu und rollten zur Startbahn. Die kleine Maschine erhob sich in den blaßgrauen Himmel. Die Wolken hingen ein bißchen tiefer als zuvor.

Ich kehrte zur Cherokee zurück. Annie Villars und Kenny Bayst warteten bereits. Jeder blickte ostentativ in eine andere Richtung. Ich öffnete die Kabinentür, und Annie stieg schweigend ein. Kenny streifte sie mit einem finsteren Blick und blieb neben der Tragfläche stehen. Ich gratulierte ihm zu seinem Sieg.

Dann kamen auch Ambrose, sein Trainer und der Jockei. Ambrose roch nach Bier.

»Ich habe meinen Hut in der Garderobe vergessen«, sagte er zu mir. »Gehen Sie ihn holen.«

Kenny und die beiden anderen waren plötzlich sehr beschäftigt und taten, als hätten sie nichts gehört. Ich stand gerade im Begriff, ihm: ›Holen Sie ihn doch selbst!‹ an den Kopf zu schleudern und damit einen weiteren Kunden für Harley zu verlieren, als ich's mir anders überlegte und zum Tor ging. Ich fand den Hut in der Garderobe des Klubraums. Das Schweißband war so verdreckt, daß ich mich wunderte, wie Ambrose sich damit sehen lassen konnte.

Als ich mich der Tür zuwandte, wurde mein Arm plötzlich wie von einem Schraubstock umklammert.

Ich wirbelte herum. Die Hände gehörten Major Tyderman.

»Major!« stieß ich verblüfft hervor. Ich hatte ihn den ganzen Nachmittag nicht gesehen.

»Shore!« Er starrte mich entgeistert an. Sein Gesicht wurde kalkweiß.

»Shore – was machen Sie hier? Sind Sie zurückgekommen?«

»Ich wollte nur Mr. Ambroses Hut holen.«

»Aber ... Sie sind doch abgeflogen! Mit Colin und Nancy Ross.«

Ich schüttelte den Kopf. »Nein. Nancy fliegt selbst.«

»Aber ... Sie sind doch mit ihnen gekommen«, sagte er tonlos.

»Nein, ich habe fünf Passagiere in der Cherokee Six hergebracht.«

Sein Schock war unverkennbar. Er hielt noch immer meinen Arm umklammert – aber mehr um sich zu stützen.

»Major«, sagte ich, während ein schrecklicher Verdacht in mir aufstieg, »Sie haben ihnen doch nicht etwa eine Bombe an Bord gelegt? O Gott, doch nicht schon wieder?«

»Ich ... Ich ...« Die Stimme versagte ihm den Dienst.

»Major!« Ich riß mich los und umklammerte seine Hände. Ambroses Hut rollte achtlos über den Boden. »Major!« Ich rüttelte ihn kräftig. *»Nicht wieder eine Bombe!«*

»Aber ... Aber ...«

»Was, aber?«

»Ich dachte, Sie würden fliegen ... Sie wären durchaus in der Lage ...«

»Major!« Ich zerrte an seinen Armen, als wollte ich sie aus den Gelenken reißen. »Was haben Sie mit dem Flugzeug angestellt?«

»Ich habe Sie mit ihnen kommen sehen ... Und ich dachte, Sie würden die Maschine fliegen ... Sie wären in der Lage gewesen ... Aber, o Gott ... Nancy Ross ...«

Ich gab seinen Arm frei und knallte ihm klatschend die Hand ins Gesicht.

»Was haben Sie mit dem Flugzeug angestellt?«

»Sie können – nichts tun ...«

»Ich hole sie zurück und lasse sie sofort landen.«

Er schüttelte den Kopf.

»Sie können nicht. Sie hat keine Funkverbindung mehr ... Ich habe ...« Er schluckte schwer und hielt sich die Stelle, wo ich ihn getroffen hatte. »Ich habe plastisches Nitrit – am Hauptschalter angebracht ...«

Ich ließ ihn los und starrte ihn an. Eisige Kälte breitete sich in mir aus. Unversehens hob ich Ambroses Hut auf und stürmte hinaus. Mir blieb keine Zeit, Major Tyderman zu fragen, warum er das getan hatte. Ich konnte nur an Nancy denken und an die Gefahr, in der sie als Anfängerin schwebte, wenn die elektrische Anlage an Bord ausfiel.

Immerhin würde sie sich halten können, denn der Motor und einige Instrumente wurden davon nicht betroffen. Vor allem aber würde der Kraftstoffmesser ausfallen, so daß sie nicht wußte, wieviel Reserve sie noch hatte. Meiner Meinung nach mußte der Kraftstoff noch für etwa zwei Flugstunden reichen, und das wußte sie sicher auch.

Am härtesten würde sie der Ausfall des Sprechfunkgerätes treffen. Aber vielleicht hatte die Säure den Hauptschalter noch nicht zerfressen ...

Vom Boden aus konnte ich niemanden erreichen, aber wenn ich erst mal aufgestiegen war, konnte ich der Bodenstation von Manchester die Situation schildern. Nancy brauchte nur auf dem nächsten Rollfeld zu landen. Der Schalter konnte im Handumdrehen ausgetauscht werden.

Ich sprang in die Kabine, schloß den Gurt, warf den Motor an und setzte den Kopfhörer auf, um das Funkgerät anzuwärmen. Ambrose ließ sich schwerfällig neben mir auf den Sitz fallen.

»Wo brennt's denn?« fragte er, während ich hastig zur Startbahn rollte.

»Muß Colin Ross eine Nachricht übermitteln!«

»Oh ...« Er nickte. Er wußte, daß Nancy ihn hergeflogen hatte. »In Ordnung.«

Ich setzte mich mit der Bodenstelle in Liverpool in Verbindung und erfuhr, daß die Verbindung mit Nancy mitten im Satz abgerissen war.

Der verdammte Major! dachte ich wild.

Ich stieg auf siebenhundert Meter, durchstieß die Wolkendecke und kam bei fünfzehnhundert wieder in strahlenden Sonnenschein. Die Wolken lagen wie eine Wattedecke unter uns und verbargen die Erde.

Ich nahm erneut Verbindung mit der Bodenstation auf.

»Kann die Radar-Station der RAF sie aufspüren und ihren Kurs verfolgen? Ich kenne ihren Flugplan, denn ich habe ihn selbst ausgearbeitet. Sie wird diesem Plan bis nach Cambridge folgen. Ich könnte hinter ihr herfliegen und versuchen, sie einzuholen ...«

»Warten Sie.« Es dauerte eine Weile, bis er sich mit den zuständigen Stellen unterhalten hatte. »Gehen Sie auf Birmingham-Radar, Frequenz eins-eins-acht-null-fünf.«

»In Ordnung«, sagte ich. »Und vielen Dank.«

»Viel Glück«, gab er zurück. »Sie werden's brauchen.«

10

Radar-Station Birmingham war bereits über die Situation unterrichtet. Der Mann erklärte mir, daß er erst einmal die einzelnen Punkte auf seinem Schirm aussortieren müßte.

»Wir haben hier einen Bericht«, meldete er sich ein paar Minuten später, »daß Colin Ross an Bord der Maschine ist, deren Funkgerät ausfiel. Können Sie das bestätigen?«

»Stimmt«, gab ich zurück. »Der Pilot ist seine Schwester.«

»Großer Gott!« rief er. »Dann wollen wir sie mal so schnell wie möglich ausfindig machen.«

Ich stellte eine kurze Berechnung an. Meiner Schätzung nach waren wir etwa eine halbe Stunde nach ihr gestartet. Obwohl meine Cherokee schneller war und ich den kürzeren Weg wählte, war kaum damit zu rechnen, daß ich sie bis Cambridge einholen konnte. Ich blickte zum zwanzigstenmal auf die Uhr. Fünf Uhr fünfzig. Um fünf Uhr dreiundfünfzig sollte sie sich laut Flugplan über Lichfield befinden – nur konnte sie natürlich nicht ahnen, ob sie über Lichfield war oder nicht.

Birmingham meldete sich wieder.

»Cambridge meldet Wetterverschlechterung. Wolkenuntergrenze nur noch etwa zweihundertfünfzig Meter.«

Mir blieb noch etwa eine Stunde, sie einzuholen und zu finden. Über einer Wolkendecke, die mich an eine endlose Wüste erinnerte.

Endlich, endlich hatte Birmingham auf dem Radarschirm die beiden Punkte von Nancy und meiner Maschine ausgemacht. Sie führten mich behutsam immer näher an sie heran. Die ursprüngliche Entfernung hatte dreißig Meilen betragen und schrumpfte mehr und mehr zusammen.

Nancy ...

Ich war so in die Jagd vertieft, daß ich heftig zusammenzuckte, als Ambrose mir die Hand auf den Arm legte.

»Wir sind vom Kurs abgewichen«, sagte er und deutete auf den Kompaß. »Wir fliegen genau nach Westen. Hoffentlich verirren wir uns nicht.«

»Wir werden von Radar geleitet«, erwiderte ich.

»Oh ...« Er zögerte. »Verstehe.«

Ich wußte, daß ich ihn einweihen mußte, und erklärte ihm die Situation so knapp wie möglich, ohne jedoch Major

Tydermans Schuld zu erwähnen. Ich mußte schreien, damit er mich im dröhnenden Motorenlärm hören konnte.

Ungläubig starrte er mich an.

»Wollen Sie damit sagen, daß wir den ganzen Himmel nach Colin Ross absuchen?«

»Unter Leitung der Radar-Station«, sagte ich kurz.

»Und wer soll das bezahlen?« fragte er barsch und herausfordernd. »Ich jedenfalls nicht. Sie hätten sowieso nicht vom Kurs abweichen dürfen, ohne mich zu fragen!«

Birmingham korrigierte meinen Kurs, damit ich die kleine Maschine ohne Umwege erreichen konnte.

»Haben Sie gehört, was ich eben sagte?« fragte Ambrose wütend.

»Es ist unsere Pflicht, einem in Not geratenen Flugzeug zu helfen«, entgegnete ich.

»Aber nicht auf meine Kosten!«

»Sie brauchen nur den normalen Preis zu zahlen«, beruhigte ich ihn.

»Darum geht es nicht. Sie hätten mich um Erlaubnis bitten müssen. Ich werde mich bei Harley beschweren. Wir hätten nicht vom Kurs abweichen dürfen. Irgend jemand hätte dem Flugzeug schon geholfen. Warum sollten wir uns das aufbürden?«

»Colin Ross wird sich bestimmt über Ihren Standpunkt freuen«, brummte ich. »Und er wird auch gern für alle Ausgaben einstehen, die sich bei seiner Rettung ergeben.«

Er starrte mich sprachlos vor Wut an.

Annie Villars beugte sich auf ihrem Sitz vor und tippte mir auf die Schulter.

»Sagten Sie, Colin Ross hat sich verfranzt? Hier oben über den Wolken?«

Ich blickte mich um. Die Passagiere sahen mich besorgt an.

»Ja«, sagte ich kurz. »Sein Funkgerät ist ausgefallen, und

die Radar-Station bemüht sich, uns zu dem Flugzeug zu führen und zu helfen.«

»Was immer wir tun können«, erklärte Annie Villars. »Auf uns können Sie bauen.«

Ich lächelte ihr dankbar zu. Ambrose wandte sich um, aber Annie kam ihm zuvor.

»Glauben Sie denn im Ernst, wir würden nicht alles versuchen, um ihm zu helfen? Da müssen Sie den Verstand verloren haben. Es ist unsere Pflicht, alles zu tun, was in unseren Kräften steht. Und ein Captain braucht nicht erst lange um Erlaubnis zu bitten, wenn es gilt, ein anderes Flugzeug zu retten.«

Birmingham bestätigte meinen Kurs und gab die Entfernung durch. Ich wandte mich an Annie Villars und drückte ihr den Notizblock in die Hand, der stets griffbereit lag.

»Wir werden sie bald sehen. Können Sie aus den Seiten dieses Blocks einzelne Buchstaben anfertigen ... Möglichst groß? Damit können wir Nancy und Colin die entsprechenden Anweisungen übermitteln.«

Annie Villars kramte in ihrer Handtasche und zog eine kleine Schere heraus. Sie schnitt die Buchstaben des Alphabets aus.

»Das Flugzeug ist jetzt fünf Meilen vor Ihnen«, meldete die Radar-Station.

Ich spähte nach vorn.

»Da – da!« rief Kenny Bayst, und mein Blick folgte seinem ausgestreckten Finger. Die kleine Maschine schwebte über einer dunklen Wolke.

Es war eine unvorstellbare Erleichterung.

»Sie sind es!« rief Annie Villars triumphierend.

Ich konnte nur nicken und schlucken.

Mit gedrosseltem Motor flog ich im Abstand von etwa fünfzig Metern neben der kleinen Maschine her. Ein

Abstand von fünfzig Metern ist ziemlich riskant, aber es ging nicht anders.

»Setzen Sie die Buchstaben ›FOLGEN‹ zusammen und halten Sie sie ans Fenster«, sagte ich zu Annie Villars.

»In Ordnung.« Sie drückte die Buchstaben nacheinander ans Fenster.

Colin las sie und winkte uns zu. Nancy winkte uns mit der Karte zu.

»Hallo!« rief ich die Radar-Station an. »Kontakt mit der betreffenden Maschine hergestellt. Können Sie uns jetzt nach King's Lynn leiten?«

»Mit Vergnügen«, erwiderte die Stimme. »Gehen Sie auf Kurs null-vier-null und setzen Sie sich mit Marham in Verbindung, Frequenz neun-null-neun-null.«

»Danke sehr«, sagte ich herzlich.

»Gern geschehen.«

Prächtige Burschen, dachte ich. Da saßen sie in einem dunklen Raum, hatten Kopfhörer auf und starrten die gelben Pünktchen an, die sich auf ihrem dunklen Schirm abzeichneten und langsam von einer Seite zur anderen wanderten. Sie hatten wundervolle Arbeit geleistet, Nancy und Colin Ross aufzuspüren – wirklich hervorragend.

»Halten Sie ›NULL-VIER-NULL‹ ans Fenster«, sagte ich zu Annie Villars.

Nancy las die Anweisung und schwenkte erneut die Karte. Sie flog rechts hinter uns her, und ich blickte ständig über die Schulter, um den richtigen Abstand zu halten. Meiner Berechnung nach würde es dreizehn Minuten dauern, bis wir über dem offenen Meer waren, um von dort aus unter der Wolkendecke hindurch nach Cambridge zu schlüpfen. Ihr Kraftstoff würde dabei zwar zur Neige gehen, doch das war immer noch besser, als einen Flug über die Landschaft zu riskieren, wo sie bei der Notlandung an irgendeinem Hindernis zerschellen konnte.

Ich erkundigte mich bei der Bodenstelle nach den Wetterverhältnissen über Cambridge.

»Wolkenuntergrenze über dem gesamten Gebiet etwa hundertfünfzig Meter. Sicht etwa zwei Kilometer getrübt.«

»Wie nett«, sagte ich ironisch.

»Sehr.«

»Und wie ist der Luftdruck?«

»Neun-neun-acht Millibar.«

»Danke.«

Ich ließ Annie die Zahlen und dahinter die Buchstaben ›WWB‹ ans Fenster halten.

Nancy winkte wieder mit der Karte, aber ich bat Annie, die drei Zahlen noch einmal ans Fenster zu halten.

»Es ist sehr wichtig«, sagte ich.

Nancy winkte erneut.

»Warum ist das so wichtig?« fragte Annie.

»Wenn man den Höhenmesser nicht auf den richtigen Luftdruck über dem Meeresspiegel einstellt, kann man seine Höhe nicht erkennen.«

Wir waren inzwischen unter der niederen Wolkendecke. Ich überprüfte alles noch einmal mit der Bodenstelle in Marham, gab Nancy erneut die Anweisung, mir zu folgen, und zog eine Schleife über dem offenen Meer. Dann nahm ich Kurs auf Cambridge, und bald tauchte die Eisenbahnstrecke von King's Lynn unter mir auf.

»Halten Sie die Buchstaben ›LANDEN‹ ans Fenster«, sagte ich zu Annie Villars.

Nancys Maschine wippte leicht mit den Tragflächen. Ich drückte die Nase der Cherokee nach unten und gab Gas, damit sie nicht rücklings auf uns prallte. Die helle Rollbahn kam auf uns zu und umhüllte uns wie ein weiches Kissen.

Ich blickte mich um. Keine Spur von der kleinen Maschine. Vielleicht hatte sie sich irgendwo verirrt und kreiste noch immer hilflos über der Küste?

Doch Nancy hatte keinen Fehler begangen. Ich hörte das Motorengeräusch, und wenige Augenblicke später tauchte die Maschine aus den Regenwolken auf und schwebte auf die Landebahn zu.

»Oh!« rief Annie Villars erleichtert und wischte sich die Augenwinkel.

Nancy ließ die Maschine ausrollen und hielt unmittelbar hinter der Cherokee. Colin kletterte aus der Kabine, blieb auf der Tragfläche stehen und winkte uns fröhlich zu.

»Der Kerl hat wirklich keine Nerven!« brummte Kenny Bayst.

Nancy sprang heraus und landete auf butterweichen Knien. Ich ging auf sie zu. Sie kam mir immer schneller entgegen, bis ihr Haar im Wind flatterte. Sie breitete die Arme aus, und ich packte sie bei den Hüften. Nachdem ich sie kräftig herumgewirbelt und wieder auf die Füße gestellt hatte, schlang sie mir die Arme um den Hals und küßte mich.

»Matt ...« Es war halb Lachen und Weinen; ihre Augen strahlten, und ihr Gesicht war gerötet.

Colin kam heran und klopfte mir auf die Schulter.

»Danke, Freund.«

»Bedank dich lieber bei der RAF. Sie haben euch nämlich auf ihrem Schirm entdeckt.«

»Aber woher wußtest du ...«

»Eine lange Geschichte«, brummte ich. Nancy umklammerte mich noch immer, als fürchtete sie, zu stürzen. Ich nahm die willkommene Gelegenheit wahr und küßte sie auf den Mund.

Sie löste sich von mir und lachte unsicher.

»Als du plötzlich kamst ... Ich kann dir gar nicht sagen ... Es war eine solche Erleichterung ...«

Annie Villars packte sie beim Arm.

»Sie brauchen jetzt einen anständigen Schluck Brandy, meine Liebe«, sagte sie ruhig.

»Ich müßte aber erst ...« Sie blickte unsicher auf die kleine Maschine.

»Colin und Matt werden alles erledigen.«

»Also gut ...« Sie ließ sich willenlos von Annie Villars führen. Kenny Bayst, der Trainer und der andere Jockei folgten den beiden Frauen.

»Also«, sagte Colin. »Woher, um alles in der Welt, hast du gewußt, daß wir dich brauchen?«

»Das werde ich dir gleich zeigen«, erwiderte ich. »Komm mit und sieh's dir selbst an.« Ich ging zu der kleinen Maschine, legte mich rücklings auf die beiden Vordersitze und spähte unter das Armaturenbrett.

»Was, zum Kuckuck ...!«

Da war das kleine, verteufelte Ding, das seine Schuldigkeit getan und den Hauptschalter außer Betrieb gesetzt hatte. Ich ließ alles, wie es war, und kletterte wieder hinaus.

»Was ist denn? Was hat das zu bedeuten?«

»Sabotage an der elektrischen Anlage.«

»Um Himmels willen ... Warum denn?«

»Das weiß ich nicht«, seufzte ich. »Ich weiß nur, wer das Ding angebracht hat. Derselbe Mann, der vor einem Monat für die Bombe verantwortlich war: Major Rupert Tyderman.«

Colin starrte mich verständnislos an.

»Das ergibt doch keinen Sinn.«

»Nein, eigentlich nicht.«

Ich erklärte ihm, daß der Major die Bombe erst gezündet hatte, als wir bereits sicher gelandet waren. Heute hatte er geglaubt, daß ich die Maschine fliegen und ohne besondere Schwierigkeiten landen würde.

»Aber das – das bedeutet ...«

»Ja«, sagte ich.

»Er will es so aussehen lassen, als ob mir jemand nach dem Leben trachte.«

Ich nickte.

»Dabei achtet er jedoch besonders darauf, daß Ihnen in Wirklichkeit nichts zustößt.«

11

Die Beamten der Flugsicherung waren wie die Höllenhunde hinter mir her. Diesmal kam jedoch nicht der große Mann in Harleys Mannschaftsraum, sondern ein kleiner, untersetzter Bursche mit einem energischen Kinn und keinem Sinn für Humor. Er zog es vor, während der Vernehmung zu stehen.

»Ich muß Sie darauf hinweisen, daß Sie am vergangenen Freitag gegen Luftfahrtgesetz Artikel 25, § 4, Ziffer 8, verstoßen haben.«

»Wer hat Sie informiert?« fragte ich.

»Das tut nichts zur Sache.«

»Vielleicht Polyplanes?«

Seine Augen zuckten ein wenig.

»Wenn bei uns eine Anzeige eingeht, müssen wir die Sache verfolgen.«

Kein Wunder. Noch jetzt, am Montagmorgen, lagen die Zeitungen mit den fetten Schlagzeilen über den letzten Anschlag auf Colin Ross' Leben im Mannschaftsraum herum. In allen Einzelheiten waren die Aussagen meiner Passagiere angeführt, wie wir das kleine Flugzeug übers offene Meer gesteuert hatten, um dann unter die dichte Wolkendecke zu schlüpfen.

Alles gut und schön, nur leider war es verboten, mit einer solchen Maschine und Passagieren an Bord übers offene Meer zu fliegen.

»Sie geben zu, daß Sie gegen das Gesetz ...«

»Ja«, schnitt ich ihm das Wort ab.

Er riß den Mund auf und klappte ihn wieder zu.

»Ähem ... Ich verstehe.« Er räusperte sich. »Sie können mit einer Vorladung rechnen.«

»Ja«, sagte ich noch einmal.

»Nicht Ihre erste, nicht wahr?«

»Nein«, brummte ich.

Ich erkundigte mich höflich, wie Major Tydermans Vorrichtung gewirkt hatte, und er gab mir eine flüchtige Erklärung.

»Gut«, sagte er abschließend. »Jetzt muß ich noch ein Wort mit Mr. Harley reden.«

»Haben Sie schon ein Wort mit Major Tyderman geredet?« erkundigte ich mich.

»Das geht Sie nichts an«, antwortete er nach kurzem Zögern.

»Vielleicht haben Sie ihn schon aufgesucht?«

Schweigen.

»Vielleicht ist er auch gar nicht daheim?«

Das Schweigen dehnte sich aus.

»Sie haben kein Recht, mir diese Fragen zu stellen«, sagte er endlich steif. »Ich kann Ihnen keine weiteren Antworten geben, denn ich bin hier, um Sie zu vernehmen, nicht umgekehrt.«

»Na, hoffentlich finden Sie den Major«, sagte ich höflich, »ehe er weitere derartige Vorrichtungen an äußerst gefährlichen Stellen anbringt.«

Er schnaubte verächtlich und betrat Harleys Office.

»Mr. Shore gibt den Verstoß zu.«

»Kann ich mir denken«, knurrte Harley. »Schließlich wissen alle Radar-Stationen der RAF im ganzen Land Bescheid.«

»Nun, er hätte nur abwarten müssen, statt sich über das offene Meer hinauszuwagen. Schließlich hatte er Passagiere an Bord und brauchte nur rechtzeitig den Rückflug anzutreten.«

»Und, zum Teufel mit Colin Ross«, warf ich ein.

Beide sperrten den Mund auf. Mehr gab es für mich nicht zu sagen. Wenn man eine Ampel bei Rotlicht überfuhr, um jemanden noch rechtzeitig ins Krankenhaus zu bringen, wurde man trotzdem angezeigt. Menschlichkeit gegen das Gesetz. Es war immer wieder die gleiche, uralte Geschichte. Man mußte sich eben entscheiden.

»Ich übernehme jedenfalls keine Verantwortung für das, was Sie angestellt haben«, sagte Harley schweratmend. »Wenn's sein muß, werde ich auch vor Gericht aussagen, daß Sie in offenem Widerspruch zu Derrydowns Anweisungen gehandelt haben.«

Ich wollte ihn schon fragen, ob er vielleicht ein Waschbecken brauchte, um seine Hände in Unschuld zu waschen – aber ich ließ es bleiben.

»Und natürlich«, fügte er hinzu, »werden Sie die etwaige Geldstrafe aus eigener Tasche zahlen.«

Mein Pech, dachte ich, daß ich immer an eine Firma geriet, die unmittelbar vor dem Konkurs stand und sich keine Großzügigkeit leisten konnte.

»Ist das alles?« fragte ich. »Dann möchte ich Sie daran erinnern, daß wir einen Charterflug haben ...«

Sie winkten mir finster nach. Ich schnappte meine Ausrüstung und bestieg die Aztec, um ein paar Geschäftsleute von Elstree nach Holland zu fliegen.

Am Dienstagmorgen erklärte Harley, Colin hätte angerufen und den Flug nach Folkestone abgemeldet. Ich mußte einen Rennstallbesitzer und seine Freunde in der Cherokee Six nach Folkestone bringen.

Ich dachte, Colin hätte es sich anders überlegt und wäre nach Pontefract geflogen. Doch ich traf ihn in Folkestone.

Er war in einem Flugzeug der Polyplanes gekommen. Ich fand ihn allerdings erst nach den Rennen, als er in einem Taxi aufs Rollfeld kam. Er stieg aus, streifte die Cherokee mit einem flüchtigen Blick und ging wortlos an mir vorüber auf das andere Flugzeug zu.

»Colin!« rief ich.

Er blieb stehen, wandte den Kopf und starrte mich an. Es war alles andere als ein freundlicher Blick.

»Was gibt's denn?« fragte ich verblüfft. »Was ist passiert?«

Er blickte zum Flugzeug der Polyplanes, und ich folgte seinem Blick. Der Pilot grinste übers ganze Gesicht. Es war derselbe, der sich damals geweigert hatte, Kenny Bayst zu helfen.

»Bist du mit ihm hergekommen?« fragte ich.

»Ja.« Seine Augen und die Stimme waren eiskalt.

»Ich verstehe nicht ...«, murmelte ich verdutzt.

Seine Augen begannen zu sprühen.

»Du – du ... Ich kann es nicht ertragen, überhaupt mit dir zu sprechen!«

Alles kam mir unwahrscheinlich vor, und ich konnte ihn nur voller Bestürzung anstarren.

»Du hast uns vollkommen aufgerieben ... Vielleicht war es nicht deine Absicht, aber Nancy hat das Haus verlassen ... Und Midge sitzt daheim und weint sich die Augen aus.«

»Aber warum?« fragte ich betroffen. »Am Montagmorgen war alles noch in bester Ordnung ...«

»Gestern«, knurrte Colin, »gestern hat Nancy alles erfahren, als sie einen Übungsflug machen wollte. Es hat sie schwer getroffen. Sie kam in einer grauenhaften Verfassung heim, erlitt einen Tobsuchtsanfall nach dem anderen ... Und heute früh hat sie ihren Koffer gepackt und das Haus verlassen. Midge und ich konnten sie nicht zurückhalten.

Das hat Midge schwer zugesetzt...« Er reckte das Kinn und stieß zwischen zusammengebissenen Zähnen hervor: »Warum, zum Teufel, hast du nicht den Mut aufgebracht, es ihr selbst zu sagen?«

»Was zu sagen?«

»*Was?*« Er stieß die Hand in die Tasche der ausgeblichenen Leinenhose und brachte einen gefalteten Zeitungsausschnitt zum Vorschein. »Das hier!«

Ich streckte die Hand aus und entfaltete den Zeitungsabschnitt. Mein Gesicht wurde hart.

Es war der scheußlichste Bericht über meine Verhandlung. In dem Artikel wurde angeführt, daß ich das Leben von siebenundachtzig Personen aufs Spiel gesetzt hätte und dafür verurteilt worden war. Die Sache war längst vergessen gewesen – aber sie konnte natürlich jederzeit ausgegraben werden.

»Das ist noch nicht alles«, knurrte Colin. »Er sagte Nancy, daß eine andere Fluggesellschaft dich wegen Feigheit zum Teufel gejagt hätte.«

»Wer sagte das?« fragte ich leise.

»Spielt das eine Rolle?«

»Ja.«

»Er hatte gar nichts gegen dich... Und das hat Nancy überzeugt.«

»Hat er das gesagt?«

»Ich glaube, ja. Aber spielt das eine Rolle?«

»War es ein Pilot von Polyplanes? Vielleicht der da drüben, der dich heute fliegt? Ja, das konnte ich mir denken. Er will sich wegen Redcar rächen.«

Colin sperrte den Mund auf.

»So, er hat also nichts gegen mich«, murmelte ich bitter. »Daß ich nicht lache! Sie haben sich den ganzen Sommer die größte Mühe gegeben, dich von Derrydowns loszureißen – und nun haben sie es also endlich geschafft.«

Ich wandte mich um. Meine Kehle war plötzlich wie zugeschnürt. Ich erwartete, daß er jetzt das Flugzeug der Polyplanes bestieg. Meine Zukunft war wieder mal in Trümmer gegangen.

Doch er folgte mir und packte mich am Arm.

»Matt . . .«

Ich schüttelte ihn ab.

»Du kannst deiner kostbaren Schwester ausrichten«, murmelte ich gepreßt, »daß ich ihretwegen am vergangenen Freitag gegen das Gesetz verstoßen habe und deswegen wieder einmal vor Gericht gestellt werde. Aber diesmal bin ich mit offenen Augen ins Unglück gerannt . . . Nicht wie damals . . .« Ich deutete auf den Zeitungsabschnitt in seiner zitternden Hand. »Damals mußte ich die Schuld eines anderen ausbaden . . .«

»Matt!« Er war kreidebleich.

»Und was die Sache mit der Feigheit betrifft, so sieht sie die Zusammenhänge in einem falschen Licht . . . Oh, es hat zweifellos recht überzeugend geklungen . . . Polyplanes macht ja einen guten Fischzug . . . Aber ich verstehe nicht, warum sie sich so aufgeregt hat . . .«

»Warum hast du es ihr nicht selbst gesagt?«

Ich schüttelte den Kopf.

»Wahrscheinlich wäre ich eines Tages dazu gekommen, aber ich hielt es nicht für wichtig.«

»Nicht wichtig!« rief er gereizt. »Sie scheint dich für einen makellosen Helden gehalten zu haben. Und dann diese plötzliche Ernüchterung aus heiterem Himmel . . . Natürlich hättest du's ihr sagen müssen, denn du wolltest sie ja heiraten. Das ist ihr am meisten gegen den Strich gegangen.«

Ich war sprachlos. Ich spürte, wie mein Unterkiefer herabhing.

»Sagtest du gerade *heiraten*?«

»Ja, natürlich«, brummte er ungeduldig. Erst dann sah er meinen Schock. »Du wolltest sie doch heiraten, nicht wahr?«

»Wir haben – nie darüber gesprochen.«

»Aber ihr müßt darüber gesprochen haben«, versetzte er nachdrücklich. »Als ich am Sonntagabend aus Ostende zurückkam, hörte ich Midge ganz deutlich zu Nancy sagen: ›Wenn du erst mal mit Matt verheiratet bist ...‹ Sie haben gerade in der Küche abgespült. Du solltest bei uns wohnen, und die beiden Mädchen schmiedeten bereits Pläne für die einzelnen Schlafzimmer ...« Er hielt inne. »Stimmt es denn nicht?«

Ich schüttelte stumm den Kopf.

Er sah mich bestürzt an.

»Mädchen«, murmelte er. »Mädchen ...«

»Ich kann sie nicht heiraten«, sagte ich niedergeschlagen. »Ich habe kaum genug für eine Lizenz ...«

»Das spielt keine Rolle.«

»Für mich doch.«

»Aber nicht für Nancy.« Er überlegte. »Soll das heißen, daß sie sich doch nicht getäuscht hat?«

»Nun ja, irgendwie hatte sie recht ...«

Er blickte auf den Zeitungsabschnitt in seiner Hand nieder und knüllte ihn zusammen.

»Es hat sehr schlimm ausgesehen«, sagte er, und es klang wie eine Entschuldigung.

»Es war auch schlimm.«

Er sah mir ins Gesicht.

»Ja, das sehe ich ...«

Ein Taxi brauste heran. Meine Passagiere stiegen aus. Sie hatten eine Flasche Champagner bei sich, um den Sieg ihres Pferdes zu feiern.

»Ich werde ihr alles erklären«, sagte Colin. »Ich hole sie zurück ...« Er schien davon selbst nicht recht überzeugt zu sein.

»Wohin ist sie denn gezogen?« fragte ich.

Er schluckte. »Zu Chanter.«

Ich saß den ganzen Abend im Wohnwagen und hätte am liebsten alles zertrümmert – die Fenster, das Mobiliar, die Wände.

Vielleicht hätte mich das erleichtert.

Chanter ...

Ich konnte nichts denken, nichts essen, nicht schlafen.

Ich hatte einfach nicht auf die innere Stimme gehört und mich trotz aller festen Vorsätze eingelassen. Hätte ich mich lieber in den Eispanzer zurückgezogen.

Ich versuchte es – aber es war zu spät. Die Gefühle, die von mir Besitz ergriffen hatten, waren einfach zu mächtig. Ich hatte nicht gewußt, daß ich Nancy liebte. Ich hatte geglaubt, es bei einer herzlichen und kameradschaftlichen Freundschaft bewenden zu lassen. Erst jetzt erkannte ich, wie schwer es mich erwischt hatte.

Oh, Nancy ...

Nachdem ich die halbe Flasche Whisky, die Kenny Bayst mir geschenkt hatte, ausgetrunken hatte, schlief ich endlich ein. Aber als ich um sechs Uhr aufwachte, sah alles noch genauso trostlos aus, und zudem brummte mir der Schädel.

An diesem Tag lag kein Flugauftrag vor. Ich erledigte meine schriftlichen Arbeiten und versuchte am Vormittag, Chanters Adresse zu ermitteln. Nichts zu machen.

Am Abend saß ich wieder allein im Wohnwagen. Schaltete das Fernsehgerät ein. Hatte nach fünf Minuten die Nase voll und schaltete es wieder ab.

Machte einen ausgedehnten Spaziergang zum Dorf, trank in der Wirtschaft ein Glas Bier und spazierte wieder heim. Insgesamt vier Meilen. Als ich den Wohnwagen betrat, war es trotzdem erst neun Uhr.

Honey saß auf der kleinen Couch. Ihr Kleid gab die

prallen Oberschenkel bis zur äußersten Grenze frei. Und es hatte einen mehr als gewagten Halsausschnitt.

»Hallo«, sagte sie besitzergreifend. »Wo waren Sie denn?«

»Spazieren.«

Sie sah mich fragend an.

»Macht Ihnen die Flugsicherung zu schaffen?«

Ich nickte.

»Machen Sie sich keine Gedanken darüber. Schließlich war es Ihre Pflicht, Colin Ross zu retten.«

»Ihr Onkel sieht das ganz anders.«

»Mein Onkel ist ein Dummkopf. Selbst wenn für Sie eine Geldstrafe herausspringen sollte, wird Colin Ross sie bereitwillig zahlen.«

Ich schüttelte den Kopf.

Seufzend stand sie auf. Ihr Körper federte genau an den richtigen Stellen. Ich dachte an Nancy: viel zierlicher, viel weniger aufdringlicher Sex und dennoch unendlich viel begehrenswerter. Ich wandte mich unvermittelt ab. Da kam wieder der Gedanke an Chanter, an seine zerlumpte Kleidung und vor allem an seine gierigen Hände.

»Okay, Eisberg«, murmelte Honey. »Sie können sich ruhig wieder entspannen, denn Ihre Tugend ist nicht gefährdet. Ich bin überhaupt nur gekommen, um Ihnen auszurichten, daß jemand für Sie angerufen hat, und daß Sie zurückrufen möchten.«

»Wer?« fragte ich möglichst ruhig.

»Colin Ross«, antwortete Honey. »Falls Sie können, möchten Sie ihn heute abend noch anrufen. Anscheinend handelt es sich um eine Privatangelegenheit.« Es klang, als erwartete sie eine Erklärung.

Den Gefallen tat ich ihr jedoch nicht.

Wir gingen gemeinsam ins Haus. Ich betrat das Office und schloß die Tür. Dann wählte ich die Nummer.

»Colin? Hier ist Matt.«

»Oh, gut«, sagte er. »Hör mal, Nancy hat heute angerufen, während ich mit Midge beim Rennen war. Ich habe sie mitgenommen, weil sie sich daheim so einsam fühlte. Jetzt tut es ihr natürlich leid, daß sie Nancys Anruf verpaßt hat. Nancy hat bei unserer Putzfrau eine Nachricht hinterlassen.«

»Ist sie ... Ich meine, ist bei ihr alles in Ordnung?«

»Du meinst, ob sie bei Chanter ist?« Ein müder Unterton schwang in seiner Stimme mit. »Sie bat die Putzfrau, uns auszurichten, daß sie eine Kollegin aus der Kunstakademie getroffen hätte und ein paar Tage bei ihr in Warwick bleiben wollte.«

»Bei *ihr?*« fragte ich hastig.

»Nun, Mrs. Williams glaubte es so verstanden zu haben ... Aber da ist noch etwas. Anscheinend hat Nancy Major Tyderman gesehen.«

»Nein!«

»Ja ... Und zwar in einem Wagen auf der Stratford Road, außerhalb Warwicks. Die Fahrzeuge mußten an einer Baustelle halten, und da hat sie ihn gesehen.«

»Er kann irgendwohin gefahren sein – von irgendwoher ...«

»Ja«, pflichtete Colin mir bei. »Ich habe die Polizei in Cambridge angerufen, aber Nancy hatte sie bereits verständigt. Sie weiß nur, daß der Chauffeur des Wagens eine Brille trug. Irgendwie kam es ihr vor, als hätte er dunkles Haar und einen Schnurrbart gehabt. Sie streifte ihn nur mit einem flüchtigen Blick, weil ihre ganze Aufmerksamkeit auf Major Tyderman gerichtet war. Sie konnte weder etwas über die Nummer noch über den Wagentyp aussagen.«

»Hm ...«

»Zum Schluß sagte sie Mrs. Williams, daß sie Sonntag heimkommen würde. Wenn ich statt mit dem Flugzeug mit dem Wagen zum Rennen nach Warwick käme, könnte ich sie auf dem Rückweg mitnehmen.«

»Gott sei Dank.«

»Es wird schon wieder werden.«

12

Ich brachte die Passagiere von Wiltshire nach Newmarket, parkte die Cherokee möglichst weit vom Flugzeug der Polyplanes, und legte mich in das schattige Gras. Es war wieder ein heißer Tag, und meine Gedanken kreisten um Nancy und Chanter.

Der Pilot von Polyplanes wanderte herum und rauchte zur Abwechslung wieder mal eine Zigarette. Eines schönen Tages würde er damit wahrscheinlich in die Luft fliegen. Ab und zu warf er einen finsteren Blick in meine Richtung, denn Colin Ross hatte für die ganze nächste Woche bei Derrydowns gebucht. Vermutlich zerbrachen sie sich bei Polyplanes den Kopf, was sie noch alles anstellen könnten, um ihn zurückzugewinnen.

Nach einer Weile stand ich auf, streckte mich und schlenderte zum Rennplatz. Das erste Rennen war in vollem Gang. In einiger Entfernung sah ich ein schlankes, dunkelhaariges Mädchen in blauem Kleid. Im ersten Augenblick hielt ich sie für Nancy. Aber es war weder Nancy noch Midge. Nancy war irgendwo in Warwickshire.

Ich schob die geballten Fäuste in die Taschen und dachte wieder einmal an die Bombe. Ich fand es an der Zeit, wieder mal ein wenig auf eigene Faust nachzuhelfen und zu ergründen, welches Motiv dahintersteckte.

Ich ging zur Tribüne, wo Annie Villars auf den Duke of Wessex einredete.

»Wenn Sie einverstanden sind, Bobbie, werden wir

Kenny Bayst ersuchen, das Pferd zu reiten. Der neue Jockei kommt bei weitem nicht an seine Leistung heran, obwohl natürlich auch Kenny seine Mucken hat.«

Der Duke nickte und lächelte ihr wohlwollend zu. Da erblickten sie mich.

»Matt!« rief der Duke strahlend. »Mein lieber Mann! Ist es nicht ein wundervoller Tag?«

»Gewiß, Sir«, stimmte ich ihm zu. Mir war alles recht, solange ich nicht an Warwickshire denken mußte.

»Mein Neffe Matthew«, sagte er. »Erinnern Sie sich an ihn?«

»Natürlich, Sir.«

»Nun ... er hat bald Geburtstag, und er wünscht sich ... na ja, er möchte gern einmal in einem Flugzeug fliegen ... aber nur mit Ihnen.«

»Den Wunsch erfülle ich ihm gern«, lächelte ich.

»Gut, gut. Und wie wollen wir das festlegen?«

»Ich werde alles mit Mr. Harley besprechen.«

»Ha, gut. Er kommt morgen zu mir. Seine Mutter ist nach Griechenland geflogen. Also vielleicht in der nächsten Woche?«

»Das läßt sich bestimmt machen.«

Er strahlte.

»Vielleicht komme ich auch mit.«

»Bobbie«, schaltete sich Annie Villars ein. »Es wird Zeit, zu den Stallungen zu gehen.«

Er warf einen Blick auf die Uhr.

»Meine Güte, ja. Erstaunlich, wie schnell der Nachmittag vergeht. Also, gehen wir.« Er lächelte mir noch einmal zu und verschwand mit Annie in Richtung Stallungen.

Ich kaufte mir eine Rennkarte. Das Pferd des Duke war eine zweijährige Stute namens ›Thundersticks‹. Der Jockei ritt ein schlechtes Rennen, das konnte sogar ich als Laie erkennen. Doch der Duke trug es mit Fassung und sagte, die

Stute würde sich schon noch machen. Annie pflichtete ihm lächelnd bei und warf dem Jockei einen Blick zu, der eine Stahlplatte durchbohrt hätte.

Anschließend gingen der Duke und Annie Villars ins Klubrestaurant, und ich fand erst nach dem nächsten Rennen Gelegenheit, allein mit ihr zu reden. Ich erklärte ihr, daß ich es mir in den Kopf gesetzt hätte, das große Geheimnis der Bombe aufzuklären.

»Ich dachte, es wäre bereits gelöst?«

»Noch nicht ganz. Niemand weiß, warum die Bombe an Bord gebracht wurde.«

»Nein, aber ich sehe nicht recht, wie ich helfen könnte.«

»Möchten Sie mir vielleicht erklären, wie gut Major Tyderman und Mr. Goldenberg sich kannten und welchen Einfluß sie auf ›Rudiments‹ Rennen ausübten?«

»Das geht Sie nichts an.«

»Das weiß ich.«

»Und Sie sind ziemlich unverschämt.«

»Ja.«

Sie sah mich an, und ihr Gesicht wurde streng.

»Ich habe Midge und Nancy Ross sehr gern«, sagte sie. »Ich weiß nicht, inwiefern ich Ihnen helfen kann, aber ich möchte auf keinen Fall, daß diesen beiden Mädchen etwas zustößt. Die letzte Eskapade war ziemlich gefährlich, nicht wahr? Und wenn Rupert Tyderman dazu fähig war ...« Sie hielt inne und dachte angestrengt nach. »Ich wäre Ihnen zu Dank verpflichtet, wenn Sie alles, was ich Ihnen sage, für sich behielten.«

»Gewiß.«

»Sehr gut. Ich kenne Rupert schon sehr lange, mehr oder weniger seit meiner Kindheit. Er ist etwa fünfzehn Jahre älter als ich. Als junges Mädchen hielt ich ihn für einen wundervollen Mann und konnte nicht verstehen, warum die anderen Leute ihn ablehnten.« Sie seufzte. »Später kam ich natürlich dahinter. Er hatte ein wildes Leben hinter sich, viel Geld geliehen und es nie zurückgezahlt. Seine Familie mußte ihm immer wieder aus der Patsche helfen. Bei Kriegsausbruch meldete er sich sofort freiwillig, und dann ging es ihm wohl recht gut. Nach dem Krieg mußte er den Dienst quittieren, da er bei den anderen Offizieren mit ungedeckten Schecks manipuliert hatte.«

Ungeduldig schüttelte sie den Kopf.

»Er hat sich stets wie ein Dummkopf benommen. Sein Großvater hat ihm ein bißchen Geld hinterlassen, und außerdem schlägt er sich bei den wenigen Freunden durch, die ihm noch geblieben sind.«

»Gehören Sie auch dazu?« fragte ich.

Sie nickte.

»O ja. Er versteht es meisterhaft, einen zu überreden. Immer steckt er voller Pläne und Projekte, doch es wird nie etwas daraus ...« Ihr Blick schweifte über den Rennplatz. »Etwa im Februar oder März dieses Jahres kam er und sagte, er würde sich jetzt nie mehr Geld von mir ausleihen, da er nun bald sehr reich würde.«

»Was hatte er denn vor?«

»Das sagte er nicht. Er meinte nur, ich brauchte mir keine Sorgen zu machen, denn es wäre alles legal. Er hatte sich mit einem Partner zusammengetan, und beide wollten ein Vermögen verdienen. Das hatte ich zwar schon oft von ihm gehört, aber diesmal verlangte er wenigstens kein Geld ...«

»Wollte er sonst etwas?«

»Ja.« Sie runzelte die Stirn. »Er wollte Bobbie Wessex vorgestellt werden. Ich war so froh darüber, daß er mir nicht wieder mal fünfhundert Pfund aus der Tasche ziehen wollte, daß ich ihm gern den Gefallen tat. Das war zwar recht dumm von mir, aber ich maß dem keine weitere Bedeutung bei ...«

»Und was geschah dann?«

»Nachdem ich beide miteinander bekannt gemacht hatte, stellte Tyderman beim nächsten Rennen Eric Goldenberg vor. Der arme Bobbie kann nun mal nicht nein sagen, und das nutzten Rupert und Goldenberg weidlich aus – vor allem in bezug auf ›Rudiments‹.«

»Und dann ging die ganze Sache schief«, brummte ich.

»Als ›Rudiments‹ beim ersten Rennen gewann, steckten beide eine Menge Geld ein. Der Totalisator zahlte hundert für sechs.«

»Und dann gewann Kenny Bayst wieder, obwohl sie diesmal gegen ihn gewettet hatten, nicht wahr?«

Sie sah mich verdutzt an.

»Das haben Sie also verstanden?«

»Nach und nach.«

»Es war schon immer Ruperts Fehler, zuviel aus der Schule zu plaudern.«

Ich seufzte.

»Vielen Dank für Ihre Offenheit. Allerdings sehe ich noch immer nicht recht, was die Verbindung mit ›Rudiments‹ und Major Tydermans Bombe zu schaffen haben sollte.«

Ihr Mund zuckte.

»Ich sagte Ihnen ja gleich, daß ich Ihnen nicht helfen könnte.«

Auf dem Weg zum nächsten Rennen blieb Colin kurz bei mir stehen und musterte mich verständnisvoll.

»Das Warten bekommt dir nicht«, sagte er.

»Hat sie noch einmal angerufen?«

Er schüttelte den Kopf.

»Midge weicht keinen Schritt vom Telefon.«

»Ich bringe nächsten Sonntag ein paar Passagiere von Kent nach Warwick. Wirst du sie fragen, ob sie wenigstens mit mir reden will?«

»Ich werde ihr den dummen kleinen Hals umdrehen«, brummte er.

Ich brachte die Passagiere zurück nach Wiltshire und flog weiter nach Buckingham. Harley wartete schon auf mich und erklärte mir, daß die Flugsicherung sich entschlossen hätte, Schritte gegen mich einzuleiten.

»Damit habe ich schon gerechnet.«

»Aber ich wollte Sie noch wegen einer anderen Sache sprechen. Kommen Sie mit ins Office.« Er war wie immer äußerst unfreundlich, nahm ein Blatt Papier vom Schreibtisch und hielt es mir unter die Nase.

»Sehen Sie sich nur mal die Flugzeiten an. Honey hat sie für die Zeit herausgesucht, die Sie jetzt bei uns sind. Diese Flugzeiten sind wesentlich kürzer als zuvor, so daß wir weniger verlangen müssen und kaum noch etwas verdienen. Das muß aufhören, haben Sie verstanden? Es muß aufhören.«

»In Ordnung.«

Er blickte verdutzt auf. Mit einem so leichten Sieg hatte er nicht gerechnet.

»Und ich stelle einen Piloten ein.«

»Bin ich damit entlassen?« Ich stellte fest, daß es mir kaum etwas ausmachte.

»Nein«, sagte er überrascht. »Natürlich nicht. In letzter Zeit gehen mehr Aufträge ein, als Sie schaffen können.«

»Vielleicht gehen diese Aufträge ein, weil wir die Flüge schneller schaffen und weniger dafür verlangen«, sagte ich.

»Seien Sie doch nicht lächerlich«, knurrte er beleidigt.

Wieder ein langer Abend im Wohnwagen.

Um mich ein wenig abzulenken, räumte ich überall gründlich auf. Als ich damit fertig war, sah es zwar sauberer aus, aber meine Stimmung war nach wie vor auf dem

Nullpunkt. Ich machte mir Toast und kippte zwei Eier in die Pfanne. Dazu trank ich eine Tasse Kaffee.

Schaltete das Fernsehgerät ein. Ein alter Piratenfilm von 1950 mit Seeräubern und üppigen, vollbusigen Mädchen. Schaltete wieder aus.

Starrte über das Rollfeld. Versuchte, mich auf alles zu konzentrieren, was Annie Villars mir erzählt hatte.

Als ich mitten in der Nacht aus einem ruhelosen Schlaf aufwachte, kam mir eine wilde Idee. Die meisten dieser Ideen erweisen sich bei hellem Tageslicht als lächerlich – aber diesmal war es anders. Um fünf, sechs, sieben Uhr war die Idee noch immer gut. Ich rief mir alles genau ins Gedächtnis zurück, was ich seit dem Tag mit der Bombe gesehen und gehört hatte – und plötzlich erkannte ich das Warum.

Am Freitagabend kam ich gegen halb acht heim. Harley und Don flogen noch. Ich kletterte in den Turm hinauf und bat Honey um einen großen Gefallen.

»Sie möchten meinen Mini leihen?« wiederholte sie überrascht. »Jetzt gleich?«

Ich nickte. »Für den ganzen Abend.«

»Nun, ich könnte mich von Onkel heimfahren lassen«, meinte sie nachdenklich. »Wenn Sie mich morgen früh abholen?«

»Sicher.«

»Na ... Also gut. Ich brauche ihn heute abend nicht. Lassen Sie ihn aber wieder volltanken.«

»Okay und vielen Dank.«

Sie grinste vulgär.

»Für Ihre Absichten sind Minis zu klein ...«

Ich erwiderte das Grinsen.

Als ich die Nummer wählte, meldete sich eine ruhige, angenehme Männerstimme.

»Der Duke of Wessex? Ja, dies ist sein Haus. Wer spricht dort, bitte?«

»Matthew Shore.«

»Einen Augenblick, Sir.«

Aus dem einen Augenblick wurden vier volle Minuten. Ich warf mein Biergeld für eine ganze Woche in den unersättlichen Schlund des Münzfernsprechers. Endlich wurde am anderen Ende der Hörer aufgehoben, und dann erklang die unverwechselbare Stimme des Duke.

»Matt? Mein lieber Mann, was kann ich für Sie tun?«

»Könnte ich Sie heute abend vielleicht ein paar Minuten sprechen, Sir, wenn Sie nichts anderes vorhaben?«

»Heute abend? Hm ... Handelt es sich um den Flug mit dem jungen Matthew?«

»Nein, Sir, um etwas anderes. Es wird nur wenige Minuten dauern.«

»Na, dann kommen Sie ruhig her, lieber Mann. Vielleicht nach dem Dinner? Sagen wir, so gegen neun?«

»Neun Uhr«, sagte ich.

Der Duke wohnte westlich von Cambridge in der Nähe von Royston. Honeys Mini lief einwandfrei, so daß ich pünktlich um neun eintraf.

Unterwegs hatte ich im Radio die Meldung gehört, daß Rennstallbesitzer Dobson Ambrose, Trainer Jarvis Kitch und drei Stallburschen bei einem schweren Verkehrsunfall außerhalb von Newmarket ums Leben gekommen waren. Der australische Jockei Kenny Bayst war mit erheblichen Verletzungen davongekommen und ins Krankenhaus gebracht worden.

Der Butler empfing mich an der Haustür. Der Duke bewohnte die Räume im zweiten Stock des linken Schloßflügels.

»Der Duke erwartet Sie, Sir. Wollen Sie mir bitte folgen.«

Ich folgte ihm. Die Strecke, die wir zurücklegten, erklärte die vier Minuten, die ich am Telefon hatte warten müssen. Wir erklommen die breite Treppe bis zu den unmittelbar unterm Dach gelegenen Räumen.

Der Butler öffnete eine weiße Tür und ließ mich eintreten.

»Mr. Shore, Euer Gnaden.«

»Kommen Sie nur herein, lieber Mann«, sagte der Duke.

Ich trat ein, hellauf begeistert. Durch die ganze Länge und Breite des Raumes führte die komplizierte Anlage einer elektrischen Eisenbahn. Verschiedene Nebenstrecken zweigten ab und trafen sich nach einer Weile wieder mit den Hauptgleisen. Die Anlage war mit allen nur denkbaren Schikanen versehen: Rangierstationen, Brücken, weite Überführungen und Viadukte, Tunnels und Weichen.

Der Duke stand mit seinem Neffen Matthew hinter einem Schaltpult, und sie bedienten abwechselnd verschiedene Hebel und Knöpfe. Sechs Züge waren auf der Anlage unterwegs.

Der Duke stieß seinen Neffen mit dem Ellbogen an.

»Na, was habe ich dir gesagt? Es wird ihm bestimmt gefallen.«

Der Junge warf mir einen freundlichen Blick zu und widmete sich wieder den Knöpfen auf dem Schaltpult.

»Am besten stellen Sie sich hier bei uns auf, dann haben Sie eine gute Übersicht«, sagte der Duke.

Ich folgte der Einladung. Unwillkürlich wurde ich an die

vielen Stunden erinnert, die ich als Junge vor den Schaufenstern von Spielwarengeschäften verbracht hatte. Ein solches Spielzeug war seit jeher mein Traum gewesen.

»Es wird dunkel«, sagte Matthew. »Zeit, die Beleuchtung einzuschalten.«

Mit einer lässigen Bewegung legte er einen Hebel herum. In allen Bahnhöfen und Signalanlagen flammten gleichzeitig kleine Lichter auf – ein hinreißender Anblick.

Sie spielten noch eine volle Stunde weiter. Erst als Matthew zu gähnen begann, schalteten sie die gesamte Anlage aus. Nachdem sie alles sorgfältig mit einer riesigen Plane zugedeckt hatten, führte der Duke uns die Treppe hinunter in sein Wohnzimmer.

»Zeit für dich, ins Bett zu gehen, Matthew«, sagte er zu seinem Neffen. »Wir treffen uns pünktlich um acht bei den Stallungen.«

»In Ordnung«, erwiderte der Junge. »Und dann geht's zu den Rennen.« Er seufzte glücklich. »Das ist etwas ganz anderes als die Schule.«

Der Duke bot mir einen bequemen Klubsessel an.

»Drink?« fragte er und deutete auf ein Tablett mit Flaschen und Gläsern.

»Whisky, bitte.«

Er nickte, schenkte zwei Gläser ein und stellte sie auf den Tisch.

»Nun, mein Lieber?«

Es fiel mir mit einemmal schwer, ihm den Grund meines Kommens zu erklären. Er war von Natur aus ein so aufrichtiger Mann, daß er das verbrecherische Treiben mancher Menschen wohl kaum begriff.

»Ich habe mit Annie Villars über Ihr Pferd ›Rudiments‹ gesprochen«, sagte ich.

Er zog die Augenbrauen hoch.

»Sie war verärgert, weil ich mich von ihrem Freund

Rupert Tyderman beraten ließ ... Das tat mir leid, aber ich hatte es nun mal versprochen. Aber sie hat ja alles wieder in Ordnung gebracht, und nach dieser Sache mit der Bombe wird mich ihr Freund wohl nicht länger beraten wollen.«

»Hat er Ihnen einen seiner Freunde vorgestellt?«

»Sie meinen Eric Goldenberg? Ja, das stimmt. Allerdings hat mir der Mann nicht sonderlich gefallen. Dem jungen Matthew übrigens auch nicht.«

»Hat Goldenberg mit Ihnen mal über Versicherungen gesprochen?«

»Versicherungen?« wiederholte er. »Nein, daran kann ich mich nicht erinnern.«

Ich runzelte die Stirn. Es konnte gar nichts anderes als Versicherungen sein.

»Sein anderer Freund hat die Sache mit der Versicherung arrangiert«, fügte der Duke hinzu.

Ich starrte ihn an.

»Welcher andere Freund?«

»Charles Carthy-Todd.«

»Wer?« fragte ich verdutzt.

»Charles Carthy-Todd«, wiederholte er sehr geduldig. »Tyderman hat ihn mir eines Tages in Newmarket beim Rennen vorgestellt. Charles regte diese Versicherung an, und ich hielt sie im Interesse der vielen Rennplatzbesucher für eine gute Sache.«

»Sie haben die Schirmherrschaft übernommen?«

»Ja«, seufzte er zufrieden. »Viele Menschen haben mich beglückwünscht, daß ich der Versicherung meinen Namen gegeben habe. Ein ausgezeichnetes Unternehmen.«

»Könnten Sie mir die näheren Einzelheiten ein wenig näher erklären?«

»Das wird alles von Charles gehandhabt, mein Lieber. Ich kenne mich in diesem technischen Kram nicht so aus und kümmere mich lieber um meinen Rennstall.«

»Verstehe, Sir. Könnten Sie mir dann vielleicht etwas über Mr. Carthy-Todd erzählen?«

»Nun, er ist etwa von Ihrer Größe, aber viel stärker gebaut, hat dunkles Haar und trägt eine Brille. Ich glaube, er hat auch einen Schnurrbart ...«

Ich zuckte ein wenig zusammen. Die Beschreibung entsprach haargenau derjenigen, die Nancy von dem Mann in Tydermans Wagen gegeben hatte.

»Ich meine eher seinen Charakter, Sir.«

»Mein lieber Mann, durchaus anständig. Er hat sich jahrelang bei einer großen Firma in der Stadt auf Versicherungen spezialisiert.«

»Und seine Vergangenheit?« fragte ich.

»Er besuchte Rugby und trat dann ins Geschäft ein. Stammt natürlich aus guter Familie.«

»Kennen Sie die Familie?«

Er sah mich überrascht an.

»Nein, unsere Beziehungen sind rein geschäftlicher Art. Seine Familie stammt, glaube ich, aus Herfordshire. In unserem Office gibt's ein paar Bilder ... Land, Pferde, Hunde, Frau und Kinder. Warum fragen Sie?«

Ich zögerte.

»Hat er Ihnen den Vorschlag gemacht, diese Versicherung zu gründen?«

Er schüttelte den aristokratischen Kopf.

»Nein, nein, mein Lieber. Das hat sich so im Lauf der Unterhaltung ergeben. Wir sprachen von dem tragischen tödlichen Unfall jenes kleinen Jockei, und dabei kam uns der Gedanke, daß eigentlich nicht nur die Jockeis, sondern auch alle Rennplatzbesucher versichert sein sollten. Dann ging alles Schlag auf Schlag, und Charles erklärte mir, je mehr Prämien wir einnähmen, desto mehr könnten wir auszahlen.«

Er lächelte zufrieden.

»Charles hat also alles organisiert?« fragte ich.

»Aber natürlich, mein Lieber. Er hatte alle entsprechenden Dokumente ausgefertigt, und ich brauchte sie nur noch zu unterschreiben.«

»Sie haben sie aber zuvor durchgelesen?«

»O ja«, versicherte er und lächelte wie ein Kind. »Allerdings habe ich kaum etwas davon verstanden.«

»Und Sie haben auch das erforderliche Kapital zur Verfügung gestellt?« Ich hatte irgendwo gelesen, daß ein Versicherungsunternehmen mindestens fünfzigtausend Pfund Eigenkapital nachweisen mußte, ehe es von der Handelskammer offiziell zugelassen wurde.

»Ja.«

»Fünfzigtausend Pfund?«

»Wir hielten es für besser, hunderttausend einzusetzen. Das erhöht das Ansehen, verstehen Sie?«

»Stammt der Gedanke auch von Charles?«

»Er kennt sich in diesen Dingen aus.«

»Ja.«

»Natürlich wird dieses Kapital nicht angegriffen, denn das Unternehmen lebt von den eingehenden Prämien. Ich habe Charles von Anfang an erklärt, daß ich dem Unternehmen nur meinen Namen gebe, aber keinen Profit erwarte. Es soll einem guten Zweck dienen.«

»Wie ist denn der Eingang der Anträge?«

»Nun«, antwortete er strahlend, »nach der Sache mit der Bombe, bei der ja zum Glück niemand zu Schaden kam, hat eine wahre Flut von Anträgen eingesetzt. Darüber habe ich mich noch vor ein paar Tagen mit Charles unterhalten, und er hat mir überrascht zugestimmt.«

Charles hatte den Duke durch Rupert Tyderman kennengelernt. Rupert Tyderman hatte die Bombe an Bord gebracht. Folglich konnte Charles über die plötzliche Flut von Anträgen gar nicht überrascht sein. Im Gegenteil, er hatte sogar fest damit gerechnet. Und seine Rechnung war aufgegangen.

»Wir haben uns jetzt recht angeregt unterhalten«, sagte der Duke. »Aber mein Lieber, der Abend geht vorüber. Was hat Sie denn nun zu mir geführt?«

»Ähem ...« Ich räusperte mich. »Wissen Sie, Sir, ich hätte gern Mr. Carthy-Todd kennengelernt. Er scheint ein recht betriebsamer Mann zu sein.«

Der Duke nickte strahlend.

»Wissen Sie, wo ich ihn treffen könnte?«

»Sie meinen, noch heute abend?« fragte er betroffen.

»Nein, Sir, morgen.«

»Sie treffen ihn bestimmt in unserem Office an. Er weiß, daß ich morgen hinkomme. Ich fahre ohnehin nach Warwick zu den Rennen, und das Office liegt nur wenige hundert Meter von der Rennbahn entfernt. Bei der Gelegenheit kann ich Ihnen Charles vorstellen. Er wird Ihnen gefallen.«

»Ich freue mich schon darauf.« Ich leerte mein Glas und stand auf. »Ich danke Ihnen vielmals für die freundliche Aufnahme, und ich finde Ihre Eisenbahn großartig ...«

Der Duke brachte mich zur Haustür. Er war wirklich ein feiner Kerl. Nach Lage der Dinge konnte ich mir vorstellen, daß Charles Carthy-Todd mit allen Einnahmen durchbrennen würde, so daß der Duke of Wessex alle eingegangenen Verpflichtungen aus der eigenen Tasche zahlen mußte. Aber es ging ja gar nicht um den finanziellen Verlust, sondern um die tiefe Enttäuschung, die diesen aufrichtigen Mann fast zerbrechen würde. Es war wirklich grausam, Großzügigkeit und Güte auf solche Weise auszunutzen.

Ich kam erst nach ein Uhr heim zu meinem Wohnwagen, müde, hungrig und noch immer deprimiert wegen Nancy.

Nach einer ruhelosen Nacht holte ich Honey im Mini ab und ließ den Tank füllen.

»Colin Ross wartet auf Ihren Anruf«, sagte Honey. »Er hat gestern abend angerufen, kurz nachdem Sie abgefahren waren.«

»Hat er gesagt, worum es sich handelt?«

»Ich sollte Ihnen eine Nachricht hinterlassen, aber das habe ich ganz vergessen. Onkel war wieder mal sehr ungeduldig, und da er mich heimfahren mußte ... Na ja, auf ein paar Stunden wird es wohl kaum ankommen.«

»Wie lautete die Nachricht?«

»Ich sollte Ihnen ausrichten, daß seine Schwester nicht diesen Mann namens Chanter in Liverpool getroffen hätte. Zu der Zeit kreisten gerade ein paar Flugzeuge über dem Turm, und ich konnte nur sehr schlecht verstehen. Tut mir leid, daß ich es gestern abend vergessen habe. War es denn wichtig?«

Wenn ich an die vergangene Nacht dachte, hätte ich sie erwürgen können.

»Danke«, murmelte ich.

Sie musterte mich scharf.

»Sie sehen ziemlich mitgenommen aus. Haben Sie etwa die ganze Nacht geliebt? In diesem Zustand können Sie doch nicht fliegen.«

»Ich habe mich selten besser gefühlt.« Es war die Wahrheit. »Und geliebt habe ich nicht.«

»Heben Sie alles für mich auf?«

»Darauf würde ich mich nicht zu sehr verlassen.«

»Laus!«

Ich wählte Colins Nummer. Midge meldete sich. Die Erleichterung in ihrer Stimme war kaum größer als meine.

»Matt!« Ich hörte sie ein paarmal schlucken und wußte, daß sie gegen Tränen ankämpfte. »Oh, Matt, ich bin ja so froh über deinen Anruf. Sie ist gar nicht zu Chanter gegangen ... Einen Augenblick ...« Sie schluckte wieder ein paarmal, und dann wurde ihre Stimme ruhiger. »Sie rief gestern abend an, und wir haben uns lange unterhalten. Sie sagte, es wäre alles ihr Fehler, weil sie so dummen Träumen über dich nachgehangen hätte ... Als sie den Zug in Liverpool verließ, hatte sie sich schon wieder ein wenig gefangen und keine Lust mehr, zu Chanter zu gehen. Dann traf sie ihre Freundin Jill und blieb bei ihr ... Bist du noch da, Matt?«

»Ja.«

»Du bist so schweigsam.«

»Ich habe über die vergangenen vier Tage nachgedacht.«

Vier lange Tage und grausame Nächte ...

»Sie sagte zu Colin, daß sie dir in Warwick kaum unter die Augen zu treten wagt ... Nach allem, was sie angerichtet hat ...«

»Na, ich werde sie nicht gleich umbringen.«

Midge lachte.

»Ich werde sie verteidigen, denn ich komme mit.«

»Gut, dann sehen wir uns also später auf dem Rennplatz in Warwick. Richte Colin meinen Dank für seinen gestrigen Anruf aus.«

»Ja, er wollte, daß du es so schnell wie möglichst erfährst. Er wußte, daß du ebenso besorgt warst wie wir.«

»Ja, also dann auf später in Warwick.«

14

Ich dachte noch einmal gründlich über Mr. Charles Carthy-Todds Machenschaften nach. Es war vorauszusehen, daß er den Rahm abschöpfen und auf eine Schweizer Bank überweisen würde, um sich dann zu den nächsten fröhlichen Jagdgründen zu begeben.

Ich wußte nicht, wie ich ihm Einhalt gebieten konnte. Der Beweis für einen Betrug war ja immer erst zu erbringen, wenn der Betrug tatsächlich ausgeführt worden war. Außer meinen Vermutungen hatte ich aber nichts vorzuweisen.

Vor dem Flug nach Warwick warf ich einen Blick in die Zeitung und fand in der linken, unteren Ecke der Titelseite einen kleinen Artikel: ›Ein Mann, vermutlich Major Rupert Tyderman, wurde gestern neben der Hauptstrecke London-South Wales zwischen den Stationen Swindon und Bristol tot neben den Schienen aufgefunden. Zunächst wurde vermutet, daß er aus dem Zug gestürzt wäre – doch dann stellte sich heraus, daß er erstochen worden war. Die Polizei hat die Ermittlungen eingeleitet.‹

Ich rief den Duke of Wessex an, und der freundliche Butler meldete sich.

»Nein, Mr. Shore, tut mir leid. Seine Gnaden ist vor einer halben Stunde nach Warwick abgefahren.«

»Hat er den jungen Matthew mitgenommen?«

»Ja, Sir.«

»Wissen Sie, ob er vor dem Rennen noch das Office der Versicherung aufsucht?«

»Ich glaube ja, Sir.«

Ich hängte ein und hatte plötzlich ein recht flaues Gefühl im Magen. Rupert Tydermans Tod brachte eine überraschende Wende. Wenn Charles Carthy-Todd sich entschlossen hatte, alle Brücken hinter sich abzubrechen ... Wenn die Entlarvung von Major Rupert Tyderman zu seinem Tod geführt hatte ... Wenn Carthy-Todd ihn auf diese Weise zum Schweigen gebracht hatte – bestand dann auch die Gefahr, daß er den vertrauensseligen Duke of Wessex aus dem Weg räumen würde?

Nein, dachte ich kalt, das kann er nicht!

Aber es klang gar nicht recht überzeugend.

Das Versicherungsbüro lag im Oberstock eines kleinen Hauses, eine knappe Viertelmeile vom Rennplatz entfernt. Das untere Stockwerk schien unbewohnt zu sein. Am oberen Treppenabsatz lag ein kleiner Raum für eine Sekretärin, ein Waschraum, und zur Straße hin das Office.

Ich klopfte an, und die Tür wurde sofort geöffnet.

»Hallo!« rief der kleine Matthew. »Onkel meinte gerade, Sie würden uns wohl verpassen, denn wir wollen gerade zum Rennplatz gehen.«

»Kommen Sie herein, mein Lieber«, erklang die Stimme des Duke.

Ich trat ein. Auf dem Boden lag ein dicker, aber recht billiger Teppich. Zwei schulterhohe Aktenschränke, zwei Sessel mit Schaumgummi-Sitzen, und ein moderner Schreibtisch bildeten die ganze Einrichtung. An den Wänden hingen zwei dunkle, goldgerahmte Ölgemälde.

Der Duke stellte mich dem Mann vor, der sich hinter dem Schreibtisch erhob.

»Charles Carthy-Todd ... Matthew Shore.«

Wir tauschten einen Händedruck und ließen uns beide nicht anmerken, daß wir uns schon gesehen hatten. Die Spannung in mir wuchs.

Er hatte dunkles, grau gesprenkeltes Haar, einen Schnurrbart und einen braunen, leicht öligen Teint. Er trug eine dunkle Hornbrille vor den grau-blauen Augen.

Der Duke saß in einem Sessel am Fenster. Sein dekorativer Kopf zeichnete sich gegen den hellen Hintergrund ab. Seine Beine waren übereinandergeschlagen, und er rauchte eine Zigarre. Es war ihm anzusehen, daß er recht stolz auf diese Versicherung war, der er seinen Namen gegeben hatte. Ich hätte ihm gewünscht, daß ihm das böse Erwachen erspart bliebe.

Charles Carthy-Todd setzte sich wieder und bot dem jungen Matthew aus einer rot-goldenen Schachtel ein Orangen-Candy an. Matthew nahm dankend an, schob es in den Mund und betrachtete den Mann mit unverkennbarer Zurückhaltung. Wie der Duke hielt auch ich viel von Matthews Instinkt.

»Geben Sie Matthew ein Antragsformular, Charles«, sagte der Duke zufrieden. »Er ist nämlich gekommen, um sich versichern zu lassen.«

Carthy-Todd stand auf, trat an einen Aktenschrank und zog zwei Formulare hervor. Das eine war der Antrag und das andere die Police. Ich füllte den Antrag aus, kramte meinen letzten Fünf-Pfund-Schein hervor und zahlte. Er gab mir dafür die unterschriebene Police, und damit war die ganze Transaktion beendet.

Der Duke blickte auf die Uhr.

»Du lieber Himmel!« Er sprang auf. »Es wird höchste Zeit, daß wir zu den Rennen kommen. Ich bestehe darauf, daß Sie mit mir lunchen, Charles.« Er wandte sich an mich und erklärte: »Charles geht nur sehr selten zu den Rennen, obwohl die Rennbahn so nahe liegt . . .«

Ich konnte mir lebhaft vorstellen, warum Carthy-Todd sich nicht auf den Rennplätzen sehen lassen wollte. Ihm lag mehr daran, anonym zu bleiben.

Wir machten uns auf den Weg zur Rennbahn; der Duke und Carthy-Todd gingen voraus, und ich folgte mit dem kleinen Matthew.

»Sagen Sie, Matt«, fragte er vertraulich, »ist Ihnen auch etwas an Mr. Carthy-Todd aufgefallen?«

Ich sah ihn an. Ein nachdenklicher Ausdruck stand in dem offenen Jungengesicht.

»Was meinst du denn?«

»Ich habe noch nie jemanden mit solchen Augenlidern gesehen.«

Kinder sind unglaublich aufmerksam. Matthew hatte mit einem einzigen Blick erkannt, was ich erst suchen mußte.

»Das würde ich ihm gegenüber lieber nicht erwähnen, denn es würde ihm bestimmt nicht gefallen.«

»Nein.« Er hielt inne. »Aber ich kann ihn einfach nicht leiden.«

»Das sieht man dir an.«

»Können Sie ihn leiden?«

»Nein«, erwiderte ich.

Er nickte zufrieden.

»Das dachte ich mir gleich. Dabei scheint Onkel einen Narren an ihm gefressen zu haben – aber Onkel ist kein guter Menschenkenner. Er glaubt, alle wären so wie er, aber das stimmt nicht.« Er dachte eine Weile nach. »Immerhin muß ich einräumen, daß Mr. Carthy-Todd recht gute Orangen-Candies hat.«

Annie Villars brachte die Rede sofort auf Kenny Bayst.

»Ich habe ihn heute früh besucht. Er hat sich beide Beine gebrochen und beträchtliche Gesichtsverletzungen davongetragen. Er weiß selbst, daß er in dieser Saison nicht mehr reiten wird. Zum Glück ist er Bobbies Versicherung beigetreten. Er hat mit seinem Antrag zehn Pfund eingeschickt und rechnet mit zweitausend Pfund Schadenersatz. Eine vortreffliche Versicherung.«

»Sind Sie auch beigetreten?«

»Aber natürlich. Gleich nach der Sache mit der Bombe. Da wußte ich natürlich noch nicht, daß Rupert dahintersteckte.«

»Wissen Sie, ob Kitch und die Stallburschen ebenfalls dort versichert waren?«

Sie nickte.

»Er hat die Versicherungen für sie abgeschlossen und wollte ihnen die Prämien nach und nach vom Lohn abziehen. Ganz Newmarket redet inzwischen darüber.«

Ich zögerte.

»Haben Sie den Artikel über Rupert Tyderman in der Zeitung gelesen?«

Zum erstenmal, seit ich sie kannte, sah ich einen weichen Zug um ihre Mundwinkel.

»Armer Rupert ... So grausam ermordet zu werden.«

»Es besteht also kein Zweifel mehr daran?«

Sie schüttelte den Kopf.

»Als ich den Bericht las, habe ich mich sofort mit der Redaktion in Kemble in Verbindung gesetzt. Er wurde in der Nähe einer Brücke gefunden, die über die Bahnstrecke führt. Es heißt allgemein, daß er nicht aus dem Zug gefallen ist, sondern bei Nacht mit einem Wagen hingebracht wurde ...« Sie schüttelte noch einmal bestürzt den Kopf. »Er hate eine tiefe Stichwunde unter dem linken Schulterblatt und war bei seinem Auffinden schon viele Stunden tot.«

Es dauerte eine ganze Weile, bis ich Gelegenheit fand, den Duke allein sprechen zu können.

»Ich habe meine Brieftasche im Office vergessen«, sagte ich. »Wahrscheinlich, als ich die Prämie zahlte. Könnten Sie mir vielleicht Ihren Schlüssel geben, damit ich sie holen kann?«

»Mein lieber Mann, aber natürlich.« Er zog ein paar Schlüssel aus der Tasche und gab mir einen davon. »Diesen hier.«

»Sehr freundlich, Sir. Bin gleich wieder zurück.« Dann fragte ich scherzend: »Was wird eigentlich aus der Versicherung, wenn Sie in einen Verkehrsunfall verwickelt werden sollten, Sir?«

Er lächelte, als wollte er mir beruhigend auf die Schulter klopfen.

»Alles in bester Ordnung, mein Lieber. Dafür habe ich ja die entsprechenden Papiere unterzeichnet. Das hinterlegte

Kapital kann zur Deckung aller Forderungen herangezogen werden.«

»Hat Charles das so gemacht?«

»Aber natürlich. Sie wissen doch, daß er sich in diesen Dingen auskennt.«

Auf dem Weg zum Tor hörte ich plötzlich hinter mir eine Stimme.

»Matt!«

Ich blieb stehen und drehte mich um. Es war Colin. Er trug seinen Sattel unterm Arm.

»Ich habe nur ein paar Sekunden Zeit, denn ich muß mich für das nächste Rennen umziehen«, sagte er. »Du willst doch nicht etwa schon gehen? Hast du Nancy gesehen?«

»Nein, ich dachte ... Vielleicht ...«

Er schüttelte den Kopf.

»Sie ist da oben auf der Tribüne – mit Midge.«

Ich folgte seinem Blick und sah die beiden Mädchen dicht beieinander stehen.

»Weißt du, welche von beiden Nancy ist?« fragte Colin.

»Die auf der linken Seite«, antwortete ich, ohne auch nur eine Sekunde zu zögern.

»Die meisten können sie nicht auseinander halten.«

Er sah meinen Gesichtsausdruck.

»Wenn sie dir so viel bedeutet, warum, zum Teufel, gehst du dann nicht einfach zu ihr und sprichst mit ihr? Sie quält sich mit Selbstvorwürfen und ist sehr unglücklich ...«

»Ich habe ihr kaum etwas zu bieten.«

»Zum Kuckuck, was spielt das denn für eine Rolle? Du kannst doch bei uns wohnen. Midge freut sich schon so darauf. Wir müssen diesen Sommer ausnutzen. Wer weiß, was uns dann noch bleibt.« Er schob den Rennsattel zurecht und blickte zur Garderobe hinterm Sattelplatz. »Ich muß jetzt gehen. Wir können erst später alles weitere besprechen. Ich habe dich nur aufgehalten, weil ich dachte, du wolltest gehen.«

»Bin bald wieder zurück.« Ich begleitete ihn bis zur Garderobe. »Colin – ich muß es jemandem anvertrauen ... Man kann nie wissen ...«

Er sah mich fragend an, und ich schilderte ihm meinen Verdacht gegen Carthy-Todd. Er blieb wie angewurzelt stehen.

»Großer Gott!« flüsterte er tonlos. »Die Versicherung hat so wundervoll ausgesehen ... Was für eine Schweinerei!«

In Carthy-Todds Büro herrschte tiefe Stille. Nicht mal das Ticken einer Uhr war zu hören. Mein Verstand sagte mir, daß ich mindestens eine Stunde Zeit hatte – aber meine Nerven glaubten nicht recht daran.

Ich schlich auf Zehenspitzen zum Schreibtisch. Dann lachte ich mich selbst aus und trat fest auf.

Auf dem Schreibtisch lagen ein paar Kugelschreiber und Bleistifte, das Bild einer Frau mit drei Kindern und einem Hund im Hintergrund und die Schachtel mit den Orange-Candies.

Ich wandte mich den Aktenschränken zu. Die Mappe mit der Aufschrift GEREGELTE SCHADENSANSPRÜCHE enthielt lediglich zwei Blätter. Tausend Pfund waren an einen gewissen Mr. Acey Jones gegangen, und weitere tausend an einen Trainer in Kent, der von einem Pferdehuf getroffen worden war.

Die Mappe mit den ungeregelten Ansprüchen war wesentlich umfangreicher. Die einzelnen Formulare waren bis zu einem Monat alt.

Die Gesamteinnahmen an Prämien betrugen achtundzwanzigtausendundvierzig Pfund.

Der zweite Aktenschrank war verschlossen. Meine Theorie erwies sich als richtig, denn als ich ihn oben gegen die

Wand kippte, gingen alle Schubladen auf. Man brauchte den Sperrbolzen nur in die richtige Lage zu bringen.

Ich ging in fieberhafter Eile vor, obwohl ich noch genügend Zeit hatte. Die oberste Schublade enthielt all jene Dokumente, die der Duke so vertrauensselig unterzeichnet hatte. Ich mußte die mit vielerlei Klauseln versehenen Sätze zweimal durchlesen, ehe ich den Sinn begriff.

Im ersten Dokument hatte der Duke eine Garantiesumme von hunderttausend Pfund hinterlegt. Das zweite Dokument sah ganz ähnlich aus, es besagte jedoch, daß eine weitere Garantiesumme von hunderttausend Pfund fällig wurde, falls der Duke innerhalb eines Jahres nach Abschluß des Vertrages sterben sollte.

In beiden Fällen sollte das Geld an Carthy-Todd ausgezahlt werden.

Zweihunderttausend Pfund für den Tod des Duke ...

Die eingegangenen achtundzwanzigtausend Pfund waren nur der Anfang. Der große Fischzug sollte erst mit dem Tod des Duke kommen.

Carthy-Todd würde vermutlich sehr schnell handeln, ehe weitere Schadensregelungen fällig wurden. Die zweihunderttausend Pfund waren beim Tod des Duke sofort zur Auszahlung fällig. Ich schob die Dokumente wieder in die Schublade. Mein Herz hämmerte.

In der mittleren Schublade fand ich eine graue Blechschachtel mit allerlei Cremedosen, Leim und Watte.

Dann kniete ich vor der untersten Schublade. Ich warf einen Blick hinein und wich bestürzt zurück.

Da lag alles, was zur Herstellung einer Plastikbombe erforderlich war, die durch ein Funksignal gezündet werden konnte. Wie aus weiter Ferne drang mir die Stimme des Beamten von der Flugsicherung ans Ohr: ›Je mehr man das plastische Material zusammenpreßt, desto größer wird die Wirkung der Bombe.‹

Ich wischte mir den Schweiß aus dem Gesicht, stand auf und schluckte ein paarmal.

Ich hatte alles gefunden, was ich hier zu finden befürchtet hatte – sogar noch mehr. Dennoch fehlte meiner Meinung nach etwas, und ich sah mich suchend um ...

Hinter Carthy-Todds Schreibtisch befand sich eine kleine Tür, die anscheinend zum Raum der Sekretärin führte. Sie war verschlossen.

Ich verließ das Büro und betrat das Zimmer der Sekretärin. Nein, es gab keine Verbindungstür zwischen beiden Räumen.

Ich kehrte in Carthy-Todds Büro zurück, stellte mich vor die kleine Tür und überlegte. Wenn ich sie aufbrach, würde er es sofort merken. Ich brauchte unbedingt einen stichhaltigen Beweis für meine Vermutungen ...

Carthy-Todd hatte nicht damit gerechnet, daß hier jemand spionieren würde. Der Schlüssel zu der kleinen Tür lag auf seinem Schreibtisch. Ich nahm ihn auf und öffnete die Tür. Sie quietschte ein wenig in den Angeln.

Da war er ... Mr. Acey Jones. Die Krücken lehnten an der Wand. Der weiße Gipsverband lag auf dem Fußboden.

Ich hob den Verband auf und betrachtete ihn. Er war in der Mitte aufgeschnitten, so daß man ihn wie eine Ledergamasche ums Bein legen und dann zusammenschieben konnte. Im Handumdrehn konnte man auf diese Weise ein gebrochenes Bein vortäuschen.

Acey Jones, der die Werbetrommel für die Versicherung gerührt hatte.

Acey Jones alias Carthy-Todd. Betrüger dieses Schlages waren die besten Schauspieler der Welt.

Ich hörte ihn nicht kommen.

Ich legte den Gipsverband wieder auf den Boden, richtete mich auf und wollte gerade die Tür schließen, als ich ihn aus den Augenwinkeln in den Raum kommen sah. Ich hatte vergessen, die Außentür hinter mir zu schließen. Nur dadurch war diese Überraschung möglich.

Als er sah, was ich gerade entdeckt hatte, verwandelte sich sein Gesicht in eine wutverzerrte Maske.

»Ein Pilot als Schnüffler!« knirschte er. »Als der Duke mir sagte, daß er Ihnen den Schlüssel gegeben hätte ...« Seine Stimme erstickte vor Wut. Sie hatte jetzt weder den vornehmen Eton-Akzent eines Carthy-Todd noch den australischen eines Acey Jones.

Unwillkürlich fragte ich mich, woher er kommen und wer er in Wirklichkeit sein mochte: ein Mann, der bei jedem Verbrechen eine andere Figur verkörperte.

Die blassen, blaugrauen Augen funkelten hinter der dunklen Hornbrille. Da waren die hellen Augenlider, die Matthew sofort aufgefallen waren. Sein Blick zeigte mir, daß ich nichts Gutes zu erwarten hatte.

Er schob die Hand flüchtig in die Hosentasche und brachte sie wieder zum Vorschein. Ich hörte ein scharfes Klicken.

Ich starrte auf das Messer nieder und dachte an Rupert Tydermans reglose Gestalt ...

Er trat einen Schritt zur Seite und stieß die Tür mit dem Absatz zu. Ich wirbelte herum und wandte mich zum Kaminsims, um irgendeine Waffe in die Hand zu bekommen ... Eine Waffe oder irgend etwas, das ich wie einen Schild vor mich halten konnte.

Doch ich streckte die Hand vergebens aus, denn er hatte nicht die Absicht, mich zu erstechen.

Er schleuderte das Messer nach mir.

15

Es traf mich unterhalb der linken Schulter und warf mich nach vorn, so daß ich mit dem Kopf gegen den Kaminsims prallte.

Ich versuchte, den Sturz noch mit den ausgestreckten Händen abzufangen – dann versank ich in einer uferlosen Dunkelheit.

Eine knappe Viertelstunde später kam ich langsam wieder zu mir. Alles um mich war ruhig. Kein Geräusch. Keine Menschen. Nichts.

Ich konnte mich nicht erinnern, wo ich war und was geschehen war. Das merkte ich erst, als ich mich hochrappeln wollte. Ein durchdringender Schmerz tobte in meiner linken Schulter.

Ein Messer steckte mir im Rücken.

Ich legte mich flach auf den Boden und tastete mit der rechten Hand nach dem Messergriff. Meine Finger berührten den Griff leicht, wie eine Feder – und trotzdem stieß ich einen Schrei aus. Es war grauenhaft ...

In solchen Augenblicken tut man die dümmsten Dinge der Welt. Mir drängte sich ein unwahrscheinlicher Gedanke auf: verdammt, nur noch drei Monate und ein Tag bis zu meiner Routine-Untersuchung. Diesmal werde ich bestimmt nicht durchkommen ...

Es heißt, man soll niemals ein Messer aus der Wunde ziehen. Daran kann man verbluten.

Nun ... Das alles war in diesem Augenblick vergessen. Ich wußte nur, daß Acey-Carthy-Todd mich für tot gehalten und das Büro verlassen hatte. Wenn er zurückkam und mich lebend vorfand, würde er die begonnene Arbeit mit Sicherheit beenden.

Deshalb mußte ich diesen Raum verlassen, ehe er zurückkam. Und da ich schließlich schlecht mit einem Messer im

Rücken über die Straßen von Warwick spazieren konnte, zog ich es kurzerhand heraus.

Das hört sich leichter an, als es getan war. Ich schaffte es in zwei Etappen. Nach der ersten wurde mir wieder schwarz vor Augen, und ich mußte nach einer kurzen Pause zu einem neuen Anlauf ansetzen. Du bist eben doch kein Stoiker, mein lieber Matt Shore, sagte ich mir.

Als das Messer draußen war, blieb ich noch eine Weile am Boden liegen und betrachtete es. Rötlicher Nebel wallte in Schleiern vor meinen Augen – aber ich war sicher, daß das Messer nicht bis zur Lunge vorgedrungen war. Vermutlich war die Spitze von meinem Schulterblatt abgeglitten. Es war etwa drei bis vier Zoll tief eingedrungen – aber nicht gerade, sondern etwas seitlich.

Ich würde also nicht sterben – zumindest jetzt noch nicht.

Nach einer Weile richtete ich mich knieend auf. Die Zeit drängte. Ich stützte die rechte Hand auf die Schreibtischkante und rappelte mich langsam hoch.

Ich wankte und drohte erneut zu stürzen. Lehnte mit der Hüfte am Schreibtisch und blickte mich im Büro um.

Die untere Schublade stand offen. Das fiel mir auf, denn ich hatte sie wieder geschlossen.

Offen.

Ich wankte darauf zu, lehnte mich an die Wand und blickte in die Schublade.

Die Schachtel mit dem plastischen Material und den Zündvorrichtungen war nicht mehr da.

Da erkannte ich, daß es nicht nur darum ging, dieses Büro zu verlassen. Ich mußte unbedingt den Duke warnen, ehe er bei einer Explosion zerfetzt wurde.

Es waren nur vierhundert Meter bis zum Rennplatz. Nur ...

Ich mußte es unbedingt schaffen. Carthy-Todd mußte

sich jetzt beeilen, denn er wußte, daß er entlarvt war. Der Duke wußte ja, wohin ich gegangen war, und Carthy-Todd mußte versuchen, alle Spuren hinter sich zu verwischen.

Irgend etwas fehlte noch aus dem Büro. Aber was?

Langsam wandte ich mich der Tür zu. Am Treppenabsatz mußte ich mich gegen die Wand lehnen, weil sich mir alles vor den Augen drehte.

Das Geländer war an der linken Seite. Aber die linke Hand konnte ich nicht bewegen. Also drehte ich mich um, legte die rechte Hand aufs Geländer und ging rückwärts Stufe um Stufe hinunter.

»Na«, sagte ich unten laut. »Das hätten wir ja.«

Plötzlich kam mir der Gedanke, daß ich mich ja erst vorhin versichert hatte. Das hätte ich erleben mögen, daß Carthy-Todd mir für das Messer im Rücken tausend Pfund auszahlen mußte ...

Noch wähnte er sich in Sicherheit und rechnete damit, die zweihunderttausend Pfund einstecken zu können. Er brauchte nur die Nerven zu behalten, den Duke zu töten und alles so zu arrangieren, daß es nach einem Unfall aussah. Später konnte er mich dann irgendwo aus dem Wagen werfen – wie er es mit dem Major gemacht hatte ...

Er wußte ja nicht, daß ich mich Colin anvertraut hatte ...

Die Straße schien noch länger geworden zu sein. Außerdem weigerte sie sich, unter meinen Füßen ruhig zu bleiben. Alles war buckelig und wie schlingernd. Jedesmal, wenn ich den Fuß aufsetzte, spürte ich einen stechenden Schmerz in der Schulter.

Ich kam an einer älteren Frau vorüber. Sie murmelte vor sich hin, und ich stellte überrascht fest, daß ich dasselbe tat.

Langsam wankte ich auf den Parkplatz zu. Ich mußte jemanden finden, der auf der Stelle den Duke herholte, so daß ich alles erklären konnte ...

Auf halbem Weg lehnte ich keuchend an der Wand. Ich wagte nicht die Augen zu schließen, denn ich mußte weiter ...

Ich schob mich voran, und es kam mir vor, als müßte ich Stufen erklimmen, die gar nicht da waren.

Verrückt.

Von meiner linken Hand tropfte Blut auf die Straße. Alles schwamm mir vor Augen.

Konzentration.

Endlich erreichte ich die geparkten Wagen. Meine Knie waren butterweich und drohten mir jeden Augenblick den Dienst zu versagen. Ich biß immer wieder die Zähne zusammen, um mich nicht von den stechenden Schmerzen unterkriegen zu lassen.

Ich mußte jemanden finden – mußte ganz einfach.

Plötzlich hörte ich meinen Namen.

»Matt!«

Ich wollte herumwirbeln – aber es wurde eine Zeitlupenbewegung. Mein Blick fiel auf Midge. Sie kam aus Colins geparktem Aston Martin auf mich zugeeilt.

»Matt«, sagte sie. »Wir haben dich gesucht. Ich bin zum Wagen gekommen, weil ich müde war. Wo hast du denn gesteckt?«

Sie legte mir freundschaftlich die Hand auf den linken Arm.

»Nein«, keuchte ich, »nicht anrühren ...«

Sie zog die Hand zurück.

»Matt!«

Bestürzt starrte sie mich an und sah das Blut von meiner Hand tropfen.

»Blut«, murmelte sie verständnislos.

Ich nickte schwach. Mein Mund war völlig ausgetrocknet, und ich konnte mich kaum auf den Beinen halten.

»Hör zu ... Kennst du den Duke of Wessex?«

»Ja, aber ...«, protestierte sie.

»Midge!« keuchte ich. »Bring ihn sofort her ... Ich weiß, daß es sich dumm anhört ... Aber jemand will ihn umbringen – mit einer Bombe ...«

»Wie Colin? Aber das war doch ...«

»Hol ihn her, Midge«, stöhnte ich. »Bitte.«

»Ich kann dich doch nicht in diesem Zustand allein lassen.«

»Du mußt!«

Sie sah mich zweifelnd an.

»Ich werde gleich Hilfe mitbringen«, sagte sie und eilte davon.

Ich lehnte mit dem Rücken an einem blitzenden, grauen Jaguar und überlegte, wie Carthy-Todd aufzuhalten war. Die Bombe war bestimmt nicht größer als jene, die in das Futteral des Fernglases gepaßt hatte.

Warum kamen sie denn nicht? Mein Mund wurde immer trockener. Der Duke mußte sich an irgendeinen sicheren Ort zurückziehen, bis Carthy-Todd hinter Gittern saß ...

Ich sah zu, wie das Blut von meiner Hand ins Gras tropfte. Die Jacke klebte mir auf der linken Seite an der Haut. Dabei konnte ich mir jetzt keine neue leisten. Ich mußte sie in die Reinigung geben und den Einstich kunststopfen lassen. Mich selbst mußte ich ebenfalls zusammenflicken lassen. Harley würde mir den Job bestimmt nicht aufheben. Es würde viele Wochen dauern, bis ich wieder fliegen durfte. Schon wenn man Blut spendete, durfte man einen ganzen Monat nicht fliegen. Dabei hatte ich bestimmt mehr Blut verloren ...

Wieder wallte der rötliche Nebel vor meinen Augen auf, und ich konnte mich nur noch mit allerletzter Kraft auf den Beinen halten. Ich fuhr mir mit der Zungenspitze über die trockenen Lippen, aber das nützte auch nichts, denn die Zunge war ebenfalls trocken.

Endlich sah ich sie kommen: Midge, den Duke, den jungen Matthew und ein paar andere.

Und Nancy.

Chanter gehörte längst der Vergangenheit an. Ich brauchte keinen Gedanken mehr an ihn zu verschwenden. Es war alles wieder wie an jenem ersten Tag in Haydock.

Ich mobilisierte meine letzten Kraftreserven, stieß mich vom Jaguar ab und wankte ihnen ein paar Schritte entgegen. Da stand der Rolls-Royce des Duke. Auf der Kühlerhaube sah ich eine rot-goldene Schachtel.

Der junge Matthew streckte die Hand nach der Schachtel aus, aber Midge hielt ihn zurück.

»Nein, komm weiter! Matt sagte, es wäre sehr eilig, und er blutet ...«

Matthew nickte ihr folgsam zu. Doch er konnte der Verlockung nicht widerstehen, eilte auf die Kühlerhaube zu, nahm die rot-goldene Schachtel an sich und kehrte zu Midge zurück.

Rot-goldene Schachtel ...

Es war genau die Schachtel, die von Carthy-Todds Schreibtisch fehlte!

Mein Herz pochte. Ich wollte schreien, aber es kam nur ein heiseres Flüstern aus meiner Kehle.

»Matthew, wirf die Schachtel her!«

Er sah mich zweifelnd an. Die anderen traten auf ihn zu und mußten ihn vor mir erreichen. Sie würden alle auf einem Haufen stehen: Nancy, Midge, der Duke und der junge Matthew.

Er lauerte irgendwo in der Nähe. Er hatte die Schachtel auf die Kühlerhaube gelegt und wartete in aller Ruhe, bis sie alle beisammen waren.

»Matthew – wirf die Schachtel her!« Es war ein kaum hörbares Flüstern.

Die anderen drängten weiter auf ihn zu.

Mir blieb keine Zeit mehr.

»Matthew!« krächzte ich so laut wie möglich. »Es geht um dein Leben! Wirf mir sofort die Schachtel her!«

Er zögerte noch einen Augenblick und schleuderte mir dann die Schachtel zu.

Es würde ein paar Sekunden dauern, bis Carthy-Todd das verhängnisvolle Funksignal gab. Jetzt konnte er den Duke nicht mehr erwischen, und damit war das Spiel für ihn verloren.

Ich fing die in der Sonne glänzende Schachtel auf, holte weit mit dem rechten Arm aus und schleuderte sie mit letzter Kraft über den Parkplatz auf eine freie Grasfläche. Die Bombe explodierte noch in der Luft. Sie war gerade drei Sekunden aus meiner Hand – sechs Sekunden aus der Matthews.

Es waren die längsten sechs Sekunden meines Lebens.

Alle warfen sich zu Boden. Die Fenster aller geparkten Wagen zersplitterten, und die beiden Fords, die unmittelbar unter der explodierenden Schachtel standen, wurden wie Spielzeugautos herumgeschleudert.

Nancy, Midge und der Duke hatten Deckung zwischen zwei Wagen gefunden. Sie klammerten sich aneinander.

Wie wir später erfuhren, war die Explosion auf dem Rennplatz kaum wahrgenommen worden. Ein Rennen war gerade im Gang, und die Stimme aus dem Lautsprecher übertönte alle anderen Geräusche.

Der junge Matthew rappelte sich zuerst hoch.

»Was war das?« fragte er entgeistert.

Midge kam auf ihn zu und nahm seine Hand.

»Eine Bombe«, sagte sie mit unsicherer Stimme. »Matt hatte recht – es war eine Bombe.«

Ich versuchte, auf die Füße zu kommen, schaffte es aber nur bis auf die Knie.

»Siehst du Carthy-Todd irgendwo?« fragte ich Matthew. »Es war seine Schachtel – seine Bombe ...«

»Carthy-Todd?« wiederholte der Duke ungläubig. »Das kann nicht sein ... Unmöglich! Das würde er niemals tun ...«

»Er hat es gerade getan«, krächzte ich. Ein kräftiger Arm schob sich unter meine rechte Schulter und half mir hoch.

»Es wäre besser, wenn du dich flach auf den Boden legst«, sagte eine leise Stimme in mein Ohr.

»Nancy ...«

»Wer hat dich so zugerichtet?«

»Carthy-Todd hatte ein Messer ...«

»Da ist er!« rief Matthew unvermittelt. »Da drüben!«

Ich wandte langsam den Kopf und blickte hinüber. Nancy folgte meinem Blick. Carthy-Todd stand vor der Tribüne.

»Aber das ist ja der Mann, den ich in Major Tydermans Wagen gesehen habe!« stieß sie ungläubig hervor. »Das könnte ich beschwören.«

»Vielleicht mußt du das sogar«, krächzte ich.

»Er versucht, wegzulaufen!« rief Matthew. »Kommt, wir wollen ihm den Weg abschneiden!«

Für ihn war das ein erregendes Spiel, aber zum Glück war er nicht allein, denn inzwischen waren ein paar Männer vom Rennplatz gekommen und hatten ihre demolierten Wagen gesehen.

»Haltet ihn!« hörte ich einen Mann rufen. »Da drüben ... Haltet ihn!«

Ich lehnte mit dem Rücken an einem Wagen und sah benommen zu. Carthy-Todd warf einen ängstlichen Blick auf seine Verfolger. Er zögerte einen Augenblick und eilte dann auf die Rennpiste. Es war der letzte Ausweg für ihn ...

»Nein ...«, flüsterte ich, aber er hätte mich nicht mal durch einen Lautsprecher gehört.

»O Gott!« stöhnte Nancy neben mir. »Oh, nein ...«

Carthy-Todd erkannte die Gefahr viel zu spät. Er hatte nur Augen für seine Verfolger und rannte blindlings drauflos.

Die Pferde kamen um den letzten Bogen und strebten mit gewaltigen Sätzen dem Ziel entgegen.

Sie hatten nicht die geringste Chance, dem Mann auf der Piste auszuweichen. Er landete wie eine hilflose Puppe unter den stampfenden Hufen. Unter den Pferden entstand ein heilloses Wirrwarr, und ein paar Jockeis wurden abgeworfen ...

»Colin!« stieß Nancy erregt hervor und eilte auf die Piste zu.

Ich humpelte Schritt für Schritt hinter ihr her. Vor unseren Augen lag ein kleiner, zusammengeballter Ball in einem rosa-weißen Jockeidress.

Der Ball bewegte sich, rollte sich auf und stand im nächsten Augenblick auf den Füßen. Eine Ewigkeit schien zu verstreichen, bis Nancy und Colin endlich auf mich zukamen.

»Ich war nur ein paar Sekunden vom Sturz betäubt«, hörte ich ihn sagen, als sich jemand nach seinem Zustand erkundigte.

Nancy winkte mir erleichtert zu.

»Er is tot«, sagte sie erschauernd. »Der Mann war Acey Jones ... Colin sagte, du wüßtest alles ... Seine Perücke lag im Gras, neben dem schwarzen Schnurrbart.« In ihren Augen spiegelte sich noch immer das Entsetzen.

»Denk nicht mehr daran«, sagte Colin und wandte sich an mich. »Sie hätte nicht herkommen sollen ...«

»Aber ich mußte doch ... Du hast am Boden gelegen«, protestierte sie.

»Nancy sagt, du wärest verletzt. Sie erwähnte aber nicht, wie schwer ...« Er wandte sich wieder an Nancy. »Hol sofort einen Arzt!«

»Das habe ich schon versucht, aber der Arzt sagte, er dürfte seinen Platz erst verlassen, wenn das letzte Rennen vorüber ist ...« Sie wandte sich um und eilte davon. Nach wenigen Schritten hielt sie inne. »Midge sagte, er hätte sich in den Arm geschnitten. Ist es schlimmer?«

»Ich hole ihn«, versetzte Colin grimmig und eilte auf das Schlachtfeld.

Nancy sah mich besorgt an, und ich zwang mich zu einem kleinen Lächeln.

»Halb so wild«, krächzte ich.

»Aber du bist doch noch gegangen ... Du hast die Bombe hoch in die Luft geworfen ... Ich hatte keine Ahnung ...«

Von irgendwoher tauchten der Duke und der kleine Matthew auf. Die Nebelschwaden vor meinen Augen wurden dichter.

»Mein lieber Mann«, stammelte der Duke aufgeregt. »Mein lieber Mann ...«

»Woher wußten Sie eigentlich, daß es eine Bombe war?« fragte Matthew.

»Ich wußte es eben.«

»Das war ein prachtvoller Wurf.«

»Hat uns das Leben gerettet«, sagte der Duke. »Mein lieber Mann ...«

Colin kehrte zurück.

»Arzt kommt sofort.«

»Hat uns das Leben gerettet«, sagte der Duke wieder. »Wie können wir das je gutmachen ...«

Colin sah ihn an.

»Das kann ich Ihnen sagen, Sir. Gründen Sie ihm ein Air-Taxi-Unternehmen in der Nähe von Newmarket. Er wird gut verdienen, denn er hat nicht nur mich als Kunden, sondern Annie, Kenny Bayst und praktisch die ganze Stadt; die Versicherung läuft doch jetzt weiter, nicht wahr?« Er warf mir einen fragenden Blick zu, und ich nickte leicht.

»Diese Versicherung kann sich jetzt so segensreich auswirken, wie es von Anfang an Ihre Absicht war, Sir.«

»Ein Air-Taxi-Geschäft – wie Derrydowns«, wiederholte der Duke. »Mein lieber Colin, was für eine vortreffliche Idee! Natürlich, natürlich.«

Ich versuchte, etwas zu sagen, ihm zu danken, weil er eine ganze Welt für mich aufbaute, aber ich brachte keinen Ton heraus.

Meine Füße versagten mir den Dienst. Ich kniete im Gras und hing mit der Hand am Griff eines Wagens. Ich wollte nicht fallen ...

»Matt!« rief Nancy.

Sie kniete neben mir. Midge ebenfalls. Und Colin.

»Verdammt, du darfst nicht sterben!« flüsterte Nancy.

Ich lächelte ihr zu – und Midge – und Colin. Ich fühlte mich plötzlich federleicht.

»Braucht ihr einen Mieter im Haus?« fragte ich.

»So schnell wie du kannst«, erwiderte Colin.

»Nancy«, sagte ich. »Willst du – willst du ...«

»Du Dummkopf«, sagte sie. »Du Idiot!«

Meine Hand löste sich vom Türgriff des Wagens. Colin fing mich auf.

Ich landete weich im Gras, zum zweitenmal in einer uferlosen Dunkelheit, und spürte gar nichts mehr.

Dick Francis

Schlachtritt

1

Kaltes, graues Wasser schlug gegen das leichte Fiberglas-Dinghi. Ich zitterte vor Kälte und dachte an die fünfhundert Fuß, die uns vom Meeresboden trennten: Eine Stunde weit draußen vor Oslo, mit abgestelltem Außenbordmotor, während mein Freund Anre Kristiansen den ganzen Nachmittag brauchte, um mir ein paar einfache Fragen zu beantworten.

Ein grauer Tag, klamm-feucht, regenschwer. Die Luft biß eisig in meine Ohren. Meine Füße waren erstarrt. Die Oktobertemperatur war draußen im Fjord mindestens zwanzig Grad tiefer als an Land, und von uns beiden war einzig Arne entsprechend gekleidet.

Während ich nur eine Ölzeugjacke über meinem Anzug und keinerlei Kopfbedeckung trug, war Arne in voller Ausrüstung erschienen. Rote, wattierte Mütze mit Ohrenklappen, blaue, wattierte Hose, in weite Gummistiefel gesteckt, und eine rote, mit silbrigen Druckknöpfen vorn geschlossene, wattierte Jacke, an deren Kragen ein schwarz-gelber Rand auf weitere wärmende Kleidungsstücke darunter schließen ließ.

Wir hatten uns telefonisch an der Statue auf dem Radhusplassen am Hafen verabredet; meinen Vorschlag, zu mir ins *Grand Hotel* zu kommen, hatte er mit dem Hinweis auf womöglich vorhandene ›Langstreckenabhörmaschinen‹ (seine eigene Formulierung) abgelehnt und auf dem Dinghi bestanden. Und da ich aus Erfahrung wußte, daß man mit seinem unausrottbaren Anflug von Verfolgungswahn am besten fertigwurde, indem man ihm nachgab, war ich ihm achselzuckend an den Kai gefolgt, wo die hellgrüne Nußschale an einer Treppe vertäut lag.

Ich beugte und streckte die steifen Finger in den Taschen und wiederholte meine letzte Frage.

»Wie würdest du sechzehntausend gestohlene Kronen außer Landes schmuggeln?«

Und wieder bekam ich keine Antwort. Arne war mit seinen Antworten etwa ebenso verschwenderisch wie ein Steuerbeamter mit Steuernachlässen. Statt dessen blinzelte er – ein untrügliches Zeichen dafür, daß er nachdachte.

Ich versuchte nachzuhelfen. »Du hast gesagt, daß es sich um Münzen und gebrauchte, kleinere Banknoten handelte. Wie groß war der Packen? So groß, daß er in einen kleinen Koffer gepaßt hätte?«

Er blinzelte.

»Glaubst du, daß er damit einfach durch den Zoll gegangen

sein kann?«

Er blinzelte.

»Oder glaubst du, daß er noch in Norwegen ist?«

Jetzt öffnete er bedächtig den Mund und sagte widerwillig: »Kann man nicht wissen.«

Ich machte noch einen Versuch. »In euren Hotels müssen ausländische Gäste Formulare ausfüllen und ihren Paß vorzeigen. Die Formulare gehen an die Polizei. Hat eure Polizei die Formulare überprüft?«

Pause.

»Ja«, sagte er dann.

»Und?«

»Robert Sherman hat kein Formular ausgefüllt.«

»Überhaupt keins? Nicht mal, als er aus England kam?«

»Er hat nicht im Hotel übernachtet.«

Geduld, ermahnte ich mich. »Wo denn?«

»Bei Freunden.«

»Was sind das für Freunde?«

Er überlegte. Ich wußte, daß er meine Frage beantworten konnte und sie schließlich auch beantworten würde. Bestimmt konnte er nichts dafür, daß sein Verstand so langsam arbeitete, aber, verdammt noch mal, er war schließlich doch ein Detektiv!

Und ich hatte ihn dieses Handwerk gelehrt. »Denk gut nach, bevor du eine Frage beantwortest«, hatte ich ihm eingeprägt. Und genau das tat er nun.

Während der drei Monate, in denen er bei uns in England lernte, wie der Jockeiklub seine Detektivabteilung handhabte, hatten wir einander gut kennengelernt. Das war vor drei Jahren gewesen. Und jetzt hatten zwei Minuten genügt, um meine alte, herzliche Zuneigung und meine rücksichtsvolle Toleranz ihm gegenüber wiederaufleben zu lassen. Ich mochte ihn eher gerade wegen als trotz seiner leicht exzentrischen Angewohnheiten.

»Er hat bei Gunnar Holth gewohnt«, sagte er. Ich wartete. Nach zehn Sekunden ergänzte er: »Das ist ein Rennpferdtrainer.«

»Ist Bob Sherman für ihn geritten?«

Diese kinderleichte Frage bewog ihn zu einer noch längeren Denkpause, zu guter Letzt aber kam die Antwort doch. »Bob Sherman hat diejenigen von seinen Pferden geritten, die Hürdenrennen liefen, während Bob Sherman in Norwegen war. Ja. Diejenigen Pferde von Gunnar Holth, die ausschließlich Flachrennen liefen, während er in Norwegen war, hat er nicht geritten.«

Lieber Gott, verleihe mir bitte Kraft!

Doch Arne war noch nicht ganz fertig. »Robert Sherman hat für den Rennplatz geritten.«

Ich war verwirrt. »Wie meinst du das?«

Er hielt Zwiesprache mit seinem inneren Ich, und dieses gab ihm anscheinend grünes Licht. »Der Rennplatz bezahlt einigen ausländischen Jockeis Startgeld, um sie damit nach Norwegen zu locken. So wird das Rennen für die Besucher interessanter. Der Rennplatz hat Robert Shermann bezahlt, damit er ritt.«

»Und wieviel hat man ihm bezahlt?«

Ein aufkommender Wind ließ kleine Wellen auf der Wasserfläche des Fjords entstehen. Der Fjord bei Oslo ist keineswegs schmal und romantisch wie die Fjorde auf den Werbeplakaten, sondern eine weite Wasserfläche, betupft mit kleinen, felsigen Inseln und eingebettet in die ausgedehnten Vororte der Stadt. Wir waren ziemlich weit vom Land entfernt.

»Komm, laß uns umkehren«, verlangte ich plötzlich.

»Nein ...« Für eine derartige Demonstration der Schwäche hatte er nur Verachtung. »Er hat eintausendfünfhundert Kronen bekommen.«

»Ich friere«, beschwerte ich mich.

Erstaunt starrte er mich an. »Aber es ist doch noch gar nicht Winter!«

Ich stieß einen Laut aus, der zur Hälfte Lachen, zur Hälfte Zähneklappern war. »Sommer aber auch nicht mehr.«

Er blickte unbestimmt in die Runde. »Robert Sherman war sechsmal zu verschiedenen Rennen hier«, sagte er. »Dieses war sein siebter Besuch.«

»Hör mal, Arne, das kannst du mir viel besser im Hotel erzählen. Meinst du nicht?«

Jetzt musterte er mich wirklich besorgt. »Was ist los?«

»Ich bin nicht schwindelfrei.«

Seine Miene war verständnislos. Erst als ich mit einem steif gefrorenen Handschuh senkrecht neben der Bootswand in die Tiefe deutete, lächelte er verstehend.

»Tut mir leid, David – ehrlich. Weißt du, ich bin auf dem Wasser zu Hause. Genau wie im Schnee. Tut mir leid.« Er drehte sich um, damit er den Außenborder starten konnte, hielt aber noch einmal inne, um mir zu sagen: »Vielleicht ist er über die Grenze nach Schweden gefahren. Nach Kronen sucht der Zoll bestimmt nicht.«

»Mit welchem Auto?« fragte ich.

Er überlegte. »Ach ja ...« Er blinzelte. »Vielleicht hat ihn ein Freund gefahren.«

»Laß bitte den Motor an«, mahnte ich.

Achselzuckend gehorchte er, und gleich darauf strebten wir heißem Kaffee und warmer Zentralheizung entgegen.

Während der Fahrt dachte ich über alles nach, was er mir auf dem Hinweg erzählt hatte Robert Sherman war ein englischer Steeplechase-Jockei. Er, Arne, hatte böse Stunden gehabt, seit der besagte Bob Sherman mit den Tageseinnahmen der Kassen von Ovrevoll verschwunden war, weil Arne Kristiansen nämlich nicht nur der offizielle Detektiv des Norwegischen Jockeiklubs, sondern auch für die Sicherheit auf dem Rennplatz verantwortlich war.

Seit dem Diebstahl waren drei Wochen und vier Tage vergangen. Vor achtundvierzig Stunden hatte mich der Vorsitzende der Rennplatzverwaltung angerufen und mich gebeten, einen Detektiv des britischen Jockeiklubs herüberzuschicken, um bei den Nachforschungen zu helfen. Wie Sie erraten haben werden, hatte ich mich selbst geschickt.

Bis jetzt hatte ich weder mit dem Vorsitzenden gesprochen noch den Rennplatz gesehen. Ich war überhaupt zum erstenmal in Norwegen. Und hier auf dem Fjord war ich mit Arne, weil Arne der einzige war, den ich schon kannte.

Jetzt blickte Arne plötzlich mit hochgezogenen Brauen über mich hinweg in die Ferne. Ich drehte mich um. Ein großes Motorboot durchschnitt das Wasser des Fjords; mit seinem Bug Wellen wie schwere Silberflügel aufwerfend, kam es immer weiter auf uns zu.

Ich drehte mich wieder zu Arne um. Er zuckte uninteressiert die Achseln, im selben Augenblick jedoch begann der Motor zu husten und zu spucken und verstummte.

»Fanden!« schimpfte Arne laut, während ich innerlich einen viel kräftigeren Fluch ausstieß.

»Die Leute da werden uns helfen.« Er deutete auf das herannahende Boot, um gleich darauf aufzustehen und breitbeinig die Arme in den grellroten Ärmeln über dem Kopf zu schwenken.

Auf meiner Bank herumgedreht, beobachtete ich das Motorboot; ich hatte den Eindruck, daß es nicht langsamer wurde. Voll böser Ahnungen wandte ich mich zu Arne zurück.

»Sie haben uns nicht gesehen«, sagte ich.

»Sie müssen uns gesehen haben.« Noch einmal schwenkte Arne die Arme, wobei das Boot gefährlich ins Schaukeln geriet.

»He!« schrie Arne dem Motorboot entgegen. Den Rest schrie er auf norwegisch.

Der Wind blies seine Worte davon. Der Steuermann des großen Boots hörte nichts, sah nichts. Der scharfe, glänzend schwarze Bug raste mit vierzig Knoten auf uns zu.

»Spring!« brüllte Arne und sprang selbst. Wie ein roter Blitz tauchte er ins Meer.

Ich war langsamer. Erst eine Sekunde bevor der Bug das Fiberglas wie eine Eierschale zerschnitt, warf ich mich ungeschickt über Bord. Irgend etwas traf mich an der Schulter, während ich laut keuchend in einer brüllenden, stoßenden Dunkelheit untertauchte.

Leute, die aus Motorbooten fallen, werden ebenso oft von der Schraube zerfetzt wie sie ertrinken, doch daran dachte ich nicht, als ich hustend und spuckend im schaumigen Kielwasser des Bootes auftauchte und es hochmütig davonrasen sah.

»Arne!« rief ich sinnlos. Eine Welle schlug mir in den offenen Mund, und ich schluckte eine kräftige Portion Salzwasser.

Von hier unten aus wirkte die See wesentlich rauher als von Bord des Dinghis. Immer wieder klatschten mir die weißgekrönten Wellen ins Gesicht, während ich nach Arne rief und besorgt nach ihm Ausschau hielt. Doch nirgends war etwas von ihm zu sehen: keine rotbekleideten, winkenden Arme, keine rote, wattierte Mütze, kein fröhliches Lächeln, das mir sagte, er fühle sich im Wasser zu Hause und die heißen Muffins warteten gleich da drüben auf uns.

Ich war ringsum von Land umgeben, doch alles lag in grauer, nebelverhangener Ferne. Ungefähr zwei Meilen, schätzte ich. Ich dachte an die Schraube des Motorbootes, an Arnes weite Gummistiefel, die sich sofort mit Wasser gefüllt haben mußten; aber wenn ich nicht hinnehmen konnte, daß Arne verschwunden war, und mich auf den Heimweg machte, würde ich unausweichlich sein Schicksal teilen.

Also zog ich meine Schuhe aus und kämpfte mit dem Reißverschluß meiner Ölhautjacke. Nachdem ich auch die Knöpfe meines Jacketts aufgerissen hatte, entledigte ich mich beider Kleidungsstücke zusammen. Im letzten Moment fiel mir noch meine Brieftasche ein, die ich, obwohl es ein wenig verrückt schien, aus der Jackentasche holte und vorn in mein Hemd steckte.

Die beiden Kleidungsstücke trieben langsam auf dem Wasser. Ich schlüpfte aus meiner Hose und schickte sie hinterher. Schade, es war ein schöner Anzug gewesen.

Das Wasser war furchtbar kalt.

Langsam begann ich zu schwimmen. Auf Oslo zu. Wohin sonst?

Ich war dreiunddreißig Jahre alt, kräftig, und kannte mehr Statistiken, als mir lieb war. So war mir zum Beispiel auch bekannt, daß ein Mensch in Wassertemperaturen von einem Grad Celsius ungefähr eine Stunde leben kann.

Ich versuchte langsam, mit langen, wenig anstrengenden Stößen zu schwimmen, um möglichst lange durchzuhalten. Das Wasser im Oslo-Fjord war nicht ein Grad über Null, sondern mindestens fünf, also würde ich ... Na ja, *diese* Statistik war mir unbekannt.

Ich schwamm.

Die Wellen kamen mir beängstigend hoch vor; sehen konnte ich nur, wenn ich den Kopf hob und Wasser trat, aber das war wieder Zeit- und Energieverschwendung.

Das rettende Land schien überhaupt nicht näherzukommen. Nur wenn ich mich umdrehte, merkte ich, daß das Land hinter mir weiter zurückfiel. Warum war nur kein Boot auf dem Wasser? Von Rechts wegen hätte es hier im Fjord wie auf dem Piccadilly Circus zugehen müssen.

Verdammt, dachte ich, ertrinken werde ich bestimmt nicht! Ich werde auf gar keinen Fall ertrinken!

Ich schwamm.

Das Tageslicht wurde allmählich schwächer. Wasser, Himmel und die fernen Berge wurden dunkler. Es begann zu regnen.

Ich schwamm nur noch mechanisch, ermüdete immer mehr.

Die Zeit verging.

Weit in der Ferne sprangen vor mir im späten Nachmittagsgrau kleine Lichtpunkte auf. Jedesmal, wenn ich hinsah, waren es mehr. Rings um mich herum Land und Leben, und ich konnte sie nicht erreichen.

Unter mir die gräßliche Tiefe. Ich war noch nie schwindelfrei gewesen.

Ein kalter Tod, dieses Ertrinken.

Ich schwamm, weil mir nichts anderes übrigblieb.

Als dann ein weiteres Licht höher oben zu meiner Linken auftauchte, brauchte mein träger Verstand mindestens eine Minute, um diese Neuigkeit zu verarbeiten. Ich trat Wasser, wischte mir Regen und Spritzer aus den Augen und versuchte zu erkennen, woher es kam: Ganz in meiner Nähe hob sich der feste, graue Umriß einer Landzunge aus dem Fjord.

Die letzte Viertelmeile war die schlimmste. Ich konnte das rettende Land berühren, und irgendwo mußten die Felsen aufhören, aber ich konnte einfach nicht mehr weiter. Lahm kämpfte ich mich durch die lappenden Wellen und landete schließlich mit dem Bauch auf einer von großen Felsplatten begrenzten Slipanlage.

So lag ich, halb im Wasser, und versuchte wieder zu Atem zu

kommen. Meine Lungen schienen zu platzen. Ich hustete.

Richtig dunkel war es nicht; es herrschte das typisch nördliche Zwielicht. Und der kalte, nasse Beton unter meiner Wange erschien mir so weich, wie das feinste Daunenkissen.

Am Kai oberhalb der Rutsche knirschten rhythmische Schritte, die plötzlich anhielten.

Ich schaffte es, den Kopf zu heben und dem Mann matt zuzuwinken.

»*Hvem er der?*« fragte er. Oder so etwas ähnliches.

Ich stieß eine Art Krächzen aus, und er kam vorsichtig näher. »Ich bin Engländer«, sagte ich. »Können Sie mir helfen?«

Sekundenlang geschah überhaupt nichts. Dann ging er fort. Wenn schon, dachte ich müde. Mit dem Oberkörper lag ich wenigstens sicher auf norwegischem Boden. Aber der Mann kam wieder zurück und brachte sogar einen Freund mit. Ich bereute mein vorschnelles Urteil.

Der Begleiter spähte durch den Regen und fragte: »Sie sind Engländer? Sagten Sie, daß Sie Engländer sind?« Sein Ton ließ darauf schließen, daß er Engländern sogar zutraute, im Oktober in Hemd und Unterhose im Fjord zu schwimmen.

»Ja«, antwortete ich.

»Sind Sie von einem Schiff gefallen?«

»So ungefähr.«

Ich fühlte, wie er mich unter der Achsel packte.

»Kommen Sie raus aus dem Wasser.«

Ich schob mich auf die Rutsche und kroch mit Hilfe der beiden bis nach oben. Der Kai hatte ein Geländer. Mit dem Rücken an einen Pfosten gelehnt, saß ich da und wünschte mir Kraft, um aufzustehen.

Sie berieten auf norwegisch. Dann sagte der Englisch-Sprechende: »Wir werden Sie zu mir nach Hause bringen, damit Sie trocknen und sich aufwärmen können.«

»Danke«, sagte ich und hatte es wohl noch nie so aufrichtig gemeint.

Wieder ging einer von ihnen davon, um mit einem zerbeulten, alten Lastwagen wiederzukommen. Sie überließen mir den Vordersitz, obwohl ich mich erbot, im Laderaum meine Nässe abtropfen zu lassen, und fuhren mit mir eine Viertelmeile weit zu einem kleinen Holzhaus. Es gab weder Dorf noch Läden oder Telefon.

»Wir sind hier auf einer Insel«, erklärte mein Retter. »Einen Kilometer lang, dreihundert Meter breit.« Er sagte mir auch den Namen, den ich aber nicht verstand.

Sein Wohnzimmer war klein, hell und herrlich durchwärmt von einem riesigen Ofen. Kopfschüttelnd suchte mein Retter zuerst eine Decke, dann ein dickes Wollhemd und eine Hose für mich heraus.

»Ein Seemann sind Sie aber nicht«, stellte er fest, während ich mich mit den Kleidungsstücken abmühte.

»Nein«, gab ich zu. Immer wieder von Zitteranfällen unterbrochen, berichtete ich ihnen, was geschehen war, und fragte, ob sie mich in die Stadt bringen könnten. Während ich mich ankleidete, berieten sie sich – zuerst unter Kopfschütteln, dann schließlich mit Nicken.

»Wenn Sie sich aufgewärmt haben, fahren wir Sie mit dem Boot hinüber«, sagte der Englisch-Sprechende. Und mit einem Blick auf meine Brieftasche auf dem Tannenholztisch: »Wir möchten Sie nur bitten, uns das Benzin zu bezahlen. Wenn Sie können.«

Gemeinsam nahmen wir meine durchweichten Geldscheine heraus und breiteten sie auf den Tisch. Nach langem Zureden nahmen sie sich zuerst einen Fünfzigkronenschein, und dann, unter Protest, einen weiteren. Das übrige trockneten sie für mich auf dem Ofen. Nach einer weiteren kurzen Besprechung holten sie eine Flasche mit einer goldhellen Flüssigkeit aus dem Schrank. Ein kleines Glas wurde nicht allzu reichlich damit gefüllt und mir überreicht.

»Skol«, wünschten sie.

»Skol«, antwortete ich.

Aufmerksam sahen sie zu, wie ich trank. Blankes Feuer rann durch meine Kehle, mein Magen füllte sich mit Hitze, und bald strömte ein warmes Glühen durch die gefrorenen Adern.

Die beiden lächelten.

»Aquavit«, erklärte mein Gastgeber und stellte die Flasche fort.

Dann wartete ich auf dem einzigen bequemen Stuhl, bis sie ihr Ölzeug herausgeholt und mir eine Reservegarnitur angezogen hatten. Unterwegs, in einem großen, stinkenden Fischerboot, regnete es ununterbrochen. Zufrieden errechnete ich, daß ich ungefähr zwei Stunden im Wasser gewesen sein mußte, was eindeutig bewies, daß die Wassertemperatur über ein Grad gelegen hatte.

2

Die beiden warteten im *Grand Hotel,* während ich mich umzog, damit sie die geliehenen Kleidungsstücke wieder mitnehmen konnten. Als sie nach einem herzlichen Abschied fort waren, fiel mir ein, daß ich nicht einmal ihre Namen kannte.

Nichts hätte ich lieber getan, als sofort zu Bett zu gehen, doch der Gedanke an Arnes Frau, die immer noch auf ihn wartete, hinderte mich daran. Also verbrachte ich die folgenden beiden Stunden am Telefon, um die verschiedensten norwegischen Behörden von dem Unfall in Kenntnis zu setzen.

Die Polizei erbot sich, Mrs. Kristiansen zu benachrichtigen, doch ich schlug vor, selbst mitzugehen. Wir fuhren in einem Dienstwagen und klingelten bei Apartment C im ersten Stock eines großen Holzhauses in einer teuren Gegend unweit des Stadtzentrums.

Die junge Frau, die uns öffnete, sah uns aus klaren, grauen Augen in einem freundlichen, etwa dreißigjährigen Gesicht fragend an. Die Wohnung hinter ihr strahlte Wärme und Farbenfreudigkeit aus; die Luft bebte unter Beethovens Klängen.

»Ist Mrs. Kristiansen zu Hause?« erkundigte ich mich.

»Ja«, antwortete sie. »Ich bin Mrs. Kristiansen.«

Ganz und gar nicht, was ich erwartet hatte. Sonderlinge wie Arne Kristiansen durften keine schlanken, jungen Frauen haben, denen das dichte, hellblonde Haar in weichen Locken auf die Schultern fiel. Als sie den Polizisten hinter mir entdeckte, wurden ihre Augen groß.

»David Cleveland«, stellte ich mich vor. »Ich war heute nachmittag mit Arne zusammen . . .«

»Ach, wirklich?« rief sie erstaunt. »Bitte, kommen Sie doch herein. Ich freue mich ja so sehr . . .«

Sie öffnete die Tür ein Stückchen weiter und rief über ihre Schulter zurück: »Arne! Arne, sieh mal, wer gekommen ist!«

Arne trat in die Diele heraus. Durchaus lebendig.

Wir starrten einander sprachlos an. Dann kam er mit ausgestreckter Hand und dem breitesten Grinsen aller Zeiten langbeinig auf mich zu.

»David! Das ist nicht zu fassen! Und ich habe gemeldet, daß du ertrunken bist.« Mit beiden Händen ergriff er die meinen und schüttelte sie herzlich. »Komm rein, mein Lieber! Erzähl mir von deiner Rettung. Ich war so erschüttert . . . Zu Kari habe ich gesagt . . .«

Seine Frau nickte; sie freute sich ebenso wie er.

Der Polizist hinter mir sagte: »Dann ist Mr. Kristiansen anscheinend doch nicht ertrunken«, was uns in unserer großen Erleichterung so ungeheuer komisch vorkam, daß wir laut loslachten. Selbst der Polizeibeamte lächelte mit.

»Mich hat ein Fischer bei Nesodden aufgegriffen«, erklärte ihm Arne. »Dort habe ich den Unfall auch gemeldet. Die Polizei wollte ein Boot losschicken, um Mr. Cleveland zu suchen; viel Hoffnung hatten sie aber nicht. Ich glaube, ich rufe gleich mal an . . .«

»Vielen Dank«, sagte der Polizist. »Das wäre sehr freundlich.« Mit einem erneuten Lächeln verabschiedete er sich.

Kari Kristiansen schloß die Wohnungstür. »Kommen Sie, das müssen wir feiern!« sagte sie und führte mich ins Wohnzimmer. Als erstes stellte sie den dröhnenden Beethoven ab. »Arne macht immer so laut Musik, wenn er sich aufregt«, erklärte sie, während Arne in der Diele intensiv auf norwegisch telefonierte.

Als er hereinkam, rieb er sich freudestrahlend die Hände. »Es ist wundervoll«, sagte er, »einfach wundervoll. Komm, David, das feiern wir jetzt mit einem Drink.«

Aus einer bereits geöffneten Flasche füllte er ein paar Gläser mit rotem Wein.

»Arne war den ganzen Abend so deprimiert«, sagte Kari. »Eure Rettung ist wirklich ein Wunder.«

Wir berichteten. Arne hatte die rote Kleidung ausgezogen und sofort die Stiefel abgestreift; obwohl er jedoch laut meinen Namen gerufen und mehrere Minuten lang nach mir gesucht hatte, war ich nicht zu finden gewesen.

»Als ich dich zuletzt sah«, erklärte er entschuldigend, »saßest du noch im Dinghi. Daher dachte ich, das Motorboot hätte dich direkt getroffen, und vermutete, du seist tot.«

Dann hatte er angefangen zu schwimmen, und da er weit mehr als ich über Gezeiten und Winde wußte, hatte er beinahe die entgegengesetzte Richtung eingeschlagen. Nahe der Küste hatte ihn ein heimfahrendes Fischerboot aufgenommen, das allerdings nicht mehr genug Benzin hatte, um wieder hinauszufahren und nach mir zu suchen. Es hatte ihn in einem kleinen Ort abgesetzt, wo er mein Verschwinden gemeldet und sich ein Boot für die Heimkehr gemietet hatte.

Meine eigene Geschichte war so ähnlich, daß sie mit zwei knappen Sätzen erledigt war: Ich war zu einer Insel geschwommen. Zwei Männer hatten mich per Boot nach Hause gebracht.

»Die Polizei hat mich gefragt, ob ich den Namen des Motorbootes erkannt hätte«, schloß ich.

»Und hast du?« erkundigte sich Arne.

Ich schüttelte den Kopf. »Nein. Du?«

Es dauerte wieder eine Ewigkeit, bis er genug geblinzelt und sich entschlossen hatte, zu antworten. Dann sagte er: »Nein.«

»Ich glaube, das hatte gar keinen Namen«, sinnierte ich.

Die beiden sahen mich verwundert an. »Das gibt's doch gar nicht!« erwiderte Kari.

»Nun, ich hatte jedenfalls nicht den Eindruck. Es führte weder einen Namen noch eine Registrierungsnummer noch einen Heimathafen.«

Arne überlegte, dann meinte er: »Es kam zu schnell und direkt auf uns zu. Es muß einen Namen gehabt haben; wir haben ihn nur nicht gesehen.« Sein Ton deutete an, daß ihn das Thema nicht weiter interessierte, also nickte ich und ließ es hingehen. Trotzdem war ich ganz sicher, daß an dem donnernden, schwarzen Bug nichts weiter als schwarze Farbe zu sehen gewesen war. Ob es hier Schmuggler gab?

»Pech«, sagte ich. »Sonst hättest du Schadenersatz für dein Dinghi verlangen können.«

Er winkte ab. »Ich bin versichert. Keine Angst.«

»Es ist eine Unverschämtheit, daß dieser Kerl nicht gehalten hat. Er muß doch den Stoß gespürt haben, selbst wenn das Boot noch so groß und schwer war! Arne hat befürchtet, daß Sie nicht schwimmen können.«

»Ein bißchen schon«, antwortete ich. »So lange Strecken allerdings noch nie.«

»Dann haben Sie Glück gehabt«, sagte sie ernst.

»Arne auch.« Ich maß ihn nachdenklich, denn ich war um gute zehn Jahre jünger als er und der totalen Erschöpfung sehr nahe gewesen.

»O nein! Arne ist ein ausgezeichneter Schwimmer. Ein großartiger Allround-Sportsmann. Er hat viele Skirennen gewonnen.«

Lächelnd stand sie auf. »Ich werde euch jetzt schnell was zu essen bringen.« Damit verschwand sie in der Küche.

»Noch etwas Wein?« Ruhelos stand Arne auf und füllte unsere beiden Gläser.

»Du hast nicht nur eine schöne Frau, du hast auch eine schöne Wohnung«, lobte ich.

Er sah mich voller Verwunderung an. »Ja, Kari ist schön, nicht wahr? Und unsere Wohnung ... Das ist auch Kari. Sie ist ... Das ist ihr Beruf. Wohnungen einzurichten, Büros, Hotels und so.«

Arne brachte mir mein gefülltes Glas und nahm mir gegenüber vor dem Kaminfeuer Platz. Sein Haar war eher grau als blond; es war länger als vor drei Jahren und eindeutig distinguierter.

»Morgen möchte ich dann gern mit dem Vorsitzenden der Rennplatzverwaltung sprechen«, sagte ich.

Er wirkte verblüfft, als hätte er den eigentlichen Grund meines Besuches völlig vergessen.

»Ja.« Er blinzelte. »Morgen ist Samstag. Am Sonntag ist das Grand National; da wird er auf dem Rennplatz sein.«

Verdirb ihm nicht den freien Tag mit dem Problem eines diebischen Jockeis, wollte er damit sagen. Achselzuckend erwiderte ich, daß mir der Sonntag ebenso recht wäre. »Dann fahre ich morgen zu Gunnar Holth.«

Irgendwie schien das Arne auch nicht zu passen, und schließlich entdeckte ich, daß er morgen angeln gehen wollte und fürchtete, er müsse mich statt dessen begleiten.

»Spricht Gunnar Holth englisch?« fragte ich.

»Aber ja!«

»Dann fahre ich allein zu ihm.«

Er lächelte dankbar und sprang auf, um Kari zu helfen, die mit einem Tablett voller Sandwiches hereinkam, von denen wir keinen Krümel übrigließen.

»Sie müssen einmal abends zum Essen kommen«, lud Kari mich ein. »Dann werde ich was Richtiges kochen.«

Arne stimmte ihr herzlich zu und öffnete noch eine Flasche Wein. »Sie ist eine sehr gute Köchin«, lobte er voll Besitzerstolz.

Die sehr gute Köchin schüttelte das blonde Haar zurück und streckte dabei den schlanken Hals. »Kommen Sie, wann immer Sie Lust haben«, sagte sie.

Um ein Uhr morgens fuhr ich per Taxi zum *Grand Hotel* zurück, schlief schlecht und erwachte um sieben Uhr völlig zerschlagen. Auf meinem linken Schulterblatt glänzte ein tellergroßer Bluterguß.

Bad, Kleider und Frühstück verbesserten mein Befinden auch nicht nennenswert, und schon gar nicht mein Telefongespräch mit Gunnar Holth.

»Wenn Sie unbedingt wollen, kommen Sie her«, meinte er. »Aber sagen kann ich Ihnen nichts. Es ist reine Zeitverschwendung.«

Da alle Detektive viel Zeit mit dem Befragen von Leuten verschwenden, die ihnen nichts Neues mitteilen können, fuhr ich selbstverständlich hinaus. Er hatte seine Stallungen gleich neben dem Rennplatz und zeigte sich mir gegenüber recht aggressiv.

»Fragen, Fragen!« beschwerte er sich. »Ich weiß wirklich nichts.«

Ich bezahlte mein Taxi.

»Sie hätten es lieber nicht fortschicken sollen«, sagte Gunnar Holth. »Sie werden ja doch gleich wieder gehen.«

Ich lächelte. »Dann nehme ich eben die Straßenbahn.«

Er starrte mich finster an. »Sie sehen nicht aus wie ein Funktionär des Jockey Club.«

»Ich wäre Ihnen sehr dankbar, wenn Sie mir Ihre Pferde zeigen würden«, entgegnete ich. »Arne Kristiansen sagt, daß Sie sehr gute

Tiere besitzen ... Daß Sie in diesem Jahr große Preise gewonnen haben.«

Das machte ihn natürlich weich. Er deutete auf ein großes Gebäude auf der anderen Hofseite, und wir gingen hinüber. Er war ein kleiner, drahtiger, typischer Pferdemann mittleren Alters, dem seine Tiere offenbar lieber waren als die Menschen, und dessen Englisch einen irischen Anklang besaß.

Das Stallgebäude enthielt zwei Reihen von Boxen an einem breiten Mittelgang. Holth wandte sich nach links und öffnete die Tür der ersten Box. »Der Bursche hier läuft morgen im Grand National. Sehen Sie sich seine Schultern an. Ist das nicht ein fabelhaftes Pferd?«

»Bob Sherman hat am Tag seines Verschwindens ein Rennen auf ihm gewonnen«, entgegnete ich.

Holth warf mir wortlos einen scharfen Blick zu, trat in die Box, tätschelte den Gaul und kam dann wieder zu mir heraus. »Woher wissen Sie das?« fragte er mich.

Es konnte nicht schaden, die Wahrheit zu sagen. »Arne Kristiansen gab mir eine Liste von Bob Shermans letzten Rennen in Norwegen. Er sagte dazu, daß dieses Pferd wahrscheinlich das Grand National gewinnen würde, und wenn Bob Sherman vernünftig gewesen wäre, dann wäre er zu diesem Rennen wiedergekommen und hätte die Einnahmen des Grand-National-Tages gestohlen; damit wäre er weitaus besser gefahren.«

Holth unterdrückte ein amüsiertes Grinsen. »Das stimmt.«

Wir gingen weiter, und er zeigte mir alle Pferde. Es waren zwanzig, von denen drei Viertel Flachrennen liefen, allesamt wohlgepflegt. Holth verstand offenbar sein Geschäft.

Das eine Ende des Stallgebäudes war abgetrennt; hier lagen die Räume für die Stallburschen: Schlafraum, Waschraum, Küche.

»Hier hat Bob meistens übernachtet«, erklärte Holth.

Ich blickte mich eingehend um. Ein großer Hauptraum mit einem halben Dutzend doppelstöckiger Betten, kahlem Holzfußboden, Holztischen, Holzstühlen. Ein riesiger Kachelofen und weiß verhangene Doppelfenster schützten gegen die Winterkälte, einige zahme Pin-up-Kalender schmückten die Wände, alles in allem aber war es recht karg.

»Immer?« erkundigte ich mich.

Holth zuckte die Achseln. »Er sparte die Hotelkosten. Manchmal übernachtete er allerdings auch bei einem der Rennpferdebesitzer.«

»Bei welchem?«

»Dem Mann, dem ›Whitefire‹ gehört. Per Bjørn Sandvik.«

»Und wie oft?«

»Wieso?« fragte Holth irritiert. »Zweimal, glaube ich. Das letztemal aber nicht. Nur die beiden Male davor.«

»Wie oft ist er überhaupt hergekommen?«

»Sechsmal vielleicht. Vielleicht auch siebenmal ...«

»Es gefiel ihm hier?«

»Selbstverständlich. Es gefällt allen englischen Jockeis hier, schließlich werden sie gut bezahlt.«

»Wie gut?«

»Na ja«, meinte er, »sie kriegen den Flugpreis plus Spesen, das Geld fürs Reiten und dann das Startgeld.«

»Das Startgeld wird vom Rennplatz bezahlt?«

»Nicht direkt. Nun ja, der Jockei bekommt das Geld vom Rennplatz, aber die Rennplatzverwaltung zieht es von den Besitzern ein, für die der Jockei geritten ist.«

»Dann bezahlt also der Besitzer letztlich alles: das Geld fürs Reiten, den Gewinnanteil, einen Prozentsatz der Flugkosten und einen Teil des Startgeldes?«

»Ganz recht.«

»Was aber, wenn ein Jockei saumäßig reitet?«

Holths Antwort klang ernst. »Dann bittet der Besitzer den Jockei nie wieder, für ihn zu reiten.«

Wir traten ins Freie. »Kommen Sie mit ins Haus«, schlug Holth vor. »Trinken Sie einen Kaffee, bevor Sie die Straßenbahn nehmen.«

»Aber gern.«

Sein Haus war ein kleiner Holzbungalow mit Spitzengardinen und Geranientöpfen. Auf dem Ofen im Wohnzimmer stand schon eine orangefarbene Kaffeekanne, und aus dem Schrank holte Gunnar zwei Steingutbecher und eine Zuckertüte.

»Hätten die Besitzer Bob Sherman gebeten wiederzukommen?« erkundigte ich mich.

Er schenkte Kaffee ein und rührte mit einem weißen Plastiklöffel um. »Per Bjørn Sanvik sicher. Und auch Sven Wangen.« Er überlegte. »Rolf Torp – für den hat Bob am letzten Tag ein Rennen verloren. Rolf Torp meinte, das hätte er im Schritt gewinnen können.«

»Und stimmt das?«

Holth zuckte die Achseln. »Pferde sind keine Maschinen«, sagte er. »Aber ich trainiere Rolf Torps Pferde nicht.«

»Wer trainiert sie denn?«

»Paul Sundby.«

»Wird Rolf Torp morgen auf dem Rennplatz sein?«

»Selbstverständlich. Sein Gaul ist der Favorit beim Grand National.«

»Und Sie?« fragte ich weiter. »Hätten Sie Bob gebeten, weiter für Sie zu reiten?«

»Natürlich«, antwortete er ohne Zögern. »Bob ist ein guter Jockei. Er hört sich an, was man ihm über ein Pferd zu sagen hat, und reitet mit Verstand. Wenn er nicht gut gewesen wäre, hätte man ihn wohl nicht so oft hergeholt.«

Die Tür zum Hof wurde ohne Anklopfen geöffnet, und ein irischer Stallbursche steckte den Kopf herein. Er war ungefähr fünfundzwanzig, fröhlich, und trug eine Wollmütze mit Pompon.

»Gunny«, sagte er, »würden Sie sich diese verrückte Stute ansehen? Die spielt wieder mal richtig wild, das Biest.«

Der Trainer antwortete, er komme gleich, und der Kopf verschwand.

Wir tranken den Kaffee, der angenehm stark war. »Was hat Bob für Transportmittel benutzt? Hat er sich einen Wagen gemietet?«

»Nein, glaube ich nicht. Wenn er hier war, habe ich ihn mit zum Rennplatz genommen.«

»Hat er sich je Ihren Wagen geliehen? Oder den eines anderen?«

»Meinen jedenfalls nicht. Ich glaube nicht, daß er überhaupt selbst fuhr, wenn er hier war.«

»Haben Sie ihn am Tag seines Verschwindens noch woanders hin mitgenommen als zum Rennplatz?«

»Nein.«

Aus einem Ordner voller Aussagen, der mich bei meiner Ankunft im Hotel erwartet hatte, wußte ich, daß Bob Sherman nach dem letzten Rennen mit einem Taxi die letzte Maschine nach Heathrow hatte erreichen wollen. Aber er hatte sie nicht erreicht. Der Taxifahrer, den Sherman sich für die Fahrt bestellt hatte, hatte lediglich die Achseln gezuckt, als sein Passagier nicht erschien, und statt dessen andere Rennplatzbesucher zur Stadt gefahren.

Blieben also die öffentlichen Verkehrsmittel, diejenigen Taxifahrer, die Bob nicht vom Sehen kannten, und die Autos anderer Leute. Plus Bobs eigene Füße. Es wäre ihm ein leichtes gewesen, den Rennplatz ungesehen zu verlassen, vor allem, da das letzte Rennen nach Einbruch der Dunkelheit stattgefunden hatte.

Als ich meinen leeren Kaffeebecher hinstellte, sagte Gunnar Holth: »Könnten Sie nicht was wegen Bob Shermans Frau unternehmen?«

»Seiner Frau? Ich werde sie aufsuchen, wenn ich wieder in London bin.«

»Nein.« Gunnar schüttelte den Kopf. »Sie ist hier.«

»Hier?«

Er nickte. »In Oslo. Sie weigert sich, nach Hause zu fahren.«

»Davon hat Arne mir gar nichts gesagt.«

Holth lachte. »Sie folgt ihm überall hin wie ein Hund. Und ewig stellt sie die gleichen Fragen. Wer Bob fortgehen sah, mit wem er ging, warum man ihn nicht findet. Sie taucht bei jeder Rennveranstaltung auf und fragt und fragt. Wir haben sie alle langsam satt.«

»Wissen Sie, wo sie wohnt?«

Heftig nickend holte er einen Zettel, der auf einem Regal gelegen hatte. »Im *Hotel Norsland.* Zweitklassig, weit weg vom Zentrum. Das hier ist ihre Telefonnummer. Sie gab sie mir für den Fall, daß mir eine Möglichkeit einfiele, ihr zu helfen.« Wieder zuckte er die Achseln. »Sie tut uns allen herzlich leid, aber ich wünschte, sie würde endlich abreisen.«

»Würden Sie sie bitte anrufen?« sagte ich. »Erklären Sie ihr, daß ich ihr ein paar Fragen über Bob stellen möchte. Heute nachmittag.«

Er nickte und ging zum Telefon. Als er zurückkam, sagte er: »Drei Uhr, bei ihr im Hotel. Sie wird auf Sie warten.«

»Gut.«

»Schicken Sie sie nach Hause«, riet er.

3

Sie saß wartend in der kleinen Halle des *Hotel Norsland* und musterte ängstlich jedes männliche Gesicht. Ich beobachtete sie eine Weile durch die Glastüren, bevor ich eintrat. Sie wirkte zart, blaß, und sehr, sehr nervös. Zweimal stand sie halb von ihrer Stuhlkante auf, und zweimal ging der Mann, den sie ins Auge gefaßt hatte, achtlos an ihr vorbei.

Als ich dann selbst in die Halle kam, warf Emma Sherman mir einen kurzen Blick zu, um ihr Augenmerk sofort wieder auf den Eingang zu richten. Ich war nicht, was sie erwartet hatte.

Ich trat auf sie zu. »Mrs. Sherman?«

»Oh!« Schwerfällig erhob sie sich. »Haben Sie eine Nachricht von Mr. Cleveland für mich?«

»Ich bin David Cleveland«, antwortete ich.

»Aber ...« begann sie, hielt aber wieder inne. Zwischen all der Müdigkeit und Anstrengung auf ihrem Gesicht tauchte kurz Überraschung auf, eindeutiger Gefühle schien sie jedoch nicht mehr fähig zu sein. Aus der Nähe entpuppte sich ihre Nervosität als Zustand kurz vor dem totalen Zusammenbruch.

Ihre Haut wirkte vor Erschöpfung beinahe durchsichtig, die dunklen Schatten unter den Augen betonten deren stumpfen Blick. Sie mußte ungefähr zweiundzwanzig sein und hätte durchaus hübsch sein können, wäre sie nicht so vollkommen fertig gewesen. Außerdem hatte ich den Eindruck, daß sie schwanger war.

»Wo können wir uns unterhalten?«

Unsicher sah sie sich in der Halle um, in der es lediglich drei Stühle und einen Gummibaum gab.

»Ihr Zimmer?« schlug ich daraufhin vor.

»O nein!« wehrte sie erschrocken ab. »Es ist zu klein, und so ungemütlich ... Keine Möglichkeit zum Hinsetzen ...«

»Dann kommen Sie mit«, sagte ich. »Wir gehen in ein Café.«

Wir schlugen die Richtung zum *Grand Hotel* ein.

»Werden Sie ihn suchen?« fragte sie. »Bitte, Sie müssen ihn finden!«

»Ich werde mein Möglichstes tun.«

»Er hat das Geld bestimmt nicht gestohlen. Er nicht!«

Ich sah sie an. Sie zitterte stark und war noch bleicher als vorher. Stützend legte ich eine Hand unter ihren Ellbogen. Sie richtete den Blick starr auf mich, versuchte mühsam, noch etwas zu sagen, und sank dann ohnmächtig gegen mich.

Da sogar ein solches Händchenvoll von junger Frau nicht leicht zu halten ist, bat ich einen zuvorkommenden jungen Mann, ein Taxi für uns zu holen. Der freundliche Taxifahrer half mir anschließend, Emma ins Foyer des *Grand Hotel* zu bringen, wo ich sie in einen Sessel setzte.

»Holen Sie einen Arzt«, meinte er, bevor er ging.

»Nein«, protestierte Bob Shermans junge Frau kaum vernehmbar. »Was ... Was ist passiert?«

»Sie sind ohnmächtig geworden«, erklärte ich knapp. »Und jetzt müssen Sie sich vor allem hinlegen. Also kommen Sie mit.« Sie mehr tragend als stützend, führte ich sie zum Lift und brachte sie zu mir ins Zimmer, wo sie sich wortlos auf mein Bett warf und mit geschlossenen Augen liegenblieb.

»Darf ich Ihnen den Puls fühlen?« fragte ich.

Da sie nicht antwortete, tastete ich nach ihrem Handgelenk und spürte einen sehr langsamen Herzschlag. Ihr Arm war schweißfeucht, aber kalt, und alles in allem wirkte sie beängstigend schwach.

»Haben Sie Hunger?« erkundigte ich mich.

Verneinend rollte sie den Kopf auf dem Kissen hin und her, doch da ich vermutete, daß ihr schlechter Zustand ganz einfach auf Appetitlosigkeit durch die vielen Aufregungen und außerdem eine durch die hohen norwegischen Preise bedingte unfreiwillige Enthaltsamkeit zurückzuführen war, bestellte ich beim Zimmerkellner heiße Fleischbrühe, Brot und Käse.

»Und Kognak«, fügte ich hinzu.

»Leider unmöglich, Sir«, lautete die Antwort. »Heute ist Samstag; am Wochenende darf kein Alkohol verkauft werden.«

Man hatte mich zwar gewarnt, aber ich hatte es vergessen: In Norwegen herrschten noch idiotischere Alkoholgesetze als in England. Zum Glück enthielt der Kühlschrank in meinem Zimmer eine Piccoloflasche Champagner, und wenn sich Emma zunächst auch zierte, so trank sie ihn schließlich doch und sah nach fünf Minuten aus wie eine Blume, die man im letzten Moment vor dem Verwelken gerettet hat.

»Ich muß mich entschuldigen«, sagte sie, auf einen Ellbogen gestützt aus meinem Zahnputzglas trinkend. »Bestimmt halten Sie mich für töricht.«

»Keineswegs.«

»Es ist nur ... Sie interessieren sich einfach nicht mehr dafür. Ich meine dafür, wo er jetzt sein könnte. Wo ich auch hinkomme, überall behandeln sie mich, als ob Bob das Geld gestohlen hätte und ein Verbrecher wäre. Dabei hat er es bestimmt nicht genommen. Ganz sicher nicht!«

Es klopfte. Der Zimmerkellner brachte ein Tablett, und Emma fühlte sich inzwischen wohl genug, um aufzustehen und ihr Essen am Tisch einzunehmen. Sie begann langsam zu essen, doch binnen kurzem war eindeutig zu erkennen, daß sie total verhungert war. Als sie den letzten Krümel gegessen hatte, sagte ich: »In ungefähr drei Stunden gibt es Abendbrot.«

»O nein!«

»O doch! Und dann können Sie mir alles über Bob erzählen. Jetzt aber werden Sie erst mal schlafen. Sie legen sich hin, und ich bearbeite inzwischen einige Akten, die längst auf Erledigung warten.«

»Ich kann nicht schlafen«, widersprach sie automatisch, doch als ich entschlossen Papiere aus meiner Aktentasche nahm und sie auf dem Tisch ausbreitete, stand sie doch auf, zögerte ein bißchen und legte sich wieder aufs Bett.

Als ich nach fünf Minuten zu ihr trat, schlief sie bereits tief und fest. Der Mantel, den sie aufgeknöpft hatte, war auseinandergefallen und ließ nun eindeutig ihren Zustand erkennen. Im fünften Monat, dachte ich, plus oder minus eine Woche.

Ich kehrte an meinen Tisch zurück. Doch anstatt zu arbeiten, überlegte ich.

Warum hatte Bob Sherman sechzehntausend Kronen gestohlen, während er doch fünfmal soviel im Jahr verdiente? Warum hatte er für eine verhältnismäßig geringe Summe so vieles aufgegeben? Wohin war er geflohen? Oder wovor?

Und wie sollte ich ihn bis Montagnachmittag finden?

Emma Sherman schlief zwei Stunden lang tief und fest. Als sie jedoch unruhig zu werden begann, weckte ich sie.

Benommen strich sie sich mit der Hand übers Gesicht. »Ich habe so schlecht geträumt«, murmelte sie. »Es ist dumm, aber alles kam mir so wirklich vor.«

»Es ist nicht dumm. Ich verstehe Sie gut.«

»Aber wo ist er nur?« klagte sie voller Verzweiflung. »Warum schreibt er mir nicht? Wie kann er so grausam sein?«

»Vielleicht liegt ein Brief für Sie zu Hause.«

»Nein. Ich rufe an – jeden Tag.«

»Sagen Sie, Emma«, begann ich zögernd, »ist Ihre Ehe ... Sind Sie glücklich mit Ihrem Mann?«

»Ja«, antwortete sie entschieden. Nach fünf stummen Sekunden jedoch kam eine zutreffendere Version heraus. »Manchmal haben wir uns schon gestritten. Zum Beispiel an dem Tag, als er hierher nach Norwegen flog. Den ganzen Vormittag. Und nur wegen einer Kleinigkeit ... Weil er über Nacht weggeblieben war, ohne daß es notwendig war ... Ich hatte mich nicht wohlgefühlt und warf ihm vor, er wäre egoistisch und rücksichtslos. Da hat er die Beherrschung verloren und mich beschimpft, und ich habe gesagt, ich würde nicht mit ihm nach Kempton fahren. Er ist ganz deprimiert weggegangen, weil er in einem großen Rennen den Favoriten reiten sollte und immer will, daß ich nach dem Rennen da bin, weil er behauptet, das hilft ihm, sich zu entspannen.« Sie starrte bedrückt vor sich hin. »Er ist dann also allein gefahren, und von da nach Heathrow, gleich zur Sechs-Uhr-dreißig-Maschine nach Oslo, wie immer. Nur, daß ich sonst mitgefahren bin, um den Wagen wieder mit nach Hause zu nehmen.«

»Und Sonntagabend haben Sie ihn immer abgeholt?«

»Ja. Als er am Sonntagabend nicht kam, habe ich mir furchtbare Sorgen gemacht, weil ich dachte, er wäre vielleicht in Norwegen gestürzt. Deswegen habe ich Gunnar Holth angerufen, aber der hat mir gesagt, Bob sei nicht gestürzt, er habe einen Sieg geholt und hinterher, soweit er wüßte, die Maschine nach London genommen. Also habe ich den Flughafen angerufen und die Leute gebeten, nachzusehen, ob auf der Passagierliste ein Bob Sherman wäre, aber die haben gesagt, da wäre keiner drauf ...« Sie hielt inne und fuhr, von ihrem Elend überwältigt, noch einmal fort: »Er kann doch das, was ich gesagt habe, nicht ernstgenommen haben! Ich liebe ihn doch! Er würde mich doch sicher nicht ohne ein Wort verlassen?«

Anscheinend hatte er das aber getan.

»Wie lange waren Sie verheiratet?«

»Nicht ganz zwei Jahre.«

»Kinder?«

Sie blickte an sich hinunter und deutete mit schlanken Fingern auf ihren Leib. »Das ist unser erstes.«

»Ihre Finanzen?«

»Oh, die waren in Ordnung – wirklich. Er hatte vergangenes Jahr eine sehr gute Saison, da konnten wir ein bißchen was sparen. Gewiß, er liebt teure Anzüge, schöne Wagen ... Aber das tun wohl alle Jockeis, nicht?«

Ich nickte. Da ich Zugang zu den Akten hatte, wußte ich besser Bescheid über die Vermögenslage ihres Mannes als sie, aber es war nicht so sehr das Einkommen, das hier eine Rolle spielte, als die Frage, ob sie über ihre Verhältnisse gelebt hatten.

»Er hat eine Schwäche für schnelles Geldverdienen, aber ich rede es ihm immer aus. Ich bin nämlich keine Spielernatur.«

Ich ließ einige Sekunden verstreichen. »Politik?« fragte ich dann. »Ist er irgendwie militant?«

Beinahe hätte sie gelacht. »Bob kümmert sich überhaupt nicht um Politik, und von Politikern hält er gar nichts. Wie kommen Sie auf diese unsinnige Frage?«

Ich zuckte die Achseln. »Hat er jemals von Freunden gesprochen, die er hier hat?«

»Ich habe mich praktisch mit allen unterhalten, die er erwähnt hat. Immer wieder habe ich ihnen Fragen gestellt: Gunnar Holth und seinen Stallburschen, Mr. Kristiansen und den Pferdebesitzern. Der einzige, den ich noch nicht kennengelernt habe, ist der Sohn eines Besitzers, ein junger Mann namens Mickel. Der ist, glaube ich, im Moment im Internat.«

»Hat Bob eigentlich früher schon mal Schwierigkeiten gehabt?«

Sie war verwirrt. »Schwierigkeiten?«

»Na ja, zum Beispiel mit Buchmachern.«

Sie wandte den Kopf ab, und ich ließ ihr Zeit. Jockeis durften nicht selber wetten, und ich war ein Funktionär des Jockeiklubs.

»Nein«, sagte sie schließlich leise.

»Sie dürfen es mir ruhig sagen. Ich kann es ohnehin feststellen. Und außerdem interessiert mich daran nur, ob ein Zusammenhang mit seinem Verschwinden besteht.«

Sie wirkte unruhig. »Gewöhnlich wettet er nur auf sich selbst«, sagte sie trotzig. »In vielen Ländern ist das durchaus legal.«

»Hat jemand ihn zur Zahlung zwingen wollen?«

»Er hat mir nie was davon gesagt... Und das hätte er doch, wenn ...« Sie schluckte. »Die Polizei hat mich gefragt, ob er erpreßt wurde, aber wenn er nicht wollte, daß ich es erfuhr, wie sollte ich dann ... Mein Gott, ich wünschte, er würde mir schreiben!«

Die Tränen strömten, versiegten aber sehr schnell wieder. Sie hatte in den vergangenen drei Wochen zuviel geweint.

»Sie haben alles getan, was Sie konnten«, tröstete ich sie. »Am besten fliegen Sie am Montagnachmittag mit mir zurück.«

Sie war überrascht und tief enttäuscht. »So schnell wollen Sie wieder fort? Bis dahin haben Sie Bob bestimmt nicht gefunden.«

»Mag sein. Aber ich habe am Dienstag in London eine wichtige Sitzung. Wenn ich es für richtig halte, komme ich anschließend wieder her, aber für Sie ist es jetzt Zeit, heimzukehren.«

Sie antwortete nicht sofort, sagte aber dann doch mit müder, leiser, niedergeschlagener Stimme: *»All right.«*

4

Sein Verfolgungskomplex bereitete Arne einige Schwierigkeiten; immer wieder sah er sich um, so daß er ständig mit anderen Leuten zusammenstieß. Wieso er in der fröhlichen, kälteverachtenden Menge, die sich für das Norsk Grand National in Øvrevoll versammelt hatte, Gefahr witterte, war eine Frage für den Psychiater; wie immer aber mußten seine Freunde unter diesem Verfolgungswahn leiden.

So hatte er sich zum Beispiel geweigert, in einem gemütlichen Raum mit einem riesigen Kaminfeuer ein Glas Wein zu trinken, sondern marschierte aus lauter Angst vor »Abhörmaschinen« mit mir und Per Bjørn Sandvik im Freien herum.

Sandvik, ein Mitglied des Verwaltungsrats, berichtete mir aus erster Hand, was ich schon in den Akten gelesen hatte: Wie Bob Sherman an das Geld herangekommen war.

»Es wird im Büro zusammengetragen und dort gezählt und registriert. Das Büro liegt im selben Gebäude wie der Umkleideraum der Jockeis. Bob Sherman ging an jenem Sonntag zum Büro, um sich nach etwas zu erkundigen, und dort stand das Geld direkt hinter der Tür. Arne hat es selbst gesehen. Er muß sich sofort entschlossen haben, das Geld mitzunehmen.«

»Wie war das Geld verpackt?« fragte ich.

»In Leinwandsäcken.«

»Welche Farbe?«

Er zog die Brauen hoch. »Braun.«

»Die Säcke standen einfach so herum?«

Er grinste. »In Norwegen gibt es kaum Kriminalität.«

»Wieviele Säcke?

»Fünf.«

»Schwer?«

Er zuckte die Achseln. »Wie Geld eben ist.«

»Wie waren die Säcke verschlossen?«

»Mit Lederriemen und Vorhängeschlössern.«

Arne stieß mit einer Blondine zusammen, die anscheinend etwas sehr Undamenhaftes sagte. Sandvik lächelte. Er war ein angenehmer, ruhiger Mann von ungefähr fünfzig Jahren, der leicht an seiner Autorität zu tragen schien. Arne hatte mir erzählt, daß er irgendein ›großes Tier in Öl‹ sei, aber er wirkte nicht wie ein Geschäftsmann. Ich musterte ihn nachdenklich. Er wich meinem Blick nicht aus.

»Was wäre mit den Säcken geschehen, wenn Sherman sie nicht gestohlen hätte?« erkundigte ich mich.

»Wir hätten sie bis Montagmorgen in den Bürosafe geschlossen. Dann wären sie zur Bank geschafft worden.«

»Das Büro wird von einem Nachtwächter kontrolliert«, ergänzte Arne, der ausnahmsweise einmal nach vorn schaute.

Als der Nachtwächter jedoch gekommen war, waren die Säcke bereits verschwunden gewesen.

»Wieso haben die Verantwortlichen alle auf einmal den Raum verlassen, solange das Geld unbewacht dastand?« fragte ich.

Sandvik breitete die Hände aus. »Darüber haben wir endlos diskutiert. Es war reiner Zufall. An jenem Abend merkte niemand, daß das Geld gestohlen war. Jeder glaubte, ein anderer hätte die Säcke in den Safe getan. Am nächsten Tage erst, als man den Safe öffnete, um das Geld zur Bank zu bringen, wurde festgestellt, daß es fehlte. Und dann hörten wir natürlich von Gunnar Holth, daß Sherman ebenfalls verschwunden war.«

Ich dachte nach. »Hat Gunnar Holth mir nicht erzählt, daß Bob Sherman ein- oder zweimal bei Ihnen übernachtete?«

»Das stimmt.« Sandvik schob nachdenklich die Lippen vor.

»Zweimal. Gott sei Dank aber nicht, als er das Geld gestohlen hat.«

»Sie mochten ihn?«

»Nun ja, ganz gern. Aber eingeladen habe ich ihn wohl eher aus Höflichkeit. Er hatte mehrere Siege für mich erritten, und ich kenne Gunnars Schlafkammer ...« Er grinste. »Als er kam, stellte sich jedoch heraus, daß wir außer Pferden nur wenige gemeinsame Interessen hatten, und daß er doch lieber bei Gunnar blieb.«

»Hätten Sie ihm zugetraut, daß er stiehlt?«

»Auf den Gedanken wäre ich nie gekommen. Aber ich kannte ihn ja auch nicht sehr gut.«

Arne konnte das Gedränge der Menschen nicht länger ertragen, deshalb beobachteten wir das erste Rennen von einer kleinen Bodenerhebung gleich neben dem Zielpfosten aus. Der Rennplatz lag in einem kleinen Tal, dessen Hänge ringsum von Kiefern und Birken bestanden waren, durch die an diesem Nachmittag graue Wolkenfetzen zogen.

Das Licht war kalt und grau, die Luft kalt und feucht, die Stimmung der Zuschauer dagegen sonnig und ausgesprochen südländisch. Der englische Jockei, der das Rennen gewann, wurde stürmisch gefeiert.

Inzwischen, so meinte Sandvik, sei wohl der Vorsitzende eingetroffen, und wir begaben uns ins Sekretariat neben der Tribüne, einen riesigen Raum, in dem sich nicht nur der Vorsitzende, sondern auch fünf oder sechs Verwaltungsratsmitglieder befanden. Per Bjørn Sandvik ging zuerst hinein, dann ich, und zuletzt kam Arne, der die Kapuze seines Anoraks zurückschob, während der Vorsitzende immer noch wartend zur Tür blickte, weil er dachte, ich müßte noch kommen. Zuweilen hatte ich das Gefühl, ich wäre besser dick, kahl und ein Brillenträger gewesen, damit ich die Leute nicht immer wieder mit meinem jugendlichen Aussehen enttäuschte.

»Das ist David Cleveland«, erklärte Sandvik. Aus allen Augen sprach die gleiche Enttäuschung.

»Guten Tag«, grüßte ich freundlich und reichte dem Vorsitzenden die Hand.

»Äh ...« Er räusperte sich und gewann mannhaft seine Fassung zurück. »Freut mich, daß Sie gekommen sind.«

Der Vorsitzende, Lars Baltzersen, war genauso wie seine Briefe an mein Büro: knapp, höflich und präzise. Er brauchte ungefähr zehn Sekunden, um sich zu sagen, daß ich meinen Job nicht bekommen hätte, wenn ich ihn nicht hätte ausfüllen können, und sagte daher nur: »Am Telefon hat Ihre Stimme älter geklungen. Ich habe Anweisung gegeben, Sie überall einzulassen. Sie können auch Fra-

gen stellen, soviel Sie wollen. Arne kann für Sie dolmetschen.«
»Vielen Dank.«
»Haben Sie sonst noch einen Wunsch?«
»Ich hätte Sie später gern gesprochen.«
»Aber gewiß, gewiß. Wir wollen alle hören, welche Fortschritte Sie gemacht haben. Nach dem letzten Rennen treffen wir uns wieder hier.«
Die anderen nickten und schoben sich einer nach dem anderen hinaus, bis außer mir nur noch Arne und der Vorsitzende zurückblieben.
»Ein Bier?« erkundigte sich Baltzersen.
Arne bejahte, ich lehnte ab. Mir war es für Bier einfach zu kalt.
»Wie weit ist es bis zur schwedischen Grenze?« fragte ich.
»Im Auto ungefähr achtzig Kilometer«, antwortete Baltzersen.
»Irgendwelche Formalitäten dort?«
Jetzt schüttelte er den Kopf. »Jedenfalls nicht für Skandinavier im eigenen Wagen. Und an einen Engländer, der an dem entsprechenden Abend durchkam, kann sich von den Zollbeamten keiner erinnern.«
»Ich weiß. Nicht mal als Mitfahrer in einem norwegischen Wagen. Hätte man ihn entdeckt, wenn er sich hinter dem Fahrersitz unter einer Plane versteckt hätte?«
Beide Männer überlegten. »Vermutlich nicht«, meinte Baltzersen, und Arne bestätigte dies.
»Fällt Ihnen jemand ein, der ihn vielleicht mitgenommen haben könnte? Jemand, der ihm beruflich oder freundschaftlich nahestand?«
»Dazu kannte ich ihn nicht gut genug«, sagte der Vorsitzende bedauernd, während Arne blinzelte und dann Gunnar Holth und seine Stallburschen erwähnte.
»Holth sagt, er hat ihn lediglich zum Rennplatz hin mitgenommen«, entgegnete ich. Trotzdem hätte er vor Emma Shermans Anruf Zeit genug gehabt, nach Schweden hinein und wieder zurück zu fahren.
»Gunnar lügt, wann es ihm paßt«, sagte Arne.
Lars Baltzersen seufzte. »Ja, das stimmt leider.«
Sein graues Haar war sauber gebürstet, er hatte ein sehr klares Gesicht und war phantasielos gekleidet. Ein sehr kultivierter, typisch norwegischer Geschäftsmann.
»Was möchtest du dir zuerst ansehen?« fragte mich Arne.
»Den Wiegeraum, denke ich.«
Die beiden anderen nickten. Arne zog sich die Kapuze über den

Kopf, und wir machten uns auf.

Der Wiegeraum lag auf der anderen Seite des Sattelplatzes, wo sich die Jockeis auf das zweite Rennen vorbereiteten. Einige Stallburschen, die schon die Pferde herumführten, trugen Pullover in den Farben der Besitzer, ein Brauch, den ich auf keinem anderen Rennplatz gesehen hatte. Zweifellos half er den Neugierigen, die jeweiligen Farben nicht zu vergessen.

Zwischen dem Sattelplatz und dem U-förmigen Gebäude, in dem der Wiegeraum lag, waren dicht an dicht Ziersträucher gepflanzt, die sich bis in das U hinein erstreckten, so daß jeder, der vom Sattelplatz zum Wiegeraum oder umgekehrt wollte, einen beträchtlichen Umweg machen mußte.

Drinnen im Wiegeraum vergaß Arne seinen Verfolgungswahn und stellte mich einer ganzen Reihe von Leuten vor, ohne sich auch nur ein einzigesmal umzudrehen. Ich schüttelte Hände und plauderte; obgleich sie alle wußten, daß ich auf der Suche nach Bob Sherman war, entdeckte ich jedoch keinen, den meine Anwesenheit nervös machte.

»Hier entlang, David.« Arne führte mich zu einem Nebengang, an dessen Ende eine offene Tür auf den Rennplatz führte. Kurz davor wandte sich Arne scharf nach rechts, und wir befanden uns in dem Büro, aus dem das Geld gestohlen worden war: ein ganz gewöhnliches Büro mit Holzwänden, Holzfußboden, Holzschreibtischen und Holzstühlen. Ich sah hübsche, rotkarierte Vorhänge, gut funktionierende Heizkörper und in der Ecke einen nüchternen Safe.

Von uns abgesehen, war das Büro menschenleer.

»Hier«, erklärte Arne, mich auf eine Stelle nahe der Tür hinweisend, »standen die Geldsäcke. Und dort auf dem Schreibtisch lagen wie üblich die Abrechnungslisten der einzelnen Kassen. Die Listen haben wir aufbewahrt.«

Merkwürdig, es war mir schon mehrmals aufgefallen, daß Arne sich für den Verlust des Geldes anscheinend nicht verantwortlich fühlte, und daß ihm auch niemand Vorwürfe machte, obwohl er als Sicherheitsbeamter hierbei eine sehr schlechte Beurteilung verdient hatte.

»Habt ihr noch immer dasselbe System mit den Säcken?« fragte ich ihn.

Arne warf mir einen halb amüsierten, halb gekränkten Blick zu. »Nein. Seit dem Diebstahl werden die Säcke sofort in den Safe gepackt.

»Und wer hat die Schlüssel?«

»Einige habe ich; außerdem der Sekretär sowie der Verwalter natürlich.«

»Und jeder von euch dreien war überzeugt, einer der beiden anderen hätte das Geld in den Safe gepackt?«

»So ist es.«

Wir verließen das Büro und gingen nach draußen, gefolgt von mehreren Jockeis, die über ihrem Renndress warme Mäntel trugen. Alle zusammen stiegen wir eine Außentreppe zu einer kleinen, offenen Plattform an der Seitenwand des Wiegeraumgebäudes empor. Von hier aus, ungefähr eine Achtelmeile vom Zielpfosten entfernt, beobachteten wir das zweite Rennen.

Arne hatte wieder begonnen, sich argwöhnisch umzusehen, und ich mußte feststellen, daß er mich mit seinem Tick ansteckte. Auf diese Weise entdeckte ich einen englischen Jockei, der mich kannte, und hielt ihn, als Arne mit den anderen nach dem Finish hinunterging, am Arm zurück.

Rinty Ranger kannte Bob Sherman so gut, wie sich Kollegen, die fünf Jahre lang denselben Beruf ausgeübt haben, eben kennen. Ich fragte ihn, ob er diesen Diebstahl nicht für eine große Dummheit hielte.

»Allerdings«, antwortete er. »Bestimmt hat Bob schon nach fünf Minuten gewünscht, er hätte die Finger davon gelassen. Aber das ist wieder mal typisch für ihn. Immer stürzte er sich in Unternehmungen, ohne vorher nachzudenken, nur weil er schnell Geld machen wollte.«

»War es für Sie eine Überraschung, daß er das Geld gestohlen hat?«

»Aber natürlich, verdammt! Noch seltsamer fand ich es allerdings, daß er dann abgehauen ist. Ich meine, er hätte das Zeug doch verstecken und ganz normal weitermachen können, nicht wahr?«

»Dazu braucht man Nerven«, sagte ich, aber die hatte Bob Sherman ja gerade gehabt. »Außerdem war das Geld in schwere Leinwandsäcke verpackt und nur schwierig zu transportieren. Wenn er seine Maschine nach London erwischen wollte, hätte er dazu keine Zeit mehr gehabt.«

»So ein Idiot!« sagte Rinty. »Nette Frau, Kind unterwegs, guter Job. Man sollte meinen, er hätte mehr Verstand.«

Zu dieser Schlußfolgerung war ich selbst schon gekommen.

»Immerhin, er hat mir einen Gefallen getan«, fuhr Rinty fort. »Ich kann das Grand National mitreiten.« Er öffnete den Lammfellmantel, um mir seinen Dress zu zeigen. »Der Besitzer, ein Mann namens Torp, war gar nicht gut auf Bob zu sprechen. Wenn man ihm glauben will, hat Bob so ziemlich alles falsch gemacht – an jenem letzten Tag.«

»Waren Sie oft mit Bob zusammen hier?«

»Drei- oder viermal in diesem Jahr, glaube ich. Aber ich war auch im letzten Jahr hier, er nicht.«

»Wie lange dauert so ein Ausflug?«

Er sah mich erstaunt an. »Gewöhnlich einen Tag. Wir reiten am Samstag nachmittag in England, nehmen die Sechs-Uhr-dreißig-Maschine, reiten hier am Sonntag, und fliegen noch abends wieder zurück, wenn es geht. Wenn nicht, fliegen wir um acht Uhr fünfzehn am Montag morgen. Manchmal kommen wir auch erst am Sonntag morgen hier an, aber das wird dann immer ein bißchen knapp.

»Haben Sie dabei Zeit, hier in Norwegen Menschen kennenzulernen?«

»Es läppert sich. Warum?«

»Hat Bob Sherman hier Freundschaften geschlossen?«

»Mein Gott, woher soll ich das wissen? Er kennt natürlich eine Menge Trainer und Pferdebesitzer. Meinen Sie Mädchen?«

»Gab es denn welche?«

»Glaube ich kaum. Er liebt seine Frau.«

»Könnten Sie mal darüber nachdenken?«

Rynti sah mich verwundert an. »Wenn Ihnen soviel daran liegt...« Er schloß die Augen und konzentrierte sich. Als er die Augen wieder öffnete, sagte er: »Ich weiß nicht ... Ein paarmal hat er bei Mr. Sandvik übernachtet, aber er hat gesagt, mit dessen Sohn Mikkel käme er besser aus als mit dem Alten. Ich habe den Jungen einmal getroffen, als er sich mit Bob über Pferderennen unterhielt ... Daß sie aber dicke Freunde waren, möchte ich eigentlich nicht behaupten ...«

»Wie alt ist der Junge ungefähr?«

»Sechzehn, siebzehn. Vielleicht auch achtzehn.«

»Sonst noch jemand?«

»Na ja, einer von Gunnar Hoths Stallburschen. Ein Ire, Paddy O'Flaherty. Bob kennt ihn gut, weil Paddy bei dem alten Tasker Mason angestellt war, wo Bob gelernt hat. Die beiden waren zusammen Stallburschen. Wegen Paddy übernachtet Bob auch so gern bei Gunnar Holth.«

»Wissen Sie, ob Paddy einen Wagen hat?«

»Keine Ahnung. Warum fragen Sie ihn nicht selbst? Er müßte heute auch hier sein.«

»Waren Sie an dem Tag hier, als Bob verschwand?«

»Nein.«

»Tja ... Fällt Ihnen irgend etwas Ungewöhnliches ein?«

»Dumme Frage! Nein, mir fällt nichts ein ... Oder doch, warten Sie mal! Er hat seinen Sattel hier gelassen.«

»Bob?«

»Ja, im Umkleideraum. Und seinen Sturzhelm. Wahrscheinlich hat er gewußt, daß er nie wieder irgendwo reiten darf, sonst hätte er die Sachen bestimmt mitgenommen.«

Ich ging zur Treppe. Viel hatte Rinty mir nicht gesagt, aber hätte es viel zu sagen gegeben, hätte die Polizei Bob inzwischen längst gefunden gehabt. Rinty folgte mir nach unten, und ich wünschte ihm Glück fürs Rennen.

»Danke«, antwortete er. »Aber Ihnen wünsche ich kein Glück. Lassen Sie den armen Teufel laufen.«

Unten wartete Arne auf mich, der sich mit Per Bjørn Sandvik unterhielt. Lächelnd wandten sie sich zu mir um, und ich stellte die heikle Frage so taktvoll wie nur möglich.

»Mr. Sandvik, Ihr Sohn Mikkel – glauben Sie, daß er Bob Sherman vom Rennplatz aus im Auto mitgenommen hat? Natürlich ohne zu wissen, daß Bob das Geld bei sich hatte?«

Per Bjørn reagierte weniger heftig, als es so mancher andere Vater bei dieser Unterstellung getan hätte. »Mikkel hat gar keinen Führerschein. Er geht noch zur Schule und ist erst vor sechs Wochen siebzehn geworden.«

»Das beruhigt mich«, sagte ich entschuldigend. Wieder eine Niete.

Per Bjørn entschuldigte sich höflich und ging davon. Arne, der wieder heftig blinzelte, erkundigte sich, was ich denn jetzt vorhätte. Mit Paddy O'Flaherty sprechen, antwortete ich.

Wir fanden ihn in den Ställen, wo er Gunnar Hoths Rennpferd für das Grand National fertigmachte. Er war der Stallbursche mit der Wollmütze, der die unfreundliche Bemerkung über die Stute gemacht hatte.

»Was ich nach dem Rennen gemacht habe?« wiederholte er. »Die Pferde nach Hause gefahren, geputzt und gefüttert – wie immer.«

»Und dann?«

»Dann bin ich wie immer zum Tanzen gegangen.«

»Haben Sie einen Wagen?« wollte ich wissen.

»Na klar, aber die Reifen sind so abgefahren, daß ich mich nicht mehr damit auf die Straße traue. Und weil es bald Winter wird, habe ich die Karre aufgebockt.«

»Wann genau?«

»Warten Sie ... Das war, nachdem mich die Polizei wegen der Reifen angehalten hatte. Ungefähr vor sechs Wochen.«

Nachdem wir eine Weile einfach herumgebummelt waren, machten wir einen kurzen Besuch im Tower und kehrten dann in den großen, warmen Raum zurück, in dem Arne anfangs nicht hatte verweilen wollen. Jetzt führten wir uns hier ein paar Sandwiches zu Gemüte, sowie eine gute Flasche Wein, und vorübergehend schien Arne jegliche Angst vor Abhörgeräten verloren zu haben. Er lud mich für den Abend zum Essen ein und ging, als ich akzeptierte, sofort zum Telefon, um Kari zu benachrichtigen. »Es gibt Torfbeeren«, erklärte er mir stolz. »Sie sind sehr selten und stehen unter Naturschutz. Deswegen kann man sie nur einmal im Jahr kaufen.«

Wieder traten wir in den unfreundlichen Nachmittag hinaus, um das Flachrennen zu beobachten. Dann jedoch hatte Arne zu tun, und ich wanderte allein umher.

Øvrevoll war ein verhältnismäßig neuer Rennplatz, der einzige in Norwegen, auf dem Flach- und Hindernisrennen ausgetragen wurden. Bei allen übrigen Rennen handelte es sich, wie in Deutschland, hauptsächlich um Trabrennen mit Sulkies.

Für das Grand National kehrte ich in den Tower zurück. Direkt nach dem Start umkreisten die zwanzig Pferde den Tower, wechselten auf die andere Seite hinüber, jagten zum Wassergraben und dem entfernteren Teil der Bahn, nahmen den unteren Bogen und kehrten wieder zum Start zurück. Im oberen Teil der Rennbahn, ganz in der Nähe des Towers, gab es einen großen Teich, auf dem zwei Schwäne und in ihrem Gefolge zwei kleine, schwarz-weiße Enten schwammen, die sich von den donnernden Hufen nicht im geringsten stören ließen.

Rinty Ranger gewann das Rennen; als er am Zielpfosten vorbeiraste, sah ich seine Zähne triumphierend blitzen.

Das ohnehin diesige Tageslicht war inzwischen so weit geschwunden, daß ein Hindernisrennen nicht mehr sicher über den Kurs gehen konnte, aber zwei Flachrennen standen noch immer aus. Das erste wickelte sich in der Dämmerung, das zweite tatsächlich im Stockfinstern ab, wobei nur das Ziel ausreichend beleuchtet war, wegen des Zielfotos.

Es wurde also buchstäblich im Dunkeln geritten. Nachdenklich kehrte ich ins Büro zurück, wo ich mich mit Arne treffen wollte. Es war auch dunkel gewesen, als Bob Sherman den Rennplatz verlassen hatte.

Im Büro herrschte reges Leben; grinsend versicherte man sich gegenseitig, daß die Tageseinnahmen diebstahlsicher im Safe verwahrt seien. Arne erinnerte die Funktionäre daran, daß im Zimmer des Vorsitzenden eine Versammlung stattfinden sollte, und alle versprachen zu kommen, bis auf einen, der auf den Nachtwächter warten sollte. Nachdem das Kind in den Brunnen gefallen war ...

Im Zimmer des Vorsitzenden waren für meinen Geschmack zu viele Leute: außer mir fünfzehn. Jeder Stuhl war besetzt, Kaffee und Drinks wurden ausgeschenkt, und alle warteten. Lars Baltzersen nickte mir zu, zum Zeichen, daß ich nun das Wort hatte, und gebot den übrigen mit einem Handzeichen Schweigen.

»Ich glaube, Sie alle haben Mr. Cleveland schon kennengelernt«, sagte er, mit Rücksicht auf mich in englischer Sprache. Dann wandte er sich mit entschuldigendem Lächeln an mich. »Ich weiß, daß wir Unmögliches von Ihnen verlangen. Sherman hat keinerlei Spuren hinterlassen. Aber haben Sie vielleicht trotzdem eine Möglichkeit gefunden, die wir noch nicht berücksichtigt hatten?«

Er machte es mir sehr leicht.

»Suchen Sie nach seiner Leiche«, antwortete ich.

5

Das war offenbar nicht das, was sie erwartet hatten.

Per Bjørn Sandvik sagte in seinem eleganten Englisch: »Wir wissen, daß er ein Dieb ist. Weshalb sollte er aber tot sein?« Und jemand anderer murmelte: »Ich bin immer noch überzeugt, daß er es sich in Südfrankreich gutgehen läßt.«

Rolf Torp, der Besitzer des Grand-National-Siegers, steckte sich eine Zigarre an. »Ich kann Ihnen da nicht folgen«, erklärte er. Arne schüttelte den Kopf und blinzelte, als wolle er nie mehr damit aufhören.

Lars Baltzersen starrte mich lange an und bat mich dann um eine Erklärung.

»Nun ja«, sagte ich, »nehmen wir zunächst mal die technische Seite des Diebstahls. Alle sind sich einig, daß das Büro einige Minuten lang leer war, und daß niemand vorhersagen konnte, wann es leer sein würde, oder daß es überhaupt leer sein würde. Alle sind sich einig, daß Bob Sherman das Geld liegen sah, der Versuchung erlag und es einfach mitnahm.«

Ringsumher zustimmendes Nicken. Das war allgemein bekannt.

»Von da an«, fuhr ich fort, »ergeben sich allerdings einige Schwierigkeiten. Das Geld befand sich in fünf schweren Leinwandsäcken, die mit Lederriemen und Vorhängeschlössern gesichert waren. Ein 133 Pfund schwerer Jockei kann unmöglich fünf solcher Säcke unter seinem Mantel verbergen. Außerdem hätte er wohl kaum alle fünf auf einmal tragen können. Wenn Shermans erster Impuls war, das Geld zu stehlen, wäre sein zweiter zweifellos gewesen, es liegen zu lassen. Er konnte nicht wissen, wieviel die Säcke enthielten, konnte nicht kalkulieren, ob sich ein Diebstahl lohnte. Wie dem aber auch sei, es gibt keinen Beweis dafür, daß Bob das Geld wirklich gestohlen hat.«

»Aber natürlich gibt es den«, widersprach Rolf Torp. »Er hat sich doch aus dem Staub gemacht.«

»Wie?« fragte ich nur.

Einige verwirrte Mienen, ein oder zwei verständnislose Gesichter, aber keine Vermutungen.

»Der Diebstahl muß eine momentane Eingebung gewesen sein«, erläuterte ich, »also kann er keine Vorbereitungen getroffen haben. Nehmen wir an, er hätte die Säcke tatsächlich mitgenommen: Da wankt er nun, mit der Beute beladen und allen Blicken ausgesetzt, hinaus. Was soll er tun? Sogar mit einem scharfen Messer hätte er eine ganze Zeit gebraucht, um die Leinwand aufzuschlitzen und das Geld herauszuholen. Aber diese Version können wir ohnehin ausschalten, weil die Säcke nicht gefunden wurden.«

Einige nickten, andere schüttelten den Kopf.

»Bob Sherman hatte, wie ich von seiner Frau hörte, einen kleinen Wochenendkoffer bei sich, der bei weitem nicht groß genug war, um alle fünf Leinwandsäcke aufzunehmen. Auch hat niemand seine Wäsche irgendwo gefunden, also kann er das Geld nicht in seinen Koffer gepackt haben.«

Lars Baltzersen machte ein nachdenkliches Gesicht.

»Und jetzt zum Transport. Sherman hatte sich ein Taxi bestellt, das ihn zum Flughafen bringen sollte, aber er benutzte es nicht. Die Polizei hat keinen Taxichauffeur gefunden, der einen einzelnen Engländer gefahren hat. Gunnar Holth sagt, daß er Sherman um die Mittagszeit zum Rennplatz, aber nicht wieder zurück mitgenommen hat. Da es ein ungeplanter Diebstahl war, konnte Sherman auch keinen Fluchtwagen gemietet haben; jedenfalls hat die Polizei keine entsprechende Spur gefunden. Gestohlen hat er aber auch keinen Wagen: An jenem Tag wurden keine Wagen gestohlen. Bleiben noch Freunde ...« Ich hielt inne. »Freunde, die ihn, sagen wir, heimlich nach Schweden gefahren haben könnten.«

»Dann hätten sie sich mitschuldig gemacht«, warf Rolf Torp ungläubig ein.

»Jawohl. Also, er war siebenmal in Norwegen gewesen, jedesmal für ungefähr einen Tag. Shermans einzige Freunde, die ich finden konnte, sind Gunnar Holths Stallbursche Paddy O'Flaherty und vielleicht noch – Verzeihung, Sir – Mikkel Sandvik.«

Per Bjørn Sandvik war diesmal wesentlich empörter, er protestierte jedoch lediglich mit grimmigem Blick.

»Paddy O'Flahertys Wagen ist aber seit sechs Wochen aufgebockt«, fuhr ich fort, »und Mikkel Sandvik kann noch nicht fahren. Keiner von beiden verfügte also über eine Transportmöglichkeit für Shermans unerwartete Beute.«

»Mit anderen Worten«, sagte Baltzersen, »wenn er das Geld gestohlen hätte, hätte er es nicht abtransportieren können. Was aber, wenn er es versteckt und später erst abgeholt hat?«

»Dann hätte er immer noch dasselbe Transportproblem gehabt, und darüber hinaus den Nachtwächter. Nein, ich glaube vielmehr, wenn er das Geld gestohlen und versteckt hätte, wäre er nicht wieder zurückgekommen, sondern hätte es einfach im Stich gelassen. Weil die Vernunft in ihm gesiegt hätte. Denn sehen Sie mal, für Sie ist dieses Bargeld richtiges Geld. Für Sherman jedoch war es Auslandswährung, und die in größeren Mengen, vor allem in Münzen, umzutauschen, sobald er außer Landes war, wäre für ihn äußerst schwierig gewesen.«

Per Bjørn Sandvik starrte nachdenklich zu Boden; seine Miene war wieder freundlich. Arne hatte die Augen ganz geschlossen. Rolf Torp paffte erregt an seiner Zigarre, und Lars Baltzersen machte ein unglückliches Gesicht.

»Das alles erklärt immer noch nicht, weshalb Sie Sherman für tot halten«, sagte er.

»Wir haben bis heute keine Spur von ihm ... Kein einziger hat sich gemeldet, der ihn auch nur gesehen zu haben glaubt. Seine schwangere Frau hat kein beruhigendes Wort von ihm gehört. All das ist absolut atypisch für einen Dieb auf der Flucht, sehr logisch jedoch, wenn der Mann tot ist.«

Baltzersen kaute auf seiner Unterlippe.

»Den Grund für das plötzliche Untertauchen eines Menschen findet man bei einer Untersuchung meist ziemlich rasch. In Bob Shermans Leben scheint es aber keinen einzigen Faktor gegeben zu haben, der ihn hätte veranlassen können, unvermittelt auf Tauchstation zu gehen. Niemand würde eine erfolgreiche Karriere für einen unbekannten, aber zweifellos nicht sehr großen Betrag in ausländischer Währung eintauschen, wenn er nicht dazu gezwungen wird. Und daß derartiger Zwang am Werke war, dafür haben weder die norwegische noch die britische Polizei, weder seine Frau noch Arne Kristiansen oder ich einen Anhaltspunkt gefunden.«

Arne machte die Augen auf und schüttelte den Kopf.

»Wenn aber«, sagte ich, »jemand anderer das Geld gestohlen und Bob Sherman ihn dabei überrascht hat?«

Die Funktionäre und Angestellten machten bestürzte und finstere Mienen.

»Mord?« Baltzersen sprach das Wort so langsam aus, als wäre es seiner Zunge fremd. »Meinen Sie Mord?«

»Möglich ist es«, antwortete ich.

»Aber nicht sicher.«

»Wenn es eindeutige Hinweise auf Mord gäbe«, erklärte ich, »hätte Ihre Polizei sie bereits gefunden. Da es aber keine Antwort auf die Frage gibt, wohin, warum und wie Sherman geflohen ist, müßten wir uns wohl überlegen, ob er überhaupt geflohen ist.«

Baltzersens Stimme klang angestrengt. »Sie glauben wirklich, daß er noch hier ist? Hier bei uns auf dem Rennplatz?«

Rolf Torp schüttelte ungeduldig den Kopf. Er war so unbeherrscht wie Baltzersen ruhig war. »Bestimmt nicht. Hier werden Tag für Tag Pferde trainiert, außerdem haben wir seit Shermans Verschwinden acht Renntage abgehalten. Würde sich seine Leiche hier befinden, hätten wir sie schon längst entdeckt.«

Alle stimmten zu, und Baltzersen sagte bedauernd: »Er kann ja auch bewußtlos oder tot von hier fortgeschafft worden und dann – später – irgendwo anders versteckt oder vergraben worden sein.«

»Es gibt eine Menge tiefes Wasser in Norwegen«, sagte ich.

Nach langem Schweigen hob endlich Per Bjørn Sandvik nachdenklich den Kopf. »Mir scheint, daß wir die Wahrheit niemals erfahren werden. Mr. Clevelands Theorie ist durchaus plausibel. Sie paßt auf alle Fakten – oder vielmehr auf das Fehlen von Fakten – weit besser als alle anderen Erklärungen, die wir diskutiert haben.

Alle nickten.

»Wir werden unserer Polizei Ihre Darlegung mitteilen«, erklärte Baltzersen abschließend. »Trotzdem bin ich derselben Meinung wie Per. Nach einer so langen Zeit und so ergebnislosen Nachforschungen werden wir niemals wirklich erfahren, was aus Sherman und dem Geld geworden ist. Wir sind Ihnen überaus dankbar, daß Sie sich die Mühe gemacht haben, hierherzukommen, und ich kann, glaube ich, sagen, daß die meisten von uns Ihre Lösung des Rätsels für die wahrscheinlichste halten.«

Sie lächelten mir ein wenig verlegen zu. Rolf Torp drückte energisch seine Zigarre aus, und alle warteten darauf, daß Baltzersen endlich aufstand.

Ich dachte an die beiden graziösen Schwäne und die beiden kleinen, schwarz-weißen Enten, die dort draußen auf dem Teich neben dem Tower herumschwammen.

»Sie könnten es mal mit dem Teich probieren«, sagte ich.

6

Montagmorgen. Nieselregen. Graues, nur langsam aufhellendes Tageslicht über dem Øvrevoll-Rennplatz. Tropfende Fichten und Birken ringsum, schlaff-nasse Papierfetzen auf dem regenglänzenden Asphalt.

Auf dem unteren Ende der Bahn bewegten Gunnar Holth und einige andere Trainer ihre Rennpferde, der obere Teil jedoch, vom Zielpfosten an, war vorübergehend gesperrt.

Zitternd – teils vor Kälte, teils vor Erregung – hockte ich mit Lars Baltzersen im Zieltower und beobachtete, wie unter uns der Teich abgesucht wurde. Die Hände in den Taschen, die Schultern frierend hochgezogen, stand Arne mit zwei Polizeibeamten am Wasserrand und starrte düster auf das kleine Boot, das methodisch zwischen den beiden Ufern hin und her glitt.

Der Teich war mehr oder weniger rund, ungefähr dreißig Meter breit und zwei tief. Im Boot saßen zwei Polizisten mit Hakenstangen, sowie ein dritter in schwarzem Taucheranzug, der ruderte. Mit Schwimmflossen, Handschuhen, Kapuze und Brille angetan und einem Unterwasserscheinwerfer ausgerüstet, war er schon zweimal über Bord geglitten, um nachzusehen, was der Haken gefunden hatte. Beide Male war er kopfschüttelnd wieder aufgetaucht.

Die Schwäne und Enten schwammen aufgeregt im Kreis. Das Wasser wurde zusehends schlammiger. Gemächlich überquerte das Boot die Fläche zum zehntenmal, und Lars Baltzersen sagte deprimiert: »Die Polizei hält das für Zeitverschwendung.«

»Immerhin, sie ist gekommen«, entgegnete ich.

»Man hat erwogen, den Teich leerzupumpen«, berichtete Baltzersen, »aber die technischen Schwierigkeiten waren zu groß. Deswegen haben sie sich zum Stochern entschlossen.«

»Und das scheinen sie ja auch gründlich zu tun.«

Er musterte mich ernst. »Wenn sie Sherman nicht finden, sind Sie dann überzeugt, daß er nicht hier ist?«

»Ja«, antwortete ich.

Er nickte. »Sehr vernünftig.«

Wir sahen eine ganze Stunde zu. Der Taucher ging noch dreimal ins Wasser, ohne einen Erfolg zu verzeichnen. Das Boot hatte bestimmt keinen Quadratzentimeter ausgelassen, aber da war einfach keine Leiche. Bob Sherman lag nicht in diesem Teich.

Ich folgte Baltzersen die Außentreppe hinunter, wo wir von Arne und dem leitenden Polizeibeamten erwartet wurden.

»Kein Mensch da«, sagte Arne auf englisch zu mir, und sein Ton ließ erkennen, daß ihn das nicht wunderte.

»Nein. Aber vielen Dank für die Suche.«

»Mach dir nichts draus, David«, tröstete mich Arne, als Baltzersen zu den Männern im Boot hinübergegangen war, die ihr Fahrzeug gerade auf einen Anhänger luden. »Auf jeden Fall war es eine gute Idee.«

»Wieder eine Theorie im Eimer«, seufzte ich.

»Wirst du weitersuchen?«

Ich schüttelte den Kopf. Die Fjorde Norwegens waren zu tief. Als ich im Chefzimmer von Wasser sprach, hatte jemand reagiert, nur leider hatte ich nicht darauf geachtet, wer. Es war also zu vermuten, daß Bob, wenn er nicht hier im Teich war, auf jeden Fall ein nasses Grab hatte.

Baltzersen, Arne, der leitende Polizeibeamte und ich wanderten auf dem Rückweg zu unseren vor dem Haupteingang geparkten Wagen quer über die Bahn bis zum Sattelplatz. Stirnrunzelnd machte Baltzersen eine Bemerkung über den Abfall in Gestalt von weggeworfenen Eintrittskarten und Wettabschnitten, der überall herumlag, und Arne antwortete ihm zuerst auf norwegisch, um es für mich dann auf englisch zu wiederholen.

»Der Manager hielt es für besser, die Kehrtrupps fernzuhalten, solange die Polizei den Teich absuchte. Statt dessen werden sie morgen kommen.«

Baltzersen nickte, dann gingen wir an den Tribünen, dem Zierteich (zu flach) und dem Sekretariat vorbei, und nur aufgrund dieses Schweigens hörten wir wohl den Jungen weinen.

Er stand in einem Winkel des Totalisatorgebäudes und schluchzte. Ungefähr sechs Jahre, bis auf die Haut durchnäßt, das Haar in wirren Strähnen an den Kopf geklebt. Der Polizist winkte ihm und forderte ihn mit freundlicher Stimme auf, zu uns zu kommen.

Der Junge rührte sich jedoch nicht, sondern sagte etwas, das meine drei Begleiter erstarren ließ. Ihre Gesichter waren plötzlich vollkommen ausdruckslos.

»Was hat er gesagt?« fragte ich.

Baltzersen nahm sich sichtlich zusammen und übersetzte mir die Worte.

»Er hat gesagt: ›Ich hab' eine Hand gefunden.‹«

Der Junge zeigte sich eindeutig verängstigt, als wir auf ihn zukamen; was der Polizist zu ihm sagte, schien ihn jedoch zu beruhigen, so daß er naß, erschrocken und zitternd einfach auf seinem Platz stehenblieb.

Der Polizist ging neben ihm in die Hocke und unterhielt sich eine ganze Zeitlang mit ihm. Erst als er wieder aufgestanden war und der Junge hilfesuchend seine Hand ergriff, erklärte er uns auf englisch, was ihm der Junge flüsternd mitgeteilt hatte.

»Er ist gekommen, um Geld zu suchen. Die Rennbesucher lassen vor allem im Dunkeln häufig Münzen und Scheine fallen. Der Junge kommt immer, bevor die Müllmänner eintreffen, durch ein Loch im Zaun, und gewöhnlich findet er auch Geld. Heute morgen hatte er schon zwanzig Kronen gefunden, bevor die Polizei erschien. Aber er darf eigentlich gar nicht herein, deswegen versteckte er sich. Da oben, hinter den Tribünen.« Der Polizist deutete mit einem Nicken über den Asphalt. »Und dort hat er eine Hand gefunden.«

Mit einem tröstenden Blick auf den Jungen an seiner Hand, schickte er Arne zu seinen Männern, die gerade abfahren wollten, um ihnen zu sagen, daß sie sofort kommen sollten.

Nur mühsam gelang es dem Polizeibeamten, dem Jungen Vertrauen zu einem seiner Männer einzuflößen; nach einigem Zureden jedoch konnte er sich von der kleinen Hand lösen und ging mit mir, Baltzersen, Arne und zwei seiner Männer um die Tribünen herum.

Der Junge hatte sich nicht getäuscht. Wachsbleich und grauenerregend lag die Hand auf dem Asphalt, die Finger nach oben, dem Regen entgegen gekrümmt.

Was der Junge allerdings nicht erwähnt hatte, war die Tatsache, daß nicht nur die Hand dort hinten lag.

Im Winkel zwischen Wand und Boden lag ein von einer schwarzen Plane bedecktes Bündel, in dessen Mitte die Hand herausragte.

Wortlos ergriff der leitende Polizeibeamte eine Ecke der Plane und schlug sie zurück.

Arne warf einen Blick darauf, lief zum nächsten Gebüsch und würgte qualvoll sein Frühstück heraus. Baltzersen wurde aschgrau und hob eine zitternde Hand an den Mund. Den Polizisten sah man an, daß ihnen übel wurde, und ich fügte meinen unangenehmen Erinnerungsbildern ein weiteres hinzu.

Der Tote war absolut unkenntlich: Man würde ihn nach seinen Zähnen identifizieren müssen. Größe und Kleidung stimmten jedoch, und neben ihm lag sein Handkoffer mit dem Monogramm R. T. S.

Ein Nylonseil war um seine Brust geknotet, ein anderes um seine Beine; beide Knoten endeten in zerfransten Schnittstellen.

Einer der Polizisten sagte etwas zu seinem Vorgesetzten. Baltzersen übersetzte es mir.

»Der Taucher«, erklärte er mir, »sagt, daß sich der Haken im

Teich einmal an einem Zementblock verfangen hatte. Zu jenem Zeitpunkt dachte er sich noch nichts dabei, aber er hat an dem Zement zerfranste Seilenden gesehen, ganz ähnlich wie diese hier.«

Der leitende Polizeibeamte deckte den Leichnam wieder zu und gab seinen Männern Instruktionen. Arne stand in einigen Metern Entfernung, fuhr sich mit einem großen, weißen Taschentuch über Gesicht und Mund und vermied es, das dunkle Bündel anzusehen. Ich ging hinüber und fragte ihn, ob ich ihm helfen könne. Er zitterte, schüttelte aber den Kopf.

»Du brauchst einen Drink«, stellte ich fest. »Komm, fahr nach Hause.«

»Nein.« Er schauderte. »Schon gut, David. Tut mir leid.«

Er ging mit mir um die Tribünen herum nach vorn, wo Baltzersen und der leitende Polizeibeamte sich wieder zu dem Jungen gesellt hatten. Baltzersen zog mich ein paar Schritte beiseite. »Ich möchte Arne nicht noch mehr aufregen«, sagte er leise, »aber der Junge sagt, zuerst hätte die Hand gar nicht hervorgeschaut. Er hat die Plane hochgehoben, um nachzusehen, was das für ein Bündel war, hat etwas Helles gesehen und es herausgezogen. Das war die Hand. Als er merkte, was es war, ist er davongelaufen.«

»Armer Kerl!« sagte ich. »Aber wenn er nicht gewesen wäre, hätten wir Bob Sherman nie gefunden.«

Baltzersen musterte mich nachdenklich. »Vermutlich wollte ihn derjenige, der ihn aus dem Wasser gezogen hat, abholen und irgendwo anders deponieren.«

»Das glaube ich eigentlich nicht«, widersprach ich. »Weshalb sollte er ihn von hier fortbringen? Warum nicht einfach nach Einbruch der Dunkelheit wieder in den Teich werfen? Denn dort hätte bestimmt niemand mehr nach Bob Sherman gesucht.«

Er warf mir einen langen, abschätzenden Blick zu und begann dann zum erstenmal an jenem Vormittag zu lächeln. »Sie haben jedenfalls getan, worum wir Sie gebeten haben«, sagte er.

Ich lächelte ebenfalls ein wenig und fragte mich, ob er die Bedeutung dieses Fundes begriff. Den Mörder zu suchen war aber nicht meine Sache; das war Aufgabe der Polizei, während ich meine Maschine um zwei Uhr fünfzehn nach Heathrow erwischen mußte. Vorher allerdings hatte ich noch etwas zu erledigen.

Wie verabredet, holte ich Emma Sherman in ihrem Hotel ab und fuhr mit ihr zu mir ins *Grand,* wo ich uns heiße Suppe auf mein Zimmer bestellte. Kognak gab es immer noch nicht. Ab drei Uhr erst, erklärte man mir.

Champagner paßte zwar nicht zu der Nachricht, die ich ihr überbringen mußte, aber ich mischte ihn mit etwas Orangensaft und ließ sie trinken, bevor ich begann. Dann brachte ich ihr schonend bei, daß Bob zum Zeitpunkt seines Verschwindens gestorben war, daß er kein Dieb war und sie nicht verlassen hatte, sondern daß er einem Mord zum Opfer gefallen war.

Ihr Gesicht wurde sofort wieder verzweifelt, ohnmächtig wurde sie jedoch nicht.

»Dann haben Sie ... Dann haben Sie ihn also gefunden?«

»Ja.«

»Wo ist er?«

»Auf dem Rennplatz.«

Schwankend stand sie auf. »Ich muß ihn sehen.«

»Nein!« Energisch hielt ich sie am Ellbogen fest. »Nein, Emma, auf gar keinen Fall! Bewahren Sie sein Bild in Ihrer Erinnerung, wie er im Leben war. Er sieht jetzt anders aus und würde bestimmt nicht wollen, daß Sie ihn so sehen.«

»Aber ich muß doch ... Ich muß ...«

Ich schüttelte stumm den Kopf.

»Heißt das ...« Sie begriff. »Heißt das, daß er – grausig aussieht?«

»Ich fürchte, ja. Er ist seit vier Wochen tot.«

»Mein Gott ...«

Mit weichen Knien setzte sie sich wieder und begann zu weinen. Ich berichtete ihr alles; sie hätte es ohnehin erfahren, und die Unsicherheit, die sie vier endlose Wochen lang durchlitten hatte, war zweifellos schlimmer gewesen.

»Mein armer Bob«, schluchzte sie. »Oh, Liebling – mein Liebling ...«

Die Schleusen des Kummers waren geöffnet, und sie weinte hemmungslos; zumindest und endlich aber war es ein ganz normaler Kummer, ohne die Zweifel und die demütigende Scham.

Nach einer Weile sagte sie, noch immer schluchzend: »Ich muß sofort mein Hotelzimmer wiederhaben.«

»Nein«, widersprach ich, »Sie kommen heute mit mir nach England.«

»Aber ich kann doch nicht ...«

»Sie können wohl, und Sie werden auch. Sie müssen sich ausruhen, erholen und sich um das Baby kümmern. Hier wird sich die Polizei der notwendigen Dinge annehmen, und ich werde dafür sorgen, daß in England alles erledigt wird. Später können wir Bob dann nach Hause überführen lassen, jetzt aber kommt es einzig darauf an, daß Sie gesund bleiben, und das bleiben Sie bestimmt nicht, wenn Sie sich noch länger hier aufhalten.«

Sie hörte zu, begriff nur die Hälfte, erhob aber keinen Widerspruch. Unsere Maschine startete pünktlich, und Emma wurde in Heathrow von ihrem Großvater abgeholt, den wir von Oslo aus benachrichtigt hatten. Groß, mager, gebeugt und freundlich, begrüßte er sie liebevoll. Ihre Eltern waren schon lange tot.

Mir schüttelte er dankbar die Hand. Ich gab ihm meine Privatadresse und Telefonnummer – falls Emma irgendwann einmal Hilfe brauchte.

7

Am Dienstag hatte ich soviel zu tun, daß ich erst nach Mitternacht nach Hause kam; trotzdem brannten, wie üblich, in den Räumen unter meiner kleinen Wohnung in der Brompton Road noch die Lichter. Ich gab mir Mühe, den überempfindlichen Mieter nicht zu stören, weil er sich ohnehin ständig über den Lärm beschwerte. Einmal hatte ich ihn, einen grauen, zurückhaltenden Mann in den Fünfzigern, zu einem Drink eingeladen, aber er hatte die Einladung höflich abgelehnt. Offensichtlich war er lieber allein.

Ich stieg die Treppe hinauf, öffnete meine Wohnungstür und hatte sie eben behutsam wieder geschlossen, als plötzlich das Telefon schrillte.

»Mr. Cleveland?« Die Stimme klang atemlos, unzusammenhängend. »Gott sei Dank, daß Sie endlich da sind ... Hier ist William Romney, Emmas Großvater ... Sie wollte nicht, daß ich Sie so spät noch anrufe, aber ich muß ... Zwei Männer haben ihr Haus durchsucht, als sie heimkam, und sie geschlagen ... Mr. Cleveland, sie braucht Ihre Hilfe ...«

»Einen Moment«, gab ich zurück. »Zunächst brauchen Sie mal die Polizei.«

Er wurde ein wenig ruhiger. »Die war schon hier und ist wieder fort. Ich habe sie sofort verständigt.«

»Und einen Arzt für Emma?«

»Ja, ja, auch. Er ist auch schon wieder fort.«

»Wann ist es passiert?«

»Heute abend, ungefähr um sieben ... Wir waren hinübergefahren, um einige Sachen zu holen, weil sie doch bei mir wohnt ... Und da war Licht ... Sie ging zuerst rein, da sind sie über sie hergefallen ... Sie haben uns beide geschlagen ... Ich wünschte ... Na ja, um ehrlich zu sein, wir hatten beide große Angst.«

Ich unterdrückte einen Seufzer. »Wo genau sind Sie?«

»Noch immer in Emmas Haus.«

»Ja, aber . . .«

»Ach so! In der Nähe von Newbury.« Er beschrieb mir den Weg, und ich war in fünfzig Minuten dort. Das Haus der Shermans war ein umgebautes Bauernhaus an einem gottverlassenen Weg – so einsam, daß es kaum noch einsamer ging. Die Fenster waren alle erleuchtet, und als er meinen Wagen hörte, öffnete William Romney mir die Haustür.

»Gott sei Dank! Gott sei Dank!« sagte er aufgeregt immer wieder, während er mir entgegenkam. »Ich weiß nicht, was wir getan hätten, wenn Sie nicht gekommen wären . . .«

Das Haus glich einem Trümmerhaufen. Bilder waren von den Wänden, Vorhänge von den Fenstern, Teppiche vom Fußboden losgerissen worden. Die Möbel waren nicht nur ausgeräumt, sondern buchstäblich zerschlagen worden. Lampen, Vasen, Ziergegenstände lagen in Scherben. Bücher und Papiere bedeckten alles wie welke Herbstblätter.

»So wie hier sieht es überall aus, im ganzen Haus. Bis auf das Fremdenzimmer; dort haben wir sie gestört. Sagt jedenfalls die Polizei . . .«

Emma lag im Fremdenzimmer auf dem Bett, hellwach, mit tiefschwarzen Rändern unter den Augen. Beide Wangen waren geschwollen; rote Flecken kennzeichneten die Stellen, wo die Schläge sie getroffen hatten. Ihre Unterlippe war geplatzt, und eine Augenbraue endete in einer Schürfwunde.

Ich bat ihren Großvater, uns allein zu lassen, setzte mich auf einen Stuhl neben dem Bett und ergriff ihre Hand.

»Hallo«, sagte ich etwas unpassend.

»Ach, David . . .«

»Ganz langsam durchatmen«, mahnte ich. »Dann können Sie mir alles erzählen.«

Obwohl ein Gasofen brannte und sie mit einer Steppdecke zugedeckt war, war ihre Hand eisig.

»Ich hab's schon der Polizei gesagt«, begann sie leise. »Ich glaube, es waren Norweger.«

»Die beiden Männer?«

Sie nickte. »Sie waren groß, trugen dicke Pullover und Gummihandschuhe . . . Sie sprachen mit Akzent . . .«

»Fangen Sie ganz von vorne an«, schlug ich vor.

Sie fuhr sich mit der Zunge über die Lippen; offensichtlich störte sie die geschwollene Platzwunde.

»Wir wollten Sachen für mich holen. Es ging mir schon allmählich besser ... Im oberen Stock brannte Licht, aber ich dachte, die Frau, die auf das Haus aufpaßt, hätte es brennen lassen ... Als ich dann die Haustür aufschloß und in die Diele trat, fielen sie über mich her ... Ich sah das Durcheinander ... Einer schlug mich ins Gesicht, und ich schrie nach Großvater ... Als er hereinkam, schlugen sie ihn nieder ... Und sie traten ihn ... Einer fragte mich, wo Bob seine Papiere verwahrte ... Und als ich nicht sofort antwortete, schlug er mich wieder, mit der Faust ... Aber ich wußte es doch nicht ... Bob versteckt nichts vor mir – versteckte ... O Gott ...«

Ihre Finger krampften sich um die meinen.

»Ruhig, Emma«, tröstete ich. »Warten Sie einen Augenblick.«

Sie wartete, bis ihr Körper sich wieder entspannte; dann schluckte sie und begann von neuem.

»Das Telefon klingelte plötzlich, das schien sie zu beunruhigen. Sie redeten miteinander, und dann warfen sie mich in einen Sessel und liefen hinaus – durch die Haustür ... Großvater stand vom Fußboden auf, aber das Läuten hörte auf, bevor er abnehmen konnte ... Aber er hat wenigstens die Polizei angerufen ...« Die erschöpfte Stimme brach ab.

»Haben die Männer Masken getragen?« fragte ich.

»Nein.«

»Würden Sie sie wiedererkennen?«

»Die Polizei will mir Fotos zeigen, aber ich weiß nicht ... Ich habe die Hände vors Gesicht gehalten, um mich zu schützen ... Und die Augen habe ich auch zugemacht ...«

»Was ist mit Ihrem Großvater?«

»Der hat gesagt, er würde sie vielleicht erkennen ... Aber es ging ja alles so schnell.«

»Was für Papiere sie suchten, haben sie Ihnen wohl nicht gesagt?«

Niedergeschlagen schüttelte sie den Kopf. »Das hat die Polizei auch gefragt, immer wieder.«

»Na, macht nichts«, antwortete ich. »Wie fühlen Sie sich?«

»Alles steif. Aber Dr. West hat mir Pillen gegeben. Morgen will er wiederkommen.«

»Hierher?«

»Ja ... Ich wollte nicht wieder zu Großvater. Das hier ist – mein Zuhause.«

»Kann ich noch etwas für Sie tun?«

»Nein, danke ... Ich bin so müde ...«

»Dann gehe ich jetzt Ihrem Großvater helfen.«

»Ja ...« Unvermittelt erwachte ihre Angst wieder. »Aber Sie gehen doch bestimmt nicht weg?«

Ich versprach ihr, zu bleiben, und verbrachte die Nacht auf dem Wohnzimmersofa in Hemd und Hose, während William Romney mit einem starken Schlafmittel im Doppelbett der Shermans schnarchte. Von drei bis fünf Uhr nachts herrschte Ruhe.

Dann erwachte ich von einem leisen Klagen. »David ...«

Flehend, zitternd kam Emmas Stimme von oben.

Ich warf die Decke ab, sprang auf und lief hinauf. Ich hatte ihre Zimmertür offen und den Gasofen brennen gelassen, so daß ich beim Eintreten sofort ihr entsetztes Gesicht sehen konnte.

»David ...« Ihre Stimme bebte vor Schreck. »David ... Ich blute!«

Sie verlor das Kind und beinahe auch das Leben. Als ich sie nach drei Tagen (dem ersten, an dem sie Besuch empfangen durfte) in der Klinik besuchte, war sie zu meinem Erstaunen noch blasser als in Oslo. Die Schwellungen im Gesicht waren zurückgegangen, aber ihre Augen blickten stumpf.

Die fünf erlaubten Besuchsminuten verbrachten wir mit oberflächlichen Bemerkungen. Emma stand unter Drogen. Nachdem ich ihr die mitgebrachten Trauben gegeben hatte, verabschiedete ich mich und wünschte ihr gute Besserung.

William Romney stapfte wütend in meinem Büro hin und her.

»Ist Ihnen klar, daß seit dem Überfall auf uns eine ganze Woche vergangen und nicht das geringste getan worden ist? Die Kerle können sich doch nicht in Luft aufgelöst haben! Was haben wir denn für eine Polizei, daß diese Schweine ungestraft bleiben? Unglaublich ...«

Um ein für ihn so kräftiges Schimpfwort zu gebrauchen, mußte er hochgradig erregt sein. Ich versuchte, ihn zu beruhigen.

»Wie ich hörte, haben weder Sie noch Emma die Täter im Fahndungsbuch erkannt«, sagte ich.

»Weil sie nicht drin waren, und das überrascht mich keineswegs. Warum besorgt sich die Polizei keine Fotos von *norwegischen* Verbrechern?«

»Dazu müßten Sie wohl nach Norwegen fahren, und das ist für Emma vorläufig unmöglich.«

»Dann fahre eben ich«, verkündete er hitzig. »Auf eigene Kosten, wenn es sein muß. Alles ... *alles,* damit diese Kerle für das bestraft werden, was sie meiner Emma angetan haben!«

»Na schön, dann werde ich das für Sie arrangieren«, sagte ich.

»Was?«

»Den Flug nach Norwegen, damit Sie sich dort die Verbrecherfotos ansehen.«

Sein Entschluß schien sich zu festigen. Er straffte die Schultern und hörte auf, hin und her zu laufen. »Ja, bitte tun Sie das«, sagte er. »Emma geht es inzwischen besser. Sie soll in zwei bis drei Tagen entlassen werden.«

»Wann können Sie fliegen?« Ich langte schon nach dem Telefon.

»Sofort.«

Beim Øvrevoll-Rennplatz meldete sich der Manager, der mir die private und geschäftliche Telefonnummer von Lars Baltzersen gab. Ich erreichte ihn im Büro und erklärte ihm die Lage. Natürlich könne er das mit der Polizei arrangieren, antwortete er. Für morgen? Gewiß. Die arme Mrs. Sherman, sagte er, übermitteln Sie ihr mein tiefstes Beileid. Ich versprach es und fragte dann, ob man inzwischen Fortschritte gemacht hätte.

»Leider nein«, sagte er. Er zögerte sekundenlang und fuhr dann fort: »Wissen Sie, ich habe nachgedacht ... Wenn die Polizei nicht in der Lage ist, dieses Verbrechen aufzuklären ... Könnten Sie dann nicht noch einmal herkommen?«

»Ich habe keine Erfahrung mit Mordfahndungen. Außerdem lassen mich möglicherweise meine Brötchengeber nicht fort.«

»Und wenn ich sie selbst bitte? Schließlich war Sherman ja ein englischer Jockei.«

»Wäre es Norwegen denn nicht lieber, ihn nach England zu überführen und den Zwischenfall zu vergessen?«

»Nein, Mr. Cleveland«, erwiderte er ernst. »Es ist ein Mord geschehen, und der Gerechtigkeit muß Genüge getan werden.«

»Ganz meine Meinung.«

»Dann kommen Sie also?«

Ich überlegte. »Warten Sie noch eine Woche. Wenn dann weder Ihre noch unsere Polizei neue Anhaltspunkte gefunden hat, und wenn Sie es immer noch wünschen, dann ... Na ja, dann komme ich vielleicht. Aber erwarten Sie nicht zuviel von mir.«

»Nicht mehr als vorher.« Er legte auf.

William Romney verbrachte zwei volle Tage in Norwegen und kehrte niedergeschlagen zurück. Die norwegische Polizei hatte entweder keine Fotos von den Verbrechern gehabt, oder Romney hatte sie nicht erkannt.

Emma wurde aus dem Krankenhaus entlassen und brachte ihr

Haus wieder in Ordnung. Mein Angebot, ihr zu helfen, wurde abgelehnt, meine Einladung zum Mittagessen akzeptiert.

»Sonntag?« fragte ich.

»Fein.«

Am Sonntag lagen die Teppiche wieder auf dem Boden, hingen die Bilder wieder an der Wand, waren die Trümmer fortgeräumt und die Vorhänge für die Reinigung zusammengepackt worden. Das Haus wirkte kahl, seine Herrin jedoch war dem Leben wiedergegeben. Zum erstenmal, seit ich sie kannte, hatte sie Lippenstift benutzt. Ihre Haare waren gewaschen, ihre Kleidung sauber und adrett, ihr Verhalten sehr beherrscht. Das hübsche Mädchen war nicht mehr weit; es wartete schon unter der immer noch blassen Haut, hinter den immer noch unglücklichen Augen.

»Donnerstag wird er beerdigt«, erklärte sie.

»Hier?«

Sie nickte. »Bei der Dorfkirche. Vielen Dank dafür, daß Sie ihn geholt haben.«

Der Oktobertag war still, sonnig und frisch. Ich fuhr mit Emma zu einem Wirtshaus an der Themse, wo gelbe Weidenblätter auf dem Wasser trieben und Angler Würmer auf die Haken spießten. Wir wanderten am Ufer entlang – langsam, weil sie noch immer schwach war.

»Wie sind denn Ihre Pläne?« erkundigte ich mich.

»Ich weiß noch nicht ... Wahrscheinlich werde ich im Haus wohnen bleiben, wenigstens vorläufig. Später könnte ich es verkaufen.«

»Wie steht es mit Ihren Finanzen?«

Ihr Mund verzog sich zu einer Andeutung von Lächeln. »Alle sind einfach fabelhaft zu mir. Wußten Sie, daß die Pferdebesitzer in Norwegen, für die Bob ritt, gesammelt und mir einen Scheck geschickt haben? Wie wirklich nett die Leute doch sind ...«

Schlechtes Gewissen, dachte ich böse, aber ich sprach es nicht aus.

»Die beiden Männer, die Sie überfallen haben – wäre es Ihnen sehr unangenehm, darüber zu sprechen?«

Sie seufzte. »Nein.«

»Beschreiben Sie sie mir.«

»Aber ...«

»Ja, ich weiß, was Sie der Polizei gesagt haben. Daß Sie die Augen zugemacht und nur die Pullover und Gummihandschuhe gesehen haben.«

»Habe ich auch.«

»Was Sie der Polizei gesagt haben, war lediglich das, was Sie an Erinnerung ertragen konnten. Und auch das hätten Sie unterdrückt, hätte man Sie nicht so eindringlich befragt.«

»Unsinn!«

»Versuchen Sie es anders herum. Welcher von beiden hat Sie geschlagen?«

»Der größere, der mit den ...« Ihre Stimme brach plötzlich ab.

»Mit den –was?«

»Ich wollte sagen, der mit den roten Haaren. Komisch! Daß einer von ihnen rote Haare hatte, ist mir erst jetzt eingefallen.«

»Und der andere?«

»Der hatte braune. Der, der Großvater getreten hat.«

»Und der Rothaarige – was hat er gesagt?«

»›Wo verwahrt Ihr Mann seine geheimen Papiere? Sagen Sie uns sofort, wo er sie versteckt!‹«

»Gutes Englisch?«

»Ja. Mit Akzent.«

»Wie sahen seine Augen aus, als er Sie schlug?«

»Wütend ... Beängstigend ... Wie bei einem Adler ... So gelb gefleckt ... Sehr böse.« Sie schwieg eine Weile, dann sagte sie leise: »Ja, Sie haben recht, David. Jetzt kann ich mich an sie erinnern. Vorher wollte ich es nur nicht.« Und nach wenigen Sekunden: »Er war ziemlich jung, ungefähr so alt wie Sie. Sein Mund war verkniffen ... Sein Gesicht war hart. Und böse.«

»Wie groß?«

»Ungefähr so groß wie Sie, aber breiter. Viel schwerer. Kräftige Schultern.«

»Kräftige Schultern in einem dicken Pullover. Was für ein Pullover, gemustert?«

»Ja, deswegen dachte ich ja ...«

Abermals hielt sie inne.

»Was dachten Sie?«

»Deswegen hielte ich sie für Norweger. Wegen des Musters im Pullover. Genau wie ich sie überall in Oslo gesehen habe.« Ihre Miene war verblüfft. »Warum ist mir das vorher nicht eingefallen?«

»So geht es manchmal mit dem Gedächtnis. Es setzt nach einem Schock erst später wieder ein.«

Wir gingen hinein, aßen zu Mittag, und beim Kaffee stellte ich ihr weitere Fragen.

»Sie sagten, daß Bob niemals Papiere versteckte. Sind Sie sicher?«

»Gewiß. Dafür war er viel zu nachlässig.«

»Ist es nicht sonderbar, daß zwei Männer von Norwegen herübergekommen sein sollen, nur um in Ihrem Haus nach Papieren zu suchen?«

Sie runzelte nachdenklich die Stirn. »Ja, sicher.«

»Und dann so hektisch, so zerstörerisch zu suchen?«

»Und wütend.«

»Wütend, weil sie nichts fanden.«

»Aber was haben sie bloß gesucht?«

»Hm . . .«, machte ich nachdenklich. »Irgend etwas, das mit Norwegen zu tun hat. Was für Papiere hat Bob, die mit Norwegen zu tun hatten?«

Sie schüttelte den Kopf. »Nicht viele. Ein paar Quittungen für die Steuer. Einen Ausschnitt aus einer norwegischen Zeitung mit einem Foto, wie er ein Rennen gewinnt. Mehr nicht.«

Ich trank einen Schluck Kaffee. »Betrachten wir die Dinge doch mal von der anderen Seite. Hat er jemals Papiere mit nach Norwegen genommen?«

»Nein. Warum auch?«

»Ich weiß es nicht. Es könnte ja sein, daß die Männer etwas gesucht haben, was er *nicht nach* Norwegen gebracht hat.«

»Sie haben aber komische Einfälle.«

Ich bezahlte und fuhr Emma nach Hause. Unterwegs war sie sehr schweigsam und dachte nach. Das Ergebnis war eine Bombe.

»Ich weiß nicht . . . Es klingt dumm, aber . . . Könnte es was mit Pornofotos zu tun haben?«

»Mit welchen Pornofotos?«

»Keine Ahnung. Ich habe sie nicht gesehen. Bob sagte nur, daß es Pornofotos wären.«

Ich hielt vor ihrem Gartentor, machte aber keinerlei Anstalten, auszusteigen.

»Hat er die in Norwegen gekauft?«

Sie schien verwundert. »Aber nein! Es war, wie Sie gesagt haben: Er nahm sie mit hinüber. In einem braunen Umschlag, der am Abend vor seiner Abreise gebracht worden war. Er sagte, das seien Pornofotos, die er für einen Freund mitnehmen wollte.«

»Hat er den Namen des Freundes genannt?«

Sie schüttelte den Kopf. »Nein. Es fiel mir nur jetzt wieder ein.«

»Haben Sie den Umschlag gesehen? Wie groß war er?«

»Ich muß ihn gesehen haben. Woher sollte ich sonst wissen, daß er braun war?« Sie runzelte konzentriert die Stirn. »Ziemlich groß. Ungefähr wie eine Illustrierte.«

»Stand vielleicht ›Fotos‹ drauf, oder so etwas?«

»Glaube ich nicht. Ich kann mich aber nicht erinnern. Es ist schon sechs Wochen her.« Ihre Augen füllten sich plötzlich mit Tränen. »Er hat ihn sofort in seinen Handkoffer gelegt, wahrscheinlich, damit er ihn nicht vergaß.« Sie schniefte zweimal und suchte nach ihrem Taschentuch. »Er hat sie also wirklich mit nach Norwegen genommen. Deswegen waren sie nicht im Haus, als die Männer kamen. Wenn es das war, wonach sie suchten, dann sind sie umsonst gekommen.« Sie hob das Taschentuch an ihren Mund und erstickte einen Schluchzer.

Ich stieg aus dem Wagen, öffnete ihr die Tür und begleitete sie ins Haus. Dann leistete ich ihr noch eine Stunde Gesellschaft und verabschiedete mich.

Sie küßte mich herzlich auf die Wange. »Ich kann Ihnen gar nicht genug danken ...« Dann brach sie ab; ihre Augen wurden groß.

»Himmel, das war ja schon der zweite Umschlag!« sagte sie.

»Mit Pornofotos?«

»Ja. Einmal hatte er schon einen mitgenommen. Vor Monaten, im Sommer.« Sie schüttelte verwundert den Kopf.

Ich erwiderte ihren Kuß. »Geben Sie gut auf sich acht.«

»Bestimmt. Sie aber auch.«

Ich ging.

8

Am folgenden Tag führte mich eine Doping-Untersuchung zum Plumpton-Rennen nach Sussex, wo ich zwischen den einzelnen Rennen mit Rinty Ranger sprach.

»Was sagen Sie da?« fragte er mich völlig verblüfft. »Pornofotos nach Skandinavien? Mann, das hieße ja, Eulen nach Athen tragen. Die brauchen so was nicht, mein Freund. Die brauchen es ganz bestimmt nicht.«

»Bob Sherman hat jedenfalls seiner Frau gesagt, daß er Pornofotos nach Norwegen mitnehmen müsse.«

»Und sie hat ihm das geglaubt?«

»Die Frage ist – hat er es tatsächlich getan?«

»Mir hat er nichts davon gesagt.«

»Tun Sie mir einen Gefallen«, bat ich. »Erkundigen Sie sich heute im Umziehraum, ob irgend jemand einen Jockei gebeten hat, irgendwelche Papiere von England nach Norwegen mitzunehmen.«

»Meinen Sie das im Ernst?«

»Bob Sherman ist tot.

»Ja.« Er überlegte. »Okay.«

Nach dem Rennen kam er zurück und machte meiner schönen Theorie restlos den Garaus. »Keiner von denen, die in Norwegen geritten haben, wurde jemals gebeten, Papiere, Fotos oder ähnliches mit hinüberzunehmen.«

»Würde derjenige es zugeben?«

Rinty grinste. »Kommt drauf an, wieviel man ihm für sein schlechtes Gedächtnis bezahlt hat.«

»Was hatten Sie für einen Eindruck?«

»Schwer zu sagen. Überrascht waren sie alle, wissende Blicke aber habe ich nicht gesehen.«

»Fragen Sie bitte weiter. Morgen, übermorgen ... Sie können es mir auch heimlich sagen. Ohne nachteilige Folgen, falls sie Devisen geschmuggelt haben sollten.

Rinty grinste. »Schöner Detektiv sind Sie! Umgehen Sie die Vorschriften immer so?«

Abends rief ich Baltzersen an. Er hatte keine Neuigkeiten. Seine Freunde bei der Polizei hatten nichts dagegen, daß ich ihnen bei der Verbrecherjagd half. Sie waren sogar bereit, mich von den bisher erzielten Ergebnissen zu informieren.

»Werden Sie kommen, Mr. Cleveland?«

»Ja«, antwortete ich.

Mit schmeichelhafter Erleichterung rief er: »Gut! Gut!« und fügte noch: »Kommen Sie morgen«, hinzu.

»Geht leider nicht«, antwortete ich. »Morgen muß ich vor Gericht aussagen; der Fall dauert mindestens zwei Tage. Also könnte ich frühestens Donnerstag dort sein.«

»Dann kommen Sie direkt zum Rennplatz. Wir haben am Donnerstag und am Sonntag ein Rennen, wahrscheinlich die letzten in diesem Jahr. Es wird zu kalt.«

Ich nahm mir vor, warme Kleidung mitzunehmen, und verabschiedete mich von ihm. »Übrigens«, sagte ich dann noch, »ich habe Ihnen doch von den Männern erzählt, die in das Haus der Shermans eingebrochen und irgendwelche Papiere gesucht haben. Mrs. Sherman erinnert sich jetzt, daß Bob ein ihm anvertrautes Päckchen mit nach Norwegen genommen hat, das ihrer Ansicht nach Pornofotos enthielt. Hat Ihnen, der Polizei oder Arne gegenüber während der Nachforschungen jemand etwas davon erwähnt, daß Bob ein solches Päckchen mitgebracht oder abgeliefert hat?«

Am anderen Ende der Leitung herrschte unerwartet langes Schweigen, schließlich bat er ein wenig unsicher: »Können Sie das näher erklären?«

»Falls das Päckchen seinen Bestimmungsort erreicht hat, kann es sich nicht um das Päckchen handeln, das diese beiden Männer suchten. Dann könnte ich die Jagd nach unschuldigen Pornofotos aufgeben und mich auf andere Ding konzentrieren.«

»Ja. Aha.« Er räusperte sich. »Ich habe nichts von einem Päckchen gehört, vielleicht aber Arne oder die Polizei. Ich werde mich erkundigen. Obwohl es natürlich unwahrscheinlich ist, daß jemand heimlich Pornofotos nach Norwegen mitbringt, meinen Sie nicht?«

»Es müßten schon ganz besondere sein.« Dabei ließ ich es bewenden.

Den Dienstag und den Mittwochvormittag verbrachte ich bei Gericht, am Mittwochnachmittag mußte ich vorarbeiten. Als ich mich gegen sieben Uhr auf den Heimweg machte, wünschte ich nur, daß Bob sich irgendwo anders hätte umbringen lassen.

Zuhause kletterte ich, voll Sehnsucht nach einem großen Scotch und einem anschließenden Steak im benachbarten Grill, die teppichbelegte Treppe hinauf, schloß meine Wohnungstür auf und machte Licht. Im selben Augenblick hörte der Tag auf, für mich nach Plan zu verlaufen.

Irgendwie spürte oder ahnte ich eine Veränderung in der Luft hinter mir. Nicht deutlich, wie etwa ein Geräusch. Eher schon wie ein Luftzug. Auf jeden Fall aber bedrohlich.

All meine nützlichen, aber schlummernden Dschungelreaktionen kamen mir zu Hilfe – lange bevor ein auf der Vernunft basierender Denkprozeß einsetzte. Daher war ich bereits herumgefahren und zog mich rücklings weiter in meine Wohnung zurück, als der Mann mit dem Messer sein Bestes tat, um mir zu einem frühen Tod zu verhelfen.

Er hatte weder rötliches Haar noch böse, gelbe Adleraugen oder einen Norwegerpullover. Er hatte jedoch Gummihandschuhe, einen untersetzten, muskulösen Körper, eine ganze Portion Entschlußkraft und eine sehr, sehr scharfe Klinge.

Der Stich, der von hinten mein Herz durchbohren sollte, fuhr nun statt dessen durch dicken, irischen Tweed, durch ein blaues Baumwollhemd darunter und ritzte ungefähr fünfzehn Zentimeter Haut an meiner Brust auf.

Er war verblüfft und ärgerlich, daß sein erster Versuch fehlgeschlagen war, aber er gab nicht auf. Das Messer stoßbereit erhoben, drängte er mir nach, durch die winzige Diele bis ins Wohnzimmer, griff mit einer Finte und einem Nachstoß an, so daß ich einen weiteren Riß im Jackett einstecken mußte, dafür aber Gelegenheit bekam, direkt in seine verkniffenen, mordlustigen Augen zu blicken.

Jetzt versuchte er es mit einem Ausfall, wobei er die Messerspitze rasch vor und nach oben stieß. Ich versuchte, rückwärts auszuweichen, stolperte über einen Teppich, fiel auf den Rücken und stieß mit der Hand an den Ständer einer Stehlampe. Mit einem wilden Ruck stürzte ich die Lampe um und konnte so seinen Stoß ablenken, als er gerade glaubte, mich endgültig zu erwischen. Während er die Balance wiederzugewinnen suchte, packte ich mit beiden Händen seinen Messerarm, was mir jedoch lediglich zu der Feststellung verhalf, daß er mehr oder weniger beidhändig war.

Wie der Blitz wechselte er das Messer von der Rechten in die Linke, so daß ich dem nachfolgenden Stoß nur entgehen konnte, indem ich über einen Sessel sprang. Die Klinge fuhr in eines der Kissen, dessen Federn wie Schneeflocken in die Luft wirbelten.

Ich warf einen Zigarettenkasten nach ihm, ohne zu treffen, und gleich darauf eine Vase, die traf, aber keine Wirkung zeitigte. Solange wir den Sessel zwischen uns hatten, konnte er mich nicht erreichen, wußte aber geschickt zu verhindern, daß ich an ihm vorbei zur immer noch offenen Wohnungstür floh.

Direkt hinter mir auf einem Regal stand mein tragbares Fernsehgerät. Ohne das Messer aus den Augen zu lassen, langte ich nach hinten, fand den Schalter und stellte den Apparat auf volle Lautstärke.

Der brüllende Lärm überraschte ihn so, daß ich ihm den Sessel gegen die Knie stoßen konnte. Verzweifelt suchte er das Gleichgewicht zu wahren, mußte jedoch auf ein Knie niedergehen und stürzte ganz, als ich ihm einen zweiten Stoß mit dem Sessel versetzte. Wie eine Katze aber rollte er sich ab und auf die Füße, bevor ich Zeit hatte, den großen Sessel zu umrunden und ihn in seine empfindlichsten Teile zu treten.

Bis jetzt hatte der Mann kein Wort gesagt, und wenn er es nun tat, konnte ich es nicht hören: so ohrenbetäubend war die Popmusik in meinem Fernseher. Wenn das die US-Kavallerie nicht auf den Plan rief, mußte sie taub sein.

Aber sie kam, mit finsterem Gesicht. Und blieb konsterniert in meiner offenen Wohnungstür stehen.

»Holen Sie die Polizei«, schrie ich ihm zu, aber er verstand mich nicht. Ich drehte den Schalter.

»Holen Sie die Polizei!« schrie ich noch einmal, daß meine Stimme in der plötzlichen Stille die Wände erschütterte.

Der Mann mit dem Messer drehte sich um, überlegte kurz und

stürzte sich dann auf meinen Freund aus der unteren Etage. Ich warf mich mit den Füßen voran gegen seine Beine. Er stolperte über meine Schuhe und ging zu Boden. Ich schwang ein Bein in weitem Bogen und traf ihn aus purem Zufall am Handgelenk. Das Messer flog mindestens zehn Fuß durch die Luft, um dann in meiner Nähe zu landen, und jetzt erst dachte er ans Aufgeben.

Er rappelte sich auf, musterte mich, faßte endlich einen Entschluß, machte kehrt, rannte an meinem Nachbarn vorbei und war mit zwei Sätzen die Treppe hinunter. Vom Fenster aus sah ich ihn unter den Straßenlaternen davonsprinten.

Atemlos betrachtete ich das Durcheinander in meinem Wohnzimmer und dann meinen Nachbarn aus der unteren Etage.

»Danke«, keuchte ich.

Vorsichtig trat er einen Schritt weit ins Wohnzimmer hinein.

»Sie bluten ja«, stellte er ruhig fest.

»Aber ich lebe noch.«

Ich hob die Stehlampe auf.

»War das ein Einbrecher?« erkundigte er sich.

»Nein, ein Mörder.«

Wir musterten einander mit einer Art professioneller Neugier, und dann sagte er zu mir: »Setzen Sie sich. Sie haben einen Schock.

Dieser Rat, den ich selbst oft genug anderen gegeben hatte, veranlaßte mich zu einem Lächeln. Immerhin verspürte ich ein gewisses Zittern in den Knien, deswegen gehorchte ich ihm.

Er sah sich um, entdeckte das Messer auf dem Fußboden und hob es gelassen auf.

»Soll ich nun tun, was Sie gesagt haben, oder sollte das lediglich ein Ablenkungsmanöver sein?«

»Wie bitte?«

»Die Polizei holen.«

»Ach so! Nein, das hat Zeit.«

Er nickte, überlegte und sagte dann: »Warum, wenn ich fragen darf, wollte der Mann Sie umbringen?«

»Das hat er mir nicht verraten.«

Mein Nachbar hieß Stirling. C. V. Stirling – so stand es auf der weißen Karte neben der Klingel. Er hatte sein graumeliertes Haar sorgfältig zurückgebürstet, seine Hände waren peinlich sauber und manikürt, und er trug selbst unter diesen seltsamen Umständen gereizte Geduld zur Schau.

Er trat einen Schritt näher. »Wenn Sie wollen, kann ich Sie verbinden.«

Ich blickte auf mein Hemd hinunter, dessen Farbe sich beinahe überall von Blau in Rot verändert hatte.

»Können Sie das?«

»Ich bin Arzt«, erklärte er. »Eigentlich Hals, Nasen, Ohren. Andere Regionen nur nach Vereinbarung.«

Ich mußte lachen. »Na, dann los! Nähen Sie.«

Er nickte, ging hinunter und kehrte mit dem üblichen Arztkoffer zurück. Er benutzte Klammern statt Fäden. Der Schnitt sah schlimmer aus, als er war, blutete aber so heftig wie ein Schnitt beim Rasieren. Als er fertig war, blieb nur noch eine feine, rote Linie, die er mit Heftpflaster verklebte.

»Glück gehabt«, meinte er.

»Allerdings.«

»Machen Sie so was eigentlich oft? Ich meine, müssen Sie oft um Ihr Leben kämpfen?«

»Äußerst selten.«

»Mein Honorar besteht aus näheren Erklärungen.«

Ich lächelte dünn. »Okay. Ich bin Detektiv. Warum ich überfallen wurde, weiß ich nicht, es sei denn, irgend jemand möchte auf gar keinen Fall ausgeforscht werden.«

»Großer Gott!« Er starrte mich neugierig an. »Privatdetektiv? Phillip Marlowe und so?

»Nicht ganz so aufregend. Ich arbeite für den British Jockey Club. Zum größten Teil kleine Betrügereien.«

»Das hier –«, er deutete auf meine Brust, das Messer und die Kissenfedern –, »sieht aber nicht nach kleinen Betrügereien aus.«

Er hatte recht. Es sah nicht mal nach einer Warnung aus. Es sah von oben bis unten wie der Versuch einer Endlösung aus.

Ich zog mich um und lud ihn in den Grill zu dem längst fälligen Steak ein. Er heiße Charles, erklärte er, und als wir nach Hause gingen, waren wir Freunde. Als ich meine Wohnung betrat und die Unordnung sah, fiel mir plötzlich ein, daß nun die Polizei doch nicht geholt worden war. Inzwischen schien es allerdings ein bißchen spät dazu, also ließ ich es lieber ganz bleiben.

9

Am nächsten Morgen flog ich mit der Vormittagsmaschine nach Norwegen. Das Messer nahm ich, sorgfältig in Polyäthylen gewickelt, mit. Es war ein Jagddolch mit doppelter Klinge, die zur Schärfe eines Rasiermessers geschliffen war, während die Spitze auch als Nadel zu gebrauchen gewesen wäre. Alles in allem eine professionelle Arbeit: Kein Amateur hätte mit ein paar Schleifstrichen dieses Ergebnis erzielt.

Der Griff bestand aus Horn und war solide Werkmannsarbeit. Zwischen Klinge und Griff ragte ein kurzer, silbriger Querriegel hervor. Auf der Klinge waren die Worte *Norsk Stel* eingestanzt.

Wir landeten pünktlich in Fornebu, von wo aus ich mit einem Taxi direkt zum Rennplatz fuhr. In den zweieinhalb Wochen meiner Abwesenheit hatte sich kaum etwas verändert, nicht einmal das Wetter oder die Rennpferde, so daß ich während der ersten halben Stunde schon bekannte Gesichter wiedersah: Gunnar Holth, Paddy O'Flaherty, Per Bjørn Sandvik, Rolf Torp und Lars Baltzersen. Arne begrüßte mich mit strahlendem Lächeln sowie der Einladung, so oft wie möglich mit Kari und ihm zusammen zu sein.

Beinahe den ganzen Nachmittag wanderte ich mit ihm herum, zum Teil freiwillig, zum Teil, weil Baltzersen als Vorsitzender beschäftigt war. Er selbst, berichtete Arne, freue sich, daß ich gekommen sei, ein großer Teil der Rennplatzleitung sei jedoch dagegen gewesen. Lars habe kein Recht gehabt, ohne Abstimmung zu handeln, hätten sie erklärt.

»Und Lars?«

Arne zuckte die Achseln. »Der will, daß der Mord aufgeklärt wird. Die anderen wollen ihn lieber vergessen.«

»Und du?« fragte ich.

Er blinzelte. »Na ja«, meinte er dann, »ich hätte eher aufgegeben als Lars oder du. Weswegen –«, er grinste –, »Lars wohl auch der Vorsitzende ist, du Chefdetektiv bist und ich nur ein kleiner Sicherheitsbeamter bin, der sich die Einnahmen des Rennplatzes unter der Nase wegstehlen läßt.«

Ich lächelte. »Kein Mensch macht dir einen Vorwurf daraus.«

»Das wäre aber vielleicht besser.«

Allerdings, dachte ich in meiner intoleranten Art, schüttelte aber stumm den Kopf und ging mit ihm weiter.

Rolf Torp hatte schlechte Laune. Sein Pferd, berichtete er, hatte sich am Morgen verletzt, und der Trainer habe versäumt, ihn davon zu unterrichten. Nun habe er sich ganz umsonst von seinen geschäftlichen Verpflichtungen freigemacht.

Nachdem er seinem Zorn Luft gemacht hatte, konzentrierte sich seine Kritik auf mich.

»Ich war dagegen, Sie noch einmal herzuholen. Die reinste Geldverschwendung.«

Er stand auf der Liste derer, die zu dem Scheck für Emma beigetragen hatten; vielleicht hielt er es für nützlicher, Geld für die Lebenden auszugeben, aber schließlich bezahlte er mich ja nicht aus eigener Tasche.

Er war ein Mann unterdurchschnittlicher Größe, aber überdurchschnittlicher Aggressivität: ein gedrungener Bulle mit einem riesigen, schwarzen Schnauzbart. Schwer zufriedenzustellen und schwer zu mögen, dachte ich, aber mit scharfem Auge und scharfem Verstand.

Völlig ruhig entgegnete ich: »Als Bergmann wird Ihnen ja bekannt sein, daß es sich manchmal lohnt, in Untersuchungen zu investieren, selbst wenn das Ergebnis negativ ist.«

Er warf mir einen bösen Blick zu. »Als Bergmann ist mir nur bekannt, daß ich keine Untersuchung finanziere, die nichts als Unrat zutage fördert.«

Boing! Da hatte ich es. Ich grinste anerkennend, und langsam, widerwillig, verzogen sich auch seine Mundwinkel.

Ich nahm sofort meinen Vorteil wahr. »Darf ich Sie in Ihrem Büro aufsuchen? Ich würde Ihnen gern einige Fragen stellen.«

»Ich kann Ihnen nichts sagen, was Ihnen weiterhelfen würde«, gab er mit Überzeugung zurück.

»Trotzdem.«

Das angedeutete Lächeln verschwand, zuletzt aber nickte er dann doch. »Na schön. Morgen nachmittag, Punkt vier Uhr.«

Als er davonging, fragte mich Arne: »Was für Fragen willst du ihm stellen?«

»Keine Ahnung, aber ich will seine Umgebung kennenlernen. Nach lediglich einem Gespräch auf dem Rennplatz kann man die Menschen nicht beurteilen.«

Arne blinzelte. »Aber warum Rolf Torp?«

»Nicht nur Rolf Torp. Alle, die Bob Sherman kannten.«

»David!« Seine Miene war entgeistert. »Das dauert Monate!«

Ich schüttelte den Kopf. »Nur einige Tage. So viele Leute kannte Bob nicht.«

»Aber er kann doch auch von einem Fremden umgebracht worden sein. Ich meine, wenn er gesehen hat, wie jemand das Geld stahl, und ihn nicht kannte . . .«

»Schon möglich«, antwortete ich und fragte ihn dann, ob er vielleicht gehört hatte, daß Bob ein Päckchen aus England mit nach Norwegen brachte.

Arne runzelte die Stirn und warf einen mißtrauischen Blick über die Schulter zurück. Selbstverständlich war niemand da.

»Lars hat dieses geheimnisvolle Päckchen schon am Dienstagabend erwähnt. Niemand wußte etwas davon.«

»Wie lautete seine Frage wörtlich?«

»Er wollte wissen, ob jemand von Bob Sherman ein Päckchen erhalten hatte.«

»Und niemand hatte?«

»Von denen, die da waren, jedenfalls keiner.«

»Kannst du mir aufschreiben, wer anwesend war?«

»Gewiß«, antwortete er verwundert. »Aber ich begreife nicht, was das mit Bobs Tod zu tun haben soll.«

»Ich sammle eben gern Informationen«, sagte ich lächelnd. Der Blick, den Arne mir zuwarf, war eitel Zustimmung.

Auf dem Sattelplatz beobachteten wir Gunnar Holth und einen Pferdebesitzer namens Sven Wangen, dessen Namen ich ebenfalls auf Emmas Liste entdeckt hatte, beim Absatteln einer nervösen Stute, die eben das Rennen gewonnen hatte. Ich sagte zu Arne, daß ich diesen Sven Wangen gern sprechen würde, weil Bob für ihn am letzten Tag ein Rennen gewonnen hatte. Als Arne zögerte, fragte ich ihn, warum.

Er schob die Unterlippe vor. »Weil ich ihn nicht mag. Er hat zuviel Geld.«

»Sind Leute mit viel Geld denn in Norwegen unbeliebt?«

»Überhaupt nicht. Sein Vater war sogar Millionär.«

Trotzdem überredete ich ihn, mich diesem unbeliebten Sven Wangen vorzustellen, dessen Vater sein Geld als Reeder verdient hatte, und merkte sofort, warum Arne den Mann nicht mochte.

Obwohl er höchstens um fünf Zentimeter größer war als ich, blickte er wie aus überlegener Höhe auf mich herab, und das ganz eindeutig aus dem Gefühl der eigenen Bedeutung. Er schien noch in den Zwanzigern zu sein, war aber bereits regelrecht fett und ließ jeden seinen Hochmut spüren. Ich selbst mochte weder seine Art noch seinen schmalen Mund oder seine unfreundlichen, hellgelben Augen, und ebensowenig mochte ich seine Frau, die neben ihm stand und offensichtlich genauso launisch war wie seine ungebärdige Rennstute.

Als Arne mich vorstellte, sah Wangen nicht ein, weshalb er mir seine kostbare Zeit opfern sollte.

Ich sagte, er sei immerhin Mitglied des Vorstandsrates, der mich nach Norwegen geholt hatte.

»Lars Baltzersen hat Sie geholt«, entgegnete er brüsk. »Ich war dagegen.«

»Je schneller man mir meine Fragen beantwortet, desto schneller fliege ich wieder heim«, antwortete ich. »Aber erst dann.«

Ungnädig starrte er mich an. »Na los, was wollen Sie?«

»Eine halbe Stunde bei Ihnen zu Hause. Jederzeit, außer morgen nachmittag.«

Gereizt erklärte er sich mit Sonntagvormittag einverstanden. Seine elegante Frau produzierte ein Gähnen, und beide wandten sich unhöflich ab.

»Siehst du?« sagte Arne zu mir.

»Allerdings. Ziemlich ungewöhnlich, findest du nicht?«

»Wieso ungewöhnlich?«

»Weil Reiche sich normalerweise nicht so benehmen.«

»Kennst du denn so viele Reiche?« erkundigte sich Arne mit einer Andeutung von Sarkasmus.

»Ich bin täglich mit ihnen zusammen«, entgegnete ich. »Ihnen gehören nämlich die Rennpferde.«

Arne gab zu, daß nicht alle Reichen unbedingt mies sein mußten, und ging davon, um einiges zu erledigen. Ich selbst begab mich auf die Suche nach Paddy O'Flaherty und fand ihn, als er gerade zwischen zwei Rennen fünf Minuten Zeit hatte.

»Ein brauner Umschlag mit Pornofotos?« wiederholte der Ire. »Nein, hat er mir nie was von gesagt.« Er grinste, dann schien ihm jedoch etwas einzufallen. »He, warten Sie mal, daß ich nicht lüge! Damals, im Sommer, da hat er mir einmal gesagt, er hätte da 'n gutes Geschäft laufen. War ja immer hinter schnell verdientem Geld her, der Bob. Und an dem Tag, da hat er mir zugezwinkert, mich in seinem Handkoffer den Zipfel von einem Umschlag sehen lassen und gesagt, das würde uns die Haare zu Berge stehen lassen. Deswegen wollte ich gern mal 'n Blick reinwerfen, aber er sagte, das Ding wäre so versiegelt, daß er es auch mit Dampf nicht aufmachen könnte. Ja, ja, ich erinnere mich ganz deutlich.«

»Als er das letzte Mal hier war, hat er da was über einen Umschlag gesagt?«

Aber Paddy schüttelte den Kopf. »Kein Wort.«

Ich überlegte. »Ist er vom Flughafen direkt zu Ihren Stallungen gekommen? War er pünktlich hier?«

»Komisch, daß Sie das fragen. Nein, war er nicht.« Er konzentrierte sich angestrengt. »Er kam so spät, daß ich schon dachte, er hätte das Flugzeug verpaßt und käme erst am nächsten Morgen. In letzter Sekunde kam er dann mit einem Taxi. Er hatte sich im Flugzeug 'ne Flasche Kognak gekauft, und als wir zu Bett gingen, war von dem Inhalt nicht mehr viel übrig.«

»Worüber haben Sie gesprochen?«

»Mann Gottes, wie soll ich das noch wissen!«

»Sie müssen doch oft an jene Nacht gedacht haben.«

»Hab ich auch.« Er seufzte, begann aber wieder zu überlegen.

»Von Pferden, natürlich. Warum er so spät kam, hat er mir nicht gesagt. Ich hatte den Eindruck, daß seine Maschine Verspätung hatte.«

»Ich werde das nachprüfen«, sagte ich.

»Tja ... Wissen Sie, als wir schon ganz schön gebechert hatten, hat er dann noch was Merkwürdiges gesagt. ›Paddy‹, hat er zu mir gesagt, ›ich glaube, die haben mich aufs Kreuz gelegt.‹ Genauso. Ich habe ihn noch gefragt, was er damit meinte, aber mehr wollte er mir nicht erzählen.«

»Haben Sie ihn sehr intensiv gefragt?«

»Intensiv? Bestimmt nicht. Er hat den Finger auf den Mund gelegt und dabei genickt – er hatte einen Rausch, wissen Sie –, und ich habe auch meinen Finger auf den Mund gelegt und ebenfalls genickt. In dem Augenblick kam mir das ganz vernünftig vor, verstehen Sie?«

Ich verstand. Es war ein Wunder, daß Paddy sich überhaupt an jenen Abend erinnerte.

Einige Zeit später stand ich mit Lars Baltzersen im Tower und blickte auf den dunklen Teich hinab. Schwäne und Enten waren verschwunden.

»Bald wird es frieren«, sagte Lars. »Dann ist der Rennplatz drei bis vier Monate lang verschneit.«

»Heute wird Bob Sherman beerdigt«, entgegnete ich. »In England.«

Er nickte. »Wir haben Mrs. Sherman ein Kondolenzschreiben geschickt.«

»Und einen Scheck«, ergänzte ich, denn sein Name stand ebenfalls auf der Liste. Er winkte ab, schien sich aber aufrichtig zu freuen, als ich ihm sagte, wie sehr Emma Sherman diese freundliche Geste schätze.

»Ich fürchte, wir waren alle wenig nett zu ihr, als sie hier war. Sie war so hartnäckig. Aber vielleicht war es ihretwegen, daß wir Sie wieder hergeholt haben. Jedenfalls bedaure ich es, wie wir sie behandelt haben. Mit Geld können wir uns von dieser Schuld nicht freikaufen.«

Ich stimmte ihm zu, ohne etwas Beschwichtigendes hinzuzufügen.

Nach dem nächsten Rennen begaben wir uns gemeinsam in den Wiegeraum.

»Sie waren doch an dem Tag im Büro, als Bob Sherman hereinschaute und das Geld auf dem Fußboden gesehen haben mußte?« fragte ich.

»Ganz recht«, antwortete Lars.

»Was hat er damals eigentlich gefragt?«

Erstaunt blickte er mich an. »Gefragt?«

»Natürlich. Alle haben vor der Polizei ausgesagt, daß Bob gekommen sei, um eine Frage zu stellen. Was war das für eine Frage?«

Seine Miene war zutiefst erstaunt. »Das kann doch mit seinem Verschwinden nichts zu tun haben!«

»Wie lautete die Frage?«

»Ich weiß es nicht mehr. Es war etwas völlig Unbedeutendes, sonst hätten wir es längst der Polizei mitgeteilt.«

Wir gesellten uns wieder zu Arne, den nunmehr Lars fragte, ob er sich an Bob Shermans Frage erinnerte. Arne war genauso erstaunt und sagte, er habe keine Ahnung, sei beschäftigt gewesen und habe vermutlich nicht einmal hingehört. Der Manager dagegen war überzeugt, es gewußt zu haben, denn er war derjenige gewesen, der Bob geantwortet hatte.

»Lassen Sie mich überlegen«, sagte er stirnrunzelnd. »Bob kam herein – nicht mit den Füßen, sondern nur mit Kopf und Schultern – und starrte die Geldsäcke an, die an der Tür lagen. Daran erinnere ich mich genau. Aber die Frage . . . Sie war ganz unwichtig.«

Resigniert zuckte ich die Achseln. »Sagen Sie mir Bescheid, wenn es Ihnen einfällt.«

Er versprach es und kam tatsächlich nach einer Stunde zu mir.

»Bob Sherman hat gefragt, ob Mikkel Sandvik schon nach Hause gegangen sei, und ich habe geantwortet, das wüßte ich nicht.«

»Aha!«

Er lachte. »Ich hab Ihnen ja gleich gesagt, daß es nichts Wichtiges gewesen ist.«

»Und damit hatten Sie recht. Na ja, es war eben nur eine Möglichkeit.«

Gegen Abend nahm mich Lars mit ins Vorstandszimmer, um mir die Kopien von Shermans Akte zu geben, die ihm die Polizei zur Verfügung gestellt hatte. Er stand vor dem großen Ofen und blies sich in die kalten Hände.

»Scheußliches Wetter«, stellte er fest.

Ich überlegte, daß ich ihn wahrscheinlich besser kannte als alle, die ich in Norwegen kennengelernt hatte, fragte ihn aber dennoch formell: »Darf ich Sie in Ihrem Büro aufsuchen?«

Er hatte von meinen Verabredungen gehört und lächelte, weil ich auch ihn nicht ausließ. »Am Samstag, wenn es Ihnen paßt. Ich werde bis zwölf Uhr vormittags dort sein.«

Ich lehnte Arnes Einladung, mit ihm und Kari zu essen, ab, nahm statt dessen das Abendbrot im *Grand Hotel* ein und ging anschließend in mein Zimmer, um noch zu arbeiten.

Die Polizei war überaus gründlich gewesen, das Resultat jedoch, wie Lars gesagt hatte, gleich Null.

Der endlos lange, sehr detaillierte Obduktionsbericht kam zu dem Schluß, daß Bob an drei einander überlagernden, eingedrückten Brüchen des Schädels gestorben war. Bewußtlosigkeit sei sofort, der Exitus wenige Minuten später erfolgt. Erst nach Eintreten des Todes sei er ins Wasser geworfen worden.

Das Nylonseil, das an dem Toten gehangen hatte, war eingehend analysiert und als zu einer im Frühjahr hergestellten Partie identifiziert worden, die im Verlauf des Sommers an zahllose Geschäfte und Schiffsausrüster in Groß-Oslo verkauft worden war.

Der Zementblock war eine Art Sandsack, wie man sie überall zum Abdichten von Deichen und Hafenmauern benutzte. Kein Bauunternehmen hätte es gemerkt, wenn ihm ein Sack davon abhanden gekommen wäre. Seine Eigenschaften bestanden darin, daß der Inhalt in trockenem Zustand krümelig war, im Wasser aber steinhart wurde. Das Nylonseil war um den Sack geschnürt worden, als dieser noch trocken gewesen war.

Eingehende Nachforschungen hatten zu niemandem geführt, der in der Nacht, in welcher der Tote verschwunden war, oder in der Nacht, in der man ihn aus dem Wasser geholt hatte, etwas Besonderes bemerkt hätte. Der Nachtwächter erwies sich als absolute Niete. Listen verzeichneten alles, was man in Shermans Taschen und Handkoffer gefunden hatte, wovon mich aber nur die Papiere interessierten, und die waren nach einem Monat im Wasser fast völlig aufgeweicht.

Paß und Flugkarte waren identifiziert worden. An Banknoten hatte er nur englische bei sich gehabt: fünfzehn Pfund Sterling. Norwegisches Geld hatte er keins gehabt und ganz bestimmt nicht fünf Säcke davon.

Von Dokumenten wurde in dem Bericht nichts erwähnt. Ebensowenig von Fotografien.

Ich las alles zweimal durch und kam zu denselben Schlußfolgerungen wie die Polizei: Bob Sherman war von einem oder mehreren Unbekannten ermordet worden – von Unbekannten, die alles taten, um unerkannt zu bleiben.

Ich holte das mitgebrachte Messer aus meinem Koffer und lehnte es an meine Leselampe. Ich tat künftig gut daran, nicht zu vertrauensselig das Hotelzimmer zu betreten oder das erste Taxi zu nehmen, das sich anbot. In London hatte man es durchaus ernst gemeint, und hier in Oslo fühlte ich mich auch nicht sicherer.

10

Am nächsten Morgen ging ich mit dem Messer zur Polizei und erklärte dem Untersuchungsbeamten, wie ich in seinen Besitz gekommen war. Es war derselbe Beamte, der auch das Absuchen des Teiches geleitet hatte.

»Wenn Sie wollen, werden wir natürlich Nachforschungen anstellen, aber dies ist kein ungewöhnliches Messer. Von der Art gibt es unzählige. Und die Worte *Norsk Stål* bedeuten lediglich ›Norwegischer Stahl‹.«

Sein Name war Lund, und er behandelte mich überaus fair als Kollegen. Ich bedankte mich für die Überlassung der Aktenkopien, und er bot mir seine Hilfe an.

Ich sagte sofort, daß ich einen Wagen mit einem Fahrer brauchte, dem ich vertrauen konnte. Ob er vielleicht jemanden wüßte?

Er starrte nachdenklich das Messer an. »Einen Polizeiwagen kann ich Ihnen nicht geben . . .« Er überlegte, dann nahm er den Telefonhörer, gab einige Anweisungen auf norwegisch, legte auf und wartete.

»Ich werde meinen Bruder bitten, Sie zu fahren«, erklärte er. »Erik ist Schriftsteller. An seinen Büchern verdient er wenig. Er wird sich freuen, mit Autofahren etwas dazuverdienen zu können. Er ist begeisterter Autofahrer.«

Das Telefon summte, Lund sprach eine Weile und erhielt offenbar die Zusage des Schriftstellers, denn er erkundigte sich bei mir, wann ich denn anfangen wolle.

»Sofort«, antwortete ich. »Sagen Sie ihm, er möchte mich hier abholen.«

Lund nickte und legte auf. »In einer halben Stunde ist er hier.«

Lunds Bruder Erik war in jeder Hinsicht ein Gewinn.

Er stand in der Halle mit dem vagen, verlegenen Grinsen eines Menschen, der etwas anderes erwartet hatte. Ein ziemlich großer Mann von ungefähr fünfundfünfzig Jahren, hatte er lichtes, unordentliches, blondes Haar, trug eine aus der Form gegangene, alte Sportjacke und machte den Eindruck absoluter Unordentlichkeit. Außerdem fuhr er, wie ich bald feststellen sollte, als wären die anderen Autos gar nicht vorhanden.

Er führte mich zu einem kleinen, cremefarbenen Volvo, dessen Beulen, Kratzer und Rostflecken von langen, treuen Diensten sprachen. Der Kofferraumdeckel war mit Bindfaden befestigt. Als ich die Beifahrertür öffnete, sah ich, daß der größte Teil des Innenraums von einer riesigen dänischen Dogge besetzt war.

»Platz, Odin!« befahl Erik optimistisch, aber das überdimensionale Biest verstand kein Englisch, blieb auf den Füßen und leckte mir sanft den Nacken.

»Wohin zuerst?« erkundigte sich Erik. Sein Englisch war hervorragend. Er kletterte auf den Fahrersitz und sah mich erwartungsvoll an.

»Was hat Ihr Bruder zu Ihnen gesagt?« fragte ich.

»Daß ich Sie fahren und gut auf Sie aufpassen soll, damit Sie nicht umgelegt werden.« Er sagte es so gelassen, als hätte er lediglich die Aufgabe, mich in den richtigen Zug zu setzen.

»Was können Sie?« fragte ich neugierig.

»Auto fahren, Boxen und Quasseln.«

Er hatte ein langes, schmales Gesicht mit vielen Fältchen um die Augen: ein Zeichen dafür, daß er gern lachte. Im Verlauf der folgenden Tage erfuhr ich, daß er als Journalist zwei Jahre in der Fleet Street und außerdem jahrelang an der Klatschspalte einer einheimischen Zeitung gearbeitet hatte, so daß er mir mehr über die Leute, die wir besuchten, erzählen konnte, als ich in sechs Wochen hätte ausgraben können.

»Per Bjørn Sandvik?« wiederholte er, als ich ihm unser erstes Ziel nannte. »Der gute Mensch von den Ölfeldern?«

»Ich glaube schon«, antwortete ich.

Er bog in den Verkehrsstrom ein, ohne eine Lücke abzuwarten, nahm die Kurven auf zwei Rädern und hielt schließlich vor dem Hauptbüro der Norsk Oil Imports Ltd. Die dänische Dogge leckte sich die Flanken und trug unerschütterliche Gelassenheit zur Schau.

»Da wären wir.« Erik wies durch ein eindrucksvolles Portal auf einen Vorplatz. »Da hindurch, dann links, der große Eingang mit den Säulen.«

»Sie kennen sich aus?«

Er nickte. »Ich kenne mich praktisch überall in Oslo aus. Und die meisten Einwohner kenne ich auch.«

»Dann erzählen Sie mir was über Per Bjørn Sandvik.«

Er lächelte kurz. »Verknöchert, rechtschaffen, Großunternehmer. Während des Krieges, als wir alle noch jung waren, war er anders; da war er ein fabelhafter Widerstandskämpfer, ein großartiger Taktiker und Saboteur. Mit den Jahren aber ist er träge geworden.«

»Ein bißchen Feuer muß er sich aber doch bewahrt haben«, meinte ich. »Um eine so große Ölfirma zu leiten . . .«

Er schnaufte belustigt. »Allen norwegischen Ölfirmen sind von Regierungsvorschriften die Hände gebunden, und das ist auch gut so. Private Spekulation ist dadurch unmöglich. Per Bjørn hat nur innerhalb eines begrenzten Radius Entscheidungsfreiheit. Für alles, was die Beschaffung von neuen Aschenbechern übersteigt, braucht er die Genehmigung der Regierung.«

»Sie finden das gut?«

»Selbstverständlich.«

»Was wissen Sie über seine Familie?«

Seine Augen funkelten. »Er hat eine langweilige, unscheinbare Frau namens Ragnhild geheiratet, nur weil ihr Vater zufällig Chef der Norsk Oil Imports war.«

Ich grinste, stieg aus und sagte ihm, daß es mindestens eine halbe Stunde dauern würde.

»Macht nichts, ich habe ein Buch mitgebracht.« Er zog ein zerlesenes Taschenbuch aus seiner Jacke.

Der Vorhof mit seinem sauberen Pflaster und den frostschwarzen Blumenbeeten war von blaßgelben Gebäuden umgeben. Links lag der beeindruckende Haupteingang, rechts gab es einen ganz ähnlichen, aber kleineren. Das Ganze wirkte eher wie ein Herrensitz denn wie das Bürohaus einer Ölfirma.

Wie sich herausstellte, war es beides.

Per Bjørns Sekretärin führte mich in ein modernes Büro im modernen Stil und erklärte mir, Mr. Sandvik sei noch in einer Besprechung, werde aber gleich kommen.

Während ich wartete, betrachtete ich die vielen, farbigen Land- und Seekarten, welche die verschiedenen Versuchsbohrungen, unter anderem in der Nordsee, zeigten. Die Bohrungen waren mit ›Shell‹, ›Esso‹, ›Conoco‹ und so weiter bezeichnet, keine einzige jedoch mit dem Namen der Norsk Oil Imports.

Hinter mir öffnete sich die Tür, und Per Bjørn Sandvik kam herein, freundlich und heiter wie immer.

»David!« begrüßte er mich jovial. »Tut mir leid, daß Sie so lange warten mußten.«

»Ich habe mir Ihre Karten angesehen«, antwortete ich.

Er nickte und trat neben mich. »Wir bohren hier – und hier.« Er deutete auf zwei Bohrstellen mit ganz anderen Namen. Als ich eine Bemerkung darüber machte, klärte er mich auf.

»Wir gehören zu einem Konsortium. In Norwegen gibt es keine privaten Ölfirmen.«

»Was hat die Norsk Oil Imports denn getan, bevor man in der Nordsee Öl entdeckte?«

»Öl importiert, natürlich.«

»Natürlich.« Lächelnd machte ich es mir in einem breiten Sessel bequem.

»Schießen Sie los«, forderte er mich auf. »Was wollten Sie mich fragen?«

»Hat Bob Sherman Ihnen aus England irgendwelche Papiere oder Fotots mitgebracht?«

Er schüttelte den Kopf. »Nein. Lars hat uns das schon am Dienstag gefragt. Sherman hat für niemanden Papiere mitgebracht.« Er streckte die Hand nach der Gegensprechanlage aus. »Möchten Sie eine Tasse Kaffee?«

»Sehr gern.«

Er nickte und gab seiner Sekretärin Anweisungen.

»Trotzdem«, sagte ich, »brachte er vermutlich ein Päckchen mit und hat es vermutlich auch weitergegeben. Wenn jemand zugeben würde, das Päckchen erhalten zu haben, könnten wir es aus den Ermittlungen eliminieren.«

Er starrte vage auf seinen Schreibtisch.

»Wenn das, was er mitgebracht hat, zum Beispiel Pornographie gewesen ist«, fuhr ich fort, »hatte es vermutlich nichts mit seinem Tod zu tun.«

Er hob den Kopf. »Verstehe«, sagte er. »Und weil niemand erklärt hat, es erhalten zu haben, nehmen Sie an, daß es sich nicht um Pornographie handelt?«

»Ich weiß nicht, worum es sich handelt«, entgegnete ich. Leider.«

Der Kaffee kam in dunkelbraunen, irdenen Bechern.

»Haben Sie denn die Theorie, daß Bob Sherman von dem Gelddieb umgebracht wurde, ad acta gelegt?« erkundigte er sich.

»Nur vorläufig«, antwortete ich und lehnte höflich Milch und Zucker ab. »Können Sie mir Ihren Eindruck von Bob Sherman beschreiben?«

Er schürzte nachdenklich die Lippen. »Nicht sehr intelligent«, antwortete er dann. »Ehrlich, aber leicht beeinflußbar. Ein guter Reiter natürlich. Für mich ist er immer gut geritten.«

»Rolf Torp war mit seiner Leistung an jenem letzten Tag nicht zufrieden.«

Sandvik zuckte die Achseln. »Rolf ist schwer zufriedenzustellen.«

Wir tranken Kaffee und unterhielten uns über Bob, und dann sagte ich, daß ich gern Per Bjørns Sohn Mikkel kennenlernen würde.

Er runzelte die Stirn. »Wollen Sie ihm Fragen stellen?«

»Na ja – ein paar. Er kannte Bob verhältnismäßig gut und ist der einzige, den ich von Bobs Bekannten noch nicht gesprochen habe.«

Das paßte ihm nicht. »Ich kann Sie natürlich nicht daran hindern, aber Mikkel war sehr erschüttert über die Angelegenheit. Zuerst mußte er seinen Freund für einen Dieb halten, und dann erfuhr er, daß er ermordet wurde.«

»Ich verspreche, ihn nicht aufzuregen. Aber ich muß ihn kennenlernen, um mein Bild von Bobs Ausflügen nach Norwegen abzurunden.«

Er schürzte abermals die Lippen, erhob aber keine Einwände mehr. »Er ist im Internat«, sagte er. »Morgen nachmittag wird er aber nach Hause kommen. Wenn Sie um drei Uhr hier sein können, steht er Ihnen zur Verfügung.«

»Hier – in Ihrem Büro?«

Er schüttelte den Kopf. »Gegenüber, in meinem Privathaus.«

Ich stand auf und bedankte mich.

»Nun, viel habe ich Ihnen nicht helfen können«, wehrte er ab. »Wir haben Ihnen eine ziemlich aussichtslose Aufgabe gestellt.«

»Ich werde mein Bestes tun, um das Honorar zu verdienen.«

Er brachte mich bis zur Treppe und schüttelte mir die Hand. »Wenn ich Ihnen helfen kann, sagen Sie mir Bescheid.«

»Mach ich«, antwortete ich ihm. »Und nochmals vielen Dank.«

Erik Lund war in sein Buch vertieft und starrte mich verständnislos an, als ich einstieg. Dann dämmerte es ihm wieder.

»Ach ja . . .« sagte er.

»Mittagessen?« schlug ich vor.

Er war einverstanden.

Beim Essen fragte ich ihn nach Rolf Torp.

»Ach, der!«

Stirnrunzelnd schniefte er. »Auch so ein verdammter Kapitalist, der die natürlichen Ressourcen des Landes für seinen privaten Nutzen ausbeutet.

»Wissen Sie etwas über ihn persönlich?«

»Hm – viel eigentlich nicht. Erstens habe ich ihn nie kennengelernt, und zweitens geben Kapitalisten wenig Stoff für Klatschkolumnen ab, solange sie nicht mit ihren Sekretärinnen im Bett erwischt werden.«

Pornofotos zwecks Erpressung? Warum nicht?

»Kennen Sie einen Mann namens Lars Baltzersen?« fragte ich.

»Natürlich. Der Vorsitzende von Øvrevoll? Eine angesehene Stütze der Gesellschaft. Bewirtet Botschafter und überreicht Preise. Ist stets an der Seite prominenter Persönlichkeiten zu finden. Hat früher, meist in Schweden, Autorennen gefahren. Das war natürlich, bevor er in seinen Bankgeschäften erstickte.«

»Familie?«

»Ehefrau Holländerin, viele nette Kinderchen.«

Ich bezahlte, und wir kehrten zum Wagen zurück, wo Erik Odin einen Schubs bekam und: »*Fanden ta dig*« sagte. Die Dogge zog sich friedlich auf den hinteren Sitz zurück, und unsere Fahrt ging weiter.

»Was hat Lars im Krieg gemacht?«

»Er war nicht hier«, kam die Antwort, »sondern in London, als norwegischer Nachrichtensprecher beim Rundfunk.«

Erik überfuhr drei Kreuzungen bei Rot und hielt nach einer Weile vor einem modernen, rechteckigen Glasgebäude ungefähr eine Meile außerhalb des Stadtzentrums.

Mit dem Lift fuhr ich zu Rolf Torps Büro hinauf, wo ich wieder einmal warten mußte. Diesmal allerdings nicht in Torps eigenem Büro, sondern in einem kleinen Raum, der vollgestopft war mit Informationsblättern über die Torp-Nord Associates. Als Torp nach zwanzig Minuten endlich kam, hatte ich eine Menge über Titanium gelernt. Zum Beispiel, daß es ein besonders leichtes, aber auch besonders kräftiges Metall ist.

Rolf Torp machte nicht den geringsten Versuch, seinen Ärger über meinen störenden Besuch zu verbergen. Er stürmte ins Wartezimmer und forderte mich auf: »Na, kommen Sie. Ich habe zehn Minuten Zeit – mehr nicht.« Damit stapfte er zu seinem Büro hinüber, ohne abzuwarten, ob ich auch mitkam.

»Wie gewinnt man Titanium?« erkundigte ich mich, während ich Platz nahm, ohne dazu aufgefordert worden zu sein. Gereizt setzte er sich hinter seinen riesigen, leeren Schreibtisch und steckte sich eine Zigarette an.

»Auch eine?« fragte er etwas verspätet.

»Nein, danke.«

Er inhalierte tief. »Titanium liegt nicht so herum wie Kohle«, erklärte er. »Wollen Sie Ihre zehn Minuten wirklich auf dieses Thema verschwenden?«

»Warum nicht?«

Er warf mir einen verwunderten Blick zu, schien aber sein Thema weitaus angenehmer zu finden als das meine.

»Titanium ist eines der häufigsten Elemente auf der Erde. Es wird in achtundneunzig Prozent der Felsformationen und außerdem in Öl, Kohle, Wasser, Pflanzen, Tieren und Sternen gefunden. Zumeist wird es in Form eines Minerals namens Ilmenit gefördert, das zu einem Drittel aus Titanium besteht.«

»Beschäftigt sich Ihre Firma mit der Förderung?«

Er schüttelte den Kopf. »Wir erstellen Gutachten, machen Versuchsbohrungen, beraten und richten ein.«

Ich betrachtete die Fotos an der Wand. »Von Hochgeschwindigkeitsflugkörpern einmal abgesehen – wozu kann man das Zeug sonst noch gebrauchen?«

Ich erfuhr, daß es praktisch gar nichts gab, wofür man die Kraft der alten Titanen nicht gebrauchen kann.

»Hat Bob Sherman Ihnen Fotos mitgebracht?«

Ich stellte die Frage nebenbei, ohne ihn anzusehen, wenn sie ihn jedoch überraschte, so tarnte er sein Erschrecken geschickt mit dem Abklopfen der Zigarettenasche.

»Nein, hat er nicht.«

»Hat er sich Ihren Rat geholt?«

»Warum sollte er?«

»Nun, Menschen brauchen manchmal guten Rat.«

Er lachte verächtlich. »Ich habe ihm einen guten Rat gegeben, ohne daß er darum gebeten hatte. Er soll in England bleiben, wenn er nicht besser reiten kann, habe ich ihm gesagt.«

»Glauben Sie, daß ihn jemand bestochen hat, das Rennen für Sie zu verlieren?«

Das schockierte ihn. Trotz seiner beißenden Kritik an Bob wäre ihm dieser Gedanke nie gekommen.

»Nein«, sagte er mit Überzeugung. »Er wollte das Pferd doch im Grand National reiten. Aber dafür hat er vorher zu schlecht geritten.«

Vermutlich ritt für Rolf Torp jeder Jockei schlecht, der einmal ein Rennen für ihn verlor. Ich erhob mich und schüttelte ihm die Hand.

11

Der Portier im *Grand Hotel* hielt mich für übergeschnappt, weil ich darauf bestand, täglich mein Zimmer zu wechseln, hätte mich aber für noch verrückter gehalten, hätte ich ihm den Grund erklärt. So bat ich ihn lediglich, mir das zuletzt freigewordene Zimmer zuzuweisen, oder mir, sollte es mehrere geben, am Abend die Wahl zwischen ihnen zu lassen. Mein Wunsch wurde mir mit steinerner Miene erfüllt, und ich vertraute mein Schicksal dankbar der absoluten Unberechenbarkeit an.

Als Erik mich im Hotel abgesetzt hatte und mit seinem riesigen Freund heimgefahren war, rief ich Arne und Kari an, um sie ins Hotel zum Abendessen einzuladen. Bis sie erschienen, machte ich es mir in der Bar bequem und las Zeitung.

Es war merkwürdig, aber außerhalb ihrer gewohnten Umgebung wirkte Kari wie ein anderer Mensch: weniger jung, weniger häuslich, weniger gelassen. Diese Kari, die da selbstbewußt in ihrem langen, schwarzen Rock und der weißen Spitzenbluse in die Bar kam, diese Kari mit dem perfekten Make-up, den Brillantohrringen und den aufgesteckten Haaren, das war die Geschäftsfrau, die tüchtige Innenarchitektin; sie gefiel mir so zwar weniger, aber ich begehrte sie mehr als zuvor.

Arne dagegen war einfach Arne, das Gegenteil eines Chamäleons, vor allem in der Angewohnheit, sich mißtrauisch umzusehen.

»Hallo, David!« Er schüttelte mir kräftig die Hand. »Was hast du den ganzen Tag gemacht?«

»Zeit verschwendet«, antwortete ich lächelnd. »Und überlegt, was ich als nächstes tun soll.«

Wir setzten uns in eine gemütliche Ecke und tranken – da es ausnahmsweise mal die richtige Zeit dafür war – Whisky.

Arne wollte wissen, ob ich Fortschritte gemacht hatte.

»So gut wie keine«, antwortete ich.

Wir unterhielten uns über Emma Sherman. Arne hatte ihren Großvater kennengelernt, als dieser in Norwegen war, und wußte, daß er die Eindringlinge nicht hatte identifizieren können.

»Und niemand weiß, was sie suchten«, sinnierte Kari.

»Die beiden schon«, entgegnete ich.

Arnes Augen wurden groß. »Ja, natürlich.«

»Natürlich wußten sie es«, sagte Kari. »Ich begreife nicht, was so bedeutungsvoll daran ist.«

»Daß irgend jemand weiß, was da verschwunden ist. Oder verschwunden war, denn es kann inzwischen gefunden worden sein.«

Kari überlegte. »Warum haben sie das Haus der Shermans aber nicht sofort nach dem Mord an Bob durchsucht? Warum haben sie einen Monat gewartet?«

»Ich glaube«, antwortete ich, »weil Bob Sherman zwar gefunden, weil das, was verschwunden war, aber nicht mit ihm gefunden wurde.« Ich hielt inne. »Sagen wir, X tötet Bob aus bisher unbekannten Gründen und wirft seine Leiche in den Teich. Nehmen wir an, daß dies geschah, nachdem Bob das mitgebrachte Päckchen abgeliefert hatte. Nehmen wir außerdem an, daß Bob das Päckchen geöffnet und etwas von dem Inhalt herausgenommen hatte, daß X dies aber erst entdeckte, nachdem er Bob umgebracht und in den Teich geworfen hatte. Klar soweit? Er weiß nicht, ob Bob die fehlenden Dinge in seiner Tasche oder in seinem Handkoffer hatte, ob er sie jemand anderem gab, oder ob er sie vor seinem Tod an seine eigene

Adresse nach England schickte. Eine Möglichkeit, das herauszufinden, gibt es nicht, aber je länger die fehlenden Dinge nicht auftauchen, desto sicherer war X, daß Bob sie bei sich gehabt hatte. Gut. Dann jedoch wird Bob gefunden, während die fehlenden Dinge immer noch fehlen. Also wird eine Suchabteilung losgeschickt, die herausfinden soll, ob Bob sie etwa noch vor seiner Abreise daheim aus dem Umschlag genommen hatte, und Emma wählte unglücklicherweise genau diesen Moment, um sich zu Hause frische Kleider zu holen.«

Kari blieb der Mund offen stehen. »Donnerwetter!« sagte sie. »Und ich hielt es für eine ganz simple Frage.«

»Ich hab's dir doch immer schon gesagt«, antwortete Arne. »Wenn David eine einzige Tatsache hat, errät er prompt den ganzen Ablauf.«

»Es ist alles nur eine Vermutung.« Ich lächelte. »Ehrlich gesagt, ich weiß nicht, warum sie erst nach einem Monat gesucht haben.«

Wir gingen in den Speisesaal. Ein Orchester spielte zum Tanz, und später, beim Kaffee, sang jemand. Das alles war einfach zuviel für Arne, der plötzlich aufstand und erklärte, er brauche frische Luft.

Wir sahen ihm nach, als er hinausging.

»Ist er eigentlich schon immer so?« fragte ich Kari.

»Seit ich ihn kenne, ja. In letzter Zeit ist es allerdings schlimmer geworden.«

»Wie hat es denn angefangen? Ich meine, mit seinem Verfolgungswahn.«

»Im Krieg, glaube ich, als er ein Junge war. Sein Großvater wurde als Geisel erschossen, sein Vater war in der Résistance. Arne sagt, damals hätte er immer gefürchtet, sich umzudrehen und einen riesigen Mann hinter sich zu entdecken.«

»Armer Arne«, sagte ich.

»Er war schon bei mehreren Psychiatern. Er weiß, was mit ihm los ist, aber er kann nicht anders.« Sie betrachtete die Paare, die sich langsam auf der Tanzfläche drehten. »Tanzen kann er überhaupt nicht ertragen.«

Nach einigen Sekunden fragte ich: »Möchten Sie?«

»Ich glaube, er hätte nichts dagegen.«

Nachdem wir getanzt hatten und an unseren Tisch zurückgekehrt waren, erschien auch Arne wieder – windzerzaust und wesentlich ruhiger. Kari legte ihm liebevoll die Hand auf den Arm.

Bald darauf verabschiedeten sie sich. »Wir sehen uns Sonntag in Øvervoll«, sagte Arne.

Als sie gegangen waren, holte ich meinen Koffer vom Portier, wählte mir ein neues Zimmer und landete in einem Doppelzimmer mit Blick auf das Parlament. Ich lüftete gründlich, machte die Fenster wieder zu und stieg in das eiskalte Bett, wo ich noch lange wach lag und nachdachte. Aber nicht über Kari.

Erik erschien am folgenden Morgen zum Frühstück. Er stürzte sich grinsend auf einen Berg verschiedener Fischgerichte und aß, als gäbe es bald eine Hungersnot.

»Wohin?« fragte er nach zwei weiteren Brötchen, vier Scheiben Käse und mehreren Tassen Kaffee.

»Øvervoll«, sagte ich. »Zum Rennplatz.«

Odin, freundlich wie immer, hockte mitten auf dem Rücksitz, mit Vorderpfoten und Kopf über der Handbremse. Als Erik ihn anstieß, hob er die Schnauze gerade lange genug, daß sein Herr die Bremse lösen konnte – anscheinend ein seit langem eingespieltes Verfahren.

Eriks Fahrweise brachte uns mehrmals in nächste Nähe des Todes, aber wir kamen heil und gesund an. Die Haupttore des Rennplatzes standen offen, weil Lieferwagen angekommen waren, und so fuhren wir kurzerhand hinein und parkten vor dem Wiegeraum. Erik und Odin vertraten sich die Beine, während ich mein erfolgloses Vorhaben ausführte.

Es gab Putzfrauen im Wiegeraumgebäude, aber keine von ihnen sprach ein Wort englisch; also ging ich Erik holen, damit er dolmetschte, eine Aufgabe, die er nur allzu gern übernahm.

Er übersetzte mir die schlechte Nachricht.

»Sie sagen, Bob Shermans Sattel hat eine ganze Zeit hier gehangen. Im Umkleideraum, in der vordersten Ecke.«

Ich hatte mich gerade im Umkleideraum umgesehen. Weder ein Sattel noch eine andere Spur von Bob Sherman.

»Er ist verschwunden, als die Leiche im Teich gefunden wurde. Sie haben keine Ahnung, wer ihn mitgenommen hat.«

»Das wär's dann also. Nächste Station die Stallungen von Gunnar Holth«, sagte ich.

Als wir auf den Hof fuhren, kamen die Pferde gerade dampfend vom Training zurück. Gunnar Holth selbst sprang von Sandviks ›Whitefire‹ herunter, tätschelte ihn kräftig und wartete auf meinen Eröffnungszug.

»Kann ich Sie sprechen?«

Er nickte resigniert, führte ›Whitefire‹ in den Stall, kam zurück, nickte zu seinem Bungalow hinüber und öffnete die Tür. Erik blieb diesmal im Auto, wofür ihm Gunnar Holth, der Odin gesehen hatte, sichtlich dankbar war.

»Ich suche Bob Shermans Sattel«, fing ich an.

»Seinen Sattel? Hat er den nicht hier gelassen? Soweit ich gehört habe ...«

»Ich dachte, Sie wissen vielleicht, wer ihn hat. Ich möchte ihn mitnehmen. Er gehört jetzt seiner Frau.«

»Und Sättel bringen gutes Geld.« Er nickte verständnisvoll. »Nein, ich habe ihn nicht gesehen, und ich weiß nicht, wer ihn hat.«

Ich fragte ihn noch zweimal auf verschiedene Art, mußte aber schließlich einsehen, daß er tatsächlich nichts wußte.

»Ich werde Paddy fragen«, sagte ich. Aber Paddy konnte mir auch nicht helfen.

»Der Sattel hing da, bis sie den armen Kerl aus dem Wasser gezogen haben. Ich hab' ihn selbst am Tag des Grand National noch gesehen. Und dann, beim nächsten Rennen am Donnerstag, war er weg.«

»Das wissen Sie genau?«

»Ganz genau.«

»Wieso?« fragte ich sanft. »Wieso wissen Sie das so genau?«

Seine Augen flackerten. »Na ja, das ... Äh ...«

»Paddy«, mahnte ich leise, »raus damit! Haben Sie den Sattel genommen?«

»Nein«, antwortete er entschieden, »das nicht.«

»Was dann?«

»Na ja, wissen Sie, Bob war schließlich ein richtig guter Freund von mir ... Und ich dachte, daß er es vielleicht doch so gewollt hätte ... «

»Paddy, raus damit – was haben Sie gemacht?«

»Na ja, da war mein Sturzhelm, und seiner hing bei dem Sattel. An meinem Helm war der Riemen zerrissen, Bobs dagegen war praktisch neu, deswegen habe ich sie vertauscht ...«

»Und das war am Tag des Grand National?«

»Genau. Und am nächsten Renntag, nachdem Bob gefunden wurde, war der Sattel verschwunden, und auch mein Helm.«

»Dann wäre Bobs Sturzhelm also hier?«

»Ja, in meinem Koffer unter meinem Bett.«

»Würden Sie ihn mir ein Weilchen leihen?«

»Leihen?« Er schien überrascht. »Ich dachte, Sie würden ihn mir wegnehmen, weil er ja schließlich seiner Frau gehört.«

»Ich glaube, Emma möchte, daß Sie ihn behalten.«

»Tja, ist ja wirklich ein guter Helm.«

Er holte ihn und gab ihn mir – ein ganz normaler Jockeisturzhelm mit Kinnriemen. Ich bedankte mich, winkte Gunnar Holth zum Abschied zu und begab mich auf den gefährlichen Rückweg ins Zentrum von Oslo.

Unterwegs zog ich das gepolsterte Futter aus dem Helm und warf einen neugierigen Blick darunter. Weder Fotos noch Papiere oder anderes. Ich stopfte das Futter wieder hinein.

»Nichts?« fragte Erik mitfühlend.

»Ich muß jeder kleinsten Spur nachgehen.«

»Welches ist denn nun die nächste?«

»Lars Baltzersen.«

Da mein Hotel am Weg zu Baltzersens Bank lag, machte ich dort halt und ließ Bob Shermans Sturzhelm beim Portier, der auch meinen frisch gepackten Koffer hütete. Er versprach, gut darauf aufzupassen, und ich belohnte ihn mit zehn Kronen.

Lars Baltzersen hatte mich schon beinahe aufgegeben.

»Ich mußte einen Umweg machen«, entschuldigte ich mich.

»Na, nun sind Sie ja hier.« Er nahm eine Flasche Rotwein mit zwei Gläsern aus einem Schrank und schenkte ein.

Sein Büro ähnelte in allem denen von Sandvik und Torp, nur hingen hier Fotos von Häusern, Fabriken, Bürogebäuden und Häfen an der Wand. Auf meine Frage erklärte er mir, daß seine Bank sich hauptsächlich mit der Finanzierung von Industrieprojekten befasse.

»Außerdem haben wir eine Baugesellschaft.« Das gäbe es öfter in Norwegen, daß kleine Privatbanken Baugesellschaften hätten; die seine sei jedoch eine der größten.

Er fragte mich, ob ich schon wüßte, wer Bob Sherman umgebracht hatte.

»Noch nicht«, gab ich zu. »Wie hoch kann ich mit den Spesen gehen?«

Anscheinend gab es keine Grenze. Wenn ich Erfolg hatte, konnte ich ausgeben, was ich wollte; wenn ich versagte, hatte ich jetzt schon zuviel ausgegeben.

»Haben Sie eine Theorie?« fragte er.

»Theorien reichen nicht.«

»Sicher, Sie brauchen außerdem Beweise.«

»Und sehr vorsichtig muß ich sein, damit ich nicht selbst dabei draufzahle.«

Ich erhob mich, um zu gehen. Auch er meinte, mein Besuch sei Zeitverschwendung gewesen, weil er mir nichts Wesentliches habe sagen können.

»Das weiß man nie«, antwortete ich.

Den Lunch aß ich mit Erik zusammen in der Nähe des Polizeipräsidiums, weil ich anschließend seinen Bruder aufsuchen wollte. Er hatte um zwei Uhr mittags Dienstschluß.

Erik kam mit zu Knut hinauf und ließ den Wagen in Odins Obhut zurück. Knut war nach einem anstrengenden Diensttag übermüdet, gähnte und rieb sich die Augen, als wir eintraten.

»Verzeihung«, entschuldigte er sich, »aber ich bin seit zwei Uhr letzte Nacht unterwegs.« Er schüttelte den Kopf, um wieder klar denken zu können. »Was kann ich für Sie tun?«

»Direkt nichts, aber Sie können mir sagen, ob Ihre Dienstvorschriften es Ihnen gestatten, ein Kaninchen zu fangen, wenn ich es aus seinem Bau locke.« Ich wandte mich an Erik. »Erklären Sie es ihm. Wenn ich die Falle stelle, kann er mir dann helfen, sie zuschnappen zu lassen? Darf er das tun, und wäre er persönlich bereit dazu?« Die beiden Brüder berieten sich auf norwegisch, um schließlich zu nicken. »Solange es nicht gegen die Vorschriften ist, wird er Ihnen helfen.«

»Ich bin Ihnen sehr dankbar.«

Er lächelte schwach. »Sie nehmen mir viel Arbeit ab.«

Er holte Mantel und Hut und ging mit uns auf die Straße hinunter. Sein Wagen stand, wie sich herausstellte, in derselben Nebenstraße an einem kleinen Park, in der auch Eriks Wagen stand.

Eriks Wagen war der Mittelpunkt allgemeiner Aufmerksamkeit. In ungefähr zehn Fuß Entfernung von ihm standen im Halbkreis ungefähr ein Dutzend Kinder und ein hilflos wirkender Polizist, dessen Miene bei Knuts Anblick erleichtert aufleuchtete. Er salutierte und erklärte.

Erik übersetzte verwirrt.

»Eines der Kinder, ein kleines Mädchen, sagt, ein Mann hat ihr verboten, in die Nähe meines Wagens zu gehen. Er hat ihr geraten, so schnell wie möglich nach Hause zu laufen.«

Ich betrachtete den Wagen. Odin sah nicht wie sonst aus dem Vorder- sondern aus dem Rückfenster, und er beobachtete nicht die Leute, sondern starrte auf den Kofferraum. Irgend etwas schien ihn zu irritieren. Er stand starr und viel zu gespannt. Und der Kofferraumdeckel war nicht mehr mit Bindfaden zugebunden.

»Großer Gott!« sagte ich. »Bringen Sie sofort die Kinder weg! Schnell!«

Die drei starrten mich verständnislos an und rührten sich nicht. Aber sie waren ja auch noch nie in Irland gewesen.

»Es könnte eine Bombe sein«, erklärte ich.

Das Wort kannten die Kinder natürlich, aber sie glaubten nicht daran. Die Leute in Irland hatten zunächst auch nicht daran geglaubt.

»Sagen Sie ihnen, sie sollen weglaufen«, wandte ich mich an Knut.

Er beschloß, die Sache ernst zu nehmen, auch wenn es falscher Alarm sein sollte. Er gab dem Polizisten unmißverständliche Anweisungen und packte seinen Bruder am Arm.

Er kannte Erik; wahrscheinlich liebte er ihn sehr. Denn er packte ihn in dem Augenblick, als Erik auf den Wagen zugehen wollte und atemlos: »Odin!« sagte.

Es war ein richtiger Kampf. Knut wollte nicht loslassen, und Erik wurde immer erregter. Knut hielt Eriks Arm in einem Griff, mit dem er einen Schwergewichtsboxer bezwungen hätte, und Eriks Miene wurde verzweifelt. Schritt um Schritt entfernten sich die beiden ringend vom Wagen.

Der Polizist hatte die Kinder in sichere Entfernung gebracht und rief verschiedenen Fußgängern zu, sofort Deckung zu nehmen. Da niemand auf mich achtete, stahl ich mich schnell über den Gehsteig, legte die Hand auf den Griff, riß die Wagentür auf und sprintete davon.

Selbst jetzt kam dieser verdammte Köter nicht gleich heraus. Erst ein schriller Pfiff von Erik brachte ihn in Bewegung; dann sprang Odin hinter mir über das Pflaster, als wolle er unbedingt mit mir spielen.

Die Bombe explodierte, als er mich gerade erreicht hatte und wir sieben Meter von dem Volvo entfernt waren. Der Druck schleuderte uns beide zu Boden, ein wuchtiger Schlag traf mich in den Rücken, nahm mir den Atem und machte ein kraftlos zitterndes Häufchen Elend aus mir.

Nach irischen Maßstäben war es keine große Bombe, sie hatte bestimmt nicht die umliegenden Häuser, sondern lediglich die Insassen des Wagens vernichten sollen; zwei Männer und einen Hund.

Knut half mir auf, und Erik kniete sich neben Odin, um ihn liebevoll tröstend zu tätscheln. Odin fuhr ihm mit schlabbernder Zunge übers Gesicht.

»Das war leichtsinnig«, sagte Knut.

»Ja«, mußte ich zugeben.

»Ist Ihnen was passiert?«

»Nein.«

»Hätten Sie aber verdient.«

Eriks Wagen war ein Wrack. Ich pflückte mir die Glasscherben aus dem Hinterkopfhaar und fragte, ob er versichert war.

»Keine Ahnung«, antwortete Erik vage. »Was für eine elende Art zu sterben!« Er stand auf und grinste plötzlich. »Jedenfalls vielen Dank«, sagte er – in Anbetracht des Zustandes, in dem sich sein Volvo befand, sehr großzügig.

Nachdem das Feuerwerk vorüber war, kamen auch die Kinder zurück und starrten das Wrack mit großen Augen an. Ich bat Knut, das kleine Mädchen zu suchen, dem der Fremde befohlen hatte, nach Hause zu laufen, und Knut antwortete, er habe bereits einen Beamten nach ihr geschickt.

Das kleine Mädchen war blond, ernst und wurde begleitet von einer Dreizehnjährigen, die offensichtlich auf sie aufpassen sollte und laut schimpfte. Knut gewann das Vertrauen der Kleinen sofort, indem er sich, wie bei dem Jungen auf dem Rennplatz, neben sie hockte und ruhig auf sie einredete.

Kurz darauf stand Knut, die Hand der Kleinen in der seinen, wieder auf. »Ihr Name ist Liv, sie ist vier Jahre. Sie wohnt hier in der Nähe und hat mit ihrer großen Schwester im Park gespielt. Sie ist zum Parktor hinausgelaufen und die Straße hier herauf, obwohl ihre Schwester es ihr verboten hatte. Liv sagt, daß da ein Mann gerade den Bindfaden hinten am Wagen durchschnitt und der große Hund ihn aus dem Rückfenster beobachtete. Er hat irgendwas in den Kofferraum gelegt und dann versucht, den Deckel zu schließen, aber der ging nicht zu. Dann hat er versucht, den Bindfaden wieder zu verknoten, aber der war zu kurz, weil er ihn durchgeschnitten hatte. Er hat den Bindfaden in die Tasche gesteckt, und da erst hat er Liv gesehen. Er hat gesagt, sie solle weglaufen; sie ist aber ans Seitenfenster gegangen und hat sich den Hund angeschaut. Der Mann hat sie geschüttelt und ihr befohlen, sofort nach Hause zu gehen und nicht in der Nähe des Wagens zu spielen. Anschließend ist er davongegangen.«

Knut betrachtete das Grüppchen Kinder, das sich schon wieder um Liv zu sammeln begann.

»Liv hat den anderen von dem Mann erzählt, der den Bindfaden durchgeschnitten hatte und den Kofferraum wieder schließen wollte. Dann kam ein Polizeibeamter vorbei und fragte die Kinder, warum sie da herumständen.«

»Und dann kamen wir?«

»Richtig.«

»Kann Liv beschreiben, wie der Mann aussah?«

»Groß, sagt sie. Aber für kleine Mädchen sind alle erwachsenen Männer groß.«

»Hat sie sein Haar sehen können?«

Knut fragte sie. Liv antwortete. »Er hatte eine Wollmütze auf«, erklärte sie. »Wie sie die Matrosen tragen.«

»Was hatte er für Augen?«

Knut fragte sie abermals.

»Gelbe Augen. Scharf wie bei einem Vogel.«

»Trug er Handschuhe?«

»Ja«, berichtete Knut, nachdem er Liv gefragt hatte.

»Was für Schuhe?«

Die Antwort: dicke, weiche Schuhe, wie man sie auf einem Boot trägt.

Kinder sind die besten Zeugen. Ihre Augen sehen scharf, ihr Gedächtnis ist präzise, und ihre Eindrücke sind nicht von Wahrscheinlichkeit und Vorurteilen gefärbt. Als Liv daher etwas hinzufügte, worüber Knut, Erik und die anderen Kinder lachten, fragte ich, was sie gesagt hatte.

»Sie muß sich irren«, antwortete Knut.

»Was hat sie gesagt?«

»Daß er einen Schmetterling im Nacken hatte.«

»Fragen Sie sie, was für einen Schmetterling.«

»Es ist zu spät für Schmetterlinge«, erklärte Knut mir sehr geduldig. »Und zu kalt.«

»Fragen Sie sie«, drängte ich ihn.

Achselzuckend gehorchte er. Die Antwort schien ihn zu verwundern. »Er hatte ihn hinten am Hals, sagt sie. Das hat sie gesehen, weil er sich bückte. Der Schmetterling war zwischen der Wollmütze und dem Kragen und rührte sich nicht.«

»Welche Farbe?«

Er erkundigte sich. »Dunkelrot.«

»Ein Muttermal?«

»Könnte sein«, gab er zu. Er stellte noch ein paar weitere Fragen und nickte dann. »Ich glaube schon«, sagte er zu mir. »Sie sagt, der Schmetterling hätte zwei flach und offen liegende Flügel gehabt, einer etwas größer als der andere.«

»Dann brauchen wir also nur einen großen Mann mit gelben Augen und einem Muttermal in Form eines Schmetterlings zu suchen.«

»Oder einen kleinen«, berichtigte Erik, »dem die Sonne in die Augen scheint und der seinen Hals nicht gewaschen hat.«

»Die Sonne scheint heute nicht«, entgegnete ich. Der Himmel war schwer und grau, mein Zittern aber kam nicht von der Kälte.

Knut schickte den Polizisten, die Fachleute für Fingerabdrücke und Sprengstoff zu holen, und schrieb sich die Namen der Kinder auf. Als wir wieder in Knuts Büro kamen, war es dunkel.

Ich ging ans Telefon und rief die Sandviks an, um mich für mein Ausbleiben zu entschuldigen. Mrs. Per Bjørn erklärte mir, ihr Mann sei ausgegangen.

»Mikkel hat auf Sie gewartet, Mr. Cleveland«, sagte sie englisch, aber mit starkem Akzent. »Nach einer Stunde ist er dann mit ein paar Freunden gegangen.«

»Sagen Sie ihm bitte, daß es mir leid tut.«

»Gern.«

»Welche Schule besucht Ihr Sohn?«

»Das Gol-Internat«, antwortete sie. »Aber ich glaube nicht, daß mein Mann damit einverstanden wäre, wenn Sie ...«

»Keine Sorge«, unterbrach ich sie. »Ich wollte nur wissen, ob ich ihn heute abend vor seiner Abreise vielleicht noch kurz sprechen kann.«

»Ach so ... er fährt direkt mit seinen Freunden zurück. Inzwischen sind sie bestimmt schon aufgebrochen.«

»Dann bitte ich um Entschuldigung.«

Ich legte auf. Knut organisierte Kaffee für uns.

»Wo ist das Gol-Internat?« erkundigte ich mich.

»In den Bergen, an der Strecke nach Bergen. Gol ist ein Wintersportort, das Internat eine Schule für Reiche. Wollen Sie da hinauffahren, nur um Mikkel Sandvik zu sprechen? Der Junge weiß nichts über den Mord an Bob Sherman. Als ich mit ihm sprach, war er sehr erregt über den Tod seines Freundes. Wenn er gekonnt hätte, er hätte mir zweifellos geholfen.«

»Wie erregt war er? Hat er geweint?«

»Geweint nicht. Aber blaß war er, geschockt. Eben erregt.«

»Wütend?«

»Nein. Weshalb sollte er wütend sein?«

»Nun, man ist doch gewöhnlich wütend, wenn einem ein Freund ermordet wird, nicht wahr? Man möchte den Mörder am liebsten erwürgen.«

»Ach so.« Er nickte. »Nein, wütend war Mikkel nicht.«

»Was ist er überhaupt für ein Mensch?«

»Ein Junge eben. Siebzehn, intelligent, aber nicht überragend. Durchschnittlich groß, schlank, hellbraunes Haar, gute Manieren. Ein netter Junge, nur ein bißchen nervös.«

Wir saßen herum und tranken Kaffee. Sogar Odin bekam eine

Schale voll mit sehr viel Zucker. Erik erholte sich allmählich von dem Schock, beinahe seinen treuen Gefährten verloren zu haben, und begann an seinen Wagen zu denken.

»Ich werde mir wohl einen leihen müssen«, meinte er, »wenn ich David weiterhin fahren will.«

»Du wirst David nicht mehr fahren«, erklärte Knut.

»Aber natürlich werde ich das.«

»Nein«, sagte Knut. »Viel zu gefährlich.«

Eine Weile herrschte Schweigen. Ich mußte zugeben, daß ich ein Risiko für jeden Begleiter war.

»Ich komme schon zurecht«, sagte ich deshalb.

»Wohin wollen Sie denn morgen?« erkundigte sich Erik.

»Zuerst zu Sven Wangen, dann nach Øvrevoll. Und am Montag ... Nun, das weiß ich jetzt noch nicht.«

»Ich könnte gut noch so ein *Grand-Hotel*-Frühstück gebrauchen«, meinte Erik.

»Nein!« wiederholte Knut. Sie diskutierten hitzig auf norwegisch, und Knut unterlag. Grimmig wandte er sich an mich. »Erik sagt, daß er niemals eine Arbeit unerledigt läßt. Hoffentlich ist Ihnen klar, daß einer dieser Anschläge eines Tages erfolgreich sein wird. Zwei sind bis jetzt danebengegangen ...«

»Drei«, verbesserte ich ihn. »An meinem ersten Tag hier in Norwegen hat man versucht, mich im Fjord ertrinken zu lassen.«

Ich berichtete den beiden von dem schwarzen Motorboot.

Knut ließ mich mit einem Dienstwagen ins *Grand Hotel* bringen, wo ich, da die Bar (es war Samstag) wieder einmal geschlossen hatte, früh zu Abend aß, meine Koffer und Bob Shermans Sturzhelm vom Portier abholte, mir ein Zimmer aussuchte und den Abend mit Nachdenken verbrachte.

Gelbauge mußte beim *Grand Hotel* auf uns gewartet und uns dann, als ich den Helm abgab, von dort zum Polizeipräsidium verfolgt haben. Gelbauge war auch der Mann, der Emma geschlagen hatte; der Mann, der ihren Großvater getreten hatte, mußte derjenige sein, der mich erstechen wollte. Beide waren, wie mir schien, bezahlte Killer, nicht aber die Anstifter selbst.

Nach meiner Meinung gab es mindestens zwei Auftraggeber, von denen ich einen kannte, während mir einer oder mehrere unbekannt waren. Um diesen Unbekannten aus seinem Versteck zu locken, mußte ich den bekannten manipulieren. Der Haken daran war, daß für den Köder der Falle höchstens ich selbst in Frage kam, und dieses Stück Käse konnte sehr wohl gefressen werden, wenn es nicht aufpaßte.

Man mußte also die beiden Killer fortlocken, während man zur selben Zeit irgendwo anders eine Situation arrangierte, die augenblickliches Handeln erforderte. Wie, das wollte mir jedoch beim besten Willen nicht einfallen.

Ich hätte gern gewußt, was Bob Sherman nach Norwegen mitgebracht hatte. Pornofotos sicher nicht, denn Bob hatte Paddy O'Flaherty erzählt, er, Bob sei hereingelegt worden. Auf diese Idee konnte er nur gekommen sein, wenn er das Päckchen geöffnet und festgestellt hatte, daß es keineswegs Pornofotos enthielt.

Angenommen, er hatte das Päckchen geöffnet und entdeckt, daß er für das, was es enthielt, zuwenig Geld bekam?

Angenommen, er hatte etwas herausgenommen, um damit seine Bezahlung in die Höhe zu treiben?

Aber das konnte er nicht getan haben, denn sonst hätte der Feind gewußt, daß er etwas herausgenommen hatte, und hätte ihn nicht umgebracht, ohne sich das Herausgenommene zurückzuholen.

Angenommen also, das Öffnen des Päckchens allein war schon einem Todesurteil gleichgekommen . . .

Angenommen, der Feind hatte ihn wegen seiner Kenntnis des Inhalts umgebracht und anschließend erst entdeckt, daß Bob etwas herausgenommen hatte.

Immer wieder lief es darauf hinaus: Verdammt noch mal, was war in dem Päckchen?

Versuchen wir es anders herum.

Wann hatte Bob das Päckchen geöffnet?

Zu Hause vermutlich nicht. Emma hatte gesehen, wie er es in seinen Handkoffer tat. Gelbauge samt Freund hatten die Wohnung später nach dem verschwundenen Teil des Inhalts durchsucht und nichts gefunden. Also konnte man annehmen, daß Bob es unangetastet mitgenommen hatte.

Während des Rennens in Kempton und vor Abflug der Maschine hatte Bob kaum Zeit gehabt. Bei Gunnar Holth war er allerdings erst eine Stunde später als erwartet aufgetaucht. Also hatte seine kleine Schnüffelei entweder während des Fluges oder in der ersten Stunde nach der Landung stattgefunden.

Am wahrscheinlichsten während des Fluges. Ein paar Drinks im Magen, eine Stunde Zeit und einen Umschlag voller Pornofotos . . . Also aufmachen.

Angenommen, Bob hatte noch eine halbe Stunde vor der Landung Zeit gehabt, auf die Idee mit der höheren Bezahlung zu kommen. Angenommen, er hatte etwas aus dem Umschlag genommen und versteckt – aber wo?

In seinen Taschen nicht, im Handkoffer nicht. Vielleicht im Sattel, aber das war zweifelhaft, weil der Rennsattel erstens winzig war, und weil er zweitens am folgenden Tag drei Rennen darauf geritten hatte.

In seinem Sturzhelm ebenfalls nicht: Hinter dem gepolsterten Futter steckten weder Papiere noch Fotografien.

Ich seufzte. Es war hoffnungslos.

Ich stieg ins Bett und nahm noch einmal den Sturzhelm zur Hand. Am liebsten hätte ich ihn am nächsten Tag in Øvrevoll selbst getragen, und eine kugelsichere Weste dazu. Ich drehte den Helm müßig hin und her.

Keine Papiere. Keine Fotos. Ich zog das Futter noch einmal heraus. Nichts.

Im Scheitelpunkt war mit Bändern ein kleines, rundes Polsterstück befestigt, das bei einem schweren Sturz die obere Schädeldecke schützen sollte. Darunter war weder Platz für Papiere noch für Fotos oder anderes aus einem Umschlag von der Größe einer Illustrierten. Um jedoch ganz sicherzugehen, schob ich die Finger darunter.

Und genau dort hatte Bob den Schlüssel versteckt.

Einen Schlüssel im wahrsten Sinne des Wortes. Mit Klebstreifen an der Helmschale befestigt.

Mit zitternden Fingern löste ich ihn heraus. Es war ein Yale-Schlüssel mit einem kleinen, schwarzen Anhänger, auf dem in kleinen, weißen Ziffern die Nummer C 14 eingestanzt war. Der Schlüssel war nicht nur auf den ersten, sondern auch auf den zweiten und dritten Blick unsichtbar gewesen, und Bob hatte den Helm bei allen Rennen unbesorgt tragen können.

Eindeutig ein Schließfachschlüssel. Nur ohne jeden Hinweis darauf, wo sich dieses Schließfach befinden mochte.

Ich überlegte.

Wenn der Schlüssel in dem Päckchen gewesen war, mußte er überaus wichtig sein. Wichtig genug, um einen Teich abzusuchen, als man feststellte, daß er fehlte, oder um ein Haus auf den Kopf zu stellen.

Die Männer, die das Haus in England durchwühlt hatten, hatten aber ausdrücklich von Papieren gesprochen.

Also hatte Bob womöglich die Papiere irgendwo in ein Schließfach gelegt, dessen Schlüssel ich nun in der Hand hielt. Und er hatte ihn sorgfältig versteckt.

Mein Instinkt riet mir, seinem Beispiel zu folgen. Im Koffer hatte ich noch einen frischen Verband. Ich legte den Schlüssel auf meinen Nachttisch und löste den alten Verband, um nach meiner Wunde zu sehen: Der Schnitt heilte ganz ausgezeichnet.

Ich holte das neue Pflaster und klebte es fest. Darunter ruhte Bob Shermans Schlüssel sicher auf meiner Haut.

13

Am nächsten Morgen erschien Erik wieder zum Frühstück.

»Odin habe ich heute zu Hause gelassen.« Er trank einen Schluck Kaffee. »Außerdem habe ich einen größeren Volvo gemietet, einen ganz schnellen. Hier ist die Rechnung.« Er überreichte mir eine Quittung.

Ich nahm meine Brieftasche heraus und erstattete ihm den Betrag zurück. Er akzeptierte ihn dankend.

Jetzt kam eine Gruppe Engländer herein, die ich vom Rennplatz kannte: ein Amateur-Spitzenreiter, ein Profi, ein Trainer, ein Eigner und seine Frau. Sie nahmen den Tisch neben uns, und als sie sich mit Essen versorgt hatten, ging ich hinüber und setzte mich zu ihnen. Wir diskutierten über die Chancen bei den heutigen Rennen, und dann stellte ich endlich die Frage, die mich interessierte.

»Erinnern Sie sich an das Wochenende, an dem Bob Sherman verschwand? Ist zufällig jemand von Ihnen im selben Flugzeug gekommen wie er?«

Der Amateur-Spitzenreiter nickte.

»Haben Sie neben ihm gesessen?«

Taktvoll erklärte er, daß er selbst erster, Bob Sherman dagegen zweiter Klasse geflogen sei.

»Aber«, fügte er noch hinzu, »ich habe ihn im Taxi nach Oslo mitgenommen.«

»Wo haben Sie ihn abgesetzt?«

»Hier. Ich hatte ein Zimmer im Hotel, aber er wollte zu diesem Trainer, für den er ritt. Ich glaube, er wollte die Straßenbahn nach Lijordet nehmen. Jedenfalls erinnere ich mich noch genau, wie er mit seinem Handkoffer und dem Sattel auf dem Bürgersteig stand. Aber spielt das überhaupt eine Rolle? Am nächsten Tag ist er doch noch geritten.«

Ich stellte noch ein paar weitere Fragen, aber der Reiter konnte mir keine Auskunft mehr geben. Ich kehrte zu Erik zurück.

»Wohin zuerst?«

»Zum nächsten Bahnhof«, berichtigte ich.

»Aber wozu?«

»Weil ich einen Fahrplan brauche.«

»Die gibt es an der Rezeption.«

Ich grinste ihn an. »Welches ist der nächste Bahnhof?«

»Der Østbanen, glaube ich«, antwortete er zweifelnd.

»Also los!«

Zwar schüttelte er mißbilligend den Kopf, aber er fuhr.

Der Østbanen war, wie sich herausstellte, der Hauptbahnhof von Oslo; hier gingen auch die Züge über Gol nach Bergen, nach Lillehammer, Trondheim und den Polarkreis ab. Es gab auch Schließfächer, und darunter sogar ein C 14, aber das Fach war leer, der Schlüssel steckte im Schloß, und der Schlüsselanhänger sah anders aus.

Ich nahm einen Fahrplan mit, in dem auch Gol, Mikkel Sandviks Schulort, verzeichnet war. Man konnte nie wissen ...

»Was nun?« fragte mich Erik.

»Die anderen Bahnhöfe«, antwortete ich. Wir fuhren sie ab, fanden aber nirgends passende Schlüsselanhänger.

»Wo könnte es sonst noch Schließfächer geben?«

»Außer in den Bahnhöfen? Im Flughafen, in Fabriken, Büros, Schulen – überall.«

»Zu denen ein ausländischer Reisender samstagabends um 20.30 Uhr Zutritt hat.«

»Ach so – Fornebu, wo sonst?« Natürlich, wo sonst. »Fahren wir hin?«

»Später«, antwortete ich. »Zuerst zu Sven Wangen.«

Unterwegs blickte Erik mehrmals mißtrauisch in den Rückspiegel, versicherte mir aber, wir würden nicht verfolgt. Ich glaubte ihm. Kein Mensch konnte uns folgen, wenn Erik wirklich Vollgas gab.

»Erzählen Sie mir von Sven Wangen«, schlug ich vor.

Er schürzte die Lippen genauso verächtlich, wie Arne es getan hatte. »Sein Vater war ein Kollaborateur.«

»Und das kann bis heute niemand vergessen?«

Er schniefte. »Offiziell ist die Vergangenheit begraben, aber man hat die Kollaborateure nach dem Krieg eben benachteiligt. Sie kriegten nie einen Auftrag.«

»Sven Wangens Vater war aber schon reich – durch seine Reederei.«

Erik warf mir einen schrägen Blick zu, während er eine Kurve nahm und einen Laternenpfahl um Millimeter verfehlte.

»Ererbter Besitz ist unmoralisch«, dozierte er. »Er sollte unter die

Werktätigen aufgeteilt werden.«

»Vor allem der Besitz der Kollaborateure, wie?«

Er grinste. »Natürlich.«

Sven Wangen wohnte in dem Stil, an den er von Geburt an gewöhnt war: in einer Riesenvilla, zum Teil aus Holz, zum Teil aus Stein. Hier atmete alles Reichtum und geometrische Präzision, beides Dinge, die Erik entschieden ablehnte.

Mich selbst bedrückte das Anwesen auch, allerdings aus einem anderen Grund: Zu viele Fenster blickten mit schwarzen Augen auf unseren Wagen heraus. Sobald ich seinen sicheren Schutz verließ, gab ich eine großartige Zielscheibe ab.

Erik stieg aus. Ich mußte mich zwingen, ihm zu folgen.

Aber natürlich schoß niemand. Statt dessen kam eine Frau mittleren Alters an die Tür und führte mich in einen kleinen Salon, dessen Fenster auf die Einfahrt blickten. Draußen sah ich Erik im Regen auf und ab gehen.

Sven Wangen aß ein klebriges Törtchen, als er zur Tür hereinkam. Eiskalten Blickes starrte er mich aus überlegener Höhe an.

»Ich habe Ihnen nichts zu sagen. Sie vergeuden Ihre Zeit.«

Das hatten mir bis jetzt alle gesagt, und alle hatten sie sich getäuscht.

»An jenem Tag, als Bob Sherman zum letztenmal für Sie geritten ist, hat er da irgend etwas Unerwartetes gesagt?«

»Nein, hat er nicht.« Er nahm sich nicht einmal die Zeit, darüber nachzudenken.

»Haben Sie mit ihm den Sieg gefeiert?«

»Natürlich nicht.« Er kaute schon wieder.

»Haben Sie überhaupt mit ihm gesprochen – vor oder nach dem Rennen?«

Er schluckte und musterte das restliche Törtchen. »Auf dem Sattelplatz habe ich ihm Anweisungen gegeben. Nach dem Rennen sattelte er ab und ging zum Wiegen. Dann habe ich ihn nicht mehr wiedergesehen.«

»Hat er Ihnen gegenüber etwas von einem Päckchen erwähnt, das er aus England mitgebracht hatte?«

»Nein.« Er stopfte sich den Rest des klebrigen Zeugs in den Mund, so daß er kaum mehr die Lippen schließen konnte.

»Haben Sie ihn aufgefordert, das nächstemal wieder für Sie zu reiten?«

Er starrte mich an und antwortete dann mit vollem Mund: »Er ist nicht wiedergekommen.«

»Ich meine, an jenem letzten Tag; haben Sie ihn da gebeten, wieder für Sie zu reiten?«

»Ich ... Nein. Das erledigt Holth für mich. Der wird schließlich dafür bezahlt.«

Was du alles versäumst, dachte ich. Armer, dicker, ungeliebter, reicher, junger Mann. Ich bedankte mich bei ihm und kehrte zu Erik zurück. Sven Wangen sah uns, sich die Finger leckend, vom Fenster aus zu.

»Na?« fragte Erik neugierig.

»Er hat vielleicht den Befehl gegeben, selbst umgebracht aber hat er bestimmt keinen.«

Erik knurrte und lenkte den gemieteten Volvo zum Tor hinaus. Schweigend legten wir fünf Meilen zurück, dann hielt er an einer Straßengabelung. »Hier müssen Sie sich entscheiden«, erklärte er. »Dort geht es nach Øvrevoll, dort zum Flughafen. Der Rennplatz ist ein ganzes Stück näher.«

»Zum Flughafen.«

»Okay.«

Er jagte die Straße nach Fornebu hinunter. »Passen Sie auf, daß uns niemand folgt«, mahnte ich.

»Machen Sie Witze?«

Wir legten die dreißig Meilen in etwas mehr als einer halben Stunde zurück. Niemand war uns gefolgt.

C 14 war verschlossen, aber bei C 13 daneben steckte der Schlüssel in der offenen Tür: Er hatte den gleichen schwarzen Anhänger wie der von Bob Sherman.

Erik, der sich eigenmächtig zum Leibwächter ernannt hatte, stand neben mir und betrachtete die Reihen der Schließfächer.

»Sind das die, nach denen Sie suchen?«

Ich nickte. »Wahrscheinlich.«

»Was tun wir nun?«

»Wir vergewissern uns, daß niemand hier ist, den wir kennen.«

»Sehr vernünftig.«

Wir schlenderten herum und blieben beobachtend in Ecken stehen; soweit ich beurteilen konnte, gab es im Flughafen jedoch nur Unbekannte. Zu den Schließfächern zurückgekehrt, deckte Erik mich mit seinem Rücken, während ich verstohlen den Schlüssel herausfischte und ihn ins Schloß von C 14 steckte.

Es war der richtige. Die Schließfachtür schwang auf und gab einen Innenraum frei, der groß genug für zwei umfangreiche Koffer war. Auf dem zerkratzten Stahlboden lag jedoch nur ein zusammengefaltetes Stück Papier.

Ich bückte mich, nahm es an mich und steckte es in meine Innentasche.

»Kommen Sie, trinken wir einen Kaffee«, sagte ich zu Erik.

Erik führte mich zum Büffet, wo er Kaffee für uns beide und ein paar Sandwiches für sich selbst bestellte. Am Tisch holte ich mit flatternden Nerven das von Bob Sherman hinterlassene Stück Papier heraus.

Ich hatte erwartet, eine Handhabe für Erpressung zu finden: inkriminierende Briefe oder Fotos. Es war jedoch keines von beidem. Es war etwas, worunter ich mir überhaupt nichts vorstellen konnte.

Zunächst einmal war das Papier dünner, als ich vermutet hatte; es wirkte lediglich so dick, weil es mehrmals gefaltet war. Es erwies sich als ein fünfzehn Zentimeter breiter, aber beinahe einen Meter langer Streifen, der in drei Spalten von oben nach unten eingeteilt war. Jede Spalte bestand nicht aus Buchstaben oder Zahlen, sondern aus verschiedenfarbigen Blöcken und Quadraten. Am linken Rand des Streifens liefen in regelmäßigen Abständen Zahlen, die oben mit 3 begannen und unten mit 14 endeten. Quer über den oberen Teil stand mit der Hand die Überschrift: Datenzusammenfassung.

Ich faltete den Streifen wieder und steckte ihn in meine Tasche zurück.

»Was ist es?« erkundigte sich Erik.

Ich schüttelte den Kopf. »Keine Ahnung.«

Er rührte in seiner Kaffeetasse. »Knut wird es schon herausfinden.«

Ich überdachte dies, und es gefiel mir nicht besonders.

»Nein«, sagte ich, »dieses Papier stammt aus England. Deswegen werde ich es mit dahin zurücknehmen und feststellen, um was es sich handelt.«

Er schien nicht ganz überzeugt zu sein, gab aber nach. »Wo haben Sie den Schlüssel gefunden?«

»In Bob Shermans Sturzhelm.«

Sein Widerstand schmolz dahin. »Na schön«, antwortete er, »ich werde es Knut nicht sagen. Er hätte den Schlüssel ja vor Ihnen finden können.«

Es war eine etwas merkwürdige Logik, aber ich war ihm dankbar dafür. Mit einem Blick auf die Uhr sagte ich: »Die Zwei-Uhr-fünf-Maschine nach Heathrow kriege ich noch.«

»Jetzt gleich?« Sein Ton war erstaunt.

Ich nickte. »Sagen Sie niemandem, wo ich bin. Ich möchte drüben nicht gern schon von meinem Freund Gelbauge erwartet werden.«

Er versprach es mir, stand auf und verabschiedete sich.

Ich sah ihm nach und fühlte mich ohne ihn plötzlich verloren. Aber es passierte nichts. Ich erreichte die Maschine, landete in Heathrow, ließ nach einer kurzen Überlegung meinen Wagen auf dem Parkplatz stehen und fuhr mit dem Zug nach Cambridge.

Ein Sonntagabend mitten im Semester war ein ausgezeichneter Zeitpunkt, um Professoren in ihren Studierzimmern anzutreffen; der erste, den ich antraf, war jedoch eine Niete. Er las Informatik, doch meine Datenzusammenfassung, erklärte er, hatte nichts mit Computern zu tun. Ich solle es doch mal bei der Volkswirtschaft versuchen. Ich versuchte es bei der Volkswirtschaft, bekam aber den Rat, es bei den Geologen zu versuchen.

Obwohl es schon beinahe zehn Uhr abends war, versuchte ich es bei dem Geologieprofessor, der einen kurzen Blick auf den Zettel warf und verblüfft ausrief: »Heiliger Strohsack, woher haben Sie denn *das*? Diese Dinger werden doch gehütet wie Gold.«

»Was ist es eigentlich?«

»Das ist ein Bohrkern. Die graphische Darstellung eines Bohrkerns. Von einer Probe-Bohrung. Sehen Sie diese Zahlen am linken Rand? Ich würde sagen, daß sie die Tiefe jedes Abschnitts bezeichnen. Vielleicht in Hunderten von Fuß, vielleicht in Tausenden.«

»Können Sie erkennen, wo diese Bohrung gemacht wurde?«

Der junge ernste Mann mit dem dichten roten Haarschopf, der in einem wild wuchernden Bart überging, schüttelte den Kopf. »Selbst um zu erraten, nach was da gebohrt wurde, müßte man den Code für die Farbschattierungen haben.«

Deprimiert fragte ich: »Gibt es denn gar keine Möglichkeit, herauszufinden, woher das stammt?«

»Oh, natürlich!« antwortete er vergnügt. »Kommt drauf an, wie wichtig es ist.«

So erzählte ich ihm, was er wissen wollte.

»Ein Bier?« schlug er dann vor.

»Ja, danke.«

Unter einem Stapel unkorrigierter Klausuren fand er schließlich zwei volle Dosen und öffnete sie.

»Prost!« Er trank direkt aus der Dose. »Also, Sie haben mich überzeugt. Ich werde Sie an die Leute weiterreichen, die diese Graphik erstellt haben.«

Ich staunte. »Woher wollen Sie wissen, wer sie gezeichnet hat?«

Er lachte. »Das weiß man genauso wie man die Handschrift eines Kollegen kennt. Das hier stammt aus einem Forschungslabor. Morgen früh werde ich den Direktor anrufen und alles erklären, dann werden wir sehen, ob er Ihnen helfen will. Die sind nämlich ziemlich heikel, wenn es um solche Graphiken geht.« Er betrachtete das Papier nachdenklich. »Ich würde mich gar nicht wundern, wenn das hier einen Mordsspektakel auslöst, denn nach allem, was Sie mir erzählt haben, ist das Ding ja gestohlen worden.«

Der Mordsspektakel war am folgenden Tag deutlich an der Miene von Dr. William Leeds, dem Leiter des Wessex-Wells Research Laboratory, abzulesen. Er war ein eindrucksvoller Mann, ruhig, klein und sehr energisch, und musterte den Zettel, den ich ihm überreichte, mit dem Ausdruck tiefster Besorgnis.

»Nehmen Sie Platz, Mr. Cleveland«, forderte er mich auf.

Wir saßen uns an seinem Schreibtisch gegenüber.

»Woher haben Sie diese Graphik?«

Ich erzählte es ihm, und er hörte zu, ohne mich zu unterbrechen. »Was wollen Sie wissen?« fragte er dann.

»Was diese Graphik darstellt. Wer daraus Vorteile ziehen könnte, und wie.«

Er lächelte. »Ziemlich viel auf einmal.« Er schaute aus dem Fenster auf die Parklandschaft des Laborgeländes.

»Vorteil ziehen kann daraus praktisch jeder, der es in die Finger bekommt«, antwortete er. »Das heißt, jeder, der keine Skrupel hat. Diese Graphik hat etwa eine halbe Million Pfund gekostet.«

Mir blieb der Mund offen stehen. Er lachte.

»Nun, Sie dürfen nicht vergessen, daß Bohrausrüstungen äußerst kompliziert und kostspielig sind. Diese Graphik –«, er tippte mit dem Finger auf das Papier – »hat nur fünf Zoll Durchmesser, geht aber vierzehntausend Fuß tief. Eine Bohrung von vierzehntausend Fuß Tiefe kostet eine Menge Geld.«

»Das ist mir klar«, sagte ich.

»Man kann sie für diesen Preis natürlich nicht verkaufen, aber ich könnte mir vorstellen, daß diese spezielle Graphik hier bei einer entsprechenden Nachfrage hunderttausend Pfund wert wäre.«

Ich bat ihn um nähere Einzelheiten.

»Eine Graphik wie diese ist Information. Sobald Sie einen Käufer wissen, können Sie Informationen illegal verkaufen. Nehmen wir an, daß diese Graphik ein Nickellager zeigt – was, nebenbei bemerkt, nicht zutrifft –, und Sie wüßten genau, von welchem Bohrloch sie stammt, dann wüßten Sie, ob es sich lohnt, Geld in das Unternehmen zu investieren oder nicht. Zum Beispiel während des Poseidon-Nickelbooms in Australien hätten Sie an der Börse buchstäblich Millionen machen können, wenn Sie mit absoluter Sicherheit vorher gewußt hätten, welche der zwölf Firmen die Bohrung mit dem reichsten Ertrag gemacht hatte.«

»Großer Gott!« sagte ich.

»Anders herum geht es natürlich auch«, fuhr er fort. »Wenn Sie wissen, daß eine Bohrkonzession, von der man viel erwartet hat, keine guten Erträge bringt, können Sie die Aktien abstoßen, solange der Kurs noch hoch steht.«

»Dann hätten also nicht nur Bergbauunternehmer Interesse am Kauf einer solchen Graphik?«

»Natürlich nicht. Diejenigen, die am meisten an derartigen Dingen verdienen, wissen vermutlich nicht mal, wie eine Bohrung überhaupt aussieht.«

»Warum aber die Graphik verkaufen? Warum nicht selbst Millionen an der Börse machen?«

Er lächelte. »Weil es viel sicherer ist, eine hübsche Pauschalsumme auf einem Schweizer Nummernkonto zu haben, als an der Börse zu spekulieren. Jeder Geologe, der mit entsprechenden Aktien an der Börse spekuliert, würde sofort auffallen.«

»Werden Geologen oft gebeten, Außenstehenden derartige Informationen zu verkaufen?«

»Allerdings. Wir hier versuchen, unsere Geologen zu schützen, indem wir ihnen nicht genau mitteilen, woher das Material, an dem sie arbeiten, stammt. Offensichtlich aber sind wir darin nicht sehr erfolgreich gewesen.« Seine Miene wurde bedrückt. »Wir wissen aus Erfahrung, daß ein Geologe gewöhnlich von einen Mittelsmann kontaktiert wird, der die Information an der Quelle kauft und sie dann an einen dickeren Fisch veräußert, der auf dem Weltmarkt operiert.«

»Was bedeuten diese Spalten eigentlich?«

Er nahm die Graphik zur Hand und zeigte es mir. »Die erste Spalte ist Lithologie, die Zusammensetzung der Gesteinsschichten. Die zweite zeigt den ursprünglichen Partikeltyp, das heißt, Mikro- und Makrofossilien und Mikrit. Die dritte –«, er preßte die Lippen zusammen –, »ist ein ziemlich neues und streng geheimes Verfahren, elektronische Suchmikroskopie. Darüber, daß diese Ergebnisse durchgesickert sind, werden unsere Kunden besonders aufgebracht sein. Die haben dafür ein Vermögen bezahlt. Und wir bleiben nur im Geschäft, solange unsere Kunden wissen, daß die Analyse, für die sie so teuer bezahlen, niemand anderem zugänglich ist.«

»Diese Graphik wäre aber doch kaum etwas wert ohne den Code für die verschiedenen Farbschattierungen, wie?«

»Nein«. Er überlegte. »Wenn ich mal raten soll, würde ich sagen, daß sie als eine Art Appetithappen verwendet werden sollte, oder als Beweis dafür, daß der Mittelsmann tatsächlich etwas zu verkaufen hatte. Normalerweise stellen wir Graphiken in dieser Form nicht her. Das hier ist eine Abkürzung, eine gedrängte Übersicht. Spezialanfertigung.«

»Wäre aber der übrige Inhalt von Bob Shermans Päckchen ohne diese Graphik zu gebrauchen?«

»Oh, natürlich! Es kommt allerdings darauf an, was das Päckchen sonst noch enthielt. Eine schriftliche Analyse ist ebensoviel wert wie eine Graphik. Ja, wenn sie die schriftliche Analyse hätten, würden sie die Graphik überhaupt nicht benötigen.«

Ich bedankte mich für seine Hilfe. »Können Sie mir noch sagen, wo diese Bohrung gemacht wurde – und wonach?«

Er betrachtete die Graphik. »Auf den ersten Blick könnte ich es Ihnen ungefähr sagen, aber Sie wollen es sicher genau wissen, nicht wahr?«

»Ja, bitte.«

»Dann kommen Sie mit.«

Er führte mich durch einen breiten Gang, durch eine Pendeltür in einen modernen Flügel an der Rückseite des ursprünglichen Hauses. Unser Ziel war, wie es schien, das Archiv; um dorthin zu gelangen, mußte sich aber selbst der Direktor den drinnen Arbeitenden anmelden, damit sie die elektronisch verschlossene Tür von innen öffneten.

Mit sicherem Griff zog er einen Ordner aus den Tausenden von Aktenregalen heraus, mit denen die Wände bedeckt waren. Die Firma, welche die Analyse in Auftrag gegeben hatte, kannte er, und die Stelle, von der die Bohrung stammte, wußte er ungefähr.

Er blätterte ein paarmal und verglich die Graphik mit den Aufzeichnungen. »Da«, sagte er schließlich, mit dem Finger darauf zeigend. »Das sind die Koordinaten, die Sie suchen.«

Ich spähte über seinen Arm. Las die Koordinaten.

Las den Namen des Unternehmens.

Ich hatte noch nie davon gehört.

»Haben Sie vielen Dank«, verabschiedete ich mich.

14

Ich besuchte Emma.

Das Haus war warm und freundlich, und Emma selbst sah viel besser aus. Ihre Wangen waren rosig, ihre Augen funkelten, und sie freute sich sehr, mich zu sehen.

Nachdem sie mich mit frischem Backwerk versorgt hatte, fragte ich sie, ob ich telefonieren dürfe.

»Selbstverständlich.«

Ich rief einen Börsenmakler an, den ich kannte, weil er ein paar Rennpferde besaß, und erkundigte mich nach den Aktienbewegungen des Unternehmens, das die Bohranalyse bestellt hatte.

»Das ist nicht schwer«, antwortete er. »Vor ungefähr zwei Monaten begannen ihre Aktien zu steigen. Irgend jemand hatte einen heißen Tip, kaufte zu Niedrigstpreisen und verdiente einen kräftigen Batzen.«

»Wer?«

»Kann man nicht sagen, vermutlich aber ein Syndikat, da es um riesige Summen geht. Die Käufe wurden über Strohmänner getätigt, und zwar hauptsächlich auf überseeischen Märkten.«

Ich bedankte mich, legte auf und bestellte dann bei der SAS ein Ticket für die Sechs-Uhr-dreißig-Maschine nach Oslo.

Emma gab ich einen Abschiedskuß.

»Kommen Sie bald wieder«, bat sie, und ich versprach es ihr.

Heil und sicher im *Grand Hotel* von Oslo angelangt, rief ich Erik an und bat ihn um Knuts Privatnummer.

»Haben Sie etwas erreicht?« fragte Erik.

»Einiges«, antwortete ich.

»Brauchen Sie mich noch als Fahrer?«

»Wenn Ihre Nerven mitmachen – ja.«

»Sie können sich auf mich verlassen.«

Als ich Knut anrief, gähnte dieser. Er sei gerade aus dem Dienst gekommen und müsse erst wieder um zwei Uhr mittags antreten.

»Kennen Sie einen Ort namens Lillehammer?« fragte ich ihn.

»Ja, natürlich.«

»Wie ist es da?«

»Na, wie in einer großen Stadt. Im Sommer Touristen, im Winter Skiläufer. Oktober, November kaum Besucher.«

»Wenn Sie sich in Lillehammer heimlich mit jemandem treffen wollen, und zwar an einem Punkt, der vom Bahnhof aus zu Fuß bequem zu erreichen ist – wo könnte das sein?«

Kleine Pause. Dann sagte er: »Am besten außerhalb der Stadt. In Richtung zum See. Über den See führt eine Brücke, zu der man über die Hauptstraße nach Gjøvik gelangt, der Verkehr dort ist aber kaum nennenswert. Es gibt lediglich ein paar Nebenwege zu den Häusern am Seeufer. Ist das passend?«

»Klingt perfekt.«

»Mit wem wollen Sie sich treffen?«

Ich erklärte es ihm ausführlich. Irgendwann zwischendurch war seine Müdigkeit verflogen, denn als er antwortete, klang seine Stimme hellwach.

»Ja, verstehe. Ich werde alles in die Wege leiten.«

»Dann sehen wir uns morgen früh.«

»Ja. Einverstanden. Und seien Sie vorsichtig, David.«

»Darauf können Sie sich verlassen.«

Ich telefonierte noch einmal mit Erik, der mir zusagte, zum Frühstück zu kommen, mich anschließend zu Knut ins Büro und dann zum Zehn-Uhr-Zug nach Lillehammer an den Bahnhof zu bringen.

»Ist das alles?«

»Nein. Würden Sie mich auch wieder abholen? Um halb fünf, glaube ich.«

»Selbstverständlich.« Das klang beinahe enttäuscht.

»Bringen Sie einen Schlagring mit.« Das heiterte ihn auf.

Anschließend Lars Baltzersen.

»Natürlich kenne ich die Firma«, antwortete er. »Die Aktien des Unternehmens schnellen immer weiter in die Höhe. Ich habe selbst vor einigen Wochen welche gekauft, die bereits gute Erträge brachten.«

»Kennen Sie noch jemanden, der gekauft hat, solange der Kurs niedrig stand?«

Zögernd antwortete er: »Rolf Torp. Ich glaube sogar, daß Rolf es war, der mich darauf hingewiesen hat, aber genau weiß ich es nicht.« Er räusperte sich. »Ich habe da jedoch beunruhigende Gerüchte gehört. Die wirklich großen Käufer sollen im Mittleren Osten sitzen. Unwahrscheinlich ist es nicht.«

»Wieso ist das beunruhigend?« Er erklärte es mir.

Zuletzt rief ich noch Arne an.

»David! Ich habe dich seit Tagen nicht mehr gesehen«, sagte er. »Was hast du die ganze Zeit getrieben?«

»Meinen Beruf ausgeübt«, antwortete ich. »Hör zu, Arne, ich habe Glück gehabt. Ein Mann hat mich aus einem Ort namens Lillehammer angerufen und gesagt, er könne mir Angaben über den Mord an Bob Sherman machen. Er hat ihn praktisch mit angesehen. Mehr wollte er am Telefon nicht sagen, aber ich werde mich morgen mit ihm treffen. Nun ist die Sache aber die: Ich wollte dich bitten, mitzukommen, weil dieser Mann nämlich nur sehr schlecht englisch spricht. Du könntest für mich dolmetschen. Hast du Zeit?«

»Morgen?«

»Ja. Ich nehme den Zug um zehn Uhr vormittags.«

»Wo willst du dich in Lillehammer mit ihm treffen?«

»Auf der Straße nach Gjøvik, bei der Brücke über den See. Er will um die Mittagszeit dort sein. Bitte komm mit, Arne.«

Er hatte seinen Entschluß gefaßt. »Gut, ich komme. Wohnst du noch immer im *Grand Hotel*?«

»Ja«, sagte ich, »aber du wohnst näher am Bahnhof als ich. Wir werden uns auf dem Bahnsteig treffen.«

»Gut.« Er zögerte abermals. »Hoffentlich ist es kein Verrückter, der sich nur wichtig machen will.«

»Ja«, sagte ich, »hoffentlich nicht.«

Erik hatte Odin mitgebracht, um ihm bei seinem Wachdienst beizustehen, und sie brachten mich heil und gesund zur Polizei, wo Knut uns fünf Stunden vor Beginn seines Dienstes erwartete. In seinem Büro überreichte ich ihm die Bohrgraphik, die er neugierig betrachtete.

»Nicht verlieren!« warnte ich ihn.

Er lächelte. »Eher würde ich wahrscheinlich mein Leben verlieren.«

»Und lassen Sie sie fotokopieren.«

Er nickte. »Sofort.«

»Na, dann bis heute nachmittag.«

Wir schüttelten uns die Hand.

»Seien Sie vorsichtig«, mahnte er.

Erik und Odin an meiner Seite, löste ich eine Fahrkarte und ging zur Sperre. Dies war bis jetzt der schlimmste Tag für meine arg strapazierten Nerven. Ich übertraf sogar Arne im Über-die-Schulter-Blicken. Heute abend, dachte ich grimmig, bin ich entweder tot oder in Sicherheit. Die Zeit bis zum Abend schien endlos lang.

Arne, der mich auf dem Bahnsteig erwartete, begrüßte mich mit strahlendem Lächeln.

»Welche Platznummer hast du?« erkundigte er sich.

Ich hatte übersehen, daß jede Fahrkarte eine Platznummer trug.

»Ich werde meine umtauschen, damit ich neben dir sitzen kann«, erklärte er und verschwand in Richtung Fahrkartenschalter, während ich mir meinen Platz suchte, einen Fensterplatz in der Mitte des großen, luftigen Waggons.

Arne kehrte zufrieden zurück; er hatte die richtige Nummer bekommen.

»So ist es besser«, verkündete er und musterte die Mitreisenden mißtrauisch, bevor er sich setzte.

Plötzlich tauchte Erik mit Odin vor dem Zugfenster auf, klopfte heftig, um meine Aufmerksamkeit zu erregen, und winkte mir, daß er mit mir sprechen müsse. Ich deutete zum Wagenende, schob mich an Arne vorbei und ging zur Tür.

»Ich hab' ihn gesehen!« berichtete Erik aufgeregt. »Sie müssen sofort aussteigen!«

»Wen haben Sie gesehen?«

»Der Zug fährt ab, wenn Sie nicht sofort 'rauskommen! Den Mann, der die Bombe gelegt hat. Den Großen mit dem Schmetterlingsmuttermal. Er kaufte gerade eine Fahrkarte ... Er ließ ein paar Münzen fallen und bückte sich, um sie aufzuheben. Da habe ich seinen Nacken gesehen ... Und seine Augen sind tatsächlich gelb. Bitte schnell, David! Er hat noch einen Mann bei sich. Sie sind in den letzten Wagen gestiegen, drei Wagen von hier entfernt.«

Ein Pfeifsignal. Erik tanzte vor Aufregung. »Aussteigen! Aussteigen ...«

Ich schüttelte jedoch den Kopf. »Denen werde ich schon aus dem Weg gehen.« Der Zug ruckte an. »Vielen Dank, Erik. Bis heute nachmittag.«

Der Zug wurde schneller und mein Beschützer immer kleiner, bis ich den bestürzten Ausdruck auf Eriks Gesicht nicht mehr erkennen konnte.

»Wer war denn das?« fragte Arne, als ich an meinen Platz zurückkehrte.

»Der Mann, der mich fährt.«

»Ziemlich ungewöhnlicher Chauffeur, findest du nicht?«

Ich lächelte. »Sein Fahrstil ist ebenso ungewöhnlich.«

»Erzähl mir von diesem Mann, mit dem du verabredet bist.«

»Nun, viel weiß ich wirklich nicht von ihm. Er stellte sich als Johan Petersen vor ... Sagt, er wäre auf dem Rennplatz gewesen, als Bob Sherman verschwand, und er hätte mir etwas zu erzählen. Er wohne in Lillehammer und arbeite im Sägewerk. Ich bat ihn, doch nach Oslo zu kommen, aber er sagte, er könne sich unmöglich frei nehmen. Er will heute während der Mittagspause mit mir sprechen. Ich konnte ihn nur sehr schwer verstehen, weil er so schlecht englisch sprach.«

Arne nickte, blinzelte wie immer. »Woran sollst du ihn erkennen?«

»Ich soll mit einer englischen Zeitung in der Hand zur Brücke hinuntergehen.«

»Hast du eine mitgebracht?«

Ich nickte. »In meiner Manteltasche.«

Die Strecke führte durch Felder, Wälder und an einem großen See entlang. An jedem anderen Tag hätte ich die Fahrt genossen, aber es ist erstaunlich, wie sehr die Angst den Menschen gefangen nimmt. Mein Freund Gelbauge und sein Kumpan waren für meinen Geschmack zu nahe, so daß ich mich bei jeder Türbewegung mißtrauisch umdrehte.

Eine Frau im blauen Overall schob einen Erfrischungswagen herein, und Arne kaufte mir einen Kaffee. »Ich habe dich am Sonntag auf dem Rennplatz vermißt«, sagte er.

»Ich wollte gehen, aber es war zu kalt.«

Er warf mir einen ironischen Blick zu.

»Wahrscheinlich fahre ich bald wieder nach Hause«, erklärte ich.

»Wirklich?« Er war verwundert. »Ich dachte, du wolltest erst ermitteln, wer ...«

»Nun, nach unserer heutigen Reise werden wir wesentlich klüger sein. Das heißt, wenn wir Glück haben. Außerdem haben wir ja den Schlüssel ...«

»Welchen Schlüssel?«

»Ich habe in Bob Shermans Sturzhelm den Schlüssel zu einem Gepäckschließfach gefunden.«

»Ist doch nicht wahr!«

Ich nickte und berichtete ihm von der Spur, auf die mich Paddy O'Flaherty gebracht hatte. »Siehst du? Deswegen werden wir bald alles wissen.«

Arne war begeistert. »Großartig!« sagte er. »Jetzt brauchen wir nur noch nachzusehen, zu welchem Schließfach der Schlüssel paßt.« Er hatte plötzlich eine Idee. »Vielleicht ist es überhaupt das Geld! Das Geld, das gestohlen worden ist.«

»Das wäre eine Möglichkeit«, stimmte ich zu. Was ich wirklich in dem Schließfach gefunden hatte, berichtete ich ihm nicht; das konnte ich später tun, weil jetzt nämlich die Passagiere aufstanden und ihre Mäntel holten. Anscheinend waren wir am Ziel.

Eiskalter Wind fegte über den Bahnsteig von Lillehammer und strafte sämtliche Reklamefotos vom sonnigen Wintersport Lügen.

»Komm, David!« rief Arne.

»Bin schon da.« Ich hörte auf, mich ängstlich umzusehen, und folgte ihm in die Bahnhofshalle. Am anderen Ende des Bahnsteigs verdrückten sich zwei Männer in Richtung Brücke. Einer war groß, der andere hatte dieselbe Figur wie mein Messerheld von London. Ich war überzeugt, daß es die beiden Killer waren.

Die kleine Bahnhofshalle war voller Reisenden, die auf ihre Züge warteten. Rings an den Wänden standen Bänke, es gab Türen, die zu Waschräumen führten, und einen Fahrkartenschalter. Arne wollte noch telefonieren, bevor wir zu unserem Rendezvous aufbrachen.

Ich sah ihm durch die Glaswände der Telefonzelle zu, wie er Münzen in den Apparat steckte und eifrig in den Hörer sprach. Es dauerte eine ganze Weile, bis er endlich lächelnd wieder herauskam.

»Alles erledigt«, sagte er. »Gehen wir.«

»Arne . . .« Ich zögerte. »Ich weiß, daß es albern klingt, aber ich möchte nicht.«

Er sah aus wie vom Donner gerührt. »Aber warum denn nicht? Dieser Mann hat vielleicht gesehen, wer Bob Sherman umgebracht hat!«

»Ich weiß, aber . . . Ich kann's nicht erklären. Ich habe so eine komische Vorahnung. Das ist mir schon öfter so gegangen. Ich . . . Ich kann einfach nicht dagegen an. Irgend etwas sagt mir, daß ich nicht gehen soll. Deswegen gehe ich auch nicht.«

»Aber, David!« sagte er. »Das ist doch Unsinn!«

»Ich kann nicht anders. Ich gehe nicht hin.«

»Und was wird mit diesem Mann?«

»Das weiß ich nicht«, antwortete ich hilflos.

Arne wurde ungeduldig. Er versuchte es mit Beleidigungen, er versuchte es mit Überredungskunst. Ich weigerte mich stur.

Schließlich sagte er resignierend: »Gib mir die Zeitung. Ich werde selber gehen.«

»Aber«, wandte ich ein, »wenn meine Vorahnung wirklich bedeutet, daß eine Gefahr an dieser Straße droht, dann wäre es für dich doch ebenso gefährlich. Bitte, geh lieber nicht.«

»Ich werde gut aufpassen.« Er blinzelte heftig. »Gib mir die Zeitung.«

Widerstrebend händigte ich ihm die Vortagsausgabe des *Express* aus.

»Ich werde hier auf dich warten«, sagte ich.

Er nickte verstimmt und machte sich auf. Ich wählte mir einen Platz ganz am Ende einer Bank, wo ich auf einer Seite und im Rücken von Wänden gedeckt war. An meiner freien Seite saß ein rundlicher Teenager in einem zotteligen Lammfellmantel.

Anderthalb Stunden bis zur Rückfahrt nach Oslo. Anderthalb Stunden Zeit, die ich totschlagen mußte. Nein, falsch: anderthalb Stunden, in denen ich am Leben bleiben mußte. Jeden Augenblick erwartete ich Gelbauge und seinen Kumpan, war aber sicher, daß sie in der Öffentlichkeit keinen Angriff wagen würden. Also saß ich, wartete, schwitzte und hoffte, daß sie ihre Grenzen richtig einschätzten.

Als die Passagiere für den Zug nach Oslo eintrafen, löste ich zwei Fahrkarten für mich und Arne. Absichtlich erbat ich die exponiertesten Plätze im Wagen, die ich, obgleich der Schalterbeamte kaum englisch sprach, Gott sei Dank auch bekam.

In meine Ecke zurückgekehrt, fand ich mich neben einem älteren Mann, der mich am Schalter englisch sprechen gehört hatte und nun die auf einem Urlaub mit Familie in London erworbenen Kenntnisse bei mir an den Mann brachte. Als Arne eine Viertelstunde vor Abfahrt des Zuges zurückkam, plauderten wir wie alte Freunde.

Arnes Miene war umwölkt. Ich stand auf, machte ihn mit dem älteren Mann bekannt und informierte ihn: »Wir haben über London gesprochen.«

Arne warf dem Mann einen flüchtigen Blick zu und unterbrach mich. »Er ist nicht gekommen.«

»Was?«

»Ich habe gewartet«, erklärte Arne. »Ich bin zweimal bis zur Brücke hinuntergegangen. Ich habe die Zeitung gezeigt. Niemand hat mich angesprochen.«

Ich schnalzte mißbilligend mit der Zunge. »So ein Pech! Tut mir leid, Arne, daß ich dir den ganzen Tag verdorben habe, aber es klang so logisch ... Vielleicht war er verhindert. Vielleicht könnten wir beim Sägewerk anrufen ...«

»Habe ich schon«, entgegnete er. »Dort arbeitet kein Johan Petersen.«

Wir starrten einander schweigend an.

Dann sagte ich bedrückt: »Und ich hatte so große Hoffnungen in ihn gesetzt.«

Arne musterte mich stumm.

»Dann war meine Vorahnung wohl falsch.«

»Das habe ich dir ja gleich gesagt.« Er zog seine Brieftasche.

»Ich habe die Fahrkarten schon gekauft«, sagte ich, indem ich sie hervorzog. »Zwei Plätze nebeneinander.«

»Oh ... Gut.«

Der Zug kam, und wir stiegen ein. Unsere Plätze lagen, genau wie ich gehofft hatte, ganz hinten, direkt vor der Garderobe, so daß wir sämtliche anderen Passagiere vor uns hatten. Ein glücklicher Zufall war außerdem, daß mein älterer Gesprächsfreund mit dem Urlaub in London nur drei Reihen von uns entfernt am Mittelgang saß und uns genau beobachten konnte. Lächelnd winkte er uns zu. Ich erzählte Arne, wie freundlich er gewesen war. Genau wie alle

Norweger, fügte ich hinzu.

Arne sah über seine Schulter zurück: nichts als Kleiderbügel mit Wintermänteln. Trotzdem wirkte er nervös.

Auf die beiden Plätze direkt gegenüber setzten sich zwei nette junge Mädchen. Als ich meine Füße aus dem Weg zog und lächelte, sagten sie etwas auf norwegisch.

»Ich bin Engländer«, erklärte ich; sie wiederholten: »Engländer«, und nickten lächelnd. »Und das ist mein Freund Arne Kristiansen.« Sie fanden diese Vorstellung komisch und begrüßten Arne kichernd. Ein wenig brummig erwiderte Arne ihren Gruß.

Der Zug fuhr ab. Wir unterhielten uns eine Weile über das Ausbleiben Johan Petersens, und ich sagte, ich könne nur hoffen, daß er noch einmal anrief.

»Sagst du mir dann Bescheid?«

Ich versprach es.

Die Dame mit dem Erfrischungswagen kam wieder, und ich revanchierte mich trotz Arnes Protest für den Kaffee auf der Hinfahrt. Außerdem bot ich den beiden Mädchen etwas zu trinken an, die daraufhin knallrot wurden. Aber sie akzeptierten eine Orangeade.

Arne bekam allmählich wieder den gehetzten Ausdruck, den sein Gesicht häufig in Gegenwart vieler Menschen annahm.

»Komm, wir suchen uns einen ruhigeren Platz«, schlug er vor.

»Geh du nur«, antwortete ich. »Mir gefällt es hier.«

Er schüttelte den Kopf, blieb aber sitzen.

Zu seiner Erleichterung und meinem Bedauern stiegen die beiden Mädchen in Hamar aus, doch gleich nachdem sich der Zug wieder in Bewegung gesetzt hatte, kam mein London-Freund zu uns herüber.

»Darf ich mich zu Ihnen setzen?« fragte er höflich. »Es ist für mich so interessant, mich über London zu unterhalten.«

Das war endgültig zuviel für Arne. Unvermittelt sprang er auf und stürmte in den nächsten Wagen. Hinter ihm fiel die Tür ins Schloß.

»Habe ich Ihren Freund gekränkt?« erkundigte sich der ältere Mann besorgt. »Das täte mir leid.«

»Ach, der hat Probleme«, antwortete ich. »Das hat wirklich nichts mit Ihnen zu tun.«

Erleichtert stürzte er sich in eine Flut von Erinnerungen, die mich zu Tode langweilten, aber vermutlich am Leben erhielten. Als wir in Oslo ankamen, war er noch immer nicht fertig. Doch dort, auf dem Bahnsteig, stand wie verabredet Erik mit Odin an seiner Seite.

Viel Zeit stand ihnen nicht mehr zur Verfügung. Wenn sie den Versuch noch wagen wollten, mußten sie es in aller Öffentlichkeit tun.

Ich stieg aus und wandte mich Erik zu. Und genau zwischen uns standen mit erschreckend entschlossenen Mienen die beiden Männer, die ich am allerwenigsten sehen wollte.

15

Aber es kam nicht zu einem Kampf.

Erik sah sie im selben Moment wie ich und begann aus vollem Hals »Polizei!« zu schreien.

Alle, die in Hörweite waren, drehten sich um.

»Polizei!« schrie Erik abermals, während er auf Gelbauge und Freund zeigte. »Die beiden sind Diebe! Holt die Polizei!« Und dann rief er es noch einmal auf norwegisch.

Das nahm ihnen endgültig den Mut. Sie machten auf dem Absatz kehrt und rannten auf den Ausgang zu. Niemand versuchte, sie aufzuhalten; die Mienen der meisten Umstehenden verrieten Erstaunen.

Mit langen Schritten kam Erik auf mich zu und schüttelte mir strahlend die Hand. »Ich habe Ihre Theorie in die Praxis umgesetzt«, erklärte er.

Ich sah ihn verständnislos an.

»Knut sagte mir, Sie meinten, daß die Sie nicht umbringen würden, solange jemand zusieht. Deswegen habe ich die Leute zum Zusehen gezwungen.«

»Danke.«

»Jetzt sind wir quitt.« Breit grinsend tätschelte er Odin.

Ich stellte fest, daß meine Handflächen feucht waren und ich am ganzen Leibe zitterte.

»Ich brauche ein Telefon«, sagte ich.

»Sie brauchen einen kräftigen Drink.«

»Das auch.«

Ich rief Knut an. »Bin wieder da«, sagte ich.

»Gott sei Dank!«

»Hat's geklappt?«

Ich fragte deswegen so eifrig, weil ich fast sieben angsterfüllte Stunden lang meine Haut zu Markte getragen hatte.

»Ja«, antwortete er mit sonderbarer Zurückhaltung. »Immerhin ... Ja.«

»Was ist denn los?«

»Am besten kommen Sie sofort. Hier kann ich es Ihnen besser erklären.«

»Bin gleich da.«

Als ich aus der Zelle trat, wäre ich fast über Odin gestolpert, der auf der Schwelle lag. Er sah mich vorwurfsvoll an, erhob sich gelassen und gähnte ausgiebig.

»Haben Sie Arne Kristiansen gesehen?« fragte ich Erik.

»Wen?«

Ich suchte mit den Augen die Menge ab – ohne Erfolg. »Schon gut. Wahrscheinlich ist er nach Hause gegangen.«

Im Polizeipräsidium saß Knut mutterseelenallein in seinem Büro und kaute auf einem Bleistift herum. Er lud mich ein, Platz zu nehmen, brachte aber nur eine Andeutung von Lächeln zustande.

»Also ... Wir haben es gemacht, wie Sie es wollten«, berichtete er. »Wir haben die Graphik in Fornebu in ein Schließfach gelegt. und den Schlüssel in Ihrem Zimmer im *Grand Hotel* lose in den Sturzhelm gesteckt. Wir haben jede Fläche, die ein Eindringling berühren würde, mit Anthracinstaub besprüht und in Fornebu auf der Lauer gelegen.«

»Und? Ist jemand gekommen?« fragte ich.

Er seufzte. »Kommen Sie mit.«

Er führte mich durch einen kahlen Korridor und blieb vor einer cremefarbenen Tür stehen. In Augenhöhe war eine Glasscheibe angebracht, durch die man den beleuchteten Innenraum sehen konnte.

»Da«, sagte Knut.

Ich schaute hindurch.

Das Zimmer war klein und enthielt lediglich einen einfachen Tisch mit drei Stühlen. Auf einem Stuhl saß ein junger, uniformierter Polizist. Auf dem zweiten saß, gelassen rauchend und so ruhig, als befände er sich in seinem eigenen Büro, Per Bjørn Sandvik.

Ich trat von der Tür zurück und starrte Knut an.

»Kommen Sie, wir gehen wieder in mein Büro«, sagte er.

Wir setzten uns hin, wie wir vorher gesessen hatten.

»Er kam nach Fornebu und öffnete das Schließfach«, begann Knut. »Das war um –«, er konsultierte einen Notizblock –, »genau vierzehn Uhr fünfunddreißig. Er nahm die Graphik heraus und steckte sie ein. Ich trat mit zwei anderen Beamten auf ihn zu, als er die Schließfächer verließ, und bat ihn, uns zum Polizeipräsidium zu begleiten. Er schien überrascht, aber nicht – nicht verstört. Ich habe schon viele Menschen verhaftet, David. Per Bjørn Sandvik verhielt sich nicht, als wäre er schuldig.«

Mit Daumen und Zeigefinger rieb er sich die Nase.

»Ich weiß nicht, was ich von ihm halten soll, David. Er sagte achselzuckend, daß er natürlich mitkommen werde, doch sonst sagte er praktisch nichts, bis wir hier ankamen. Er war ganz ruhig.«

»Was für eine Erklärung hat er Ihnen gegeben?«

»Wir hatten uns ins Vernehmungszimmer gesetzt; ein Polizeibeamter führte das Protokoll. Mr. Sandvik bot mir eine Zigarette an. Er hätte lediglich bei den Ermittlungen über Bob Shermans Tod helfen wollen, sagte er. Arne Kristiansen habe ihn angerufen und informiert, daß Sie einen Schlüssel gefunden hätten, der möglicherweise zu Informationen führen könnte, deswegen sei er ins *Grand Hotel* gegangen und habe den Schlüssel geholt, den er sofort als zu Fornebu gehörig erkannte, weil er die Schließfächer dort häufig benutze. Dann fuhr er zum Flughafen, um nachzusehen, was Bob Sherman dort deponiert hatte. Er habe geglaubt, das Geld zu finden, aber es sei nur ein Zettel gewesen. Als wir ihn stellten, hatte er höchstens einen kurzen Blick darauf geworfen.«

»Hat er einen Grund dafür angegeben, weshalb er das alles allein unternommen hat, ohne auf Arnes und meine Rückkehr zu warten oder die Polizei zu verständigen?«

»Ja.« Er sah mich ironisch lächelnd an. »Er sagt, daß Arne ihn darum gebeten hatte, weil Arne beweisen wollte, daß er doch kein so schlechter Detektiv sei. Auf diese Weise würden Sie dann die Lorbeeren nicht allein einheimsen.«

»Was halten Sie davon?«

Seine Miene war deprimiert. »Per Bjørn Sandvik ist ein führender Industrieller und hochgeachtet. Er gibt sich außerordentlich vernünftig, doch wenn wir ihn noch länger festhalten, wird er böse.«

»Und Ihre Vorgesetzten werden Sie dafür verantwortlich machen?«

»Ah ... Ja.«

Ich überlegte. »Keine Angst, Knut«, sagte ich dann. »Wir haben den Richtigen.«

»Aber er ist so selbstsicher.«

Ich nickte. »Aufgrund einer irrigen Annahme.«

»Wieso?«

»Weil er glaubt, daß ich tot bin.«

Per Bjørn Sandvik bekam einen bösen Schock, als ich das Vernehmungszimmer betrat.

Die Muskeln um seine Augen und seinen Mund zuckten, und seine bleiche Haut wurde um eine Schattierung blasser. Seine Willenskraft aber war außergewöhnlich. Innerhalb von drei Sekunden lächelte er wieder mit jener irreführenden Ruhe, die Knut so in Verwirrung gebracht hatte.

»Leider kein erfreuliches Wiedersehen«, sagte ich.

Er überlegte so konzentriert, daß die Muskeln an seinen Augen nicht mehr aufhören wollten zu zucken. Ein Mann, der so schnell denken konnte, war gefährlich.

Knut war nach mir eingetreten und bat den jungen Polizisten, noch einen Stuhl zu holen. Während der Beamte fort war, beobachtete ich, wie Per Bjørn Sandvik seinen Denkprozeß abschloß. Beinahe unmerklich entspannte er sich. Zu früh, fand ich.

Der vierte Stuhl kam, und dann setzten wir uns alle um den Tisch.

Ich begann. »Es ist Ihnen inzwischen wohl klar geworden, daß es in Lillehammer keinen Johan Petersen gibt, nicht wahr?«

»Ich weiß nicht, wovon Sie reden«, gab er liebenswürdig zurück. »Ich dachte, es geht um das Schließfach in Fornebu.«

»Nein, es geht um Arne Kristiansen«, korrigierte ich.

Pause. Ich wartete, aber er war zu vorsichtig, um einen unüberlegten Schritt zu tun; deswegen lockte ich ihn noch ein bißchen weiter.

»Auf Arne sollten Sie sich lieber nicht verlassen. Arne steckt viel zu tief mit drin. Bis über den Kopf, würde ich sagen, wenn ich bedenke, wie weit er schwimmen mußte.«

Keine Antwort.

»Dieser Unsinn draußen im Fjord«, sagte ich. »Da dachte ich nun, daß Arne ertrunken wäre, dabei trug er einen Taucheranzug unter dem roten Anorak. Hat tagelang gedauert, bis mir klar wurde, daß die schwarz-gelben Ränder unter dem Anorak aus Gummi waren. Aber die Fahrt auf dem Fjord fand ja noch statt, bevor ich zu der Überzeugung kam, daß Arne auf der anderen Seite steht.

»Ein hervorragender Schwimmer, unser Arne«, fuhr ich fort. »Überhaupt ein guter Sportsmann. Stand in dem kippligen Dinghi einfach auf und wedelte mit den Armen, wie um das große Boot zu warnen, damit es uns nicht überrannte; dabei war das vielmehr ein Signal, daß dies das Dinghi sei, das untergehen sollte. Arne schwamm an Land, meldete einen Unfall und berichtete, ich sei ertrunken.«

»Ich habe keine Ahnung, wovon Sie sprechen.« Per Bjørn stieß einen geduldigen Seufzer aus.

»Ich spreche von Arne, wie er in seinen Taucheranzug gestiegen ist und Bob Sherman aus dem Teich von Øvrevoll geholt hat.«

Keine Antwort.

Arne war übel geworden, als er den seit einem Monat Toten sah. Bei Nacht, als er Bob herausgeholt und in die Plane gewickelt hatte, war sein Anblick vermutlich weniger schlimm gewesen; im hellen Tageslicht hatte es ihm jedoch einen Schlag versetzt.

»Ich spreche von Arne, dem einzigen Menschen, der sicher sein konnte, daß niemand ihn sah, als er den Toten in den Teich warf, als er ihn später herausholte und dann wieder zurückwerfen wollte. Arne war für die Sicherheit verantwortlich. Er konnte auf dem und Rennplatz kommen und gehen, wie es ihm beliebte.

Schweigen.

»Reine Spekulation«, entschied Sandvik dann.

Knut saß still und hielt sein Versprechen, daß er sich nicht einmischen würde.

»Arne hat das Geld selbst gestohlen«, sagte ich. »Um einen Grund für Bob Shermans Verschwinden zu konstruieren.«

»Unsinn!«

»Die meisten Anwesenden im Rennplatzbüro waren der Meinung, das Geld sei in den Safe gepackt worden. Und genauso war es auch. Arne selbst hatte es wie üblich hineingetan. Er hat die Schlüssel zu jedem Tor, jedem Gebäude, jeder Tür der Anlage. Er brauchte das Geld nicht in den fünf Minuten an sich zu nehmen, in denen das Zimmer zufällig leer war. Er hatte die ganze Nacht Zeit dazu.«

»Das glaube ich nicht. Arne Kristiansen ist ein geachteter Angestellter des Rennplatzes.«

Sandvik hörte mir mit jener geduldigen Höflichkeit zu, die man einem lästigen Gast gegenüber zeigt.

»Bob Sherman brachte einen Umschlag mit Papieren aus England herüber«, sagte ich.

»Danach haben Sie mich bereits gefragt. Ich habe Ihnen doch erklärt, daß ich Ihnen nicht helfen kann.«

»Leider war Bob Sherman neugierig. Er öffnete das Päckchen und sah, was er nicht sehen sollte. Das muß während des Fluges geschehen sein, da er einen Teil des Inhalts in dem Schließfach in Fornebu deponierte.«

Per Bjørn Sandvik wandte sich an Knut und sagte etwas auf norwegisch. Knut winkte ab, schwieg aber.

»Bob Sherman hatte eine Schwäche für Projekte, die ihn schnell reich machen sollten«, fuhr ich fort. »Er wurde für das Mitbringen des Umschlags bezahlt, hatte aber das Gefühl, den Preis noch in die Höhe treiben zu können. Das war sein Fehler. Dafür bekam er eins über den Schädel. Und erst als er schon lange im Teich lag, entdeckte man, daß er etwas aus dem Umschlag entfernt hatte.«

Per Bjørn saß regungslos da und wartete, daß die lästige Mücke aufhörte zu sirren.

Ich sirrte noch ein bißchen mehr.

»Denn was er herausgenommen hatte, war in gewissem Sinn ein Duplikat von dem, was er drin gelassen hatte.«

Das saß. Seine Augenmuskeln zuckten. Immerhin lächelte er.

Ich sagte: »Bob Sherman versteckte den Schließfachschlüssel vorsichtshalber in seinem Helm. Nun hatte man vor seiner Bergung aus dem Teich zwar entdeckt, daß er etwas aus dem Umschlag entfernt hatte, mußte aber bei einer Durchsuchung seiner nassen Kleidung und des Handkoffers feststellen, daß er das Entwendete nicht bei sich trug. Also durchsuchte man sein Haus in England. Als mir nämlich klar wurde, was da vorging, und ich mir überlegte, ob Bob das Entwendete vielleicht in seinem Rennsattel oder dem Sturzhelm versteckt hatte, waren andere ebenfalls auf diese Idee gekommen. Sein Sattel, der einen ganzen Monat nach seinem Verschwinden im Umkleideraum gehangen hatte, war plötzlich nirgends mehr zu finden.«

Sandvik reagierte nicht.

»Der Helm, der bei dem Sattel hing, gehörte nun aber nicht Bob, sondern Paddy O'Flaherty. Ich unterrichtete Arne von dem Tausch. Und ich erzählte ihm, daß ich den Schlüssel gefunden hatte.«

Per Bjørn steckte sich eine Zigarette an und rauchte. Seine Hände waren vollkommen ruhig.

»Daß wir das Schließfach bereits geöffnet und den Inhalt gesehen hatten, erzählte ich ihm allerdings nicht. Wir wollten herausfinden, wer außer Arne hinter dem verschwundenen Dokument her war, deswegen gaben wir dieser Person die Gelegenheit, es zu finden.«

»Genial«, sagte er. »Wie schade, daß Sie den grundlegenden Fehler machten, Arne Kristiansen mit Bob Shermans Tod in Verbindung zu bringen. Wäre er tatsächlich schuldig gewesen, dann wäre das eine geschickte Falle gewesen. So aber ...«

Er zuckte die Achseln. Knut war beunruhigt.

»Es gab ein Problem: die beiden Männer, die Bob Shermans Haus durchsucht hatten«, sagte ich. »Wenn wir sie nicht fortlocken konnten, hätten sie den Schlüssel holen und das Schließfach öffnen können. Deswegen erfanden wir einen dringenden Grund, der sie zwang, Oslo zu verlassen: einen angeblichen Augenzeugen des Mordes an Bob Sherman. Arne Kristiansen war der einzige, dem ich erzählte, daß ich mich in Lillehammer mit diesem Mann treffen wollte, und ihn bat ich, doch mitzukommen. Im Zug erzählte ich ihm dann von dem Schlüssel und fügte hinzu, daß ich ihn sofort nach meiner Rückkehr der Polizei übergeben wollte. Die Polizei habe mich gebeten, nach meiner Rückkehr sofort Bericht zu erstatten, sagte ich. Das bedeutete, daß, falls ich nicht zurückkehren sollte, die Jagd unmittelbar beginnen und er keine Gelegenheit mehr haben würde, den Schlüssel aus meinem Zimmer zu holen. Alles mußte sehr schnell geschehen. Ein Risiko war nicht zu vermeiden.«

Ich hielt inne. »Sie gingen dieses Risiko ein«, sagte ich dann.

»Nein.«

»Sie glaubten, daß außer Arne und mir niemand von dem Schlüssel wußte. Das war falsch. Sie glaubten, daß es einen Augenzeugen für den Mord an Bob gäbe, und schickten Ihre Killer aus, um diesen Zeugen umzubringen. Mich sollten die beiden ebenfalls beseitigen. Sehr erfolgreich sind die Herren nicht. Sie sollten sie davonjagen.«

»Das ist lächerlich«, stellte Sandvik fest.

Ich ließ mich nicht stören. »Ich bat den Portier des *Grand Hotel*, sich nicht zu wundern, wenn jemand nach meiner Zimmernummer fragen oder um meinen Schlüssel bitten würde.« Und ziemlich merkwürdig hatte er das nach all dem Versteckspielen der vorigen Tage gefunden! »Wir machten es Ihnen so leicht wie nur möglich.«

Er schwieg.

Knut hatte das Zimmer mit Anthracinstaub eingesprüht, der sich unsichtbar an Haut und Kleidung setzt und unter ultraviolettem Licht fluoresziert. Jeder, der behauptet hätte, nicht in meinem Zimmer gewesen zu sein, hätte sich selbst zum Lügner gestempelt. Per Bjørn aber hatte so etwas vorausgesehen und nicht geleugnet. Von dem Anthracin konnte er nichts gewußt haben, während der Fahrt zum Polizeipräsidium mußte er sich jedoch überlegt haben, daß eine Falle, die in verschiedener Hinsicht so geschickt war, in anderer Hinsicht nicht naiv sein würde.

Ich fuhr fort: »Das Dokument, nach dem Sie suchten, ist eine Graphik von einem Bohrkern, der in Planquadrat 25/6 der Nordsee entnommen wurde.«

Auch diesen Schock absorbierte er, als sei er durch und durch aus Hartgummi.

Ich schlug gleich nach. »Sie wurde aus dem Wessex-Wells Research Laboratory in Dorset, England gestohlen und gehört der Interpetro Oil Company. Die Graphik zeigt ein außergewöhnlich reiches Öllager in einem Gestein von hoher Porösität und guter Permeabilität in einer Tiefe von dreizehntausend Fuß.«

Es schien mir, als hätte er aufgehört zu atmen, so still saß er, während der Rauch von seiner Zigarette senkrecht in die Höhe stieg.

Ich sagte: »Die Interpetro Oil Company gehört nicht zu dem Konsortium, zu dem Ihre eigene Firma gehört, aber sie ist oder war hauptsächlich in norwegischer Hand, und die betreffende Ölquelle befindet sich im norwegischen Gebiet der Nordsee. Kurz nachdem Bob Sherman sein Päckchen nach Norwegen mitgebracht hatte, ging der Aktienkurs der Interpetro auf dem Weltmarkt steil in die Höhe. Trotz großer Geheimniskrämerei habe ich erfahren, daß die aktivsten Aufkäufer im Mittleren Osten sitzen. Ob es zu Norwegens Vorteil ist, wenn eines der aussichtsreichsten Ölfelder weitgehend von den ölproduzierenden Konkurrenten dort aufgekauft wird, müssen Sie besser wissen als ich.«

Nicht ein Wimpernzucken.

»Norwegen hat den Nazi-Kollaborateuren niemals verziehen. Was würden die Norweger da erst von einem ihrer bekanntesten Industriellen halten, der Vorinformationen über ihr bestes Ölfeld zur eigenen, privaten Bereicherung an den Mittleren Osten verkauft?«

Er schlug die Beine anders herum übereinander, klopfte die Asche seiner Zigarette auf den Fußboden und inhalierte tief.

»Ich möchte mit meinem Anwalt telefonieren. Und mit meiner Frau.«

16

Ich kehrte mit Knut in sein Büro zurück, und wir nahmen wieder wie vorher Platz.

»Können Sie es beweisen?« fragte er mich.

»Beweisen können wir, daß er zum *Grand Hotel* gegangen ist, sich den Schlüssel geholt und das Schließfach geöffnet hat.«

»Sonst noch was?«

»Nur Indizien. Ein guter Verteidiger würde leicht damit fertig.«

»Wissen Sie«, sagte ich dann, »es muß einfach noch etwas anderes geben. Irgend was ...«

»Was meinen Sie?«

»Ich meine ... Es war einfach Glück, daß ich den Schlüssel fand. Hätte Paddy nicht die Sturzhelme vertauscht, hätten wir die Graphik in Fornebu niemals gefunden. Aber sie haben mich umbringen wollen, bevor sie wußten, daß die Graphik nicht mit Bob Sherman im Teich lag. Deswegen muß es also noch etwas geben, das ich nicht finden durfte.«

»Aber was?« fragte Knut.

»Das weiß der Teufel.«

»Irgend etwas, das mir entgangen ist«, meinte er düster.

»Warum glaubten sie, daß ich es finden würde, wenn Sie es nicht gefunden haben?«

»Weil Sie es gefunden haben, und Arne das weiß.«

Arne ... Mein guter Freund.

Minuten vergingen, während ich überlegte, was ich gefunden haben konnte, ohne etwas davon zu merken.

Gestern, dachte ich, hast du noch nicht gewußt, wer die Interpetro Oil manipuliert hat. Heute weißt du es. War das so wichtig?

»Großer Gott!« sagte ich plötzlich und wäre beinahe vom Stuhl gefallen.

»Was ist?« fragte Knut.

»Ich muß verrückt sein.«

»Wieso?«

»Erinnern Sie sich an die Bombe?«

»Aber natürlich erinnere ich mich daran.«

»Das war ein so nachlässig angelegter Mordversuch«, sagte ich. »Die Bombe hätte ebensogut losgehen können, bevor wir wieder im Wagen saßen ... Sie hat uns nicht umgebracht, deswegen hielten wir den Versuch für mißglückt. Aber er war nicht mißglückt, keineswegs. Es war ein großer Erfolg. Die Bombe hat genau das erreicht, was sie erreichen sollte.«

»David, ich ...«

»Wissen Sie noch, wohin ich an jenem Nachmittag fahren wollte? Ich bin nicht hingefahren, weil die Bombe mich daran hinderte. Ich bin wirklich dämlich ... Es geht nicht um *etwas,* was ich entdeckt habe, sondern um *jemanden.*«

Er starrte mich an.

»Um Mikkel Sandvik.«

Ein Gespräch mit dem Internat in Gol ergab, daß Mikkel am Sonntagmorgen einen Anruf von seinem Vater erhalten hatte. Der Frau des Direktors hatte er dann erzählt, er müsse seine Tante Berit besuchen, weil diese im Sterben liege. Er hatte den Zug nach Bergen genommen.

»Was nun?« fragte Knut, als ich auflegte.

»Ich werde zu Mrs. Sandvik fahren und sehen, ob sie mir sagt, wo Mikkel ist.«

Erik war schon lange zu Hause, Knut jedoch meinte, ich mache diesen Besuch ja schließlich im Auftrag der Polizei, und stellte mir einen Dienstwagen zur Verfügung. Als ich an dem eindrucksvollen Portal läutete, wurde mir von einer plumpen Frau mittleren Alters aufgemacht. Sie war sehr unelegant gekleidet und wirkte ablehnend.

»Ja?« fragte sie kurz.

Ich erklärte ihr, wer ich war, und bat, Mrs. Sandvik sprechen zu dürfen.

»Ich bin Mrs. Sandvik. Wir haben uns vor ein paar Tagen am Telefon unterhalten.«

»Ganz recht.« Ich unterdrückte mein Erstaunen. Ich hatte gedacht, sie wüßte, daß sich ihr Mann auf der Polizei befand, doch anscheinend hatte er seine Anrufe noch nicht erledigt.

»Kommen Sie doch herein«, sagte sie. »Es wird sonst so kalt.«

Ich trat in die Diele. Weiter ließ sie mich nicht herein.

»Mikkel?« fragte sie überrascht. »Aber der ist doch in seiner Schule.«

Ich erklärte die Sache mit Tante Berit.

»Mikkel hat keine Tante Berit.«

Verdammt!

»Äh . . .«, begann ich abermals. »Kennt er sonst jemanden, der Berit heißt?«

Sie zog die Brauen hoch. »Ist das so wichtig?«

»Ich werde nicht abreisen, bevor ich mit Mikkel gesprochen habe. Tut mir leid.«

Sie zuckte die Achseln. »Das alte Kindermädchen meines Mannes heißt Berit. Ob Mikkel eine andere Berit kennt, weiß ich nicht.«

»Wo wohnt dieses alte Kindermädchen?«

»Keine Ahnung.«

An den Familiennamen des Kindermädchens erinnerte sie sich auch nicht, sie wußte nicht mal, ob diese Berit überhaupt noch lebte. Das könne höchstens ihr Mann mir sagen. Damit öffnete sie mir vielsagend die Tür, und ich ging.

»Er kann bei dem alten Kindermädchen seines Vaters sein«, berichtete ich Knut. »Aber auch irgendwo anders.«

Knut überlegte. »Wenn er den Zug nach Bergen genommen hat, erinnert sich vielleicht jemand am Fahrkartenschalter von Gol an ihn.«

»Na ja, es wäre einen Versuch wert.«

»Wie hat Mrs. Sandvik die Nachricht von der Verhaftung ihres Mannes aufgenommen?« erkundigte sich Knut.

»Ich habe ihr nichts davon gesagt. Ich fand, das könnte Per Bjørn selber tun.«

»Aber das hat er doch schon getan!«

»Sie wußte jedenfalls nichts davon.«

»Aber«, sagte Knut nachdenklich, »ich weiß, daß er vor einer halben Stunde zweimal telefoniert hat.«

»Oh, verdammt!« stöhnte ich.

Er schoß wie der Blitz aus dem Büro und schrie ein paar Untergebene an. Als er zurückkam, hatte er einen Zettel in der Hand, und seine Miene war grimmig, beunruhigt und betreten zugleich.

»Es fällt ihnen schwer, einem Mann mit derartiger Autorität nicht zu gehorchen«, erklärte er. »Sie haben draußen gewartet, während er angeblich mit seiner Frau und seinem Anwalt telefonierte.« Er betrachtete den Zettel in seiner Hand. »Aber wenigstens haben sie soviel Verstand gehabt, für ihn zu wählen und die Nummern aufzuschreiben. Zwei Telefonnummern in Oslo.«

Er reichte mir den Zettel herüber. Eine der Telefonnummern sagte mir nichts. Die andere sagte mir zuviel.

»Er hat Arne angerufen«, stellte ich fest.

Ich drückte auf Arnes Wohnungsklingel; Kari öffnete mir erst nach einer ganzen Weile.

»David.« Sie schien weder überrascht noch besonders erfreut über meinen Besuch. Sie wirkte erschöpft.

»Kommen Sie herein«, forderte sie mich auf.

Die Wohnung wirkte irgendwie kälter, trister, stiller als sonst.

»Wo ist Arne?« fragte ich sie.

»Arne ist fort.«

»Wohin?«

»Das weiß ich nicht.«

»Sagen Sie mir genau, was er getan hat, seit er nach Hause gekommen ist.«

»Als er nach Hause kam, war er erregt. Er spielte zwei große Langspielplatten und lief auf und ab ... Er konnte einfach nicht stillsitzen.«

Ihre Stimme war so ruhig, weil sie vom Schock gelähmt war. Wut, Angst oder Verzweiflung würden erst später kommen.

»Er hat zweimal bei Per Bjørn Sandvik angerufen, aber der war nicht zu Hause. Das schien ihn sehr zu beunruhigen.«

Sie sah starr vor sich hin. »Dann rief Per Bjørn Sandvik hier an. Das ist noch gar nicht lange her ... Arne war zuerst erleichtert, aber dann – dann wurde er so ruhig ... Und ich wußte, daß irgend etwas nicht stimmte.«

»Was hat er zu Per Bjørn gesagt?«

»›Ja‹ und ›nein‹. Er hat sehr lange zugehört. Und dann hat er, glaube ich, zum Schluß gesagt: ›Nur keine Angst, ich finde ihn.‹«

»Und dann?«

»Er packte einen Koffer. Dabei murmelte er ununterbrochen vor sich hin. Über Sie, und daß irgend jemand nicht auf ihn gehört hätte, daß Sie eine Falle gestellt hätten, und er hätte es ja gleich gewußt. Er hätte gewußt, daß alles zu Ende sein würde, wenn Sie kämen.« Sie hob den Kopf und sah mich beinahe feindselig an. »David, was haben Sie getan?«

»Tut mir leid, Kari. Ich habe Arne und Per Bjørn Sandvik beweisen lassen, daß sie über Bob Shermans Tod mehr wußten, als sie wissen dürfen.«

»Mehr als sie wissen dürfen?« wiederholte sie vage. Und dann begann sie zu verstehen. »O nein! O nein! Nicht Arne!« Sie erhob sich abrupt. »Das glaube ich einfach nicht.« Aber sie glaubte es doch.

»Ich weiß nicht, wer Bob Sherman umgebracht hat«, sagte ich. »Vermutlich aber weiß es Arne. Deswegen muß ich mit ihm sprechen.«

»Er kommt nicht wieder. Er hat gesagt, er würde mir schreiben, ich soll nachkommen. In ein paar Wochen. Er hat den Wagen mitgenommen ...« Sie wirkte verloren.

»Ich wünschte ...«, begann ich unbestimmt, aber sie verstand, was ich sagen wollte.

»Doch«, sagte sie. »Er hat Sie auch gern. Trotz allem.«

Als ich zum Polizeipräsidium zurückkehrte, war es noch nicht ganz acht Uhr.

»Diese andere Nummer«, sagte Knut, nachdem ich Bericht erstattet hatte, »ist nicht die Telefonnummer von Sandviks Anwalt.«

»Nein?« fragte ich. »Wessen denn?«

»Die Nummer eines großen, zweitklassigen Hotels am Hafen, das täglich Dutzende von Anrufen bekommt. Deswegen konnten sie sich nicht an einen bestimmten erinnern. Ich habe einen Polizisten mit der Personenbeschreibung des Mannes mit den gelben Augen hingeschickt.«

»Hm. Und der Angerufene muß dann den Anwalt verständigt haben.«

»Ja«, bestätigte er. »Vermutlich. Falls Arne es nicht getan hat.«

»Nach allem, was seine Frau sagt, war er es nicht.«

»Ist er in seinem eigenen Wagen unterwegs?«

Ich nickte.

Er nahm den Telefonhörer. »Wir werden seine Nummer durchgeben und alle Dienststellen informieren. Außerdem werden wir den Flughafen und die Grenzübergänge nach Schweden überprüfen.«

Er tätigte die entsprechenden Anrufe und lehnte sich dann, mit dem Bleistift an seine Zähne klopfend, bequem zurück.

»Und jetzt werden wir warten«, sagte er.

Wir warteten genau fünf Sekunden, dann kam bereits der erste Anruf. Blitzschnell nahm er den Hörer ab und lauschte aufmerksam.

»Ja«, sagte er schließlich. »Ja ... *Tak* ... Danke.«

Anschließend berichtete er.

»Das war der Polizist, den ich zu dem Hotel geschickt habe. Der Mann mit den gelben Augen hat eine ganze Woche da gewohnt, ist aber heute abend ausgezogen. Eine neue Adresse hat er nicht angegeben. Er nannte sich L. Horgen. Mein Beamter sagt, daß man sein Zimmer leider schon gereinigt hat, aber er hat Anweisung gegeben, es nicht neu zu belegen, bevor unser Erkennungsdienst nicht dort gewesen ist. Entschuldigen Sie, ich will das eben anordnen.«

Er ging hinaus und blieb eine ganze Weile fort, doch als er zurückkam, hatte er weitere Neuigkeiten.

»Wir haben Arnes Wagen gefunden. Er steht am Hafen in der Nähe des Nansen-Kais. Ein Schiff dieser Linie ist vor einer Stunde nach Kopenhagen abgegangen. Wir werden dem Schiff und nach Kopenhagen telegrafieren, daß man Arne festnimmt.«

Ich grinste matt. »Wenn ich auf dem Luftweg fliehen wollte, würde ich auch meinen Wagen am Hafen abstellen und per Taxi zum Flughafen fahren. Diese Dinge habe ich mit Arne oft genug besprochen.«

Knut fuhr nach Hause, während ich in seinem Büro auf einem Bett aus Wolldecken und Kissen übernachtete.

»Was haben Sie gegen das *Grand Hotel?*« fragte Knut, als ich ihn bat, bleiben zu dürfen.

»Freund Gelbauge ist auf dem Kriegspfad«, antwortete ich. »Wer weiß, welche Anweisungen er von Sandvik bekommen hat.«

Knut maß mich nachdenklich. »Glauben Sie, daß noch mehr nachkommt?«

»Sandvik hat jedenfalls noch nicht aufgegeben.«

»Ja«, seufzte er, »das glaube ich auch.

Als er am anderen Morgen frisch und adrett erschien, fühlte ich mich in meinen zerdrückten Kleidern wie aus dem Obdachlosenasyl.

Um acht Uhr fünfundvierzig läutete das Telefon. Knut nahm den Hörer, lauschte und schien zufrieden.

Er legte auf. »Wir haben Nachricht aus Gol. Der Mann, der am Sonntag Dienst am Fahrkartenschalter hatte, sagt, daß ein Junge aus dem Internat eine Fahrkarte nach Finse gekauft hat. Ganz oben in den Bergen. Wir werden feststellen, ob er dort am Bahnhof gesehen worden ist. Oder auf der Straße. Oder ob jemand weiß, wo er dort wohnt.«

Ich überlegte. »Passen Sie auf ... Wenn ich mich recht erinnere, geht der Zug nach Norden um zehn. Den werde ich nehmen. Wenn Sie dann hören, ob Mikkel in Finse ist, können Sie mir ja an irgendeine Station unterwegs Nachricht geben.«

»Haben Sie denn Gelbauge ganz vergessen?«

»Leider nicht«, antwortete ich.

Er lächelte. »Na schön. Ich werde Sie mit einem Dienstwagen zum Bahnhof bringen lassen. Wollen Sie einen Beamten als Begleitung?«

Ich erwog das. »Allein komme ich mit Mikkel vielleicht weiter.«

Die Reise verlief ohne Zwischenfall. In Gol wartete eine Nachricht auf mich, daß Mikkel am Sonntag in Finse ausgestiegen sei, aber niemand wisse, wo er sich aufhalte.

Als ich ebenfalls in Finse ausstieg, war ich wieder im tiefen Winter gelandet. Alles ringsum war schneebedeckt, an den Dächern hingen Eiszapfen, und ich begann trotz meiner Ohrenmütze und der wattierten Jacke zu frieren.

Auf dem Bahnsteig erwartete mich die Polizei von Finse in Gestalt eines breit grinsenden Beamten von Enaks-Ausmaßen.

»Mr. Cleveland!« Er schüttelte mir die Hand. »Wir wissen nicht, wo Mikkel Sandvik ist. Im Ort ist er nicht gesehen worden. Es gibt hier jetzt nicht viele Fremde; Touristen kommen nur im Sommer und Winter. Wir haben nach einer alten Frau gesucht, die Berit heißt. Es gibt zwei. Die eine kann es nicht sein, weil sie bettlägerig ist und sehr – na ja, ziemlich senil ist.«

»Und die andere Berit?«

»Die wohnt am See, anderthalb Kilometer außerhalb von Finse. Im Winter geht sie immer fort. Eine kräftige, alte Frau. Im Sommer nimmt sie Gäste auf, die angeln wollen, aber jetzt sind keine da. Sonst kommt sie am Mittwoch immer Lebensmittel einkaufen, heute aber nicht.«

»Ich werde hingehen«, erklärte ich und ließ mir den Weg beschreiben.

Der Weg zum Haus am See war nur ein Pfad voller Steine, die halb unter dem Schnee verborgen lagen. Sobald neue Schneefälle kamen, würde er überhaupt nicht mehr zu finden sein.

17

Ich blickte zurück.

Finse war hinter einer Wegbiegung verschwunden.

Ich blickte nach vorn. Nichts als der kaum erkennbare Pfad, der sich durch die verschneiten Felsbrocken wand.

Das Seeufer machte einen Bogen nach links, der Pfad folgte ihm. Er umlief zwei kleine Buchten und zwei Landzungen, während das Berggelände zu meiner Rechten immer steiler wurde. Und dann lag unvermittelt das Haus vor mir – ganz allein auf einer flachen, steinigen Landzunge.

Das Haus war rot, richtig knallrot: Dach, Wände, Haustür – alles rot. Es hob sich grell vom Weiß und Grau des Ufers und dem dunkleren Grau-Grün des Wassers ab. An seiner Rückseite ragten turmhohe Felsklippen empor. Sollte Sandvik seinen Sohn tatsächlich an diesen gottverlassenen Fleck geschickt haben?

Ich ging weiter. Das Haus besaß einen Bootssteg, an dem ein Motorboot festgemacht war. Darüber hinaus sah ich an den Fenstern weiße Spitzengardinen und auf den Fensterbrettern rote Geranien.

Ich betätigte den Klopfer. Sofort wurde mir die Tür geöffnet: von einer straff aufgerichteten alten Frau, fünf Fuß groß, mit scharfen Augen und unübersehbarer Selbstsicherheit.

»Ja?« fragte sie streng.

»Ich möchte gern mit Mikkel sprechen«, antwortete ich.

Sie brauchte ein paar Sekunden, um auf die andere Sprache umzuschalten, und fragte dann in beinahe reinem Schottenakzent: »Wer sind Sie?«

»Ich suche Mikkel.«

»Heute suchen alle nach Mikkel.« Sie musterte mich von Kopf bis Fuß. »Kommen Sie rein. Es ist kalt.«

Sie führte mich in ein Wohnzimmer.

»Heute vormittag ist schon ein Mann gekommen. Und dann noch einer. Beide hatten angeblich eine Nachricht von seinem Vater. Und jetzt Sie.« Scharf blickte sie mich an. »Reichlich viele Nachrichten, meinen Sie nicht?«

»Ja. Ich muß ihn unbedingt finden.«

Sie legte den Kopf schräg. »Ich habe es den anderen gesagt, und da ich nicht beurteilen kann, welchem von Ihnen ich es nicht sagen darf, werde ich es auch Ihnen sagen. Mikkel ist auf dem Berg.«

Durch das Fenster betrachtete ich die Felswand. »Da oben?«

»Ja. Da steht eine Hütte, die ich im Sommer an Touristen vermiete. Mikkel ist heute morgen hinaufgegangen, um die Sachen herunterzuholen, die ich nicht oben lassen möchte. Er ist ein sehr lieber, gefälliger Junge.«

»Wer waren die anderen Männer?«

»Das weiß ich nicht. Der erste sagte, sein Name sei Kristiansen. Beide wollten hinauf, um Mikkel zu helfen, obwohl ich sagte, das sei nicht notwendig; es ist nicht so viel, und außerdem hat er den Schlitten genommen.«

»Vielleicht sollte ich auch hinaufgehen.«

»Sie haben zu leichte Schuhe an.«

Ich blickte hinab. Stadtschuhe, keineswegs für einen Marsch im Schnee gedacht. Die Ränder färbten sich schon dunkel.

»Läßt sich nicht ändern«, sagte ich.

Sie zuckte die Achseln. »Ich werde Ihnen die Abkürzung zeigen. Sie ist besser als der Pfad um den See herum.«

»Der zweite Mann«, fragte ich noch, »hatte er auffallend gelbe Augen?«

»Nein.« Sie schüttelte entschieden den Kopf. »Er war ganz unauffällig. Sehr höflich. Wie Sie.« Lächelnd zeigte sie durchs Fenster. »Der Pfad beginnt dort hinten, hinter dem großen Felsblock. Er ist nicht steil. Er führt vom See fort und kommt dann wieder zurück. Sie werden ihn leicht finden.«

Das stimmte, und weit eher, als ich gedacht hatte, sah ich vom Grat einer kleinen Anhöhe aus gleich unter mir ein kleines Blockhaus, wie es für Norwegen üblich ist.

Um mich ungesehen anzuschleichen, war es bereits zu spät: Ich stand in voller Sicht des kleinen Fensters. Also marschierte ich direkt darauf zu und spähte hindurch.

Der einzige Innenraum der Hütte war dunkel, und zuerst hielt ich ihn auch für leer. Dann jedoch entdeckte ich ihn: in einer Ecke zusammengekauert, den Kopf auf die Knie gelegt, sich langsam, wie in starken Schmerzen, hin und her wiegend.

Ich legte die Hand auf den Riegel der einzigen Tür und öffnete sie.

Die Bewegung ließ die Gestalt drinnen auffahren, aber es war nur, weil ich instinktiv handelte, daß ich mich seitlich von der Öffnung wegschnellte. Der Schuß einer Schrotflinte fegte durch die Tür, während ich mich draußen an die dicke Holzwand preßte und zu Gott hoffte, daß sie kugelsicher war.

Drinnen schrie eine hysterische Stimme Unverständliches.

Nicht Arnes Stimme. Jung. Zum Zerreißen gespannt und schrill.

»Mikkel«, sagte ich beruhigend, »ich will Ihnen nichts tun. Ich bin David Cleveland.«

Schweigen.

»Mikkel . . .«

»Wenn Sie reinkommen, schieße ich!« Immer noch diese unnatürlich schrille Stimme.

»Ich möchte nur mit Ihnen sprechen.«

»Wenn Sie reinkommen, schieße ich.«

»Na schön, dann spreche ich von hier aus.« Ich zitterte vor Kälte und verfluchte Mikkel innerlich von Herzen.

»Ich will aber nicht mit Ihnen sprechen. Verschwinden Sie!«

»Wir müssen uns irgendwann unterhalten. Warum nicht jetzt?«

»Nein.«

»Wo ist Arne Kristiansen?« fragte ich ihn.

Als Antwort kam ein hohes, langgezogenes Heulen, das mir eine Gänsehaut verursachte. Anschließend folgte ein völlig normaler Schluchzer.

Ich duckte mich und riskierte einen raschen Blick durch die Tür. Die Flinte lag, von einer Hand gehalten, auf dem Fußboden, mit der anderen wischte er sich die Tränen ab. Als er mich sah, begann er sofort wieder zu zielen.

Ich zog mich hastig zurück und richtete mich neben der Türöffnung wieder auf.

»Warum erzählen Sie es mir nicht?« fragte ich.

Lange Pause – mehrere Minuten.

»Sie können reinkommen.«

Ich wagte einen zweiten Blick. Er saß mit ausgestreckten Beinen auf dem Boden, die Flinte auf die Tür gerichtet.

»Kommen Sie rein«, wiederholte er. »Ich schieße nicht.«

»Legen Sie die Waffe hin und stoßen Sie sie fort.«

»Nein.«

Abermals verging eine Weile.

»Ich rede nur, wenn Sie reinkommen«, erklärte er dann. »Aber die Flinte werde ich behalten.«

Ich schluckte. »Na schön.«

Ich trat in die Tür. Blickte direkt in den Doppellauf. Mikkel saß mit dem Rücken zur Wand, neben sich eine Schachtel Patronen, von denen einige am Boden verstreut waren.

»Machen Sie die Tür zu«, befahl er. »Setzen Sie sich dort gegenüber an die Wand. Auf den Fußboden.«

Ich gehorchte.

Er war schmächtig und noch nicht ganz ausgewachsen. Braunes Haar, dunkle, angstvolle Augen. Wangen noch kindlich-rund, Kinnpartie eines Erwachsenen. Halb Junge, halb Mann, mit Tränenspuren auf den Wangen und dem Zeigefinger am Abzug.

Alle beweglichen Gegenstände in dem kahlen kleinen Raum waren an einer Seite zu einem sauberen Stoß aufgeschichtet worden. Das einzige, was noch an seinem Platz stand, waren ein schwerer Tisch und zwei feste Stühle. Weder Gardinen an dem winzigen Fenster, noch Teppiche auf dem Holzfußboden. Zwei Campingliegen, zusammengeklappt und für den Transport verschnürt, lehnten an einer Wand. Daneben stand ein Paar Skier.

Weder Holzscheite neben dem kalten Herd, noch irgend etwas zu essen in Sicht.

»Es wird bald dunkel«, sagte ich. »In einer Stunde.«

»Mir egal.« Er starrte mich mit brennenden Augen an.

»Hier oben werden wir erfrieren.«

»Mir egal.«

Ich glaubte es ihm. In seinem Zustand war er sogar gegen extreme Unbequemlichkeiten empfindungslos; und wenn er mich auch eingelassen hatte, so hatten sich seine Nerven dennoch längst noch nicht beruhigt. Immer wieder lief ein Zittern durch seinen Körper und ließ die Flinte in seinen Händen zucken. Ich versuchte, mich davon abzulenken.

»Wir müssen gehen«, sagte ich.

»Stillsitzen!« befahl er heftig, während sich sein rechter Zeigefinger durchbog. Ich bemerkte es und saß still.

Allmählich nahm das Tageslicht ab, es wurde unaufhaltsam kälter. Der Wind draußen heulte wie ein gequältes Kind. Die vor mir liegende Nacht ließ mir das Fjordwasser rückblickend wie einen geheizten Swimming-pool erscheinen. Ich schob meine wattierten Handschuhe in die Taschen meiner wattierten Jacke und versuchte mir einzureden, daß meine Hände warm waren. Nur daß die Jacke nicht lang genug war, um sich darauf zu setzen, kam mir wie eine kleinere Katastrophe vor.

»Mikkel«, begann ich noch einmal, »erzählen Sie es mir doch. Sie werden platzen, wenn Sie es nicht loswerden.«

Er starrte in die zunehmende Dämmerung. Ich wartete – lange.

»Ich habe ihn umgebracht«, sagte er dann.

Großer Gott!

Pause. Dann wiederholte er in ansteigendem Tonfall: »Ich habe ihn umgebracht.«

»Wen?« fragte ich.

Schweigen.

»Wie?« fragte ich.

Diese Frage schien ihn zu verwundern. Er wandte den Blick sekundenlang von meinem Gesicht und sah seine Flinte an.

»Ich . . . Erschossen.«

Mühsam stellte ich meine nächste Frage: »Sie haben Arne erschossen?«

»Arne . . .« Die Hysterie kehrte wieder. »Nein, nein, nein. Nicht Arne. Das habe ich nicht getan. Bestimmt nicht!«

»Schon gut«, sagte ich beruhigend. »Schon gut, Mikkel. Warten wir noch ein bißchen. Erzählen Sie mir erst alles, wenn Sie soweit sind.«

Es wurde dunkler, bis das einzige Licht die Spiegelung des Fensters in seinen Augen zu sein schien: zwei qualvolle Signale der Angst eines Menschen vor der Hilfe, die er doch verzweifelt brauchte.

Er mußte sich, ebenso wie ich, überlegt haben, daß ich mich, sobald es ganz dunkel war, seiner Waffe bemächtigen konnte, denn er rührte sich, murmelte etwas auf norwegisch und sagte schließlich mit einer endlich etwas normaleren Stimme: »Da drüben, in einer Schachtel, ist eine Lampe.«

Steif und schwerfällig erhob ich mich, ahnte aber, daß er mir mit dem Lauf der Waffe folgte.

Die Sachen lagen rechts von mir, nahe dem Fenster. Ich bewegte mich vorsichtig, machte aber ständig kleine Geräusche, damit er wußte, wo ich war. Sein Gedächtnis war durchaus intakt: Die Schachtel war da, die Lampe und sogar ein Paket Streichhölzer.

»Ich habe die Lampe«, verkündete ich. »Soll ich sie anzünden?«

Kurze Pause. »Ja.«

Es war eine kleine Gaslampe, die ich auf den Tisch stellte, von dem aus sie einen schwachen Schimmer in alle Ecken schickte.

»Gibt es hier irgend was zu essen?« erkundigte ich mich.

»Ich bin nicht hungrig.«

»Aber ich.«

»Setzen Sie sich«, verlangte er.

Ich setzte mich. Im Lampenlicht erkannte ich nur zu deutlich, daß mir der Lauf folgte.

Die Zeit verging. Um halb fünf nachmittags hatte ich die Lampe angemacht, um acht erst fing er an zu reden. Inzwischen mußte er am ganzen Körper blaugefroren sein.

»Arne Kristiansen hat mir erzählt, daß mein Vater verhaftet worden ist. Ihretwegen, sagte er.«

Sein Atem bildete eine Dampfwolke.

Als er jedoch einmal angefangen hatte, fiel es ihm leichter. »Er sagte, mein Vater wollte, daß wir nach Bergen fahren ... Und dann mit einem Schiff nach Stavanger ... Und dann mit dem Flugzeug ...« Er hielt inne.

»Aber Sie sind nicht mitgegangen«, sagte ich. »Warum nicht?«

Die Flinte bebte. »Weil sie kamen«, sagte er.

Ich wartete.

Er fuhr fort: »Ich sprach gerade mit ihm. Draußen.« Pause. »Sie kamen über den Kamm. Auf Skiern, mit Schneebrillen.« Abermals Pause. »Einer befahl Arne, von mir wegzutreten.« Nach einer weiteren Pause und mit einem stärkeren Zittern setzte er hinzu: »Er hatte ein Messer.«

»Mikkel ...«, stöhnte ich.

Jetzt redete er immer schneller. »Arne sagte: ›Das könnt ihr nicht tun! Er würde doch seinen eigenen Sohn nicht umbringen lassen! Doch nicht Mikkel!‹ Er schob mich hinter sich. »›Ihr müßt verrückt sein. Ich habe selbst mit seinem Vater gesprochen. Ich soll Mikkel hier abholen.‹«

Mit weit aufgerissenen Augen schien er die Szene noch einmal zu erleben.

»Sie sagten, mein Vater hätte es sich anders überlegt. Nicht Arne, sondern sie sollten mich mit dem Schiff nach Dänemark bringen und dort warten, bis mein Vater Geld und Instruktionen schickte. Arne sagte, das sei nicht wahr. Die beiden sagten, es sei doch wahr ... Und dann sagten sie, daß Arne – daß Arne niemals weiterkommen würde als bis hier ... Er glaubte es nicht ... Er sagte, nicht mal mein Vater würde so was tun. Er behielt nur den mit dem Messer im Auge, aber der andere schlug ihm den Skistock über den Kopf. Er fiel in den Schnee ... Ich wollte ihm helfen, aber sie stießen mich weg ... Und sie legten ihn auf den Schlitten, banden ihn fest – und zogen ihn den Pfad hinauf.«

Die Panik kehrte in sein Gesicht zurück. Gequält berichtete er weiter: »Mir fiel die Flinte in der Hütte ein ... Ich ging hinein und lud sie ... Ich schnallte meine Skier an und bin ihnen gefolgt, wollte sie aufhalten ... Aber als ich sie fand, kamen sie schon zurück, ohne den Schlitten ... Und ich dachte – dachte, sie wollten – wollten ...«

Er holte tief und zitternd Atem. »Da habe ich geschossen. Der mit dem Messer – der ist umgefallen ...«

»Ich hab noch mal geschossen«, fuhr er fort, »aber der andere blieb aufrecht ... Da bin ich in die Hütte zurückgelaufen, weil ich dachte, der andere würde mich verfolgen ... Ich wollte das Gewehr wieder laden. Aber er kam nicht ... Sie kamen ... Und ich dachte, das wäre er.«

Er hielt inne.

»Kannten Sie die beiden Männer?« fragte ich ihn. »Hatten Sie die schon mal gesehen?«

»Nein.«

»Wie lange war das, bevor ich kam?«

»Keine Ahnung. Sehr lange.«

»Stunden?«

»Ich glaube schon.«

Ich war auf dem Herweg keinem von ihnen begegnet.

»Töten ist eine Sünde«, sagte er unsicher.

»Das kommt darauf an. Wenn man sein oder das Leben eines anderen Menschen verteidigen muß, ist es keine Sünde«, erklärte ich.

»Ich – ich finde aber ... Ich weiß, daß es eine Sünde ist. Und trotzdem, als ich solche Angst hatte ...« Seine Stimme brach. »Ich hab's getan. Ich hasse Töten, aber ich hab's getan. Und Sie hätte ich auch umgebracht. Wenn Sie nicht weggesprungen wären.«

»Macht nichts«, beschwichtigte ich ihn. Aber das Entsetzen wich nicht aus seinen Augen. Um ihn zu beruhigen, fragte ich: »Kennen Sie Arne Kristiansen schon lange?«

»Was?« Seine Stimme wurde normaler. »Ach, drei Jahre ungefähr.«

»Und wie gut kennen Sie ihn?«

»Nicht besonders gut. Vom Rennplatz.«

»Sind Ihr Vater und Arne gute Freunde?«

Mit unvermuteter Bitterkeit entgegnete er: »Mein Vater hat keine guten Freunde.«

»Würden Sie bitte die Flinte weglegen?«

Er betrachtete die Waffe. »Na schön.« Er legte sie neben sich auf den Boden. Eine Erleichterung für mich.

In diesem Augenblick meldete die Lampe, daß ihr das Gas ausging. Mikkel sah zwar zum Tisch hinüber, schien aber den Vorgang nicht zu begreifen.

»Die Lampe geht aus«, erklärte ich. »Gibt es irgendwo eine Ersatzflasche?«

Langsam schüttelte er den Kopf.

»Mikkel«, begann ich abermals, »es ist kalt und wird bald dunkel. Wenn wir die Nacht überleben wollen, müssen wir uns warm halten.«

»Gibt es hier Wolldecken?«

»Ja. Eine.«

Als ich aufstehen wollte, griff er sofort nach der Waffe.

»Seien Sie nicht albern«, sagte ich. »Ich will Ihnen nichts tun.

Und Sie werden nicht auf mich schießen. Also können wir uns beide entspannen, wie?«

Unsicher erwiderte er: »Sie haben meinen Vater verhaften lassen.«

»Stimmt. Und wissen Sie auch, warum?«

»Nein, eigentlich nicht.«

Ich berichtete ihm von der Öl-Transaktion, wobei ich den Vaterlandsverrat möglichst herunterspielte; aber Mikkels Verstand schien einwandfrei zu arbeiten. Nachdem ich fertig war, schwieg er eine Weile, doch ganz allmählich entspannten sich seine Muskeln.

»Wenn man ihm auf die Schliche gekommen wäre, hätte er seine Position verloren«, sagte er dann. »Er hätte die Achtung der Leute verloren. Das hätte er nicht überlebt – nicht mein Vater.«

Endlich war seine Stimme wieder vernünftig und beherrscht, wenn auch beinahe zu spät.

»Die Wolldecke liegt in den Betten«, erklärte er.

Er wollte aufstehen und merkte, daß seine Beine ebenso gefühllos waren wie meine. Das brachte ihn endgültig in die Wirklichkeit zurück.

»Mir ist kalt!«

»Mir auch.«

Er starrte mich an, unsere Lage zum erstenmal voll begreifend.

»Stehen Sie auf!« befahl er mir. »Gehen Sie hin und her!«

Leichter gesagt als getan.

»Können wir den Herd anzünden?« erkundigte ich mich. »Wir haben noch vier Streichhölzer, die Pappschachteln, den Tisch und die Stühle, wenn wir sie zerlegen können.«

Wir waren beide schwankend auf die Füße gekommen. Die Lampe glimmte noch.

»Aber wir haben keine Axt«, antwortete Mikkel.

Die Lampe ging aus.

»Tut mir leid«, sagte er.

»Macht nichts.«

In absoluter Finsternis sprangen wir auf und ab. Komisch – wenn es nicht so lebenswichtig gewesen wäre. Bald jedoch begann unser Blut wieder zu zirkulieren, und nach einer halben Stunde war uns so warm, daß wir ausruhen konnten.

»Die Wolldecke finde ich auch so«, sagte Mikkel und holte sie. »Sollen wir sie uns teilen?«

»Aber gewiß.«

Wir hatten beide warme Jacken und er dazu noch eine Mütze und Handschuhe wie die meinen. Wir legten die zusammengeklappten Campingbetten auf einen Isolierboden aus Pappschachteln und wickelten uns von der Taille ab in die Decke, während wir möglichst dicht zusammenkrochen. Es war zu dunkel, um sehen zu können, was er dachte, aber es liefen noch immer einzelne Schauder durch seinen Körper.

»Glauben Sie, Arne ist tot?« fragte er plötzlich.

»Ich weiß es nicht.« Ich vermutete es aber.

»Was geschieht mit mir? Wegen des Mordes.«

»Gar nichts. Berichten Sie nur alles so, wie Sie es mir erzählt haben. Niemand wird Ihnen einen Vorwurf machen.«

»Glauben Sie wirklich?«

»Ja.« Das schien ihn zu beruhigen. »Erzählen Sie mir von Bob Sherman«, bat ich.

»Ich kann nicht . . .«

»Mikkel, ich weiß, daß Bob gestohlene Analysen aus England mitbrachte, die für Ihren Vater bestimmt waren.«

»Nein!« unterbrach er mich. »Er sollte sie Arne geben. Ich wußte gar nicht, daß sie für meinen Vater waren, als ich . . .« Er brach plötzlich ab.

»Als Sie was?«

»Ich kann es Ihnen nicht sagen. Ich *darf* nicht.«

Im Dunkeln sagte ich ruhig, beinahe verschlafen: »Hat Bob Ihnen erzählt, daß er ein Päckchen mitgebracht hatte?«

Unwillig: »Ja.«

Ich gähnte. »Wann?«

»Als ich ihn in Oslo traf. Am Abend seiner Ankunft.«

Ich fragte mich, ob er wohl den Schlag bemerkte, mit dem mich diese Neuigkeit traf.

»Wo in Oslo?« fragte ich beiläufig.

»Er stand mit seinem Sattel und dem Handkoffer vor dem *Grand*. Ich ging gerade von einem Freund nach Hause und blieb bei ihm stehen. Er sagte, daß er die Straßenbahn nehmen wollte. Ich fragte ihn, ob wir nicht erst einen Kaffee trinken wollten, deswegen gingen wir zu uns. Ich trug seinen Sattel.« Er hielt inne. »Ich hatte Bob gern. Wir waren Freunde.«

»Ich weiß«, antwortete ich.

»Mein Vater war nicht zu Hause – wie fast immer. Mutter saß vor dem Fernseher. Ich ging mit Bob in die Küche und machte Kaffee. Dazu aßen wir selbstgebackenen Kuchen.«

»Worüber habt ihr euch unterhalten?«

»Zuerst über die Pferde, die er am nächsten Tag reiten sollte. Dann sagte er mir, er hätte ein Päckchen aus England mitgebracht.

Er hätte es aufgemacht, aber es enthielt nicht das, was man ihm gesagt hatte. Er müsse es auf dem Rennplatz Arne Kristiansen übergeben, nun aber wollte er mehr Geld, bevor er es ablieferte.«

Neben mir, unter der Decke, begann er zu zittern.

»Er lachte sogar noch darüber. Man hätte ihm gesagt, es sei Pornographie, aber das war es nicht. Er zog das Päckchen aus der Tasche und zeigte es mir.«

Er schwieg.

»Und«, fuhr ich statt seiner fort, »als Sie den Inhalt des Päckchens sahen, wußten Sie, was es war?«

»Ich hatte ähnliche Papiere schon oft gesehen ... Ich meine, ich wußte, daß es eine Bohranalyse war, ja.«

»Haben Sie Bob das erklärt?«

»Ja. Wir haben uns darüber unterhalten.«

»Und dann?«

»Es war spät geworden, zu spät für die Straßenbahn. Bob fuhr mit dem Taxi zu Gunnar Holth, und ich ging zu Bett.«

»Was passierte am nächsten Tag?«

»Ich ... Ich hab' versprochen, es niemandem zu erzählen. Der Polizei hab ich's auch nicht erzählt. Ihnen darf ich's auch nicht erzählen. Vor allem nicht Ihnen. Das weiß ich genau.«

»Na schön«, antwortete ich.

Die Zeit verging. Es war beinahe zu kalt, um nachzudenken.

»Auf dem Weg zum Rennplatz erzählte ich meinem Vater von Bob Shermans Päckchen«, sagte er dann. »Er hatte mich im Wagen mitgenommen. Ich dachte, es wäre für ihn vielleicht interessant. Aber er antwortete kaum. Er spricht nie viel. Ich weiß nie, was er eigentlich denkt.«

»Ich auch nicht«, bestätigte ich.

»Aber er ist mein Vater.«

»Ja.«

Viel Zeit verging. Ich merkte an seinem Atem, daß er wach war und von unruhigen Gedanken heimgesucht wurde.

»Mr. Cleveland? Sind Sie wach?«

»David«, berichtigte ich.

»David ... Glauben Sie wirklich, daß er mich von diesen Männern umbringen lassen wollte?«

»Nein, Mikkel, das glaube ich nicht. Ich glaube, er hat ihnen wirklich befohlen, Sie außer Landes zu bringen, nachdem sie Arne erledigt hatten. Es war sehr ungeschickt von ihnen, Arne vor Ihren Augen zu überfallen, aber das Denken ist nicht ihre Sache. Arne ist der einzige, der vor Gericht gegen Ihren Vater aussagen kann, und ich halte Ihren Vater für skrupellos genug, ihn deswegen umbringen zu lassen.«

»Warum – warum glauben Sie das?«

»Weil er die beiden auch hinter mir hergeschickt hat.«

Ich erzählte ihm von dem Boot im Fjord, dem Messer in Chelsea und der Bombe in Eriks Wagen.

»Es sind schreckliche Männer«, sagte er. »Sie haben mir schon auf den ersten Blick Angst eingeflößt.«

Abermals verfiel er in Schweigen. Ich konnte ihn beinahe denken hören.

»David?«

»Ja?«

»Daß Bob sterben mußte, war meine Schuld.«

»Ganz bestimmt nicht.«

»Wenn ich meinem Vater nicht erzählt hätte, daß Bob wußte, er hatte eine Bohranalyse mitgebracht ...«

»Dann hätte Arne es ihm erzählt«, sagte ich ruhig. »Mit diesem ›Wenn‹ können Sie endlos weitergrübeln. Wenn Bob das Päckchen nicht geöffnet hätte. Wenn Ihr Vater nicht so skrupellos gewesen wäre, ihn aus dem Weg zu räumen. Aber das alles ist passiert, und zwar, weil Ihr Vater sowohl habgierig als auch arrogant ist – eine tödliche Kombination. Außerdem hat er in seiner Jugend gelernt, ein Doppelleben zu führen. Gegen die Nazis war das gut; da haben alle ihn bewundert. Ich glaube, er hat dieses Gefühl, daß alles, was gegen die Autorität gerichtet ist, gut und tapfer sein muß, niemals verloren. Nur hat er die Nazis jetzt durch die Polizei ersetzt. Er kann blitzschnell denken, er verrät nichts beim Verhör, er geht kaltblütig ungeheure Risiken ein, er sorgt gnadenlos dafür, daß Menschen umgebracht werden. Er verhält sich immer noch wie im Alter von zwanzig. Das wird er immer weiter tun.«

Viel Zeit verging.

»David ...«

»Ja?«

»Ich muß es Ihnen sagen«, erklärte Mikkel.

Ich atmete tief; die Luft war eiskalt in meinen Lungen. »Nur zu«, ermutigte ich ihn.

Pause. Dann: »Ich habe auf dem Rennplatz mit Bob gesprochen. Er sagte mir lachend, es sei alles in Ordnung, Arne wolle ihn nachher zum Flughafen fahren und einen höheren Betrag für das Päckchen zahlen.«

Er zögerte. Ich wartete.

»Nach dem Rennen war es dunkel. Ich ging zum Wagen, um auf

meinen Vater zu warten. Ich hatte zwischendurch nicht mit ihm gesprochen; er hat immer sehr viel zu tun.«

Abermals hielt er inne. Er atmete heftig. »Die meisten Autos waren schon fort. Dann kamen zwei Leute am Wagen vorbei; im Scheinwerferlicht der Abfahrenden erkannte ich Bob und Arne. Ich wollte rufen, kriegte aber das Fenster nicht so schnell auf. Bei Arnes Wagen blieben sie stehen. Sie unterhielten sich. Dann sah ich, wieder im Scheinwerferlicht eines Autos, einen dritten Mann hinter Bob treten und den Arm heben. Er hielt etwas Glänzendes in der Hand, das er niedersausen ließ . . .«

Er stockte. Schluckte. Fuhr fort: »Als ich das nächstemal wieder was sah, waren nur noch zwei Männer da . . . Und dann drehte sich der eine um und kam auf unseren Wagen zu. Ich hatte Angst . . .« Er schauderte. »Aber er öffnete nur den Kofferraum und warf was hinein, dann setzte er sich hinters Steuer – lächelnd.«

Lange Pause.

»Dann sah er mich. ›Mikkel!‹ sagte er erstaunt. ›Dich hatte ich ganz vergessen!‹« Seine Stimme war voller Qual. »Er hatte mich vergessen. *Vergessen!*«

Mühsam verbiß er sich das Weinen.

»Mein Vater«, sagte er dann. »Mein Vater hat Bob Sherman umgebracht.«

18

Beim ersten Tageslicht kehrten wir nach Finse zurück, wo ich Mikkel, der nach seinem Geständnis seltsam erleichtert schien, in der Obhut freundlicher Menschen zurückließ, um selber mit ein paar Ortsansässigen noch einmal auf den Berg zu steigen. Diesmal hatte ich Skier genommen und mühte mich ungeschickt den Hang hinauf. Die Männer warteten lachend auf mich. Zum erstenmal, seit ich in Norwegen war, kam auch die Sonne durch die Wolken.

Wir liefen an der Hütte vorbei bis dahin, wo der Pfad auf ein flaches Schneefeld hinausführte. Zwei meiner Begleiter zogen einen Schlitten. Genau wie der von Berit, erklärten sie.

Gelbauges Freund lag mit dem Gesicht im Schnee. Tot.

Aber er war nicht an seinen Schußwunden gestorben, oder jedenfalls nicht primär. Er war erfroren.

Stumm betrachteten die Männer aus Finse die Spur, die von seiner Leiche fortführte. Er hatte sich kriechend hierhergeschleppt. Der Schnee in der Spur war schwarz von Blut.

Sie wickelten ihn in eine Plane, legten ihn auf den Schlitten und machten Miene, nach Finse zurückzukehren.

»Ich gehe da noch weiter.« Ich deutete in die Richtung, aus der der Tote gekommen war.

Sie nickten, berieten und gaben mir einen Mann mit, da sie meinen rudimentären Skikünsten nicht trauten.

Wir folgten der Blutspur einen leichten Hang hinauf bis zu einer Art Plateau, dessen ferner Rand als weicher Horizont vor dem blaßgrauen Himmel stand. Die Blutspur endete in einem Durcheinander von Spuren, die der Mann aus Finse geschickt interpretierte.

»Hier wurde er angeschossen. Sehen Sie das Blut? Es war noch einer bei ihm.« Er deutete auf eine Skispur, die schräg über den unberührten Schnee davonführte. »Ein Experte auf den Brettern. Er ist sehr schnell gelaufen. Den Verwundeten hat er einfach im Schnee liegen lassen.«

Gelbauge war also auf und davon. Aber Knut würde ihn finden.

»Die beiden Männer waren schnell auf ihren Skiern hier heraufgekommen.« Mein Begleiter deutete auf die Spuren, die sich über das Plateau erstreckten.

»Da drüben sind noch weitere Spuren.« Mit ausgestreckter Hand wandte er sich nach rechts.

»Sehen wir sie uns mal an«, schlug ich vor.

Wir fuhren hin.

»Zwei Männer«, stellte er fest. »Sie haben einen beladenen Schlitten gezogen.«

Obgleich ich es erwartet hatte, traf es mich wie ein Schlag.

»Sie sind dorther gekommen.« Ich wies zur Blockhütte.

Er nickte. Wir fuhren an der Spur zurück, bis wir daneben die Abdrücke von Mikkels Skiern fanden.

»Der Junge ist bis hierher gekommen und hat angehalten. Dann hat er kehrt gemacht und ist zurückgefahren. An den Spuren kann man sehen, daß er aufgeregt war, als er kam. Und hysterisch, als er davonfuhr. Sehen Sie, wie tief und scharf die Spur ist, wie kurz die Laufschritte sind?«

»Vielleicht finden wir noch Patronenhülsen«, meinte ich.

Er nickte. Nach kurzem Suchen fanden wir sie beide, orangefarbene Kapseln im Schnee.

»Und jetzt ...« Ich deutete auf die Spur, der Mikkel gefolgt war: zwei Männer mit einem beladenen Schlitten.

Die Fährte lief geradeaus über das Plateau zum Horizont. Wir folgten ihr.

Der Horizont erwies sich als ein Hügelkamm. Der Abhang dahinter war steil, kurz und unten scharfkantig, und jenseits lagen Meilen um Meilen schneebedeckter Bergspitzen. Wir standen am Rand der Klippe über dem See, an dem Berits Haus lag.

Auf dem Hügelkamm hatten die beiden Männer gewendet.

Die Schlittenspur aber lief weiter.

»Ich möchte da hinunter.« Ich löste meine Skier.

Das paßte meinem Begleiter zwar nicht, dennoch wickelte er ein Seil von seiner Hüfte. Er band mich daran fest und ließ mich, fest in den Schnee auf dem Kamm gestemmt, Hand über Hand hinunter.

Als ich schließlich an der Kante stand, sah ich nichts weiter als tief unter mir den See, an dem wie ein grellroter Punkt links das kleine Haus leuchtete.

Die Schlittenspur neben meinen Füßen war flach und scharf: ein Zeichen großer Geschwindigkeit. Und sie führte mit grausamer Härte direkt in den leeren Raum hinaus.

Der Fels fiel senkrecht sechshundert Fuß tief ab. Dann kam das leicht bewegte, grüne Wasser. Sonst war nichts zu sehen.

Arne, dachte ich. Auf einem Schlitten durch die Luft dem Tod entgegengeflogen. Arne, der, als ein Feind wirklich hinter ihm stand, nicht über die Schulter geblickt hatte. Arne, mein verräterischer Freund.

Tom Sharpe

Ullstein

Puppenmord
Ullstein Buch 20202

Trabbel für Henry
Ullstein Buch 20360

Tohuwabohu
Ullstein Buch 20561

Mohrenwäsche
Ullstein Buch 20593

Feine Familie
Ullstein Buch 20709

Der Renner
Ullstein Buch 20801

Klex in der Landschaft
Ullstein Buch 20963

Henry dreht auf
Ullstein Buch 22058

Alles Quatsch
Ullstein Buch 22154

Schwanenschmaus in Porterhouse
Ullstein Buch 22195

FamilienBande
Ullstein Buch 22682